El vestido de novia

Danielle STEEL

El vestido de novia

Traducción de
José Serra Marín

PLAZA JANÉS

Papel certificado por el Forest Stewardship Council®

Título original: *The Wedding Dress*
Primera edición: julio de 2022

© 2018, Danielle Steel
© 2022, Penguin Random House Grupo Editorial, S. A. U.
Travessera de Gràcia, 47-49. 08021 Barcelona
© 2022, José Serra Marín, por la traducción

Printed in Spain – Impreso en España

ISBN: 978-84-01-02641-6
Depósito legal: B-9613-2022

Compuesto en Comptex & Ass., S. L.

Impreso en Rotativas de Estella, S.L.
Villatuerta, (Navarra)

L 0 2 6 4 1 6

Para mis amados hijos,
Beatie, Trevor, Todd, Nick,
Samantha, Victoria, Vanessa,
Maxx y Zara;
actuad siempre con buen juicio,
sed buenos y afortunados,
amad y sed amados, y sed felices;
os deseo con toda mi alma
que disfrutéis de unas vidas maravillosas,
que sintáis siempre muy cerca
el amor que compartimos,
y recordad siempre que os adoro.
Con todo el amor de mi corazón,

Mamá/D.S.

Prólogo

Queridas amigas:

El vestido de novia es un relato que transcurre a lo largo de ochenta y dos años y retrata a cuatro generaciones de una extraordinaria familia, cuyas vidas tienen como trasfondo unos periodos fascinantes de la historia: desde el crac del 29 y los acontecimientos ocurridos en Pearl Harbor y la Segunda Guerra Mundial hasta llegar a la actual era de la tecnología informática, pasando por los días de drogas y cambios sociales de los años setenta. Las mujeres de cada una de esas generaciones, aunque muy distintas entre sí, son fuertes y valientes, y consiguen mantener unida a la familia a lo largo de todos esos tiempos turbulentos. Están unidas por la sangre y por la historia, y conforman una cadena de supervivencia que se extiende de una generación a otra. El día de su boda, tres de esas mujeres lucen el mismo vestido de novia, una maravillosa prenda que han conservado como un vestigio del pasado, que vuelve a la vida en el presente y que constituye una promesa de futuro.

Fortalecidas gracias a los desafíos y penurias a los que tienen que enfrentarse —a través de guerras, estrecheces económicas y desgarradoras pérdidas personales, hasta lograr recuperar el pasado esplendor de una vida llena de éxito y lujo—, esas mujeres consiguen retornar finalmente a la mansión familiar de Nob Hill, conservando siempre su preciado vestido de novia. Este es un libro sobre la familia y la historia, sobre cómo cada generación nos lleva hasta la siguiente y sobre cómo cada una va añadiendo algo nuevo e importante a la tradición familiar. Trata sobre honrar el pasado y valorar el presente, y sobre los inesperados reveses y bendiciones con que la vida siempre nos sorprende. Habla de una época dorada, y de unas personas fuertes, llenas de amor y honradez, que nunca pierden de vista quiénes son y lo que significan las unas para las otras.

Espero que disfrutéis de este libro tanto como disfruté yo durante el proceso de documentación y escritura. *El vestido de novia* es una novela muy especial sobre los valores y cualidades a los que todos aspiramos y que poseemos en nuestro interior, y sobre lo que podemos aportar a nuestra propia época y legar a las generaciones futuras. Es un libro sobre la continuidad de la vida y sobre la fuerza necesaria para seguir adelante en los buenos y en los malos tiempos, recordando en todo momento nuestra historia y aprendiendo siempre del pasado.

Confío en que este libro sea tan especial para vosotras como lo ha sido para mí.

Con amor,

D.S.

1

Esa noche se celebraba el baile de los Deveraux. Era diciembre de 1928, una semana antes de Navidad, y a pesar de que el tiempo era frío y fuertes ráfagas de viento soplaban desde la bahía de San Francisco, la alta sociedad de la ciudad esperaba el acontecimiento con enorme expectación. No se hablaba de otra cosa desde hacía meses. Habían vuelto a pintar las paredes de la impresionante mansión Deveraux, se habían colgado nuevos cortinajes y las lámparas de araña se veían resplandecientes. Las mesas del gran salón de baile estaban adornadas con unos fabulosos juegos de cristalería y cubertería de plata. Durante semanas, los criados habían estado moviendo muebles de aquí para allá a fin de poder acomodar a los seiscientos invitados que esperaban.

Toda la élite de la alta sociedad de San Francisco estaría allí. Eran muy pocos los que habían declinado la invitación al baile que Charles y Louise Deveraux daban para su hija. Fragantes guirnaldas de lirios colgaban del dintel de las puertas y se habían encendido cientos de velas.

En el vestidor de su madre, Eleanor Deveraux apenas podía contener la emoción. Llevaba esperando aquella noche toda su vida. Era su baile de presentación en sociedad, en el que se daría a conocer oficialmente como debutante. Eleanor soltó una risita excitada al mirar a su madre, mientras la doncella de esta, Wilson, sostenía el vestido ante la muchacha para que se lo pusiera.

También era una noche muy especial para Wilson. Había llevado una vida sencilla en una granja de Irlanda hasta que emigró a Estados Unidos en busca de fortuna, un poco de aventura y, a ser posible, un marido. Tenía parientes en Boston, donde entró a trabajar como criada para la familia de Louise, y más tarde se fue con ella a San Francisco cuando se casó con Charles Deveraux, hacía ya veintiséis años. El año anterior a la boda, Wilson había ayudado a vestirse a Louise para su baile de debutante, y desde entonces había sido su doncella. Había sostenido en brazos a Eleanor la noche en que nació, y también a Arthur, que había venido al mundo siete años antes que su hermana. Lloró junto a la familia cuando el pequeño Arthur murió de neumonía con solo cinco añitos. Dos años más tarde nació Eleanor, pero tras el parto su madre no pudo volver a concebir. Les habría gustado tener otro hijo, pero Louise y Charles se sentían colmados con el inmenso amor que profesaban a su única hija.

Y ahora Wilson estaba ayudando a aquella niña a vestirse para su ansiado y esperado baile como debutante. Para entonces, la doncella ya llevaba veintiocho años viviendo en Estados Unidos, y sus ojos se llenaron de lágrimas al ver cómo Eleanor tendía los brazos hacia su madre y la abrazaba. Esta la ayudó con delicadeza a ponerse los pendientes que su propia madre le había entregado para su baile. Eran las primeras piezas de joyería adulta que la joven luciría. Louise llevaba el juego de esmeraldas que Charles le había regalado para su décimo aniversario, junto con una tiara de diamantes que había pertenecido a su abuela.

Su boda con Charles Deveraux había sido la mejor decisión de su vida y había fructificado en un matrimonio lleno de amor y estabilidad. Se habían conocido poco después de su baile de debutante en Boston, cuando Louise asistió con sus primos a una fiesta en Nueva York celebrada durante las Navidades. Charles había viajado a la ciudad desde San Francisco. Louise pertenecía a una distinguida familia de banqueros bostonianos, y el matrimonio que más adelante concertaron él y el padre de Louise resultó ser una excelente decisión por ambas partes. El cortejo tuvo lugar durante dos visitas que él hizo a Boston, y su amor fue creciendo gracias a un cálido y afectuoso intercambio de cartas que se prolongó durante unos tres meses después de conocerse. El compromiso se anunció en marzo y la boda se celebró en junio. Pasaron la luna de miel en Europa y luego se instalaron en la residencia que Charles tenía en San Francisco.

Charles era el heredero de una de las dos familias de banqueros más importantes de San Francisco. Sus antepasados procedían de Francia y habían llegado a la Costa Oeste durante la fiebre del oro con la intención de poner orden en el caos y ayudar a los mineros que se habían hecho millonarios de la noche a la mañana a salvaguardar e invertir sus nuevas riquezas. La familia de Charles acabó quedándose en California y consiguió labrarse una inmensa fortuna. La mansión Deveraux, construida en 1860, se alzaba en lo alto de Nob Hill y era la más grande de todo San Francisco. Pocos años después de que Charles y Louise se casaran, los padres de él murieron y el matrimonio se mudó a la mansión. Charles tomó las riendas del negocio familiar y se convirtió en uno de los hombres más respetados de la ciudad. Era alto y delgado, rubio y con ojos azules, de porte elegante, aristócrata y distinguido, y amaba profundamente a su mujer y a su hija. Y también él llevaba años esperando que llegara aquel momento.

Eleanor poseía una belleza deslumbrante. Se parecía muchísimo a su madre, con una larga melena de color azabache, la piel blanca como la porcelana, ojos de color azul claro y rasgos delicados. Ambas tenían una espléndida figura, aunque Eleanor era ligeramente más alta. Sus padres habían prestado especial atención a su educación. Como su madre años atrás en Boston, y al igual que todas las jóvenes de su círculo en San Francisco, la joven había recibido clases en casa, impartidas por tutores e institutrices. Varias de las cuales habían sido francesas, por lo que Eleanor hablaba el idioma con fluidez. Tenía un gran talento en el arte de la acuarela, tocaba muy bien el piano y era una apasionada de la literatura y la historia del arte. A fin de completar su formación, y en una decisión bastante moderna para la época, sus padres la enviaron durante los últimos cuatro años a la Escuela para Señoritas de Miss Benson. Se había graduado el mes de junio anterior, junto con otras muchachas de la alta sociedad. Había hecho muchas amistades en la escuela, lo cual haría que su primera temporada social fuera aún más divertida, ya que asistiría a todas las fiestas y bailes que darían los padres de sus amigas.

A lo largo del próximo año, la mayoría de esas chicas ya estarían casadas o se habrían comprometido formalmente. Charles esperaba que, en el caso de Eleanor, la cosa no fuera tan deprisa. No podía soportar la idea de separarse de su hija, y cualquier pretendiente que aspirara a casarse con Eleanor tendría que demostrar que era digno de ella antes de que él diera su consentimiento. Sin duda, sería una de las candidatas más codiciadas del mercado matrimonial, dado que algún día toda la fortuna familiar pasaría a sus manos. Era algo que Charles y Louise habían comentado discretamente, sin mencionárselo a Eleanor. La joven nunca pensaba en ello. Lo único que le importaba ahora era lucir hermosos vestidos y asistir a fiestas. No estaba ansiosa por encontrar marido, ya que le encantaba vivir con sus padres, pero los bailes a los que asistiría serían muy divertidos y emocionantes, especialmente el suyo. Sus padres habían puesto mucho cuidado en no invitar a ningún indeseable o a nadie que no contara con su aprobación. Querían mantenerla alejada de los vividores y los cazafortunas. Era una chica alegre y con una mente despierta, pero inocente en los aspectos más mundanos de la vida, y sus padres querían que siguiera siendo así.

Además de en la selección de invitados, los preparativos de la memorable noche se centraron en elegir la orquesta que amenizaría el baile. Finalmente, habían contratado a una de las mejores bandas de Los Ángeles. Sin embargo, lo que más preocupaba a Eleanor era escoger el vestido que luciría para la ocasión. Con el beneplácito de su padre, ella y su madre viajaron a Nueva York y allí embarcaron en el SS *Paris*, un lujosísimo transatlántico que había sido botado hacía solo siete años. Fue el primer viaje de Eleanor a Europa. Se alojaron durante un mes en el hotel Ritz de París y fueron a ver a varios diseñadores, pero Louise estaba decidida a que el vestido de Eleanor fuera confeccionado por la legendaria Casa Worth.

Jean-Charles, bisnieto del fundador Charles Frederick Worth, era quien dirigía el taller por entonces, y sus últimos y modernos diseños habían revolucionado el mundo de la moda. Era el estilista por excelencia de la época, y Louise quería que su hija luciera un vestido especial y distinto al de todas las demás, sin renunciar por ello a una elegancia distinguida. Sus precios eran astronómicos, pero Charles les había dado permiso para comprar lo que Eleanor quisiera, siempre que no fuera demasiado moderno o escandaloso. El uso que hacía Worth de las cuentas, las fibras metálicas, los increíbles bordados y los tejidos exquisitos convertía sus modelos en auténticas obras de arte, y la encantadora y esbelta figura de Eleanor se ajustaría a la perfección a sus estilizadas creaciones.

El vestido que había diseñado para ella era una estrecha columna que caía desde los hombros, con la línea de la espalda ligeramente baja y una discreta gasa por debajo. Cuando estuvo acabado, era la prenda de alta costura más hermosa que Eleanor había visto en su vida, más allá de todo lo que hubiera soñado. Para completar el modelo, Jean-Charles Worth diseñó un tocado a juego que era el culmen de la modernidad, y adornó su oscura melena con un halo de perlas bordadas. Era, sin duda, el atuendo perfecto. Regresaron a San Francisco en julio, y ahora, cinco meses después, Wilson sostenía ante Eleanor aquella maravillosa pieza, que daba la impresión de ser un tanto pesada por el intrincado diseño de cuentas y bordados.

Eleanor se deslizó dentro del vestido, preparada por fin para tan ansiado momento. Wilson había recogido su melena en un elegante moño suelto a la altura de la nuca, entreverado con perlas. El tocado se posaba delicadamente sobre las estilosas ondas que enmarcaban su hermoso rostro. El vestido era una mezcla perfecta de tradición y modernidad, y combinaba todas las técnicas de alta costura que habían hecho célebre a la Casa Worth, creando una inolvidable impresión de distinción y elegancia.

Louise y Wilson retrocedieron un poco para admirar el efecto, mientras Eleanor les dedicaba una sonrisa radiante. Podía verse en el espejo que había detrás de ellas y apenas reconocía a la deslumbrante joven que se reflejaba en él. Su padre aún no había visto el vestido, y cuando entró en el vestidor y contempló a su hija se quedó paralizado.

—Oh, no... —dijo con expresión contrariada.

Eleanor pareció muy preocupada.

—¿No te gusta, papá?

—Pues claro que me gusta, pero también les gustará a todos los hombres de San Francisco. Antes de que acabe la noche, tendrás al menos diez proposiciones, si no veinte. —Luego se giró hacia su esposa—. ¿No podríais haber comprado algo menos espectacular? ¡No estoy preparado para perderla todavía!

Las tres mujeres se echaron a reír, y Eleanor se sintió visiblemente aliviada al ver que a su padre también le encantaba el vestido.

—¿De verdad te gusta, papá? —le preguntó con los ojos brillantes, mientras él se inclinaba para besar a su hija.

Charles iba tan elegante como siempre, ataviado con frac, y miró con admiración a su esposa, enfundada en un vestido de satén verde complementado con el juego de esmeraldas que le había regalado. Gracias a su espléndida generosidad, Louise volvería a lucir las joyas más deslumbrantes de toda la fiesta.

—Por supuesto, ¿cómo no iba a gustarme? Tu madre y tú no podríais haber escogido mejor en vuestra expedición parisina.

Cualquier otro hombre habría palidecido al ver la factura. La Casa Worth era famosa por cobrar precios estratosféricos a sus clientes, y aún más a los estadounidenses, y en esta ocasión se había mantenido fiel a su tradición. Pero Charles pensó que aquel vestido valía hasta el último centavo pagado y no puso la menor objeción. Podía permitírselo sin problemas, y quería que su mujer y su hija fueran felices. Le gustaba pensar que Eleanor sería la debutante más preciosa de esta o de cualquier otra temporada social. Y tanto él como su mujer habían puesto el mismo empeño en hacer que el fastuoso baile estuviera a la altura de las expectativas. Charles quería que aquella noche se convirtiera en un recuerdo memorable que Eleanor atesorara toda su vida. Y la suntuosa mansión de Nob Hill era, sin duda, el lugar perfecto para ello.

Charles le ofreció el brazo a su hija y ambos salieron del vestidor. Se dirigieron hacia la majestuosa escalera, seguidos de cerca por Louise. Wilson los contemplaba emocionada, con una sonrisa. Se sentía muy feliz por ellos. Sus señores siempre habían sido muy buenos con ella, y después de haber perdido a su hijo veinte años atrás se merecían toda la felicidad que la vida pudiera ofrecerles. Wilson estaría esperando a Eleanor para ayudarla a desvestirse al final de la noche, fuera la hora que fuese, y estaba segura de que sería muy tarde. Después de la espléndida cena del principio de la velada, se ofrecería un refrigerio a medianoche. Y hacia las seis de la mañana habría un desayuno para los invitados más jóvenes que se hubieran quedado hasta tan tarde, incluyendo los solteros que siguieran bailando y flirteando con las debutantes. Para entonces los mayores ya se habrían marchado, pero Wilson sabía que los jóvenes seguirían bailando hasta altas horas de la madrugada.

Al pie de la escalinata había una docena de criados, esperando para servir las copas de champán que portaban en bandejas de plata. La mitad de los miembros del servicio eran los que trabajaban habitualmente para la casa, mientras que la otra mitad habían sido contratados para la ocasión. El champán que servirían era una de las mejores añadas de la bodega personal de Charles, almacenado mucho antes de que se instaurara la Ley Seca, de modo que no habían tenido que comprar vino ni espumosos para tantos invitados. Y, como se trataba de una fiesta privada, no había ningún problema en servir alcohol. En ese momento la cocina ya estaba en plena actividad, con el cocinero y tres ayudantes preparando la comida y docenas de criados esperando para llevarla a las mesas. Louise lo había planificado todo meticulosamente. La casa estaba llena de flores, cientos de velas iluminaban las estancias y el salón de baile estaba preparado para recibir a los invitados. La anfitriona se había pasado semanas organizando la distribución de los asientos para asegurarse de que todo el mundo ocupaba el lugar que debía. Había una larga mesa para Eleanor y sus amistades, en la que también estarían los jóvenes más apuestos cuidadosamente seleccionados entre las mejores familias.

Los invitados empezaron a llegar. Los lujosos coches conducidos por chóferes fueron desfilando por el gran pórtico. Al entrar en la casa, un grupo de sirvientes se encargaba de recoger sus abrigos y sus pieles. Charles, Louise y Eleanor formaron un pequeño comité de recepción en el gran vestíbulo. Junto a ellos estaba el mayordomo, Houghton, que iba anunciando a los invitados conforme estos iban llegando. La velada era tan elegante y formal como cualquier gran evento social celebrado en Boston o Nueva York. La alta sociedad de San Francisco no desmerecía en absoluto a sus homólogas de la Costa Este.

Eleanor estaba radiante. Sus padres le iban presentando a los invitados que no conocía, y sus amistades la saludaban efusivamente y le decían lo deslumbrante que estaba con aquel exquisito vestido. Había conseguido combinar la elegancia de la alta costura con un toque de distinción, y sus padres se sentían muy orgullosos de ella mientras la multitud iba creciendo y empezaba a llenar los salones de la fastuosa mansión. Tardaron una hora en recibir a todo el mundo, hasta que finalmente pudieron unirse a sus invitados. Eleanor le susurró a su madre que aquello era como una boda sin novio. Louise se echó a reír.

—Sí, lo parece. Pero eso también sucederá muy pronto.

Sin embargo, Eleanor no tenía ninguna prisa por casarse, y sus padres tampoco. Por el momento le bastaba con saber que por fin formaba parte de la flor y nata de la sociedad, y quería saborear y disfrutar cada momento tanto como pudiera. En la fila de recepción había conocido a muchos jóvenes apuestos, pero la mayoría de los chicos de su edad le parecían demasiado ingenuos e infantiles. Algunos incluso se sonrojaron al saludarla, y luego se reunieron en corrillos para contemplar embobados a las jovencitas y beber champán. Algunos de los más valientes se acercaron a Eleanor para pedirle que les apuntara en su carnet de baile, y ella sacó la exquisita libreta que su padre le había entregado ese mismo día. Era un cuaderno esmaltado en rosa, con diminutas incrustaciones de diamantes y perlas en la cubierta, que había sido diseñado por Fabergé a principios de siglo. Una vez acabada la velada, Eleanor borraría el contenido de sus páginas marfileñas para poder utilizarlo en el siguiente baile al que asistiera. También tenía un lapicito esmaltado en rosa, con un diminuto diamante en la punta. La muchacha sacó el cuaderno de su pequeño bolso y anotó sus nombres. Cuando la vieron hacerlo, una multitud de jóvenes se arremolinó a su alrededor para pedirle bailar con ella. Una hora más tarde, cuando llegó el momento de la cena, el carnet de baile de Eleanor estaba prácticamente lleno. Sus amigas también habían recibido numerosas peticiones. Al entrar en el salón, Eleanor cuchicheó con ellas.

—Son muy guapos, ¿verdad? —les dijo a algunas de sus antiguas compañeras de la escuela de miss Benson; estas asintieron entusiasmadas.

Los jóvenes seleccionados por su madre parecían muy complacidos y formaban un grupo de lo más animado. Charlaron, rieron y se lo pasaron en grande durante toda la cena, bajo la atenta mirada de los mayores, que sonreían con gesto de aprobación. Aquellos bailes les traían gratos recuerdos y resultaba muy agradable ver a tantos jóvenes disfrutando y pasándolo bien juntos.

Eleanor bailó el primer vals con su padre. Luego Charles se acercó a su mesa, donde él y Louise estaban sentados con sus amigos de toda la vida, y sacó a su esposa a bailar. Entonces todo el mundo se lanzó a la pista. La orquesta que Louise había contratado era muy buena y Charles la felicitó por ello. La música se fue animando a medida que avanzaba la velada. Eleanor había tomado clases para la ocasión y, con todos los nombres que tenía anotados en su carnet de baile, no se sentó en toda la noche. Finalmente abandonó el salón con algunas de sus amigas y decidieron refugiarse en la biblioteca durante unos minutos para recuperar el aliento. Varios jóvenes las siguieron para continuar entablando conversación con ellas o para conocer a las chicas con las que aún no habían bailado.

Cuando entraron en la biblioteca, Eleanor se fijó en un hombre alto, apuesto y de cabello oscuro que estaba leyendo atentamente un libro que había sacado de una de las estanterías. Al ver aparecer a las chicas, alzó la vista, sorprendido. Charles tenía una excelente colección de valiosos libros y primeras ediciones, y el hombre sonrió a Eleanor cuando esta pasó por su lado para ir a tomar un poco de aire fresco junto a una ventana abierta. Ella se fijó en que tenía unos ojos marrones cálidos e intensos.

—No ha parado de bailar en toda la noche —comentó el hombre mientras sus amigas se alejaban un momento y él devolvía el libro a la estantería—. Su padre tiene algunos ejemplares extraordinarios —añadió con admiración, y ella le sonrió.

—Los ha conseguido en sus viajes por todo el mundo, muchos de ellos en Inglaterra y Nueva York —respondió Eleanor.

El hombre sabía perfectamente quién era ella, ya que Charles les había presentado en la fila de recepción. Se trataba de Alexander Allen. Eleanor no lo había visto nunca antes, pero había oído hablar de él. Pertenecía a la otra gran familia de banqueros de la ciudad. Era bastante mayor que ella y la observó con una mirada casi paternal. Debía de tener algo más de treinta años y, al parecer, había ido solo.

—Le habría solicitado un baile, pero al principio de la velada estaba rodeada de tantos admiradores que pensé que su carnet estaría lleno.

No era alguien que soliera perseguir a jovencitas debutantes, pero tampoco quería parecer grosero por no haberle pedido un baile.

—Aún me quedan tres libres —repuso ella con aire inocente, y él se echó a reír.

Todo aquello resultaba tan nuevo para Eleanor que había en ella algo deliciosamente infantil.

—Pues apúnteme, aunque me temo que después de bailar conmigo ni sus zapatos ni sus pies volverán a ser los mismos. —Eleanor llevaba unos elegantes zapatos blancos de satén con hebillas de pedrería y perlas, diseñados también por Worth, al igual que su pequeño bolso, bordado con flores plateadas e incrustaciones nacaradas—. Le propongo una cosa: apúnteme para esos tres bailes, y si al final del primero sus zapatos quedan seriamente dañados, la liberaré para que se busque otras parejas para los dos restantes.

Ella se echó a reír, y luego sacó del bolso su cuadernito esmaltado en rosa. Alexander no quería quedar como un maleducado ante sus anfitriones al no invitar a bailar a su hija. Después de todo, la fiesta era en su honor.

—Me parece justo —dijo ella en tono alegre, y apuntó su nombre en dos páginas distintas.

El primer baile tendría lugar aproximadamente una hora más tarde y los otros dos hacia el final de la velada, ambos seguidos. Charlaron durante un rato, hasta que su siguiente pareja fue a buscarla para llevarla de vuelta al salón. Al salir de la biblioteca, ella se despidió agitando la mano y él sonrió. Después Alexander sacó otro libro de la estantería, algo que al parecer le resultaba más interesante que bailar, aunque ahora estaba deseando hacerlo con Eleanor. Había algo sencillo y refrescante en aquella joven, y también resultaba muy agradable hablar con ella. No mostraba la excesiva timidez de algunas debutantes ni tampoco la agresiva ambición de las chicas que buscaban encontrar marido cuanto antes. Tan solo quería pasarlo bien, y además era una joven muy hermosa de una elegancia exquisita.

Poco antes de que llegara su turno, Alexander Allen se dirigió de vuelta al salón. Para entonces ya habían despejado la mayor parte del espacio y solo quedaban algunas mesas pequeñas, en las que la gente se congregaba para beber y charlar. El ambiente estaba muy animado y daba la impresión de que todo el mundo lo estaba pasando en grande. Alexander se acercó a Eleanor para reclamar su primer baile. Ella pareció alegrarse de volver a verle.

—¿Está resultando la noche todo lo maravillosa que había esperado? —le preguntó él mientras se adentraban en la abarrotada pista.

Al tomarla entre sus brazos le sorprendió la esbeltez de su talle, y también lo buena bailarina que era.

—Oh, sí —repuso Eleanor con una amplia sonrisa—. Es todo lo que había soñado y más. Resulta tan emocionante... Nunca había asistido a un baile de este tipo.

—Pues no encontrará muchos que puedan igualarse a este. Sus padres han organizado una velada magnífica. No me gustan mucho esta clase de eventos, pero debo confesar que lo estoy pasando muy bien, sobre todo bailando con usted —dijo él sonriendo, y Eleanor pareció muy complacida.

Al verla entre los brazos de un hombre al que consideraban mayor, algunas de sus amigas de la escuela sintieron lástima por ella. Charles miró a Louise y enarcó una ceja, extrañado de que Alex Allen estuviera bailando con su hija. Formaban ciertamente una pareja muy atractiva, y mientras los observaban Charles le dijo a su esposa:

—Me sorprende que le hayas invitado. No es el tipo de hombre que acostumbra a perseguir a jovencitas debutantes. Ya casi no sale, no va a ninguna parte, salvo a almorzar de vez en cuando en el club. Se ha vuelto muy reservado, pero es un buen hombre. Supongo que se ha sentido en la obligación de bailar con Eleanor.

Eso era algo que demostraba sus excelentes modales y que no había ido solo para disfrutar de la deliciosa cena y los magníficos vinos.

—Creo que nunca se ha recuperado de lo que ocurrió. Durante un tiempo todas las madres ambiciosas lo invitaron a multitud de actos sociales, pero después de aquello no volvió a salir durante un par de años. Me han comentado que se ha convertido en un soltero empedernido, pero necesitábamos a hombres como él para bailar con mujeres de su edad.

En aquellas fiestas siempre solía haber algunas solteras y viudas prematuras, y Alex tenía la edad apropiada para ellas. No podían limitarse a invitar solo a hombres casados y a jóvenes en busca de esposa.

—Fue una auténtica desgracia —convino Charles, y ambos se quedaron pensativos recordando lo ocurrido.

Ocho años atrás, Alex había estado comprometido con una joven hermosísima perteneciente a una de las mejores familias de San Francisco. Había sido una de aquellas historias de amor que cautivaban a todo el mundo, ya que ambos eran muy atractivos y se les veía muy felices. Alex había servido en Francia durante la Gran Guerra, y dos años después de regresar del frente se había enamorado perdidamente y se había comprometido. Pero la joven contrajo la gripe española y murió cinco días antes de la boda. La madre de Alex también falleció durante la epidemia, y su padre murió de forma súbita dos años más tarde.

Con solo veintiséis años, Alexander Allen había heredado el negocio familiar, y ahora, ya con treinta y dos, estaba haciendo una gran labor al frente de la entidad financiera.

—Probablemente esté muy ocupado con el banco para pensar en el matrimonio, y la pérdida de su prometida debió de resultar muy traumática para él —dijo Charles en tono compasivo—. Es muy mayor para Eleanor, pero hiciste bien en invitarlo. Es un buen hombre, y su padre también lo era. Todas aquellas tragedias... Creo que su madre y su prometida murieron con apenas un día de diferencia.

Ellos también habían perdido a varias amistades durante la pandemia que había arrasado el mundo entero y que se había llevado más vidas que la misma guerra. Veinte millones de personas murieron por la gripe española. Charles y Louise no dejaron que su hija saliera de casa durante meses. Por aquel entonces Eleanor tenía solo diez años y, después de que su hijo hubiera fallecido de neumonía, les aterraba la idea de perder a la única hija que les quedaba.

—Bueno, ¿cómo lo he hecho? —preguntó Alex al acabar el baile, mirando los pies de Eleanor—. Creo que la habré pisado al menos una docena de veces —añadió un tanto azorado.

—Ni una sola vez —aseguró ella muy contenta.

Se levantó ligeramente el vestido para dejar a la vista sus elegantes zapatos, que seguían inmaculados. Alex se fijó en que tenía unos pies muy finos y pequeños.

—Me alegro —dijo él con una amplia sonrisa—. ¿Significa eso que mi nombre seguirá apareciendo en su carnet para los dos bailes que nos quedan?

Ella asintió sonriendo.

—Lo he pasado muy bien hablando con usted —reconoció, mostrándose tímida por primera vez.

Se la veía muy joven y vulnerable, y Alex se sintió tan conmovido que le dieron ganas de protegerla.

—Aunque, sin duda, debe de parecerle que tengo como unos cien años —añadió en un tono más sombrío del que pretendía; le resultaba muy fácil ser franco con ella.

Eleanor se ruborizó. Pensaba que era un hombre mayor, pero para nada un anciano vetusto. Se preguntó si sería uno de aquellos solteros mayores que iban a la caza de jovencitas y sobre los que sus padres la habían advertido. No obstante, Eleanor estaba convencida de que, si fuera uno de esos tipos, nunca le habrían invitado.

—¿Por qué no asiste a bailes más a menudo? Baila usted muy bien —dijo ella muy seria, y él se echó a reír.

—Gracias. Usted también baila muy bien. —Luego volvió a adoptar un gesto grave—. Es una larga historia y nada apropiada para una velada como esta. No suelo acudir a fiestas y, por supuesto, soy demasiado mayor para ir a bailes de debutantes. Acepté venir a este porque tengo a su padre en gran estima, y ahora me alegro mucho de haberlo hecho. Procuraré no destrozarle los zapatos en nuestros dos próximos bailes. Y yo también lo he pasado muy bien hablando con usted —añadió, y ella le sonrió.

—Los chicos de mi edad resultan bastante aburridos después de un rato, y a estas alturas muchos ya están borrachos. ¡Son ellos los que me destrozarán los zapatos! —exclamó Eleanor, y ambos rieron de buena gana.

Poco después, su siguiente pareja de baile se acercó para reclamarla. Alex sonrió mientras la observaba alejarse. Realmente la joven no había parado de bailar en toda la noche.

Pasó una media hora antes de que volvieran a bailar juntos. Para entonces él ya estaba algo cansado, pero ella se mostró igual de animada y grácil entre sus brazos. Cuando acabó la pieza, sirvieron el refrigerio de medianoche y ambos se sentaron a una mesa para comer algo. El salón había empezado a vaciarse un poco a medida que los mayores comenzaban a marcharse. Los anfitriones se colocaron cerca de la entrada del salón para despedir a los invitados, y la mesa de Eleanor pronto se llenó con algunas de sus compañeras de clase y amigas de la infancia. Al principio miraron a Alex como si fuera uno de los padres, pese a tener solo treinta y dos años, pero enseguida se sintieron muy a gusto en su compañía. Bromeó con algunas de ellas y las hizo reír contándoles historias de otros bailes a los que había asistido y que habían acabado bastante mal. Les hizo mucha gracia la anécdota sobre una debutante que se emborrachó tanto que no podían encontrarla. Al final la descubrieron tumbada debajo de una mesa, dormida como un tronco. A las amigas de Eleanor les encantó tanto la historia como la manera de contarla. Cuando acabaron de comer y recuperar fuerzas, Alex reclamó su último baile con ella. Para entonces, Eleanor ya lo veía como a un viejo amigo.

—Gracias por ser tan agradable con mis amigas y por tratarlas como a adultas divertidas, y no como a unas niñas tontas.

—A veces yo también me siento como un niño tonto —repuso él sonriendo—, aunque ellas puedan verme como alguien demasiado mayor. Me acuerdo de lo mucho que me molestaba que gente con la edad que tengo ahora me tratara como a un idiota. Cuando me marché a la guerra apenas era algo mayor que ellas, tenía solo veintiún años. Eso te hace madurar rápidamente.

—Mi padre se presentó como voluntario. Tenía cuarenta y un años cuando Estados Unidos entró en la guerra. Mi madre no quería que se alistara, aunque de todos modos era demasiado mayor para combatir. Al final le dieron un puesto de despacho y no lo enviaron a Europa. Creo que se sintió un poco decepcionado.

—Fue una guerra espantosa, horrible. Estuve un año en Francia como oficial de infantería. Cuando me marché no era más que un muchacho y volví convertido en un hombre —rememoró, con el recuerdo de la terrible experiencia reflejado en sus ojos. Entonces el baile llegó a su fin—. He pasado una maravillosa velada con usted, señorita Deveraux —dijo volviendo a sonreír—. Y espero que disfrute mucho de su primera temporada social.

Alex hizo una reverencia inclinando la cabeza y ella se echó a reír.

—Seguro que sí. Y confío en que volvamos a encontrarnos en alguna fiesta.

Él no respondió, pero había estado pensando lo mismo. Luego, mientras Eleanor regresaba con sus amigas, Alex se dio media vuelta y fue a despedirse de los anfitriones. Les dio las gracias por tan magnífica velada y después se marchó, sorprendido por lo bien que se lo había pasado. Hacía años que no disfrutaba tanto. Ya ni se acordaba del último baile de debutante al que había asistido.

Después de que Alex se marchara, la fiesta se prolongó durante toda la madrugada y Eleanor bailó hasta que ya no pudo más. Cuando por fin sirvieron el desayuno a las seis de la mañana, todavía quedaba un nutrido grupo de jóvenes. Para entonces todos habían bebido bastante y el sustancioso ágape les sentó muy bien. Finalmente, casi a las siete de la mañana, la orquesta dejó de tocar y el baile llegó a su fin. Los criados, a pesar de que parecían exhaustos, seguían en sus puestos. Los padres de Eleanor se habían retirado hacia las dos de la madrugada, contentos de dejar a los jóvenes a su aire. No había habido ningún problema ni se habían producido incidentes desagradables, y todo el mundo se había comportado correctamente. Solo algunos de los mayores se habían excedido con la bebida, pero se habían marchado pronto.

Cuando Eleanor despidió a los últimos invitados y subió por fin la majestuosa escalinata, encontró a Wilson esperándola en su dormitorio para ayudarla a desvestirse. La doncella se había quedado dormitando en una silla, pero se despertó en cuanto la oyó entrar.

—Bueno, ¿cómo ha ido todo? —le preguntó con una mirada expectante—. ¿Ha bailado toda la noche?

—Sí —respondió Eleanor sonriendo algo adormilada y tendiendo los brazos para que Wilson le quitara el vestido. Luego la doncella le retiró delicadamente el tocado de la cabeza—. Todo ha ido perfecto —añadió muy feliz, con los ojos todavía brillando por la emoción de la mágica velada—. Ha sido la mejor noche de mi vida.

Besó a Wilson en la mejilla y se metió en la cama. Antes de que la doncella apagara las luces y saliera del dormitorio para ir a colgar el vestido, la joven ya estaba profundamente dormida.

Wilson sabía que, para Eleanor, no había sido solo una simple fiesta, sino un importante rito de iniciación. Su vida como adulta, y como mujer, había comenzado. Sonrió al pensar en ello, al tiempo que cerraba la puerta sin hacer ruido. Teniendo en cuenta lo hermosa que era, estaba segura de que Eleanor se casaría muy pronto. ¿Acaso no era ese el propósito de aquellos eventos? Los bailes de debutantes se celebraban para que las jovencitas de buenas familias encontraran marido. Y aunque ya estaban en 1928, esas cosas no habían cambiado.

2

La mañana después del baile, mientras estaba sentado a su escritorio, Alex Allen se sorprendió pensando en Eleanor Deveraux. Y lo mismo le ocurrió durante los días siguientes. Tampoco logró apartarla de su cabeza durante las fiestas navideñas, que pasó junto a sus dos hermanos pequeños, Phillip y Harry, en la inmensa mansión familiar que Alex había heredado en calidad de primogénito. Sus padres se la habían legado junto con el banco y todas las responsabilidades que este conllevaba. A diferencia de él, sus hermanos no trabajaban en la entidad financiera. El dinero de la herencia les bastaba para mantenerse y ninguno de ellos tenía grandes ambiciones. Eran ocho y diez años menores que Alex, quien los consideraba poco más que unos críos. A su edad, él ya había participado en una guerra y había estado a punto de casarse, pero también es cierto que, como primogénito, había tenido que madurar antes y sus padres esperaban mucho más de él. Además, Phillip y Harry eran apenas unos niños cuando se quedaron huérfanos, y Alex también tuvo que cuidar de ellos.

Ahora Phillip se pasaba todo el tiempo jugando al polo y comprando caballos, mientras que Harry se dedicaba a perseguir a mujeres de dudosa reputación y a beber en exceso. Ambos vivían en una casa que su hermano mayor les había comprado a unas pocas manzanas de la mansión familiar. Alex había conservado a la mayor parte del servicio que había trabajado para sus padres, aunque ahora nunca daba fiestas y solo utilizaba una mínima parte del espacio de la mansión. Casi siempre estaba en el banco o viajando por negocios, mientras que sus hermanos preferían vivir por su cuenta, lejos de su supervisión.

Alex pasó la Nochevieja con unos amigos, y en todo ese tiempo siguió pensando en Eleanor, lo cual se le antojaba un tanto disparatado ya que ella era apenas una muchacha recién salida de la escuela. No obstante, le parecía una joven inteligente e interesante, además de preciosa y, sin duda, muy sensata y madura para su edad. Había disfrutado mucho hablando con ella durante el baile. Y, en contra de lo que le dictaba su buen juicio, dos semanas después de la fiesta le envió una nota invitándola a cenar. Ella aceptó encantada. Quedaron en el Fairmont y ambos disfrutaron de su mutua compañía. Después, los padres de Eleanor invitaron a Alex a cenar en su casa, y no pusieron ninguna objeción a que su hija le acompañara a una fiesta en casa de unos amigos de ambas familias. Volvieron a dar su permiso para que él la llevara de nuevo a cenar, aunque esta vez le preguntaron a Eleanor qué había entre ellos. Ella respondió que solo eran amigos.

Sus padres comentaron el asunto en privado. Charles pensaba que no había que darle más importancia de la que tenía. No había nada que reprocharle a Alex Allen, ni de su procedencia, ni de su carácter, ni de su profesión, ni de su fortuna. Y tampoco parecía estar jugando con Eleanor, aunque sin duda era bastante mayor que ella. Habían esperado que su hija se enamorara de alguien de su edad, pero cuanto más lo pensaban, más les gustaba Alex. Y lo mismo le ocurría a Eleanor, aunque estaba convencida de que él no buscaba más que una amistad, lo cual ya le parecía bien. Disfrutaba mucho en su compañía y le gustaba hablar con él.

Llevaban un mes saliendo como amigos cuando él le confesó que estaba enamorado de ella y la besó por primera vez. Eleanor se quedó tan sorprendida como encantada, y reconoció tímidamente que ella sentía lo mismo, aunque hasta ese momento no lo había sabido o no se había permitido admitirlo. Así que dos semanas más tarde, Alex fue a hablar con Charles acerca de sus intenciones para con su hija.

—Nunca había pensado en casarme después de... bueno, ya sabe... después de la muerte de Amelia. Pero es que nunca había conocido a alguien como Eleanor. Es una persona muy honesta y sincera, con una gran madurez. Y el mero hecho de estar con ella hace que me sienta feliz.

Los dos hombres eran conscientes de que ambas partes compartían una situación económica similar. Charles sabía que, a ese respecto, no encontraría a nadie mejor para su hija en todo San Francisco: la unión de dos grandes familias, dos bancos fundiéndose por vía matrimonial, con historias y bagajes parecidos y una posición social de igual importancia. Alex era un hombre íntegro y de firmes valores, y además estaba muy enamorado de Eleanor. Charles no podía pedirle nada más al futuro marido de su hija. Habría deseado que no se casara tan pronto, por la única razón de que no quería perderla, pero tampoco quería negarle la oportunidad de estar con un hombre que la amaba tan profundamente y que la trataría como se merecía. Alex no era un veinteañero al que le quedaba mucho por aprender en la vida. Era un hombre hecho y derecho, cabal y honorable. Charles le dio su bendición con lágrimas en los ojos y un fuerte apretón de manos. Inmediatamente después fue a comunicarle la buena nueva a Louise, quien se echó a llorar por las mismas razones que su marido: triste por perder a su hija, pero también muy feliz por ella.

Esa misma noche Alex le pidió matrimonio. Antes de salir a cenar, se arrodilló ante Eleanor y le ofreció la alianza de compromiso que había pertenecido a su madre. Era un anillo impresionante para una chica tan joven y se veía enorme en su delicada mano. Ella se llevó una gran sorpresa cuando él le propuso matrimonio, puesto que no sabía que Alex había ido a hablar con su padre. Eleanor pensaba que seguirían saliendo juntos durante un tiempo, disfrutando de su amor y soñando con lo que les depararía el porvenir. No había imaginado que el futuro se convertiría en presente tan pronto, pero entonces miró a Alex con unos enormes ojos llenos de amor y aceptó sin dudar su proposición. Después de sellar el compromiso con un beso, fueron a buscar a sus padres para darles la noticia y lo celebraron todos juntos brindando con champán. Eleanor se tomó dos copas, y se sentía un tanto achispada cuando por fin salieron a cenar. A partir de ese momento habría tanto de lo que hablar y en lo que pensar...

Eleanor fue la primera de su promoción de debutantes en comprometerse. Ese mismo fin de semana se publicó el anuncio en las páginas de sociedad, y poco después empezaron a llegar cientos de cartas y telegramas de felicitación. Todos pensaban que formaban una pareja perfecta y se alegraban especialmente por Alex, que llevaba tanto tiempo de duelo, desde que había perdido a su prometida. Dos grandes familias banqueras estaban a punto de emparentar por medio del sagrado voto matrimonial. ¿Acaso podría desearse algo mejor?

Fijaron la fecha del enlace para principios de octubre, a fin de que la madre de la novia tuviera tiempo suficiente para planificar la boda. Louise calculaba que asistirían unos ochocientos invitados. La recepción se celebraría en el inmenso jardín que ocupaba prácticamente toda la cima de Nob Hill, y donde instalarían grandes carpas para acomodar a los asistentes.

En marzo, Louise le propuso a su hija viajar al mes siguiente a París para encargar el vestido de novia. Aún no había decidido qué diseñador escogería esta vez y no paraba de hojear revistas de moda en busca de inspiración. Eleanor estaba asombrada de lo rápido que estaba sucediendo todo. Hacía solo tres meses que había celebrado su baile de presentación en sociedad, y dentro de siete sería ya una mujer casada. Pero lo mejor de todo era que se casaría con Alex. Apenas podía esperar a que llegara el momento. En esta ocasión, ni siquiera quería viajar a París para no tener que separarse de él. Sin embargo, el propio Alex la animó a hacerlo.

—Tu madre y tú tendréis muchas cosas que hacer allí —le dijo—, y eso hará que el tiempo pase más rápido.

En junio, la familia Deveraux tenía previsto marcharse a su finca del lago Tahoe para pasar el verano. Charles invitó a Alex a acompañarlos y a quedarse todo el tiempo que quisiera. Estarían desde junio hasta septiembre y regresarían a la ciudad a tiempo de ultimar los preparativos de la boda.

Pasaban todos los veranos allí, en la finca de cientos de hectáreas que poseían junto al lago y que el abuelo de Charles había adquirido cuando las tierras apenas costaban nada. Contaban con un tren privado para trasladarlos hasta la inmensa propiedad, donde, aparte de la mansión principal, había varias casas de invitados y los alojamientos del servicio. Siempre se llevaban con ellos a un gran ejército de criados, que en verano se sumaba al personal que se encargaba de la finca durante todo el año, y que incluía a los barqueros que cuidaban de la gran flota de lanchas y barcas que guardaban en un gran cobertizo junto al lago. Charles estaba encantado con la perspectiva de tener un yerno con el que poder salir a cazar y pescar, y disfrutar de otras actividades propias del género masculino.

Hasta que llegara el día del enlace, les esperaban unos meses de lo más excitantes. Finalmente, Eleanor aceptó a regañadientes viajar a París con su madre para encargar su vestido de novia, aunque seguía sin gustarle la idea de separarse de

Alex tanto tiempo. Estaría como mínimo seis semanas fuera, dos para los viajes en tren y barco de ida y vuelta, y un mes en la capital francesa para escoger el diseño y hacer las pruebas y arreglos pertinentes. Charles reservó sus pasajes en el SS *Paris* de la compañía transatlántica French Line para finales de abril. Cuando llegó el momento de partir, Eleanor lamentó más que nunca tener que abandonar a Alex.

—Estarás de vuelta muy pronto —la tranquilizó él, conmovido al verla tan afectada por su separación—. Aquí nunca encontrarás el vestido que deseas, y además París está precioso en esta época del año.

—Preferiría quedarme aquí contigo —insistió ella con un mohín la noche antes de tomar el tren a Nueva York para embarcar—. Además, ¿y si el barco se hunde?

—Es el *Paris*, no el *Titanic* —repuso Alex, rodeándola entre sus brazos y amándola cada día más. ¡Era una criatura increíblemente dulce, sencilla y adorable, además de inteligente y muy madura para su edad! No podía pensar en una mujer mejor con la que casarse—. Y además, el *Paris* no se hunde, solo se encalla —añadió bromeando.

En el último mes, el buque había sufrido dos incidentes desafortunados. Primero se había quedado encallado en el puerto de Nueva York durante treinta y seis horas, y once días más tarde le ocurrió lo mismo en Cornualles, donde tardaron dos horas en poder reflotarlo. No resultaba muy tranquilizador. Sin embargo, Louise y Eleanor sabían que se trataba de un barco fabulosamente lujoso, como habían podido comprobar el año anterior cuando fueron a buscar el vestido para su baile de presentación en sociedad. Pero, en esta ocasión, su misión era muchísimo más importante. Louise quería encargar el vestido de novia más espectacular que pudiera encontrar, y Charles la secundaba plenamente, costara lo que costase. Ambos querían que fuera la boda del siglo, y Alex estaba muy emocionado por todo el revuelo que estaban armando. Iba a ser un evento incluso más fastuoso que su primer compromiso nupcial.

Alex y Charles fueron a despedirlas cuando partieron en el tren hacia Chicago, donde harían transbordo para dirigirse a Nueva York. Wilson también iba con ellas. Louise le dijo que, mientras ellas estaban en París, podía tomarse unos días libres para ir a visitar a su familia en Irlanda, tal como había hecho el año anterior.

Aunque para Eleanor el viaje a París era más un castigo que un placer, al verse obligada a estar separada tanto tiempo de su amado, su estado de ánimo mejoró ligeramente cuando salieron de la estación. Tenía una misión que cumplir, y además, Alex le había prometido que le escribiría mientras estuviera fuera. Se animó bastante cuando llegaron a Nueva York y fueron a visitar a las primas de su madre. Y, una vez en el barco, se dejó llevar finalmente por el entusiasmo y empezó a revisar los recortes de revistas que su madre había llevado consigo.

Para esta ocasión, estaban considerando a varios diseñadores. Louise tenía la impresión de que, durante el último año, las creaciones de Jean-Charles Worth se habían vuelto demasiado extremadas y arriesgadas, lo cual estaba bien para un baile de debutante, pero no para una boda. Cuando llegaran a París quería ir a visitar el taller de otros modistos y modistas.

Gabrielle «Coco» Chanel estaba causando gran sensación, pero era demasiado controvertida y moderna. Sus diseños se centraban en lo que se conocía en la época como ropa deportiva, prendas más relajadas e informales, y a Louise no le parecía una elección apropiada para un vestido de novia. Paul Poiret, una de las figuras más importantes de la moda parisina, se había convertido en un firme candidato, al igual que las casas de Doucet y Paquin. Elsa Schiaparelli también había alcanzado gran notoriedad en el mundo de la alta costura, pero por lo que habían visto en las revistas parecía más interesada en marcar tendencia, con sus tejidos de punto y sus tweeds, sus prendas de esquí y sus bañadores, así como sus elegantes jerséis trampantojo que estaban causando auténtico furor. No obstante, Louise opinaba que sus creaciones eran excesivamente modernas. Estaba muy interesada en conocer a Jeanne Lanvin, otra de las grandes diseñadoras de la escena parisina, que había elaborado una serie de exquisitos vestidos para su hija, la condesa de Polignac. Louise los había visto en las páginas de la revista *Vogue* y tenía la sensación de que podría ser la idónea para el traje nupcial de Eleanor, así que concertarían una cita para ir a verla en su nueva boutique del Faubourg Saint-Honoré. Tenían mucho trabajo por delante, y para cuando llegaron al puerto de Le Havre, Eleanor ya estaba lista para unirse a su madre en la búsqueda del vestido de novia más espectacular que pudieran encontrar.

Al igual que el año anterior, se alojaron en el Ritz. Se concedieron una jornada de descanso para recuperarse del largo viaje. Luego salieron a pasear por las calles de París y disfrutar del agradable tiempo primaveral, y al día siguiente se embarcaron en la importante misión que las había llevado allí. Antes de abandonar el hotel, Eleanor recibió un telegrama de Alex:

«Contando los días y amándote cada vez más. ¡Disfruta mucho! Te quiero. Alex».

Después de pedirle al conserje del Ritz que le enviara su respuesta, Eleanor salió del hotel con una amplia sonrisa en la cara. Luego ella y su madre emprendieron la ronda por las principales firmas de moda parisinas.

Empezaron por la tienda de Paul Poiret en la rue Auber, donde revisaron un libro de muestra con los últimos modelos nupciales del diseñador. Los bocetos eran preciosos, pero ninguno de ellos despertó el entusiasmo de la joven, que se quedó un tanto decepcionada.

Desde allí fueron a la boutique de Elsa Schiaparelli, ya que Eleanor quería ver los famosos jerséis trampantojo, su seña distintiva y la cumbre de su creatividad. Compró cuatro modelos con dibujos diferentes: un corazón atravesado por una flecha, un tatuaje de marinero, un esqueleto y un jersey negro con un impactante lazo rosa, la combinación de colores favorita de la diseñadora. A Eleanor le encantaron aquellas prendas, que gozaban de tanto éxito entre las clientas de la alta costura parisina, pero no así los diseños nupciales. Schiaparelli utilizaba muchas cremalleras a la vista y otros toques modernos que a Eleanor le gustaban para lucir a diario, pero no para una ocasión tan especial.

Fueron a almorzar al restaurante del hotel Crillon, y de allí a la boutique de Jeanne Lanvin en el Faubourg Saint-Honoré. La casa de modas llevaba cuarenta años en activo, pero la tienda era nueva. En cuanto entraron en el establecimiento, Eleanor y Louise supieron que habían llegado al lugar adecuado. Los modelos de Lanvin no eran excesivamente modernos, ni llamativos ni ostentosos, pero eran todo lo que debería ser la alta costura: no solo por su exquisita factura, en la que cada puntada estaba hecha a mano, sino porque los diseños combinaban elegancia y juventud, con una opulencia que se alejaba de la vulgaridad y la pretenciosidad. Eran prendas marcadas por una elegancia y un buen gusto increíbles, con cierto aire regio y majestuoso. Eleanor podía verse perfectamente luciendo un traje nupcial diseñado por madame Lanvin. Sabía que podría crear para ella un vestido realmente especial, el modelo ideal para el día más importante de su vida.

Al principio fueron recibidas por la directora de alta costura de la firma, pero en plena reunión se les unió la mismísima madame Lanvin, que estuvo un buen rato hablando con Eleanor. Quería conocerla bien, escucharla describir cómo se veía a sí misma el día de su boda, cuál era su sueño y qué tipo de novia deseaba ser. Entonces sacó un pequeño cuaderno y bosquejó rápidamente un boceto interpretando todo lo que la joven le había dicho, con un pequeño toque aquí y allá y algunas sugerencias adicionales. Eleanor contempló el dibujo maravillada y asombrada al mismo tiempo: era justo lo que quería, solo que no lo había sabido hasta ese momento. Era como si madame Lanvin le hubiera leído la mente.

—Esto es exactamente lo que quiero —dijo Eleanor casi en un susurro, sobrecogida ante la genialidad de la célebre diseñadora.

La mujer no paraba de murmurar para sí misma, como en trance:

—Sí... así... ¿y queremos satén? No... queremos encaje, con el tejido bordado con pequeñas perlas... sí... sí... ah, *voilà... comme ça... non...* Creo que la cintura debe ser estrecha. —Madame Lanvin miró el delicado talle de Eleanor y asintió—. Muy estrecha... y la falda más amplia para acentuarla. —Volvió a mirar a Louise y a Eleanor—. Sin *chemise*. Todo el mundo las usa ahora, Poiret, Worth... Yo también, pero no para una novia. Haremos la falda amplia pero no demasiado, y añadiremos una cola muy, muy, muy larga, como para una reina. Es lo que hice para mi hija cuando se convirtió en condesa... Y el velo sobre la cara... hasta aquí —continuó, señalando las manos de Eleanor—, pero muy largo por detrás, ribeteado con el mismo encaje.

A medida que el lápiz de madame Lanvin volaba sobre el cuaderno de dibujo, iba apareciendo la imagen de una novia majestuosa... Majestuosa y, al mismo tiempo, delicada y vulnerable, con mangas largas y escote alto, y una falda acampanada que oscilaría suavemente mientras avanzaba en dirección al altar, y una cintura tan estrecha que se podría rodear con ambas manos. El cuerpo entero sería de encaje bordado, con incrustaciones de pequeñas perlas. Eleanor podía visualizarse enfundada en ese vestido el día de su boda. Y su madre también la imaginaba. Por fin, madame Lanvin se reclinó en su asiento y les sonrió.

—Les enviaré al hotel algunos bocetos acabados dentro de un par de días, y luego hablaremos de los cambios que deseen realizar. Después le tomaremos las medidas y empezaremos a trabajar. Serán tres pruebas, una por semana. Daremos prioridad a su vestido en el taller para que puedan regresar a casa dentro de un mes. En cuanto aprueben los bocetos, empezaremos con los bordados del encaje. La primera prueba será en tela de muselina, hasta asegurarnos de que el patrón encaja a la perfección. —Hablaba más para sí misma que para ellas, al tiempo que daba instrucciones en francés a su ayudante—. Tenemos el encaje perfecto. Lo he estado reservando para una ocasión muy especial —concluyó sonriendo, y luego se levantó y les estrechó la mano.

Después de pasarse dos horas en la boutique, Eleanor y Louise salieron sintiéndose como si hubieran encontrado el mismísimo Santo Grial y, además, de la forma más rápida y sencilla. La decisión de ir a ver a madame Lanvin había sido todo un acierto. Ambas permanecieron en silencio al montarse en el coche con chófer que las llevaría de vuelta al Ritz. Pasaron cinco minutos antes de que Eleanor por fin hablara:

—Ha sido fantástico, mamá. Puedo imaginarme perfectamente con ese vestido.

—Vas a ser la novia más hermosa que jamás se haya visto —dijo Louise con lágrimas en los ojos, inclinándose para besar a su hija.

—Pero ¿no costará una fortuna? —preguntó Eleanor con una súbita expresión de culpabilidad al recordar todo lo que había dicho madame Lanvin: los bordados, las perlas, el encaje que había estado reservando para la ocasión, y la «cola muy, muy, muy larga».

—Seguramente —respondió Louise con una sonrisa—, pero de no ser así sería una decepción para tu padre. Quiere que tengas el vestido más espectacular que podamos conseguir aquí. Y creo que lo hemos encontrado. Ahora todo está en nuestras manos, y sobre todo en las de madame Lanvin.

Eleanor asintió, sintiéndose todavía como en una nube.

Esa noche cenaron en la habitación del hotel y se acostaron pronto. Eleanor había recibido otro telegrama de Alex diciéndole cuánto la quería y que la echaba mucho de menos, y cuando se metió en la cama soñó con vestidos de novia y con el increíble talento de madame Lanvin.

Al día siguiente visitaron el Louvre y pasearon por el jardín de las Tullerías. Luego fueron a la librería de Sylvia Beach y a la Librairie Galignani, en la rue de Rivoli, a fin de buscar algunas primeras ediciones para llevárselas a Charles cuando volvieran a casa. Después de su expedición por las librerías, fueron al elegante salón de té Angelina, donde pidieron una taza de chocolate caliente y sus famosos dulces Mont-Blanc, elaborados con castañas, merengue y nata montada.

Dos días después de su visita a madame Lanvin, los bocetos prometidos llegaron al hotel. Los dibujos eran exquisitos y en ellos aparecían todos los detalles de los que habían hablado durante su reunión. Eleanor sintió deseos de enmarcarlos: eran como un sueño hecho realidad. Ya se imaginaba con él puesto, y la cara que pondría Alex al verla caminar hacia el altar.

Llamaron a la boutique y concertaron una cita para la mañana siguiente. Cuando llegaron a las diez al Faubourg Saint-Honoré, el trabajo ya estaba en marcha. Una de las encargadas del taller de madame Lanvin, una posición sumamente respetada, les presentó la tela como si de una joya se tratara. Era el encaje más hermoso que Louise había visto en su vida. Luego procedieron a medir, en centímetros, hasta el más mínimo detalle del cuerpo de Eleanor: las muñecas, el cuello, la cintura; la distancia desde las clavículas hasta el pecho; el largo central desde el cuello hasta la cintura, por delante y por detrás; la distancia entre el hombro y el codo, y entre la parte inferior y superior de la cadera la medida del pecho por encima y por debajo de los senos, y el largo desde el cuello hasta el suelo, tanto por delante como por detrás. Las mediciones llevaron su tiempo, pues serían fundamentales para elaborar el patrón sobre el que se confeccionaría el vestido, primero en muselina y, ya casi al final del proceso, en encaje. No podían arriesgarse con un tejido tan delicado y valioso, así que las pruebas de patronaje se realizarían en muselina hasta asegurarse de que todo estaba perfecto. No había margen posible de error. La belleza de la alta costura consistía en garantizar que, una vez acabado el diseño, todo estuviera impecable. Era la única manera de alcanzar la perfección.

Después de que le tomaran medidas, medidas, tuvieron una semana para explorar la ciudad. Fueron a los museos de la Orangerie y del Jeu de Paume. Al día siguiente recorrieron los jardines de Versalles, donde ya habían estado con anterioridad pero que siempre resultaban fascinantes, y visitaron los aposentos privados de María Antonieta.

La semana se le pasó volando a Eleanor, gracias también al intercambio diario de telegramas con Alex. En ellos le expresaba siempre el amor que sentía por ella y lo emocionado que estaba por la vida que compartirían juntos. Le hizo algunas preguntas sobre el vestido, pero Eleanor no soltó prenda. Quería que fuera una auténtica sorpresa para él.

Durante su segunda semana en París, se encontraron por casualidad con unos amigos de San Francisco que se alojaban en el Crillon. Quedaron para almorzar con ellos en La Tour d'Argent, antes de marcharse unos días al sur de Francia. Sería una agradable distracción que les ayudaría a pasar el tiempo entre las pruebas de vestuario. Eleanor daba largos paseos todos los días, mientras que su madre se pasaba horas anotando ideas para los preparativos del gran acontecimiento.

Una boda para ochocientos invitados era una empresa ingente, casi como planificar una guerra pero con un final feliz. Iba a ser el enlace nupcial más fastuoso que se hubiera celebrado nunca en San Francisco, y a él asistirían parientes y amigos de Boston y Nueva York. Louise les pidió a Eleanor y a Alex una lista de las amistades a las que querían invitar, aunque, tal como dictaba la tradición, la mayor parte de los asistentes vendrían por parte de los padres de la novia.

La primera prueba con el vestido en muselina resultó de lo más emocionante. Dos de las encargadas del taller se afanaban en hacer ajustes y en tomar abundantes notas. También estaban la directora de alta costura y, por supuesto, la propia madame Lanvin, que llegó frunciendo el ceño imaginándose todas las cosas que sabía que no acabarían de convencerla. Después de abrazar a Eleanor y estrechar la mano de Louise, procedieron a probarle el vestido. Una vez puesto parecía una prenda ya acabada, confeccionada en una delicadísima tela de algodón. Se ajustaba a su cuerpo como un guante, salvo por unas pequeñas arrugas aquí y allá que madame Lanvin señaló inmediatamente y las encargadas se apresuraron a corregir con alfileres. Las tres mujeres se pasaron una hora de reloj examinando con gran minuciosidad cada milímetro del tejido de muselina, en busca de pequeños defectos que, si no se detectaban antes, costaría mucho solucionar más adelante.

A continuación le pidieron a Eleanor que escogiera los zapatos. Se decantó por el estilo de calzado que madame Lanvin prefería para aquella prenda, provisto de un tacón con la altura justa. Luego volvieron a tomarle medidas para la ropa interior que llevaría bajo el vestido. Nada se dejaría al azar.

Eleanor luciría un modelo de alta costura de la cabeza a los pies, tanto por dentro como por fuera.

Esa semana hicieron varias excursiones en coche para explorar algunos castillos de las afueras de París: el *château* de Cheverny, con su espectacular jardín de tulipanes, y el *château* de Villandry, con sus espléndidos parterres de estilo francés.

En la siguiente prueba de vestuario, la muselina se ajustaba a la perfección. Solo hubo un mínimo detalle que madame Lanvin quiso retocar: la cintura quedaba demasiado alta y quería bajarla un centímetro. Aparte de eso, pareció muy satisfecha con el resultado y abandonó el taller enseguida.

A la semana siguiente, los lienzos de encaje ya habían sido hilvanados. A Eleanor le parecía que el vestido estaba acabado, pero madame Lanvin no opinaba lo mismo y le dijo que aún quedaba mucho por hacer. Todo el trabajo previo con la muselina había dado sus frutos: la prenda se amoldaba al cuerpo sin el menor pliegue o arruga. No había nada que cambiar, y durante los días que quedaban para la prueba definitiva Eleanor se sintió como si estuviera esperando el nacimiento de un hijo. Apenas podía esperar a ver el resultado, y Louise estaba tan emocionada como ella.

Cuando llegó el momento de la prueba final, sintieron que todo el tiempo que habían pasado en París había merecido la pena. Eleanor se presentó ante ellas como una visión celestial enfundada en aquel vestido de novia increíblemente hermoso. Era una obra impecable hasta el más mínimo detalle. El trabajo de bordado era exquisito. Las pequeñas perlas habían sido cosidas sobre el encaje en los lugares precisos. La espalda del traje iba cerrada con una hilera de cien botones diminutos. La ropa interior se ajustaba a su cuerpo como una segunda piel, y cuando le colocaron el velo sobre la cabeza, tanto la madre como la hija fueron incapaces de contener las lágrimas. Eleanor nunca se había sentido tan hermosa ni se había visto tan deslumbrante. Era el vestido con el que soñaría cualquier novia. Madame Lanvin sonrió al verla.

—Sí... sí... es muy bonito. El encaje es justo el apropiado para este vestido. —Luego miró a Eleanor muy seria y añadió—: Eres una mujer preciosa y serás una novia preciosa. Estarás maravillosa el día de tu boda.

—Gracias a usted —respondió Eleanor con voz queda.

Al contemplarse en el espejo, apenas podía creer que fuera su imagen la que se reflejaba en él. Estaba impaciente por que Alex la viera luciendo aquella maravilla.

—Encargaremos una caja especial para el vestido y la enviaremos al hotel antes de que zarpe su barco —prometió madame Lanvin.

Luego besó a Eleanor en ambas mejillas y le deseó toda la felicidad del mundo para el día de su boda antes de marcharse. Una vez que la creadora de ese increíble vestido hubo desaparecido, Louise procedió a arreglar los detalles finales del pago, del que se encargaría Charles a través de un banco en París, y poco después se marcharon. Eleanor se sentía como en una nube.

—Mamá, ¿cómo podré agradeceros este regalo? Es un vestido tan hermoso que hasta me da miedo tocarlo.

—Lo tocarás, y lo lucirás, y serás la novia más deslumbrante que nunca se haya visto. Y Alex y tú viviréis felices por siempre jamás.

Sonrió a su hija, la tomó de la mano y echaron a andar por el Faubourg Saint-Honoré. Habían cumplido la misión que las había llevado a París. Jeanne Lanvin había creado el traje nupcial más maravilloso del mundo.

Cuando la caja con el vestido llegó por fin al Ritz, era tres veces más voluminosa que cualquiera de sus baúles de viaje. Iba dentro de un armazón de madera fabricado especialmente para proteger su contenido. Ahora ya podían regresar a casa con Alex y Charles. Para entonces llevaban cinco semanas en

París, y cuando desembarcaran en Nueva York aún tendrían que tomar un tren hasta California. Eleanor no podía esperar a que llegara octubre. Sería el día más feliz de su vida y luciría el vestido de novia más espectacular que jamás se hubiera confeccionado.

—¿Lista para volver a casa? —le preguntó Louise, después de que dos hombres hubieron transportado la caja con el vestido hasta su suite del barco.

Eleanor asintió sonriendo. Estaba más que lista, y lo mejor de todo era que Alex la estaría esperando.

3

El viaje de regreso a Nueva York a bordo del SS *Paris* transcurrió sin incidentes destacables. Cada vez que Eleanor entraba en su lujoso camarote y veía la enorme caja de madera de Lanvin sentía un estremecimiento de emoción, consciente de lo que había en su interior. Por el momento, era el símbolo de su futuro con Alex, y apenas podía esperar a lucirlo. En comparación, el modelo de Worth que había llevado en su baile de debutante parecía sencillo. Su vestido de novia iba a ser absolutamente fastuoso, a la par que elegante y femenino. Jeanne Lanvin era una estilista genial con un talento inmenso, y había sido la elección perfecta para diseñarlo.

Eleanor le había hablado a Wilson sobre el vestido y esta estaba ansiosa por verlo. La doncella había pasado una semana en Irlanda con su familia, algo por lo cual le estaba muy agradecida a Louise. Además, tenía su propio camarote en segunda clase, un aposento mucho más cómodo y agradable que el que la mayoría de las señoras proporcionaban a sus criadas.

Estuvieron solo un par de días en Nueva York, y, al igual que en el viaje de ida, se alojaron en el Sherry-Netherland, un hotel nuevo que se había inaugurado hacía dos años. Estaban a finales de mayo y el tiempo era cálido y apacible, pero Eleanor y su madre estaban deseando llegar cuanto antes a casa.

En el tren de vuelta viajaron en un compartimento de primera clase, y reservaron otro para Wilson y para todos los baúles y la caja con el vestido. Hicieron transbordo en Chicago, pero Eleanor apenas durmió durante el último tramo del trayecto. Solo podía pensar en Alex y en todo lo que les esperaba por delante. En ese momento habría deseado poder acelerar el tiempo: cinco meses parecían una eternidad hasta que llegara por fin el gran día y se convirtiera en su esposa. Costaba imaginar que hubiera llegado a amarlo tanto desde que se conocieron en su baile de presentación, hacía solo cinco meses.

Cuando el tren entró en la estación de San Francisco, Eleanor y Louise miraron con expectación por la ventanilla de su compartimento. La joven llevaba uno de los jerséis de Schiaparelli, junto con un nuevo tocado rojo que le había comprado a un talentoso sombrerero de la rue du Bac, en la orilla izquierda del Sena. Charles y Alex estaban esperando en el andén, este último con un gran ramo de rosas rojas. Eleanor bajó el cristal de la ventanilla y agitó los brazos. Entonces las vieron. El rostro de Charles se inundó de felicidad al ver a su esposa, y Alex parecía a punto de estallar de alegría. Ya no quedaba ni rastro del hombre serio y un tanto adusto que había sido durante casi una década. En cuanto el revisor abrió la puerta del vagón, Eleanor bajó corriendo los peldaños y se lanzó a los brazos de Alex. Este dejó caer las rosas, la estrechó con fuerza y la besó. Charles y Louise se abrazaron con menos efusividad, pero igualmente muy felices de reencontrarse. Charles dio instrucciones a varios mozos para que recogieran las maletas y los baúles. Su coche los esperaba fuera, junto con otros dos vehículos para transportar a Wilson y todo el equipaje hasta la mansión. Al ver salir del tren la enorme caja de madera procedente de París, Charles sonrió.

—¿Es el vestido? —le preguntó a Louise, y ella asintió con una sonrisa.

—Nunca has visto nada tan hermoso.

Ninguno de ellos tenía la menor duda de que todo el dinero que había pagado Charles merecía absolutamente la pena. Madame Lanvin se había superado, y Eleanor no desmerecería su diseño.

Ambas se alegraban mucho de estar de vuelta. Al llegar a la mansión de Nob Hill, Wilson bajó directamente a las dependencias del servicio antes de volver a subir para ayudar a su señora a deshacer el equipaje. En la sala común, mientras tomaba una taza de té y unas galletas que la cocinera acababa de sacar del horno, les habló a los demás sirvientes de la semana que había pasado en Irlanda visitando a su familia. Les contó que se había mareado en el barco, pero aun así sus compañeros la envidiaban por todos los viajes de los que podía disfrutar acompañando a sus señores. También se había comprado en París un sombrero negro muy elegante. Le preguntaron si ya había visto el vestido de novia. Wilson tuvo que reconocer que no, aunque había podido ver los bocetos y una muestra del encaje y le habían parecido preciosos.

Después subió con otras dos doncellas para deshacer el equipaje de sus señoras. El vestido de novia seguiría dentro de su caja especial, guardado bajo llave en una habitación para invitados. Louise y Eleanor estaban almorzando en el comedor de la mansión junto con Charles y Alex, quienes parecían muy felices de tener a sus mujeres de vuelta, ya que habían estado fuera mucho tiempo. Los prometidos no podían apartar los ojos el uno del otro y se tomaban de las manos a la menor oportunidad. Después de comer, Charles se despidió de su esposa con un beso y se marchó a su despacho, mientras que Alex y Eleanor salieron a dar un paseo por el jardín. Se sentaron en un banco y hablaron de su luna de miel. Alex había pensado en ir a Italia, y ambos estaban muy emocionados ante la perspectiva. Eleanor nunca había estado allí, solo en Francia con su madre para encargar los dos vestidos, y ese sería su primer viaje al extranjero convertida ya en la señora de Alex Allen. Ambos estaban entusiasmados con la maravillosa aventura que iban a emprender juntos.

—Te he echado muchísimo de menos —le confesó él, rodeándola con un brazo—. ¿Estás contenta con el vestido?

—No podría estarlo más. Y espero que a ti también te guste.

—Podrías casarte enfundada en un saco y yo seguiría siendo el hombre más feliz del mundo.

Sabía que conseguir aquel vestido había sido una empresa casi titánica, y solo se había enterado de algunas cosillas por Eleanor y su padre. Charles estaba encantado de que su mujer se encargara de la organización y tomara todas las decisiones. Él se limitaría a pagar las facturas. Planificar una boda era tarea de la madre de la novia, y Alex estaba encantado con dejar que le sorprendieran ese día.

Eleanor le habló de algunas de las cosas que había hecho en París con su madre, de los museos y los castillos que habían visitado, y él también le contó un poco de lo que había estado haciendo en su ausencia. Se habían escrito a diario y se habían enviado incontables telegramas. Ella los había guardado todos, y tenía intención de recopilarlos en un álbum como recuerdo del amor que se habían profesado durante la etapa del compromiso, a fin de enseñárselo a sus hijos algún día. Esperaban tener muchos, y algunas veces habían hablado discretamente de ello. Eleanor le había confesado a su madre que le gustaría quedarse embarazada en la luna de miel. Se amaban tanto que querían fundar una familia cuanto antes, y Louise se mostró de acuerdo. Sabía que Alex cuidaría muy bien de Eleanor y que sería un padre excelente. Ella y Charles estaban absolutamente convencidos de que hacían muy bien en confiarle a su hija.

—Tu padre me ha dicho que os marcharéis a Tahoe dentro de dos semanas —dijo Alex. Él nunca había estado en la finca del lago y estaba deseando verla—. Y me ha invitado amablemente a pasar unos días con vosotros. En agosto podría tomarme unas semanas libres, ya que casi todo el mundo lo hace y no hay mucho trabajo en el despacho, aunque eso significa que tendré que adelantar todo lo que pueda en julio.

—Es lo que papá acostumbra a hacer —le tranquilizó ella—, y luego puede pasarse todo el mes de agosto con nosotras en el lago.

También solían invitar a otras amistades, y a menudo ofrecían grandes fiestas los fines de semana. A la gente le encantaba ir de visita allí para disfrutar del saludable aire de la montaña, dar largos paseos y jugar al tenis, al bádminton o al cróquet. Los hombres iban a pescar y todos salían a navegar en las barcas y a bañarse, aunque el agua estaba muy fría. Los Deveraux también iban a visitar a otras familias de la zona. En general, representaba un descanso de la agitada actividad social de San Francisco, aunque en ocasiones podía ser igual de intensa.

La casa principal era casi tan grande como su mansión de la ciudad, aunque el ambiente en el lago era más relajado. Cenaban con esmoquin en vez de con frac, y los fines de semana a veces podían llegar a tener hasta veinte invitados. Había un comedor interior y otro exterior. Charles le había propuesto a Alex que invitara también a sus dos hermanos pequeños, pero a este no le hizo mucha gracia la idea y reconoció ante su futuro suegro que en ocasiones su comportamiento no era el más deseable. Ese verano iban a visitar a algunos amigos en la Costa Este, y Phillip, el fanático de los caballos, tenía pensado ir a jugar al polo a México. Eran demasiado conflictivos y no quería castigar a su nueva familia política imponiéndoles su presencia. Además, los chicos eran muy jóvenes y se aburrirían entre tanta gente respetable, y él tendría que pasarse todo el fin de semana regañándoles por beber demasiado o por acostarse con las criadas. Ya eran demasiado mayores como para que él pudiera controlarlos, pero no lo suficiente maduros como para que pensaran en sentar la cabeza, así que Alex se limitaba a hacer la vista gorda ante sus reprobables comportamientos y a sacarlos de problemas cuando tenía que hacerlo. No eran malos chicos, pero resultaban un tanto agotadores.

Al convertirse en cabeza de familia con solo veintiséis años, Alex había tenido que madurar pronto, algo que sus hermanos aún no habían hecho. Y como ninguno de los dos había trabajado nunca, tampoco veían razón para empezar ahora. La herencia que habían recibido les permitía vivir desahogadamente y tener todos los caprichos que se les antojaran, algo que hacían con frecuencia ante la consternación de su hermano mayor. Ambos conocían todos los garitos de San Francisco donde se servía alcohol ilegalmente. Alex los quería, pero a menudo ponían a prueba su paciencia. Eleanor los conoció antes de marcharse a París en un breve encuentro, y los dos habían coincidido en que era una chica agradable, pero demasiado recatada para su gusto. No les entraba en la cabeza que Alex quisiera casarse tan pronto y pensaban que debería disfrutar un poco más de su soltería. Sentían mucho afecto por su hermano, pero opinaban que era demasiado serio y aburrido y no tenían nada en común con él, sobre todo ahora que estaba comprometido. Asistirían a la boda, por supuesto, pero Alex dudaba de que se comportaran como debían. Al menos, entre una multitud de ochocientos invitados nadie se fijaría demasiado en las fechorías que pudieran cometer, a no ser que se tratara de algo realmente escandaloso, lo cual tampoco le extrañaría. Nunca habían tenido que asumir responsabilidades, y Alex se preguntaba si alguna vez se verían obligados a hacerlo. Hasta el momento, todos sus sermones habían caído en saco roto.

Se quedaron un rato más sentados en el jardín, disfrutando de la alegría de su reencuentro. Luego, con gran dolor de su corazón, Alex tuvo que volver al despacho. Cuando se marchó, Eleanor subió a su dormitorio para revisar cómo deshacían el equipaje. Había comprado en París un montón de prendas nuevas, entre ellas varios vestidos veraniegos y algunos bañadores de Elsa Schiaparelli para lucir en el lago. Le encantaba nadar en sus frías aguas y luego tumbarse al sol en el muelle, o salir a navegar en las barcas y las lanchas. Sabía conducirlas, asistida por alguno de los timoneles expertos, y el verano anterior había aprendido a practicar esquí acuático. Alex le dijo que también quería aprender. Les esperaban infinidad de felices descubrimientos juntos. Eleanor podía ver el maravilloso futuro que se extendía ante ella, con Alex, con sus hijos, y pasando los veranos en el lago Tahoe con sus padres. Charles quería reformar una de las casas de invitados para ellos, y su intención era que estuviera lista para el próximo año. Había encargado a un arquitecto que trazara los planos de su futura residencia estival, y quería que Alex y Eleanor los examinaran juntos. Ella deseaba que tuviera al menos cuatro dormitorios, para todos los hijos que esperaban tener.

Dos semanas después de regresar de Francia, Eleanor y Louise se marcharon al lago Tahoe. Iban tan cargadas que parecía que estuvieran en plena mudanza. Se llevaron innumerables baúles consigo, y aunque allí tenían ropa de sobra, cada año añadían los modelos de la nueva temporada sin los que no podían vivir. A Charles le encantaba complacerlas. «Ya sabes cómo son las mujeres», solía decirle a Alex. Eleanor y Louise subieron en el tren privado antes que los hombres a fin de instalarse y organizarlo todo. No tendrían invitados el primer fin de semana, pero sí que recibirían a muchos amigos y conocidos durante los meses de julio y agosto. El comedor de la casa principal era tan grande como el de su mansión en la ciudad, y la residencia contaba con veinte habitaciones para acomodar a gente, además de varias casas de invitados.

Nada más llegar, Louise fue a hablar con los jardineros para darles instrucciones sobre las flores que quería para la casa. Se habían llevado con ellas a la cocinera, a sus ayudantes y a buena parte del servicio, además de las mozas del lugar que contrataban todos los veranos. Las barcas y las lanchas ya estaban preparadas en el muelle del lago, al igual que todo el equipamiento necesario para salir de pesca. También estaba todo listo en las caballerizas. Louise sabía montar, aunque no le entusiasmaba; en cambio, Eleanor disfrutaba muchísimo cabalgando con su padre por las colinas circundantes. Para cuando Charles y Alex llegaron el fin de semana, todo estaba ya en perfecto orden. Louise gobernaba la casa con suma eficiencia.

Esa noche, después de llegar en el tren privado a la pequeña estación que quedaba cerca de la propiedad, los cuatro disfrutaron de una tranquila cena. Se acostaron pronto y por la mañana, antes de que sus padres se levantaran, Eleanor y Alex salieron a montar por la finca.

—Este lugar es fantástico —dijo él entusiasmado—. Mis padres tenían un rancho en Santa Bárbara al que solíamos ir todos los veranos, pero cuando fallecieron lo vendí. A mis hermanos no les gustaba ir y era demasiado grande para mí solo. Siempre pensé que algún día compraría algo más pequeño, aunque al final no lo hice.

—Bueno, pues ya no tienes que hacerlo —respondió ella sonriendo, sentada cómodamente a lomos de la tranquila yegua que montaba todos los veranos. A él le había reservado uno de los caballos cazadores de su padre, que también era una buena montura—. Tenemos esto —añadió dulcemente, abarcando con la mirada la vasta extensión de terreno que conformaba la propiedad y que incluía un bosque, parte de las montañas que se alzaban detrás, una larga franja de la orilla del lago, con el muelle y el cobertizo para las barcas, y una pequeña playa—. Me encanta venir aquí. Resulta muy agradable poder escapar de la ciudad. Y espero que a ti también te guste.

—Me gusta cualquier lugar en el que pueda estar contigo —añadió él—. Y algún día será también un lugar magnífico para nuestros hijos.

Ella se ruborizó. Le avergonzaba un poco hablar de esos temas con él, aunque también era su sueño y podía verse ya rodeada de niños. La finca había pertenecido a la familia desde hacía cuatro generaciones y seguiría siendo así en el futuro.

—Lo siento —se disculpó Alex con suavidad—, no ha sido muy delicado por mi parte, pero es que no puedo pensar en nada más maravilloso que en tener hijos contigo. —Ella asintió, incapaz de hablar, y él se inclinó en su montura y le tocó la mejilla con dulzura—. Quiero que seas feliz, Eleanor, y voy a darte una vida maravillosa.

Su vida ya era maravillosa, pero él era la guinda que faltaba. No había esperado enamorarse de aquella manera, y su amor parecía crecer cada día que pasaba.

Cabalgaron durante una hora y, tras llevar los caballos de vuelta a los establos, se unieron a sus padres para disfrutar de un sustancioso desayuno en una de las salas con vistas al lago.

—¿Has visto ya las barcas? —le preguntó Charles a Alex.

—Todavía no. Habíamos pensado en bajar al cobertizo del muelle después de desayunar.

Charles asintió con una sonrisa, consciente de la agradable sorpresa que le aguardaba. Cuando terminaron de desayunar, acompañó a los jóvenes hasta el lago mientras Louise se quedaba hablando con la cocinera para darle indicaciones sobre el almuerzo. Comerían cangrejos de agua dulce y truchas recién pescadas por los barqueros, con los que la mujer haría auténticas maravillas.

Al entrar en el cobertizo, Alex se quedó maravillado al ver las magníficas embarcaciones allí guardadas, entre ellas una lancha rápida Gar Wood y un «sedán marítimo» Fellows & Stewart. Se montaron en la lancha favorita de Charles, bautizada como *Comet* y provista de un motor Hall-Scott, y durante una hora surcaron a toda velocidad las aguas del lago. Cuando regresaron al muelle, Eleanor se puso un bañador y se tumbó para tomar el sol. Por la tarde irían a practicar esquí acuático.

El fin de semana en el lago transcurrió apaciblemente. Alex y Charles pasaban mucho tiempo hablando sobre la recesión económica que había empezado ese verano, cuyas consecuencias les estaban afectando a ambos. La Bolsa no hacía más que subir y los dos temían que la burbuja acabara por estallar. Las acciones estaban alcanzando unos precios que no se podían justificar.

El domingo por la noche, Alex tuvo que volver a la ciudad para trabajar y Eleanor lo llevó en coche a la estación privada. No tenía carnet, pero su chófer le había enseñado a conducir hacía un par de años. Mientras el tren esperaba para salir, él la estrechó entre sus brazos y la besó. Charles no volvería a San Francisco hasta el lunes por la noche, pero Alex sentía que debía regresar antes.

—Vas a convertirme en un hombre ocioso —dijo sonriendo a Eleanor—. Es tan maravilloso estar contigo... Nuestra vida va a ser mejor de lo que nunca soñé —añadió con dulzura, y volvió a besarla.

Alex tenía la sensación de que podría estallar de felicidad. Al día siguiente se reuniría con un arquitecto para discutir los cambios que tenía previsto hacer en su mansión de la zona alta de Broadway, donde vivirían después de su luna de miel en Italia. Quería reformar el vestidor de su madre y modernizar el cuarto de baño para darle una sorpresa a su futura esposa. Eleanor iba a trasladarse de una magnífica residencia a otra. La casa que había construido el abuelo de Alex era casi tan majestuosa como la mansión Deveraux, aunque ligeramente más austera, y tenía unas magníficas vistas sobre la bahía de las que aquella carecía. Alex creía que también habría que remodelar el jardín, pero le pediría a Eleanor que se encargara de ello una vez que se instalaran.

—Odio tener que dejarte —le dijo en un susurro, y luego añadió con un suspiro—: Volveré el viernes por la noche con tu padre. Va a ser una semana muy larga sin ti. Me temo que cuando estemos casados no me separaré ni un solo momento de tu lado, salvo quizá para dejarte venir aquí en verano. Me he sentido muy solo todo este tiempo.

Alex no alcanzaba a imaginar cómo había podido vivir sin ella durante treinta y dos años. El tiempo había jugado a su favor de forma providencial. Todo había salido justo como debía ser, ya que Eleanor no habría podido estar con él antes de su baile de debutante. Sin saberlo, Alex había permanecido como en estado de hibernación, esperando a que ella creciera. Amelia había fallecido cuando Eleanor tenía diez años, y ahora no podría haber otra mujer mejor para él.

Ella sonrió al escuchar todas las cosas tiernas que le decía, y luego volvió a besarle antes de que subiera al vagón. Se despidió agitando la mano hasta que el tren dobló una curva y desapareció de su vista.

El fin de semana siguiente recibirían a bastante gente, así que estarían muy ocupados jugando al tenis y al cróquet y haciendo todas las actividades con las que sus padres entretendrían a sus invitados. Por las noches solían jugar al bridge y a otros juegos de cartas, y a veces se entretenían adivinando cosas mediante mímica, todo lo cual ayudaba mucho a relajar el ambiente. Aun así, el primer fin de semana del verano siempre recibían a un grupo menos numeroso de lo habitual.

Eleanor y Alex disfrutaron enormemente del tiempo que pasaron juntos en el lago y ambos se convirtieron en expertos esquiadores acuáticos. Charles y Louise, por su parte, disfrutaban contemplándolos desde el muelle y agitaban las manos al verlos pasar. Charles estableció un fuerte vínculo con su futuro yerno; le ayudaba a llenar el vacío que había dejado la muerte de su hijo tanto tiempo atrás, mientras que para Alex representaba la figura paterna que había perdido tras el fallecimiento de su padre. Ambos salían a montar y a pescar juntos, hablaban sobre la situación económica mundial y compartían puntos de vista similares en muchos temas. No obstante, Alex aprovechaba cualquier ocasión para quedarse a solas con Eleanor y saborear la expectación de los placeres que les esperaban cuando estuvieran por fin casados. Se emocionaba solo con verla y hablar con ella, y apenas podía esperar a hacerla realmente suya.

Cuando volvieron a San Francisco después del Día del Trabajo, faltaban solo cinco semanas para el gran día. La fecha se había fijado para el 5 de octubre, y toda la ciudad hablaba del acontecimiento como la boda del siglo. Louise estaba ocupada a todas horas con los preparativos y Eleanor la ayudaba en todo lo que podía. Tenían que organizar la distribución de las mesas para cerca de ochocientos invitados. Contratarían a una gran orquesta y a un cantante para el baile. Habían encargado las flores en viveros de todo el estado para elaborar las guirnaldas y los arreglos florales de las mesas. Habían dispuesto una carpa inmensa, en la que colgarían lámparas de araña e instalarían una enorme pista de baile. Los asistentes al enlace habían respondido en cuanto recibieron las codiciadas invitaciones.

El exquisito vestido diseñado por Jeanne Lanvin seguía en la habitación cerrada donde había permanecido guardado bajo llave desde que regresaron de Francia. Solo Eleanor y su madre podían acceder a esa estancia. No querían que nadie viera el traje nupcial antes del día de la boda, ni que alguien del servicio pudiera tomar una fotografía para vendérsela a la prensa. Confiaban plenamente en Wilson, pero no así en los demás criados y doncellas, que no podrían resistirse si los columnistas de sociedad les hacían una oferta demasiado tentadora. Todo el mundo en la ciudad, sobre todo las mujeres más entendidas en moda, hacían especulaciones acerca de cómo sería el vestido. Aquellas que sabían de su viaje a París imaginaban que se trataría de un diseño de Worth o de Poiret, pero también creían que Eleanor se había vuelto demasiado moderna y hasta podría atreverse a lucir un modelo de Chanel. Nadie tenía la menor idea acerca del vestido ni del diseñador. Incluso el propio Alex sentía mucha curiosidad, aunque sabía que era mejor no preguntar. Y en el comedor de servicio, cuando las demás criadas interrogaban a Wilson al respecto, ella les confesaba honestamente que no sabía nada.

Una noche, cuando faltaba solo una semana para la boda, Eleanor y su madre retiraron el enorme armazón de madera y dejaron la caja al descubierto. Era tan grande que en ella cabrían fácilmente dos personas, y su interior estaba relleno con montones de papel de seda. Cuando sacaron por fin el vestido, a Louise se le volvieron a saltar las lágrimas y Eleanor se quedó sin aliento. Apenas daba crédito a lo hermoso que era y a que ella pudiera lucir un vestido tan espectacular el día de su boda con Alex.

—Mamá, ¿me imaginas con él puesto? —preguntó como una niña la mañana de Navidad.

—Sí, querida mía, te imagino perfectamente. —Louise ya había visto lo preciosa que estaba con él durante la prueba final de vestuario—. Y ya no falta mucho.

El tiempo parecía pasar volando.

—Me parece una verdadera lástima que un vestido tan fabuloso solo pueda lucirse una vez —dijo Eleanor sobrecogida, tocando la tela con gesto reverencial.

—Es lo que ocurre siempre con los vestidos de boda —le respondió su madre sonriendo—. Supongo que todas las novias sienten lo mismo. Pero confío en que alguna de tus hijas pueda lucirlo dentro de unos años, e incluso alguna nieta.

—Yo también lo espero —convino ella.

Y también esperaba que no fuera dentro de mucho tiempo, ya que tanto ella como Alex soñaban con tener hijos cuanto antes.

Salieron del cuarto y volvieron a echar la llave. Luego se fueron a sus dormitorios, ambas sin dejar de pensar en ningún momento en el gran acontecimiento.

Por desgracia, a principios de la semana Eleanor pilló un pequeño resfriado. Se sintió un tanto indispuesta y se vio obligada a cancelar una cena que tenía con Alex el lunes por la noche. No se encontraba demasiado mal, pero quería descansar para que la cosa no fuera a más cuando faltaba tan poco para la boda. Eleanor llamó por la tarde y le dejó un mensaje a la secretaria de Alex diciéndole que no podría asistir a la cena. Y se quedó de lo más sorprendida cuando menos de una hora después Alex se presentó en la mansión, terriblemente pálido y con expresión aterrada. Houghton subió a avisarla de que su prometido estaba en el salón, y ella bajó a toda prisa todavía con la bata puesta. Alex parecía al borde de las lágrimas.

—¿Qué te pasa? —le preguntó—. ¿Has llamado al médico?

Eleanor se quedó muy sorprendida por su extremada reacción y lo devastado que parecía. Cuando recibió el mensaje, Alex estaba en medio de una reunión y lo dejó todo para conducir directamente hasta la mansión de los Deveraux en Nob Hill.

—No, claro que no. Estoy bien. Wilson me ha estado preparando té con limón y miel. Lo que pasa es que no quiero correr riesgos antes de la boda, así que pensé que sería mejor quedarme en casa.

Esa noche tenían planeado salir a cenar con unos amigos y luego ir a bailar. Ya se habían organizado varias cenas en su honor, y todo el mundo en la ciudad estaba deseando invitarles a sus fiestas.

Mientras miraba a Alex, Eleanor comprendió su reacción. Cancelar aquella cena cuando faltaba tan poco para la boda había despertado en él recuerdos demasiado dolorosos: la muerte de su anterior prometida, Amelia, fallecida a causa de la gripe española cinco días antes del enlace. Eleanor tendió los brazos hacia Alex y él la abrazó con tanta fuerza que apenas podía respirar.

—No quiero que te pase nada —dijo él con voz ahogada—. No podría soportarlo. Te quiero demasiado.

—Yo también te quiero —respondió ella, apartándolo con delicadeza para sonreírle—. Estoy bien. Es solo un pequeño resfriado, pero no quiero tener la nariz roja como un tomate el día de nuestra boda.

—Oh, Dios mío, pensé que... —Ni siquiera pudo acabar la frase.

—No va a pasarme nada malo, Alex. Me encuentro bien. Te lo prometo.

—Por favor, por favor, cuídate mucho. Creo que deberías llamar al médico —añadió con aire desdichado.

Entonces Louise entró en la estancia y le sorprendió mucho ver allí a la pareja, y a su hija en bata. Podía ver la expresión desesperada en el rostro de Alex y había oído cómo le decía a Eleanor que llamase al médico.

—¿Es que hay alguien enfermo? —preguntó extrañada.

Su hija parecía estar bien, aunque Alex se veía destrozado y al borde del llanto.

—Eleanor está enferma —respondió él angustiado.

Y Louise comprendió rápidamente lo que había pasado. Alex estaba asustado: los fantasmas del pasado habían vuelto para atormentarle.

—¿Te encuentras mal, cariño? —preguntó ella con naturalidad.

—Creo que me he resfriado, mamá. No quería que la cosa empeorara, así que pensé que lo mejor sería quedarme en casa esta noche.

—Muy bien pensado —afirmó su madre con gesto de aprobación—. No podemos permitir que estés tosiendo y estornudando todo el rato con ese vestido, ni que se te vea la nariz enrojecida.

—Eso es lo que le he dicho a Alex.

Eleanor le sonrió, y al ver que ninguna de las dos parecía preocupada, el hombre empezó a relajarse.

—¿Estás segura de que no es nada? —volvió a preguntarle a su prometida.

—Completamente segura. Si me quedo esta noche en casa, estaré perfecta mañana mismo o como mucho pasado. Te lo prometo.

Alex se dejó caer en una silla; parecía como si lo hubiera atropellado un autobús. En ese momento Charles llegó del despacho, vio a los tres en el salón y preguntó por qué Eleanor no estaba vestida. Ella le explicó lo ocurrido y su padre miró a Alex con aire compasivo.

—Acompáñame a la biblioteca. Te serviré un brandy —le dijo, al tiempo que le guiñaba un ojo a su esposa.

Alex lo siguió dócilmente.

—Llamó para cancelar la cena y dijo que estaba enferma. Pensé que...

—Ya me imagino —le interrumpió Charles para ahuyentar los infaustos recuerdos, y le ofreció una copa de brandy, del que Alex dio buena cuenta en unos pocos tragos y agradeció sinceramente.

—Lo siento —continuó muy serio—. Por un momento me pareció estar reviviendo una pesadilla.

—Es muy normal. Todos nos ponemos un poco nerviosos antes de una boda. Me acuerdo de que en mi despedida de soltero bebí tanto que me desmayé, y al caer me golpeé la cabeza contra la barra. Todavía me dolía el día del casamiento. —Luego le sonrió—. Y tú ¿qué? ¿Tenéis preparada una buena juerga para tu despedida?

Charles creía recordar que se celebraba el miércoles, aunque él había declinado asistir. Era demasiado mayor para ese tipo de fiestas.

—Espero que no. —Alex por fin sonrió. Se sentía bastante mejor después del brandy, y también un poco estúpido por haberse asustado tanto. Eleanor no estaba terriblemente enferma; tan solo había pillado un pequeño resfriado y quería tomar precauciones, lo cual había sido muy sensato por su parte—. Mis hermanos se encargan de organizar la despedida, y creo que no ha sido una buena idea. Conociéndolos como los conozco, puede que tenga que llamarte para que me saques de la cárcel bajo fianza, o algo igual de desagradable.

—Cuenta conmigo —repuso Charles riendo—. Tú llámame. Si te arrestan, no les diré nada a las mujeres.

Tal como había vaticinado, Alex no andaba muy desencaminado. Sus hermanos invitaron a más amigos suyos que del propio novio. También contrataron a una docena de prostitutas para entretener a los más de veinte jóvenes que estuvieron bebiendo demasiado durante horas antes de que llegaran las chicas. En cuanto las vio aparecer, Alex se escabulló discretamente por una puerta lateral. Al día siguiente, cuando habló con sus hermanos, descubrió que ni siquiera se habían dado cuenta de que él ya no estaba allí para disfrutar de la «diversión». Por lo visto, la juerga se había prolongado hasta altas horas de la madrugada, mientras él dormía tranquilamente en su cama.

—Una fiesta estupenda, ¿verdad? —le dijo su hermano menor, Harry, cuando le llamó afectado por una terrible resaca.

—Magnífica —confirmó Alex.

—Sabía que lo pasarías muy bien.

—Cómo no. —Al menos ninguno de ellos había sido arrestado por alteración del orden público ni por contratar los servicios de prostitutas, y Alex no había tenido que sacarlos del calabozo—. Nos vemos en la boda, pero no vayas a traer a ninguna de las señoritas.

—Por supuesto que no. Aunque podemos pasar a verlas siempre que queramos. Las tengo instaladas en una casa de Market Street. Son muy buenas chicas.

—Seguro que sí, pero acuérdate de que muy pronto seré un hombre casado.

Alex nunca se había acostado con prostitutas. Sus hermanos lo hacían con frecuencia, más que nada porque se aburrían mucho y buscaban todo tipo de entretenimientos.

—Tienes que divertirte más, Alex —le dijo Harry—. Al menos anoche lo pasaste en grande.

—Vaya que sí —afirmó, aunque a las diez de la noche ya estaba en su cama durmiendo plácidamente. Se alegraba mucho de no haberse quedado en la fiesta.

Esa noche cenó con Eleanor y sus padres en Nob Hill. Charles le comentó discretamente a Alex que no le había llamado para sacarle bajo fianza.

—Me fui justo antes de que empezara la juerga —respondió con una sonrisa irónica—. Conozco bien a mis hermanos. Solo espero que se comporten el día de la boda.

—Si no es así, nadie lo notará entre una multitud de ochocientos invitados.

—Son muy capaces de perseguirse por toda la carpa montados a caballo, o hacer alguna locura parecida. Ambos tienen un carácter difícil. Eran muy pequeños cuando murieron mis padres y me temo que no supe imponerles disciplina. Supuse que con la edad se volverían más sensatos; en cambio, se han vuelto más salvajes.

Tenía la sensación de que debería haberlos atado más en corto, pero no lo había hecho y ahora era demasiado tarde.

—Por lo que cuentas, parecen bastante inofensivos.

Alex puso los ojos en blanco y Charles se echó a reír.

Esa noche se retiraron pronto, y el viernes Alex disfrutó de una cena relajada con sus amigos más íntimos, ninguno de los cuales había sido invitado a la orgía organizada por sus hermanos. Eleanor se quedó en casa con sus padres. Quería pasar una noche tranquila y prepararse para el gran día.

Cuando se tumbó en la cama, pensó que aquella era su última noche como soltera en su dormitorio de toda la vida. Estaba muy emocionada ante la idea de casarse, pero también tenía una sensación agridulce. Después de la luna de miel, abandonaría la casa de sus padres para irse a vivir a la de Alex. Y dejaría de ser una muchacha para convertirse en toda una mujer. La noche de bodas conocería el placer y el dolor de ser una mujer casada. Se sentía muy nerviosa al respecto y no estaba segura de qué esperar. Su madre se lo había explicado todo, pero de una manera tan recatada que no sabía muy bien cómo funcionaba la cosa y le parecía que sería muy doloroso. Louise también le había contado que, después de la primera vez, acabaría disfrutando mucho. Aun así, esa primera vez se le antojaba aterradora, incluso con un hombre tan dulce y cariñoso como Alex. Ninguna de sus amigas se había casado todavía, así que no tenía con quien hablar del tema. Le habría preguntado a Wilson, pero tampoco se había casado nunca y Eleanor imaginaba que sabría tan poco del asunto como ella.

Pasarían la noche de bodas en el Fairmont y después tomarían el tren a Nueva York, donde embarcarían con rumbo a Italia para disfrutar de su luna de miel. De modo que aquella era realmente su última noche en casa, en el dormitorio de su infancia, y al día siguiente, después de lucir su maravilloso vestido de novia, tendría que comportarse ya como una mujer casada. Y no tenía la menor idea de cómo hacerlo. Lo único que sabía era que amaba a Alex, y confiaba en que eso lo hiciera todo más fácil.

Esa noche permaneció despierta en la cama mucho rato, con todos esos pensamientos dando vueltas por su cabeza, hasta que por fin se quedó dormida. Y cuando se despertó, con los primeros rayos de sol filtrándose en la habitación, era ya el día de su boda y sus sueños estaban a punto de hacerse realidad. Ahora no podía pensar en todas aquellas cosas. Aquel era su momento: ¡por fin luciría el vestido! Y dentro de unas pocas horas, se convertiría por fin en la novia.

4

Cuando Eleanor se despertó, en la casa reinaba ya una actividad frenética. Una doncella le llevó una bandeja con el desayuno, pero la joven apenas pudo probar bocado por la emoción. Se quedó en su habitación, ya que no quería molestar ni interferir en los preparativos. Su madre fue varias veces a ver cómo estaba y le contó que todo marchaba a las mil maravillas, sin el menor contratiempo. Ya estaban colocando las mesas en la carpa principal, y habían instalado la pista de baile y los micrófonos para la orquesta. Las cocinas también bullían de actividad. Un pequeño ejército de criados, bajo la supervisión de Houghton, fue enviado a las cavernosas bodegas de Charles, cuyo stock había sido ampliado antes de que entrara en vigor la Ley Seca. Harían lo mismo que habían hecho en el baile de debutante: como las grandes reservas de vinos y licores eran anteriores a que se promulgara la prohibición, era legal servirlas en una fiesta privada. Y tenían suficientes no solo para ese día, sino también para todas las celebraciones que tuvieran lugar en años venideros. Charles había seleccionado los mejores vinos y licores para la ocasión. Además, se había contratado a un gran número de criados a los que se dio formación especial para servirlos tal como dictaba el protocolo.

Por fin, después de haber peinado a Louise, Wilson fue a

la habitación de Eleanor para hacer lo propio con la novia. Siempre se encargaba de hacerlo en las grandes ocasiones: en su baile de debutante, en las fiestas que sus padres daban en casa y en las que se le permitía alternar con los invitados, o en la graduación de la escuela de miss Benson. Wilson se esmeró especialmente en elaborar el peinado que habían acordado para la ocasión: un pequeño recogido con ondas cayendo suavemente en torno al rostro de Eleanor. Cuando su madre entró en la habitación, la doncella estaba utilizando la plancha rizadora para hacerle las elegantes ondas que, según madame Lanvin, eran el estilo de peinado ideal para lucir con el velo.

—¡Oh, estás preciosa, cariño! —exclamó Louise, mirando a su hija en el espejo. Llevaba una cajita cuadrada en las manos.

—¿Qué es eso? —le preguntó Eleanor, intrigada. Parecía un estuche de joyería, solo que más grande.

Louise se sentó en una silla junto a ella.

—Esto perteneció a mi abuela, tu bisabuela, y lo llevé el día de mi boda. Se lo comenté a madame Lanvin en París y me dijo que quedaría muy bien.

Le entregó la caja de diseño exclusivo a Eleanor, que la abrió con sumo cuidado: en su interior había una exquisita tiara de perlas y diamantes. Louise había advertido previamente a Wilson, que le había hecho el peinado adecuado para lucirla. Le colocaron con delicadeza la tiara sobre la cabeza. Quedaba perfecta: ni demasiado alta ni demasiado ostentosa. Era el complemento ideal para una novia.

—Oh, mamá, es maravillosa —dijo Eleanor con lágrimas en los ojos, levantándose para abrazar a su madre.

Llevaba ya puesta la ropa interior que la casa Lanvin había diseñado para ella, las medias de seda, los zapatos que iban a juego con el vestido, y una bata de satén rosa. Las tres contemplaron la tiara llenas de admiración, y luego Eleanor volvió a sentarse para que Wilson terminara de peinarla. Iba a ser un peinado muy sencillo, pero de lo más elegante. No quería que distrajera la atención de la tiara o del velo. Acababa de ponerle el último alfiler cuando una de las doncellas llamó a la puerta. Llevaba una caja envuelta en papel blanco, con un lazo de satén del mismo color. Eleanor, muy sorprendida, cogió la tarjeta y se giró hacia su madre:

—Es de Alex.

La nota solo decía: «A mi esposa en el día de nuestra boda, con todo mi amor. Alex». Eleanor notó cómo se le aceleraba el corazón al abrir la caja y se quedó boquiabierta al ver lo que contenía. Era un impresionante collar de diamantes, confeccionado con una serie de grandes piedras redondas perfectamente talladas, que Eleanor supuso que debía de haber pertenecido a la madre de Alex. Era incluso mayor que el que poseía Louise, y que rara vez se ponía porque las piedras eran enormes. Se trataba, sin duda, de una pieza de joyería espectacular. Los ojos de Eleanor se abrieron como platos al contemplar el collar y luego miró a su madre.

—¡Oh, mamá...!

—Es un extraordinario regalo de bodas de tu futuro marido —confirmó ella con una sonrisa.

—¿Puedo ponérmelo con el vestido?

—Por supuesto. Si no lo hicieras podrías herir sus sentimientos, y además se verá maravilloso. Tiene la medida justa para el escote.

Era una joya deslumbrante y, junto con la tiara de su bisabuela, quedaría aún más espectacular. Su madre le puso delicadamente el collar, que refulgió sobre el cuello de Eleanor. Entonces Wilson fue a buscar el vestido.

Estaba tan perfectamente confeccionado que resultaba facilísimo ponérselo. Se cerraba con una cremallera oculta, una gran cantidad de broches y la larga hilera de botones que le recorría la espalda, pero no tenía mucho más misterio. Y, una vez puesto, se amoldó perfectamente al joven y grácil cuerpo de Eleanor, tal como lo había hecho en París, con la larguísima cola extendiéndose tras ella. Sin embargo, para colocarle el velo fue necesaria la intervención tanto de Wilson como de Louise. Debía sujetarse justo por debajo de la tiara, y luego la fina gasa de tul se proyectaba hacia delante por encima de la diadema, cubriendo la cara y el torso de Eleanor hasta llegar exactamente a la punta de los dedos. Luego se puso los guantes, que se quitaría al comenzar la ceremonia. El toque final era el precioso ramo de lirios del valle y orquídeas blancas. En conjunto, el efecto resultaba arrebatador, especialmente con el collar y la tiara. Al contemplar a su hija, Louise ahogó un gemido y los ojos se le llenaron de lágrimas. Ella llevaba un vestido de color azul zafiro intenso que le había confeccionado en París un conocido diseñador, aunque no de alta costura. Su modelo también era elegantísimo, con una chaqueta a juego, y lucía los zafiros que su marido le había regalado. Eleanor y Louise ofrecían un aspecto deslumbrante, y cuando salieron del dormitorio, Charles alzó la vista y se quedó mirando conmovido cómo su hija y su esposa descendían la gran escalinata. Estaba tan emocionado que apenas pudo hablar.

Estaba previsto que la ceremonia comenzara a las seis y media en la iglesia provisional de la catedral Grace, situada en lo alto de Nob Hill, justo enfrente de la mansión Deveraux, y en ese momento pasaban ya de las seis de la tarde. El templo original se había quemado durante el terremoto de 1906. La nueva iglesia llevaba dos años en construcción y las obras finalizarían al año siguiente.

Charles besó a su esposa con gesto de admiración y le dijo lo hermosa que estaba. Luego, durante un momento, se quedaron mirando a su hija y el maravilloso vestido que lucía. Era incluso más espectacular de lo que Louise le había prometido que sería.

—Creo que nunca me he sentido más orgulloso en toda

mi vida —le susurró a Eleanor mientras salían de la mansión para subirse al Rolls-Royce que habían mandado traer en barco desde Inglaterra el año anterior.

Louise iría directamente a la iglesia en el Packard de la familia, mientras que Charles y Eleanor se dirigirían a la rectoría, donde esperarían hasta que llegara el momento de que la novia caminara por el pasillo central del brazo de su padre. Había decidido no llevar damas de honor: tan solo su padre a su lado y Alex esperándola ante el altar. Los padrinos serían sus hermanos. Habían prometido comportarse y Alex solo podía confiar en que así fuera.

Louise y Charles habían pedido a algunos de sus amigos que se encargaran de acomodar a los invitados en los bancos, y uno de ellos condujo a Louise hasta su asiento. Todos aguardaron expectantes a que se iniciara la ceremonia.

La música que habían escogido empezó a sonar en cuanto Eleanor llegó a la iglesia, y Louise contuvo el aliento mientras esperaba a ver a su hija recorriendo el pasillo hasta el altar. Todos los asistentes guardaron silencio y se pusieron en pie cuando la novia por fin entró del brazo de su padre. El vestido era el más espectacular que Louise había visto en su vida, y Eleanor no desmerecía en absoluto. Estaba deslumbrante con la tiara y el collar de diamantes que le había regalado Alex. Louise miró al novio, que parecía que fuera a desmayarse de la emoción. Charles tenía un aspecto muy serio y formal, y padre e hija avanzaron con paso solemne hasta llegar por fin a donde esperaba Alex. Eleanor lo miró a los ojos, y entonces su padre la ayudó a retirarse el delicado velo que le cubría la cara.

—Oh, Dios mío, Eleanor. Te quiero tanto —le susurró Alex mientras la ceremonia daba comienzo.

Era la visión más hermosa que jamás hubiera contemplado, una criatura de ensueño. Alex apenas oyó lo que el ministro decía hasta que llegó el momento de intercambiar los votos.

Él habló con voz fuerte y clara, mientras que la de ella tembló por la emoción, y a los dos se les llenaron los ojos de lágrimas cuando Alex deslizó la sencilla alianza de oro en el dedo de Eleanor y ella le puso a él el anillo. Milagrosamente, los padrinos habían conseguido no perderlos.

Una vez declarados marido y mujer, Alex besó a la novia y los dos enfilaron el pasillo como si flotaran hacia las puertas de la iglesia. Fuera les esperaba un coche que recorrió el corto trayecto hasta la mansión, donde por fin pudieron estar un momento a solas antes de que llegaran sus padres y los invitados.

—¡Santo Dios, ¿de verdad que no estoy soñando?! —exclamó mientras la contemplaba—. ¿Cómo puedo ser tan afortunado? —Nunca había visto una novia, una mujer, más hermosa en toda su vida—. Estás impresionante, y te amo con todo mi corazón.

—Alex, el collar... —dijo ella, tocándoselo suavemente al acordarse de su regalo.

Entonces él la besó con todo el anhelo y la pasión de un hombre profundamente enamorado que apenas podía creer la suerte que tenía de estar casado con ella. Y Eleanor se sentía tan dichosa y agradecida de ser su esposa que le devolvió el beso con la misma intensidad. Se preguntó por un instante si su madre tendría razón y las cosas vendrían por sí solas. Eleanor sentía que ahora pertenecía a Alex y que su lugar estaba a su lado.

Se besaron y se susurraron palabras de amor durante unos minutos, hasta que finalmente se unieron a su familia y a los invitados en la inmensa carpa. Todo el mundo se deshizo en halagos sobre el enorme despliegue de lujo y buen gusto, sobre la exquisitez del fabuloso vestido y sobre lo felices que se veía a los recién casados. Y todos coincidieron en que nunca habían visto a una novia tan hermosa. Entonces llegó el momento de posar para las fotografías.

Estuvieron en la fila de recepción durante lo que parecieron horas, mientras los invitados desfilaban y besaban a la novia, les estrechaban las manos y felicitaban a la pareja y a sus padres. Por fin, cuando la orquesta empezó a tocar, Eleanor y Alex abrieron el baile, y luego ella bailó con su padre y él con su suegra. Todos sonrieron, conmovidos por el evidente amor que se profesaban los recién casados. Era, sin duda, la boda más impresionante y fastuosa que se había celebrado nunca en San Francisco. Sus amigos más íntimos estaban en la mesa nupcial con ellos. El padre de la novia pronunció un sentido discurso expresando lo mucho que tanto él como su madre querían a su hija, haciendo que Eleanor se emocionara hasta las lágrimas, y dio a Alex una calurosa bienvenida a la familia.

La gente comió, bebió y bailó toda la noche. Alex vio cómo sus hermanos se marchaban con dos jovencitas, lo cual le supuso un notable alivio. Los invitados no dejaron de encomiar la exquisita comida y los excelentes vinos, toda una hazaña teniendo en cuenta que se trataba de un banquete para ochocientos comensales. Hacia las dos de la madrugada los recién casados compartieron un último baile, con Eleanor desplazándose grácilmente por el borde de la pista con la larguísima cola de su maravilloso vestido recogida en la cintura con un fino lazo de satén. Luego él le preguntó en un susurro si estaba lista para marcharse y ella respondió que sí. Había sido una larga e inolvidable noche, pero ahora quería estar a solas con Alex. Y aunque estaba un poco asustada, no dijo nada. Él pudo verlo en sus ojos.

Unas horas antes habían cortado el enorme pastel de bodas artísticamente decorado, y ahora solo faltaba que Eleanor lanzara el ramo. Se plantó en el escenario en medio de la orquesta, se giró de espaldas y lo lanzó por encima del hombro. Se rio mucho cuando vio que una de sus compañeras de la escuela de miss Benson lo cogió al vuelo y se puso como loca.

Hacía poco le había confesado que esperaba comprometerse pronto, y Eleanor confiaba en que el ramo le diera suerte.

Después, Alex y Eleanor se despidieron de sus padres dándoles las gracias profusamente.

—Ha sido la noche más maravillosa de mi vida —les dijo ella, abrumada por todo lo que sentía hacia ellos y por la fabulosa boda que le habían organizado.

—Y de la mía —secundó Alex lleno de emoción.

—Gracias, mamá... papá... —repitió Eleanor, besándolos a ambos.

A la mañana siguiente, antes de marcharse de luna de miel, Wilson recogería el vestido y la tiara en el hotel, donde ya estaban preparados todos sus baúles. Eleanor pensaba llevarse el collar de diamantes para lucirlo en el barco. Alex estaba encantado con la idea. Tal como ella había supuesto, había pertenecido a su madre. Era una de sus joyas favoritas, le explicó él. Su padre lo había comprado en Cartier, en París, antes de la guerra. Cuando se lo regaló a su esposa, esta era mucho mayor de lo que Eleanor era ahora, pero Alex quería que lo tuviera, y además le parecía una joya perfecta para ella.

El chófer les dejó en el Fairmont, que no quedaba muy lejos de la mansión. Para su noche de bodas, Alex había reservado la mejor suite del hotel. Y, a pesar de lo tarde que era, ambos estaban muy despiertos. Eleanor había dejado de tomar champán hacía horas, porque no había querido achisparse demasiado ni sentirse indispuesta en su propia boda. Y Alex también había bebido con moderación, ya que no quería emborracharse la primera noche que compartiría con su mujer. Aun así, cuando llegaron a la suite abrieron una botella de champán y Eleanor dio unos cuantos sorbos. Hablaron un rato sobre lo maravillosamente bien que había salido todo. Tenían la sensación de haber estado posando toda la noche para los fotógrafos, y Eleanor estaba deseando ver las fotografías cuanto antes.

—¿Nos retiramos al dormitorio? —preguntó él con delicadeza.

Tenían que levantarse a las siete para dejar el hotel a las nueve. Wilson iría a recoger el vestido poco antes de que se marcharan. Después de un día y una noche tan intensos, todavía les esperaba por delante un largo viaje en tren.

Alex la ayudó gentilmente a desabrocharse los cierres, y luego Eleanor entró en el dormitorio para acabar de desvestirse. Experimentó cierta tristeza al despojarse de aquel fabuloso vestido. Ni siquiera se había dado cuenta de lo mucho que pesaba, con todas aquellas perlas meticulosamente bordadas sobre el tejido; estaba confeccionado de tal manera que no resultaba en absoluto pesado ni incómodo. Le entristeció pensar que su gran momento había llegado a su fin y que nunca volvería a lucir aquella maravilla, y se preguntó cuál de sus hijas, dentro de muchos años, se lo pondría el día de su boda. Extendió el vestido con cuidado junto con los zapatos, y luego se metió en el cuarto de baño, donde Wilson había dejado un precioso camisón de encaje blanco con lacitos de satén, que madame Lanvin le había obsequiado para su noche de bodas. Se ajustaba perfectamente a su cuerpo sin ser vulgar; al contrario, resultaba de lo más sexi y seductor, de un modo que solo los diseñadores franceses sabían conseguir. Se soltó el recogido y su cabello cayó en cascada por debajo de los hombros. Después, enfundada en su camisón de encaje blanco, se plantó en medio del dormitorio sintiéndose muy perdida y sin saber bien qué hacer. En ese momento entró Alex, ataviado con un batín. Mientras ella se había estado desvistiendo, él había hecho lo propio en su vestidor. Estaba increíblemente atractivo, alto y poderoso, y al ver a Eleanor tan joven y asustada se sintió conmovido. Se acercó a ella, la condujo con delicadeza hasta la cama y se sentaron en el borde, todavía rodeándola con el brazo.

—No tenemos que hacer nada esta noche —le dijo en un

susurro. No quería asustarla más de lo que ya estaba—. Tenemos toda una vida por delante —añadió suavemente, y ella asintió y le besó.

—Pero quiero hacerlo... —respondió en voz queda—. Quiero ser tu mujer.

—Eres mi mujer —repuso él, señalando el anillo en el dedo de Eleanor y sonriendo al mostrarle el suyo—. Y nunca me he sentido más feliz y orgulloso en toda mi vida.

Tras decir aquello la besó, y ella le correspondió con una pasión que él no había esperado y que lo excitó al momento. Le quitó el camisón de encaje y la tendió sobre la cama para admirarla en todo su esplendor. Luego volvió a besarla. Ella le rodeó el cuello con los brazos y arqueó su cuerpo hacia Alex, que ya no pudo contenerse más. Dejó caer el camisón al suelo y entró en ella con la mayor delicadeza posible. Ambos se sintieron arrebatados por una pasión que no esperaban. Eleanor dejó escapar un grito, pero luego se acercó más a él y no se apartó. Alex se demoró todo lo que pudo para inflamar aún más su excitación, y ella se quedó extasiada cuando ambos alcanzaron el clímax al mismo tiempo. Al cabo de un minuto, todavía conmocionada, lo miró mientras permanecían abrazados tratando de recuperar el aliento.

—¿Ha ido... ha ido todo bien?

Nadie le había explicado nada al respecto, y las recatadas alusiones de su madre no habían incluido lo que sucedía entre un hombre y una mujer cuando se deseaban y hacían el amor.

—Ha pasado lo que tenía que pasar —dijo él con suavidad, recorriendo su cuerpo con un dedo y deteniéndose en las zonas que más la habían excitado.

Un poco más tarde volvieron a hacer el amor, y esta vez Eleanor se mostró incluso más apasionada. Él dio rienda suelta a su deseo con más ardor, y ambos se estremecieron cuando llegaron al final. Alex se sentía como si la tierra hubiera estallado en un millón de estrellas, y Eleanor lo miró con una sonrisa satisfecha y relajada.

—Me gusta estar casada —murmuró con aire somnoliento—. Me gusta mucho...

Y se quedó dormida entre sus brazos. Alex sonrió. A él también le encantaba estar casado con ella. Era lo que llevaba esperando toda la vida, y estaba decidido a hacer realidad todos los sueños de su esposa. Y sabía que, durante el resto de su vida, atesorarían el recuerdo de aquel maravilloso día.

5

Cuando Wilson llegó al Fairmont por la mañana, Alex y Eleanor estaban desayunando antes de salir para tomar el tren. Había ido para recoger el vestido de novia, la tiara y demás complementos, y volvió a felicitar a los recién casados. Les contó que los padres de Eleanor seguían durmiendo cuando ella salió de la mansión. Algunos invitados se habían quedado hasta las cinco de la madrugada. Sus padres habían estado bailando casi hasta el final y se lo habían pasado en grande. Eleanor llevaba un vestido azul claro del color de sus ojos, con un abrigo y un sombrero a juego que había comprado también en París y que le sentaba de maravilla. Antes de levantarse habían vuelto a hacer el amor, y Alex estaba feliz y sorprendido de que Eleanor fuera una amante tan dispuesta: por la mañana, se había mostrado incluso menos tímida con él. Alex era su marido y ella quería ser una buena esposa. Él veía que para ella no suponía ningún sacrificio; al contrario, pese a haber llegado virgen al matrimonio, disfrutaba mucho haciendo el amor. No había mostrado el menor reparo en entregarse a él, lo cual hacía que resultara aún más atrayente y seductora. Y Alex apenas podía apartar las manos de ella cuando salieron del hotel a toda prisa para tomar el tren que partía a las diez. Harían el mismo trayecto hasta Nueva York que Eleanor había hecho con su madre en abril, pero esta vez zarparían en el RMS *Aquitania* y desembarcarían en Cherburgo, donde tomarían otro tren hasta Roma para iniciar su luna de miel.

El *Aquitania* era un transatlántico de bandera británica, el más rápido de toda la flota marítima. Transportaba también correo y, antes de llegar a Francia, haría escala en Southampton. Durante la Gran Guerra había sido utilizado con fines militares: tres meses después de su botadura, había sido readaptado para servir como buque hospital. Desde hacía diez años volvía a utilizarse como embarcación de lujo para pasajeros, con tres clases bien diferenciadas, y era conocido como el Barco de los Millonarios. Era el último de los grandes transatlánticos de cuatro embudos, con magníficas cubiertas acristaladas para pasear, enormes salones y lujosos camarotes, además de un gimnasio y una sala de cine. Y el millar de miembros que conformaban la tripulación ofrecía un servicio impecable a sus cerca de tres mil pasajeros.

Después de Roma irían a Florencia y Venecia, y pasarían los últimos días de su luna de miel en el lago Como. Tenían previsto estar casi cuatro semanas en Italia, luego zarparían de vuelta a Nueva York y llegarían a San Francisco a principios de noviembre. Eleanor estaba impaciente por que empezara el viaje, y cuando se subió al tren parecía una chiquilla emocionada. Alex le sonrió.

—Me has hecho el hombre más feliz del mundo, mi maravillosa esposa.

Además, había sido la novia más hermosa y deslumbrante que había visto en su vida.

Se instalaron en su compartimento, donde charlaron, leyeron, jugaron a las cartas e hicieron el amor. Comieron en el vagón restaurante, por las noches durmieron en brazos del otro, y el tiempo transcurrió plácidamente. Cambiaron de tren en Chicago y, después de tres días de viaje, llegaron por la mañana a Nueva York, donde se alojaron en el hotel Plaza.

El *Aquitania* zarparía al día siguiente. Eleanor estaba deseando compartir la experiencia de la travesía con Alex. Les habría gustado viajar en el SS *Paris*, pero el barco había resultado seriamente dañado tras sufrir un incendio en agosto en el puerto de Le Havre, y en octubre aún no había sido reflotado. Cuando por fin embarcaron, disfrutaron mucho explorando las lujosas instalaciones del *Aquitania*. Tenían un camarote enorme, provisto de espacio suficiente para todos los baúles de Eleanor. Llevaba meses comprando el ajuar y la ropa que luciría en su luna de miel. Y por las noches, cuando se vistieran de gala, se pondría el collar de diamantes que Alex le había obsequiado como regalo de boda. Él se alegraba mucho de que le hubiera gustado tanto. Todo el mundo que lo veía se quedaba fascinado.

Jugaron al tejo en cubierta, tomaron el sol en las tumbonas, leyeron y se relajaron en la piscina o en el gimnasio. Y varias veces al día se retiraban discretamente a su camarote para hacer el amor. Charlaron con otras parejas, se sentaron a la mesa del capitán, bailaron y bebieron champán. Y cuando por fin desembarcaron en Cherburgo, en el noroeste de Francia, se sentían de lo más felices. Para entonces llevaban diez días de viaje y Eleanor se encontraba tan a gusto con Alex que parecía que llevaran casados toda la vida. Ya no se mostraba en absoluto cohibida con él y estaba deseando tomar el tren a Roma.

Al llegar a la capital italiana, se alojaron en una elegante suite del hotel Excelsior, en Via Veneto, y recorrieron la ciudad en un carruaje de caballos admirando los monumentos. Eleanor estaba encantada y Alex sentía que su amor por ella crecía cada día que pasaba. La joven no podía evitar preguntarse si toda la pasión de su luna de miel daría como fruto un hijo. Seguían haciendo el amor varias veces al día, tanto por iniciativa de él como de ella, lo cual no podía complacer más a Alex.

Comieron en elegantes restaurantes recomendados por el personal del hotel, y les gustó especialmente uno que acababa de abrir detrás de la Fontana di Trevi, llamado Al Moro. Dieron largos paseos e hicieron algunas compras. Él le regaló un brazalete de esmeraldas de Bulgari, y ella una cajita de Fabergé que adquirió en un célebre anticuario. Exploraron todas las tiendas e iglesias de la ciudad, y al cabo de una semana, el 22 de octubre, dejaron Roma con gran pesar. Viajaron a Florencia, donde permanecerían cuatro días admirando las maravillas de los Uffizi y visitando más iglesias.

Dos días después de llegar a Florencia, Alex recibió un aluvión de telegramas de su banco, informándole de que la burbuja del mercado de valores había empezado a explotar. Los inversores se estaban desprendiendo de sus acciones masivamente. Ese día, al que todos llamaban ya el Jueves Negro, se pusieron a la venta doce millones novecientas mil acciones que no encontraron comprador. Alex se quedó muy preocupado por las noticias.

Al cabo de dos días viajaron a Venecia; Eleanor se enamoró de la ciudad en cuanto la vio. Se alojaron en el Danieli, pasearon por sus plazas y se perdieron por sus callejones. Tomaron una góndola y pasaron bajo el puente de los Suspiros mientras el gondolero les cantaba. Era el lugar más romántico que Eleanor había visto en su vida, y Alex estaba encantado de poder estar allí con ella. Italia era, sin duda, el lugar perfecto para disfrutar de la luna de miel más fabulosa que podrían haber imaginado.

Tenían previsto pasar una semana en Venecia y varios días en el lago Como antes de regresar a Cherburgo para embarcar de vuelta a Nueva York. El 29 de octubre de 1929 llevaban ya tres días en la ciudad de los canales. Acababan de volver a su suite después de un día de compras y visitas turísticas. Eran las seis de la tarde y pensaban descansar un par de horas antes de salir a cenar al mejor restaurante de la ciudad.

No habían hecho más que entrar en la habitación cuando llamaron a la puerta. Alex abrió y un botones del hotel le entregó un telegrama. Le dio una propina al muchacho y luego fue a tumbarse junto a su esposa en la cama. Supuso que sería de su banco, que acababa de abrir a esas horas. Tenía razón: era del subdirector de la entidad financiera, que se encargaba de gestionarlo en su ausencia. Alex frunció el ceño al leerlo: «Situación catastrófica. Crisis económica alcanzando su punto máximo. Pánico generalizado. Desplome de las acciones en la Bolsa de Nueva York. Se han perdido millones. La economía se precipita al abismo». Alex no podía creer que la situación fuera tan mala. Escribió rápidamente dos telegramas, uno al subdirector para pedirle que esperara sus instrucciones, y otro a un amigo de Nueva York, un analista bursátil, para preguntarle qué opinaba de lo que estaba ocurriendo. Le dijo a Eleanor que volvería enseguida, bajó a recepción y envió los telegramas. Recibió las respuestas antes de que salieran a cenar.

Su amigo de Nueva York le confirmó la magnitud de la catástrofe. El pánico se había apoderado de Wall Street. Los accionistas intentaban desprenderse de sus valores y se estaban perdiendo miles de millones de dólares. Ese día se liquidaron dieciséis millones de acciones, en la segunda oleada de pánico generalizado en menos de una semana. Las cotizaciones se desplomaron y millones de acciones perdieron todo su valor. Era una crisis sin precedentes de la que el país no podría recuperarse, la mayor caída del mercado de valores en toda su historia. Los inversores que habían comprado acciones con margen se arruinaron de forma fulminante. El Martes Negro fue incluso más catastrófico de lo que había sido el Jueves Negro, hacía solo cinco días.

Alex no podía dar crédito. ¿Cómo era posible que ocurriera algo así? Seguramente estaban exagerando. Antes de salir a cenar envió un telegrama a Charles Deveraux. No le dijo nada a Eleanor, ya que no quería preocuparla. Además, seguía sin creer que la situación fuera tan dramática como la pintaban. Era sencillamente imposible.

Durante la cena, Eleanor pensó que Alex parecía un tanto distraído. Estaba inusualmente callado, pero también imaginó que tal vez solo estuviera cansado. La noche anterior habían estado haciendo el amor hasta bien entrada la madrugada, apenas habían dormido, y luego se habían pasado todo el día recorriendo la ciudad. No pensó que su silencio pudiera estar relacionado con los telegramas que había recibido. Supuso que eran mensajes de su despacho sobre asuntos de trabajo normales. Y él no le había dicho nada sobre la situación de pánico que se había desatado en Wall Street.

Cuando regresaron al hotel había un telegrama de Charles, junto con otros mensajes. Leyó primero el de su suegro:

«Es peor de lo que te han contado. Estoy arruinado. Muchos lo estamos. Los bancos han quebrado. Se han perdido fortunas enteras. El país está al borde del abismo. No nos recuperaremos de esto en la vida, al menos yo. Situación catastrófica. Dieciséis millones de acciones se han desplomado hoy. Se han perdido miles de millones. El país está en bancarrota. Crisis económica de proporciones épicas. Charles».

El derroche en el que había vivido la nación había acabado por pasar factura y la burbuja del mercado de valores había explotado con resultados trágicos. La caída de las cotizaciones había arrastrado a los bancos a la ruina.

Esa noche, Alex no le comentó nada a Eleanor. Los otros telegramas que había recibido decían más o menos lo mismo que el de su suegro; algunos eran incluso peores. El subdirector de Charles dijo que el banco había quebrado por hacer unas inversiones demasiado fuertes y extender demasiados créditos. Alex necesitaba saber si aquello era verdad. No alcanzaba a imaginar que, con la inmensa fortuna que poseía, Charles pudiera haberse arruinado de la noche a la mañana.

A primera hora, antes de que Eleanor se despertara, bajó para averiguar lo que decía la prensa. Leyó varios periódicos italianos, británicos y ediciones americanas internacionales. Todos los rotativos abrían con el mismo titular. La crisis había alcanzado a Europa y al mundo entero, pero las pérdidas más graves se habían producido en Estados Unidos. La caída de la Bolsa era noticia de primera plana en todos los idiomas, y el conserje de recepción parecía también muy preocupado mientras Alex redactaba algunos telegramas. Cuando regresó a la habitación, le contó a Eleanor que por lo visto se había producido una crisis financiera en Wall Street, pero no le dijo que el mercado de valores se había desplomado y que el país entero había quebrado. Todavía no podía creérselo y seguía pensando que debían de estar exagerando, aunque el hecho de que se hubieran liquidado dieciséis millones de acciones en un solo día resultaba innegable. Le dijo a Eleanor que no quería alejarse mucho del hotel para leer las respuestas a sus telegramas en cuanto llegaran. Ella salió a dar un paseo y, cuando volvió, pudo ver la expresión grave en el rostro de Alex. Todas las informaciones confirmaban el desastre. La nación estaba al borde del colapso y fortunas enteras se habían esfumado de la noche a la mañana. Alex se preguntó si habría pasado lo mismo con la suya. Empezaba a pensar que era probable y, muy a su pesar, le dijo a Eleanor que deberían acortar la luna de miel y regresar a casa cuanto antes. A pesar de que lo lamentó mucho, ella lo comprendió perfectamente.

—¿Mi padre está bien? —preguntó Eleanor muy preocupada. Alex pensó en el telegrama que había recibido de Charles contándole que estaba arruinado.

—Aún se desconoce el alcance de lo ocurrido. Tenemos que volver a casa y averiguarlo.

Los empleados de la recepción les ayudaron a conseguir los pasajes en el *Aquitania* para adelantar su viaje de regreso casi dos semanas antes de lo previsto. Pasaron una noche tranquila en el hotel, hablando sobre la situación y sobre si las consecuencias serían realmente tan graves. Por la mañana partieron en tren desde Venecia para llegar a Cherburgo a tiempo de embarcar. Antes de salir del hotel, Eleanor abrazó a su marido.

—Ha sido una luna de miel maravillosa, Alex. Y quiero que sepas que, pase lo que pase cuando lleguemos a casa, lo afrontaremos juntos. Ahora somos una familia.

Lo dijo en un tono firme y confiado, sin rastro de temor. Alex empezaba a creer que los funestos mensajes que había recibido eran ciertos, y el miedo había comenzado a socavar sus esperanzas de que solo fueran exageraciones. Por lo que contaban todos los periódicos, la economía del país entero se había venido abajo. Parecía imposible, pero empezaba a temer que aquello fuera real y estaba ansioso por regresar.

El viaje de vuelta en el lujoso *Aquitania* resultó angustioso para Alex. Ya no le apetecía disfrutar ni bailar por las noches. Conforme se iba enterando de más cosas, más desesperado estaba por llegar cuanto antes a Estados Unidos. Tenía previsto quedarse un día en Nueva York para hablar con gente de confianza que conocía los entresijos del mercado de valores y lo sabía todo sobre bonos y cotizaciones de materias primas. Quería escuchar información real, no las voces del pánico. El último telegrama que había recibido antes de embarcar era del subdirector de su banco, comunicándole que su principal cliente, un hombre con una inmensa fortuna, se había suicidado la noche anterior al verse abocado a la más absoluta ruina. La situación era de extrema gravedad, y Alex no tenía claro cuál sería el estado de sus propias finanzas. Si todo lo que contaban era verdad, estaba casi seguro de haber perdido el grueso de su fortuna. También estaba muy preocupado por Charles. Si lo que había dicho en su telegrama era cierto, entonces los dos bancos más importantes de San Francisco se verían obligados a cerrar. Era un pensamiento aterrador. Procuró contarle a Eleanor lo menos posible. No quería inquietarla o asustarla sin necesidad. Quería disponer de datos sólidos y contrastados, no simples rumores. Sin embargo, ella percibía no solo la preocupación de Alex, sino también la gravedad de la situación. No comentó nada al respecto ni tampoco le interrogó. Intuía que eso no haría más que acrecentar su angustia, de modo que guardó silencio la mayor parte del tiempo y se limitó a mantener conversaciones ligeras.

Cuando desembarcaron en Nueva York, Alex obtuvo la información de primera mano que buscaba. Se reunió con algunos amigos que trabajaban en la Bolsa y con varios banqueros. Tanto ellos como sus clientes se habían arruinado. Algunas fortunas habían desaparecido por completo en cuestión de horas, y otras se habían visto reducidas enormemente. Los bancos habían cerrado, las empresas habían caído en bancarrota, la gente intentaba vender sus casas. Hombres inmensamente ricos se habían vuelto pobres de la noche a la mañana, y era muy posible que él también.

El trayecto en tren de regreso a San Francisco fue muy tenso y angustioso. Alex intentó preparar a Eleanor para las malas noticias que les esperaban a su llegada, pero ni siquiera él estaba listo para una situación tan terrible. Dejó a Eleanor en su nueva casa y fue directamente al despacho. Según el subdirector, no había nada que hacer. El banco tenía fuertes inversiones en Bolsa y se había visto obligado a cerrar. Las fortunas de sus clientes habían desaparecido, y también sus fondos. El pánico había provocado retiradas masivas de dinero y habían tenido que liquidar los préstamos. Y cuando Alex revisó su situación financiera personal, descubrió que lo había perdido todo. ¡Todo! Estaba completamente arruinado. Tendría que vender todas sus posesiones y buscar un trabajo. Y ahora que estaba casado, arrastraría a su mujer al abismo. La idea le resultaba insoportable.

Fue a ver a Charles. El banco estaba cerrado y lo encontró en casa. Su situación era parecida, aunque no tan desesperada como la de Alex. Había perdido prácticamente toda su fortuna; sin embargo, conservaba algunos pequeños fondos que habían caído en picado pero aún tenían algún valor. No obstante, la mayor parte de sus bienes habían desaparecido arrasados por aquella ola gigantesca. Cuando Alex regresó a San Francisco, diez días después del Martes Negro, se enteró de que varios de sus clientes más importantes, así como tres de sus amigos, se habían suicidado, incapaces de afrontar el hecho de haberse quedado sin nada y no tener ningún medio para subsistir. Muchos habían dejado viudas y huérfanos, que ahora se encontraban en la más absoluta indigencia. El país entero se había visto sumido en una terrible depresión.

—¿Qué vas a hacer? —le preguntó a Charles.

Estaban en la biblioteca, bebiendo whisky a palo seco. La expresión de sus rostros reflejaba su desesperación.

—Nos ha quedado una miseria. Y ya soy demasiado mayor para encontrar trabajo. Tengo cincuenta y dos años y nadie me contratará —dijo Charles con franqueza—. Tenemos que venderlo todo: esta casa, la del lago Tahoe, las joyas, los coches, las obras de arte, las pieles... Y, tal como están las cosas, se venderán por casi nada y tendremos que aceptar lo poco que nos den. Nos quedaremos el rincón de la finca del lago, donde están los alojamientos del servicio y una pequeña cabaña. Louise y yo viviremos allí, pero tendremos que prescindir del servicio. Ya se lo hemos comunicado a todos nuestros empleados, pero ellos también se encuentran en una situación dramática porque ahora nadie se puede permitir contratarlos. Después de años de trabajo, en muchos casos de entrega y fidelidad absoluta a sus señores, ahora se encuentran sin nada. Y nosotros tendremos que convertirnos en sirvientes —concluyó con expresión sombría—. ¿Y qué hay de vosotros?

—No nos ha quedado nada. Se lo diré a Eleanor esta noche y le daré la oportunidad de, si así lo desea, anular el matrimonio. Ya no soy el hombre con el que pensaba que se había casado. Con suerte, conseguiré un empleo como conserje en alguna parte y viviré en algún cuchitril. Pero no puedo hacerle eso a ella. Al menos podrá vivir con vosotros en el lago Tahoe.

—Tú también puedes —le ofreció Charles muy serio.

—Necesito un trabajo. Y no podré conseguir uno en el lago salvo como jardinero, y ahora no habrá nadie que pueda contratarme allí. Nos hemos convertido en una nación de hombres pobres y arruinados.

—Conociendo a mi hija, no te abandonará. Louise ha reaccionado con mucha entereza. Ya ha contactado con algunas casas de subastas para desprenderse de las joyas, y la semana que viene pondremos la mansión a la venta. La venderemos con todo lo que hay dentro, si es que alguien la compra. Tengo algo de dinero en la caja fuerte y podremos vivir con eso durante un tiempo, aunque no durará para siempre.

Alex no podía dar crédito a lo que estaba escuchando y no paró de beber para hacer más llevadera la situación. Cuando se marchó de Nob Hill para hablar con Eleanor, estaba medio borracho.

Se lo contó todo sin rodeos, sin maquillar la trágica realidad, y le hizo la proposición que le había comentado a su padre. Ella le miró perpleja, como si no comprendiera lo que le estaba diciendo. Había demasiadas cosas que asimilar. Todo su mundo se había desmoronado a su alrededor. Toda una clase social había desaparecido súbitamente, como un barco que se hunde. Su fortuna, su estilo de vida y todo lo que habían conocido hasta entonces se habían esfumado de la noche a la mañana, en un abrir y cerrar de ojos, sin que nada de lo sucedido fuera culpa suya.

—¿Qué me estás diciendo? —le preguntó Eleanor entornando los ojos, como si no pudiera verle con claridad—. ¿Qué quieres decir?

—Te estoy dando la oportunidad de anular nuestro matrimonio, Eleanor, o de dejar que te divorcies de mí, para liberarte. Te casaste con un hombre rico que iba a cuidar el resto de su vida de ti y de los hijos que pudiéramos tener, como había hecho tu padre hasta ahora. Pero en estos momentos no tengo nada. Todo se ha perdido. Me queda algo de dinero en la caja fuerte de la casa, pero cuando se acabe no podré ofrecerte ningún sustento y posiblemente pasaremos hambre. Tengo que venderlo todo. Necesito encontrar un trabajo, si es que consigo uno. Y tú no tienes por qué formar parte de todo eso. No quiero arrastrarte conmigo para que vivas míseramente en algún lugar de mala muerte, y que tengas que lavar ropa y fregar suelos. Tienes que abandonar el barco, Eleanor. Te amo y no quiero que te hundas conmigo. Tu padre me ha dicho que, después de venderlo todo, tendrá suficiente para vivir con cierto desahogo en el lago Tahoe. Debes irte con ellos. Yo no puedo cuidar de ti ni ofrecerte todas las cosas que te prometí cuando nos casamos. No quiero hacerte esto. Tienes que volver con tus padres y olvidarte de mí.

Lo dijo con lágrimas en los ojos, pero su voz sonó firme. La amaba demasiado para arrastrarla al fango con él, y la situación de su padre era ligeramente mejor que la suya, aunque no mucho. A Alex le quedaría algo después de venderlo todo, pero no duraría para siempre. Y no había modo de saber cuánto tardaría Estados Unidos en salir de la mayor depresión económica de su historia. El país estaba hundido en la miseria, y con él millones de ciudadanos, entre ellos Alex.

—¿Y qué pasa con lo de «en lo bueno y en lo malo»? ¿Es que no lo dijiste en serio? Pues yo sí —replicó Eleanor con una furia inusitada—. Es muy agradable vivir en una mansión como esta, con criados y coches lujosos, joyas y ropa elegante. Pero no fue por eso por lo que me casé contigo. Me casé porque te amo y te amaré siempre «en la riqueza y en la pobreza, en la salud y en la enfermedad, en lo bueno y en lo malo». Y lo dije de todo corazón, Alex Allen. ¿Acaso tú no?

—Sí, por supuesto, pero esto es diferente —repuso él, tratando de obviar sus palabras.

—¿En qué es diferente?

—Porque esta es una situación extrema. Y ahora no tengo nada.

—Ya te he oído. Así que, ahora que eres pobre, ¿me abandonas? —le espetó ella, haciendo que las palabras de Alex sonaran peor de lo que él había pretendido, cuando en realidad solo estaba intentando ser noble y hacer lo mejor para ella.

—¡No quiero que te hundas conmigo!

—Por lo que tengo entendido, todo el mundo se ha hundido. Si ahora me echas de tu lado, ¿en qué cambiará la cosa?

—Cambiará y mucho. A tu padre aún le queda algo de dinero. Conmigo te morirás de hambre.

—Pues entonces nos moriremos los dos. Además, si es necesario yo también puedo trabajar —afirmó llena de coraje, enderezando los hombros y mirándolo fijamente a los ojos.

—¿Y en qué trabajarías? No tienes formación de ningún tipo.

—Puedo hacer de dama de compañía —replicó ella alzando el mentón, y él sonrió.

—A partir de ahora no habrá damas de compañía. La gente que podía permitírselas ya no puede.

—Entonces trabajaré de enfermera, o de doctora, o de maestra. —No iba a dar su brazo a torcer. Amaba a su marido y no pensaba renunciar a él solo porque había perdido todo su dinero—. ¿Y tú qué harás?

—Buscaré trabajo en un banco. No un cargo como el que tenía, claro, ahora habrá banqueros a patadas. Un empleo de cajero o de oficinista.

—Estupendo, entonces yo trabajaré de secretaria, o de criada o algo así. O de camarera.

Él la rodeó entre sus brazos.

—Eleanor, te amo. Pero ahora no puedo mantenerte. Ya no me queda nada. Tengo que venderlo todo. Prefiero saber que estás con tus padres en el lago Tahoe, comiendo como es debido, antes que estar pasando hambre conmigo.

—Pues yo prefiero pasar hambre contigo —insistió ella con voz temblorosa—. No me asusta trabajar. Y no pienso dejarte. Te amo.

Él vaciló un momento. Luego la miró a los ojos.

—Eres una mujer muy tozuda, Eleanor Deveraux Allen.

—Venderé mi vestido de novia —dijo ella con valentía, aunque el mero hecho de pronunciar esas palabras le provocó una punzada de dolor.

Aquel vestido simbolizaba el día más feliz de su vida, pero ahora se avecinaban tiempos duros y quería demostrarle a su marido que estaría a la altura de las circunstancias.

—No lo hagas —respondió Alex muy serio—, no te darán nada por él. Guárdalo para cuando se case tu hija algún día.

Lo dijo de todo corazón. Le desgarró el alma que ella se hubiera ofrecido a venderlo para salvar su matrimonio.

—Si nos divorciamos, nunca tendré una hija —dijo ella con tristeza, y él la abrazó más fuerte.

—Tengo que vender todo lo que tenemos, incluyendo esta casa, en cuanto pueda desprenderme de ella. Y tengo que cerrar las puertas del banco. Estamos en bancarrota.

—No pasa nada. Saldremos adelante.

La manera confiada de decirlo y la obstinada determinación que estaba demostrando su esposa le dieron esperanzas de que, de un modo u otro, podrían conseguirlo. Sin embargo, vendrían tiempos muy difíciles para todo el país. Personas que antes poseían inmensas fortunas ahora se arruinarían y tendrían dificultades para vivir, entre ellos el propio

Alex y también Eleanor, si es que al final dejaba que se quedara con él. Pero no se sentía con valor para echarla de su lado. Era tan joven, inocente y cariñosa, y su amor por él era tan puro...

Eleanor fue a la cocina y rebuscó en los armarios en busca de algo de comer. Al rato volvió con unos huevos fritos, un poco de jamón y unas rebanadas de pan tostado. En ese momento era toda la comida que había en la casa. Junto a él, sobre la mesa, puso también un estuche de cuero que Alex reconoció al instante: era el collar de diamantes de su madre, que le había entregado como regalo de bodas.

—Si vas a vender las joyas, deberías vender también esto —dijo Eleanor sonriendo, y él la besó.

—Menudo marido estaría hecho si vendiera tu regalo de bodas...

—Te tengo a ti. No necesito diamantes. Ha sido maravilloso lucirlo todos estos días, pero ahora podrás sacar mucho dinero por él.

—No lo creo. Todo el mundo estará intentando desprenderse de sus joyas. Pero veré cuánto puedo conseguir por él —aceptó con un suspiro resignado, y ambos empezaron a cenar.

Alex no volvió a mencionar el tema de la anulación o el divorcio. Eleanor lo había dejado muy claro: si el barco se hundía, ella se hundiría con él, pero no iba a escapar en un bote salvavidas. No iba a abandonarle y estaba dispuesta a hacer lo que hiciera falta para estar junto a él. Alex sintió que nunca la había amado más en toda su vida.

Esa noche, en la cama, se abrazaron muy fuerte, como dos chiquillos asustados, y Alex soñó que se estaban ahogando y que él no podía salvarla. Se despertó sudoroso entre sábanas revueltas, mientras ella dormía plácidamente a su lado, ajena a su pesadilla. Se preguntó si sobrevivirían a los cambios que habían sacudido sus vidas. Él quería cuidarla y protegerla, pero ¿cómo podría hacerlo ahora? La abrazó mientras seguía durmiendo, con las lágrimas corriéndole por las mejillas. El futuro era aciago. Pensó en los votos que habían pronunciado hacía solo un mes. En la riqueza y en la pobreza... Qué poco sabían entonces que la vida les depararía esto y que esas palabras se harían realidad.

6

Los primeros días de noviembre fueron una auténtica pesadilla para todo el país. Nadie se libró de las consecuencias de lo ocurrido. Las riquezas se esfumaron, los trabajos desaparecieron. Las empresas colapsaron, el desempleo se disparó. Reinaba una desconfianza generalizada hacia los bancos y, ante la posibilidad de que quebraran, la gente retiró el poco dinero que les quedaba. Los miembros de la clase social más acaudalada se hundieron en la miseria más absoluta de la noche a la mañana. Tanto la mansión de los Deveraux como la de Alex salieron al mercado a precios irrisorios. Había gran cantidad de propiedades en venta, ninguna tan majestuosa como las suyas, pero también magníficas y lujosas. Aquellos que aún disponían de algo de dinero pudieron comprar bienes inmobiliarios a precio de ganga. Louise se había desprendido de sus joyas para que estas fueran subastadas, incluyendo reliquias familiares y todas las piezas que Charles le había regalado a lo largo de los años. No habían tenido otra elección. También habían despojado sus paredes de valiosos cuadros y los habían enviado a varias casas de subastas de Nueva York. Estas se veían inundadas de obras de arte pertenecientes a familias muy conocidas. Los precios habían caído en picado. Obras valiosísimas y joyas extraordinarias se vendían por una mínima fracción de lo que valían, lo cual proporcionaba un pequeño alivio a sus antiguos propietarios, que ahora necesitaban desesperadamente el dinero. Alex también había enviado a subastar todas las joyas de su madre, incluyendo el collar de diamantes de Eleanor.

Los Deveraux ya habían notificado a sus sirvientes que debían prescindir de sus servicios. Por el momento solo conservarían a dos o tres criados, que era todo lo que se podían permitir, aunque sabían que no podrían costear su salario mucho más tiempo. Y tampoco querían dejar al resto del personal en la calle, sin posibilidad de encontrar trabajo, así que les permitieron seguir viviendo en la casa hasta que esta se vendiera, aunque ya no podrían pagarles. Cuando se trasladaran al lago Tahoe, también tendrían que prescindir de los últimos sirvientes. Allí contratarían los servicios de una chica del lugar para que ayudara a Louise a limpiar las viviendas que mantendrían. Iban a vender la mansión principal y miles de hectáreas de la finca. Charles había conseguido preservar una reducidísima porción de la propiedad, y vivirían en la sencilla casa que se utilizaba como alojamiento del servicio. También conservarían una cabaña en la que Alex y Eleanor podrían alojarse cuando fueran a visitarles, así como un enorme cobertizo en el que guardarían las pertenencias que les quedaban. El embarcadero iría incluido en el lote de la mansión principal. Charles también había puesto a la venta todas sus lanchas y embarcaciones, y había vendido todos sus caballos a un vecino de la zona. Ya no podía permitirse mantenerlos, ni cuidarlos, ni alimentarlos.

Wilson sabía que, cuando consiguieran vender la mansión de Nob Hill y se trasladaran al lago Tahoe, se quedaría sin trabajo. Ella, el mayordomo Houghton y una criada eran los únicos empleados a los que seguían pagándoles, pero eso no duraría mucho. Wilson había contactado con sus parientes en Boston, que le habían contado que la situación allí era igual de desesperada y que tampoco había trabajo. Tendría que utilizar sus ahorros para regresar a Europa e intentar subsistir trabajando de lo que fuera.

La cocinera acababa de encontrar empleo en un restaurante. Le pagaban un sueldo ínfimo, pero al menos tenía trabajo. Al igual que Wilson, el señor Houghton, después de años de fiel servicio a los Deveraux, estaba pensando en volver a Europa, donde esperaba poder entrar a trabajar para alguna familia. La única criada a la que seguían pagándole intentaba buscar empleo en algún hotel, pero ahora nadie contrataba personal nuevo. La inmensa mayoría de los ciudadanos del país parecían estar en paro. Alex se pasaba todo el día intentando encontrar trabajo en algún banco, de lo que fuera. Las entrevistas eran deprimentes, y los que aún conservaban su empleo parecían regodearse viendo lo bajo que habían caído los más poderosos. Todo aquello resultaba humillante para Alex, que siempre era rechazado por estar demasiado cualificado para los humildes puestos que solicitaba.

Al final, Eleanor fue la primera en encontrar trabajo. Fue a su antiguo colegio, la Escuela para Señoritas de Miss Benson, y suplicó literalmente un empleo. Fue muy franca acerca de su precaria situación y la contrataron por un salario exiguo para enseñar francés, dibujo y arte. Había sido muy buena alumna, tenía un gran talento para pintar con acuarelas y hablaba un francés fluido. Iba a sustituir a una profesora que iba a dar a luz en enero. Había sido una feliz coincidencia que solicitara el empleo justo en ese momento, y empezaría a trabajar después de Navidad. Acababa de cumplir diecinueve años, y las estudiantes a las que daría clases serían apenas unos años más jóvenes que ella. El número de alumnas había descendido drásticamente en los últimos dos meses, ya que muchas familias no podían seguir costeando los estudios de sus hijas. La academia se alegraba de poder contar con sus servicios por un sueldo muy inferior al que solían pagar a sus profesoras, pero Eleanor estaba muy agradecida de tener trabajo y Alex se sentía orgulloso de ella. A fin de animarle, le dijo entusiasmada que estaba deseando empezar a dar clases. Eleanor había mantenido una larga conversación con su madre sobre la situación actual, y Louise le recordó que ahora les tocaba a ellas dar fuerza y apoyo a sus maridos. A Charles le estaba costando mucho aceptar la situación y en solo dos meses parecía haber envejecido diez años.

La mansión de Alex se vendió antes que la de los Deveraux. Fue adquirida por un especulador inmobiliario que quería convertirla en un hotel. La compró con todo lo que había en ella, mobiliario y piezas dignas de un museo, así que no tendría que reformarla ni hacer nada. El precio que ofreció por la propiedad fue vergonzosamente bajo, pero Alex se encontraba entre la espada y la pared y necesitaba conseguir dinero con desesperación. Por el momento, era su única opción. La mansión y todo lo que contenía valían cincuenta, cien, mil veces más que lo que el comprador había ofrecido, pero Alex no tenía elección. Aceptó la oferta y experimentó un terrible sentimiento de vergüenza al pensar que la magnífica residencia que su abuelo había construido se utilizaría ahora como hotel. Las joyas de su madre se habían subastado por un precio ridículo, pero Alex necesitaba contar con un pequeño colchón en el banco para que él y Eleanor pudieran vivir. El único bien importante que les quedaba era la mansión y ahora también tendría que desprenderse de ella, ya que había perdido todo su dinero y sus inversiones a consecuencia de la crisis financiera.

El comprador tomó posesión de la propiedad inmediatamente, y en diciembre tuvieron que mudarse con los padres de Eleanor. Después de haber perdido su casa, resultaba agradable vivir en la mansión familiar, pero todos sabían que solo era cuestión de tiempo que ese inmueble acabara también vendiéndose.

Los hermanos de Alex ya se habían marchado de San Francisco. Phillip y Harry se habían ido a vivir con unos primos de Filadelfia que aún conservaban su casa y que les habían ofrecido alojamiento. Ninguno de los dos tenía trabajo, ni recursos para subsistir ni formación de ningún tipo. Alex fue a despedirles a la estación. Los tres se abrazaron entre lágrimas, sin saber cuándo volverían a reencontrarse. Ahora, los jóvenes se verían obligados a madurar y a buscar algún medio para ganarse la vida. A Alex le entristecía mucho verlos partir, pero él ya no podía alojarlos ni mantenerlos. Sus primos les habían ofrecido un techo, pero dependerían económicamente de sí mismos. Alex era muy consciente de que no estaban preparados para la vida que les esperaba y se culpaba por ello. Los estrechó con más fuerza entre sus brazos y sintió una dolorosa punzada de remordimiento al verlos subir al tren.

Fue una época de pérdidas y despedidas. Las Navidades fueron las más tristes de su vida, con constantes noticias de nuevos suicidios entre sus conocidos, sobre todo hombres mayores que no podían soportar que todo su mundo se hubiera venido abajo.

Charles había vendido todos sus coches, excepto el que utilizaba para su uso personal. Eleanor y Louise prepararon la comida de Navidad con ayuda de Wilson y, sorprendentemente, les quedó bastante aceptable. Ese año no hubo bailes de debutantes ni festejos navideños. Louise estaba convencida de que algún día volvería a haberlos, pero desde luego no ese año. No había nada que celebrar, con todo el país lamentando la pérdida de sus trabajos, sus ahorros, sus hogares y el estilo de vida que habían conocido hasta entonces.

En enero, Alex encontró trabajo como oficinista en un banco comercial, en el puesto más bajo de todo el escalafón laboral. El hombre que lo contrató era una persona especialmente desagradable, y sus ojos refulgían llenos de mezquindad cada vez que le recordaba que ya no era presidente de un banco, sino un simple oficinista. Alex iba a trabajar todos los días manteniendo su aspecto elegante y distinguido, lo cual enfurecía aún más a su jefe. El sueldo era muy bajo, pero se sentía agradecido de tener un empleo. Contaba con el dinero de la venta de la casa de Broadway y de las joyas de su madre, así como con su salario y el de Eleanor, y confiaba en que les durara hasta que la economía se recuperara y pudiera conseguir un trabajo mejor, aunque no había manera de saber cuándo sería eso. La Depresión parecía empeorar cada día que pasaba y el desempleo no hacía más que aumentar. Eran tiempos funestos para todo el mundo.

Alex y Eleanor seguían viviendo en la suntuosa mansión Deveraux, aunque muchas de sus paredes estaban ahora despojadas de sus magníficos cuadros. Y también habían desaparecido todas las joyas de Louise, salvo la tiara nupcial de perlas y diamantes. Por el bien de su marido, estaba decidida a no mostrar la menor señal de abatimiento por haber tenido que desprenderse de ellas. Charles luchaba por adaptarse a la nueva situación y, sobre todo, por asimilar la quiebra del banco que había pertenecido a su familia durante setenta años. Se culpaba por no haber estado mejor preparado y por la pérdida de todas las inversiones que no habían sobrevivido a la caída del mercado. Estaba tan deprimido como la economía, pese a los esfuerzos de Louise por animarle. Por las noches, él y Alex hablaban de la situación financiera mundial y especulaban acerca del futuro del país. Charles solía decir que solo otra guerra podría salvarles, lo cual a Alex le parecía una perspectiva bastante lúgubre.

A finales de enero les hicieron una oferta por la mansión. Un grupo de inversores querían convertirla en una escuela y sabían que era el momento perfecto para comprar. Nunca encontrarían una oportunidad como aquella a un precio tan irrisoriamente bajo. Llevaban años buscando el edificio apropiado, y su ubicación en lo alto de Nob Hill conferiría dignidad a la institución que planeaban fundar: la Escuela Hamilton. Su intención era convertir el lugar en un colegio femenino exclusivo, cuya enseñanza abarcaría desde el parvulario hasta duodécimo curso, algo que constituía una idea muy progresista para la época. Los inversores recorrieron la mansión comentando el uso que darían a las distintas estancias, lo cual resultó muy doloroso de oír. Sin embargo, eran los únicos compradores que se habían presentado. La oferta que les hicieron era miserable, pero tal como estaba el mercado era lo máximo a lo que podían aspirar. Además, no les quedaba más remedio que venderla. Ya no podían mantenerla, ni la casa ni al personal, y Charles necesitaba volver a llenar sus vacías arcas para subsistir, consciente de que a sus cincuenta y dos años ya no conseguiría ningún trabajo. Lo habló con su esposa y al día siguiente aceptaron la oferta. Les dieron treinta días para abandonar la casa, y Louise se apresuró a empaquetar sus pertenencias. Charles quería subastar los muebles, pero ella insistió en que deberían conservar algunos. Tenían espacio de sobra en el cobertizo del lago Tahoe, y las piezas de mobiliario y las antigüedades como las suyas se vendían ahora a precios ridículos. Decidió quedarse con todos los muebles y objetos que pudieran almacenar en el cobertizo, y venderlos más adelante si era preciso.

Louise y Wilson empaquetaron el contenido de la mansión en cuestión de semanas. Charles insistió en que debían desprenderse de parte de la plata, que en esos momentos también se estaba vendiendo por apenas nada, pero ella se empeñó en conservar todo lo que pudo para convertir los alojamientos del servicio de la finca de Tahoe en un hogar agradable, lleno de objetos y recuerdos familiares. Parecía tenerlo todo muy bien pensado cuando envió allí los muebles y gran número de cuadros, sus alfombras favoritas, la porcelana que más le gustaba y que no valía la pena vender, y toda la ropa de menaje que pudiera llevar consigo. Hizo varios viajes desde la ciudad, recorriendo las cinco horas de trayecto en la furgoneta que les habían prestado y que conducían unos mozos jóvenes que también se ocuparon de descargarlo todo. Poco a poco Louise fue llenando la casa del servicio, la pequeña cabaña y el cobertizo de Tahoe con las hermosas antigüedades y los preciados objetos de su mansión. Ahora no había salida para desprenderse de todo aquello, salvo a precio de ganga: todo el mundo estaba vendiendo sus pertenencias y el mercado estaba sobresaturado. Además, habían sacado suficiente dinero de la venta de la mansión para vivir con tranquilidad durante un tiempo, y todavía tenían que vender la casa principal del lago Tahoe, así que Charles dejó que su esposa guardase en el cobertizo todo lo que quisiera. También conservaba algunas inversiones menores cuyo valor había caído drásticamente, pero a las que aún se aferraba con la esperanza de que pudieran recuperarse algún día.

Los preparativos para trasladarse al lago Tahoe obligaron a Alex y Eleanor a plantearse dónde vivirían, una vez que la mansión de Nob Hill pasara a ser propiedad de la gente que la había comprado para transformarla en una escuela.

—Tenemos que buscar un apartamento antes de que tus padres se marchen —le dijo Alex a Eleanor una noche—. Después no podremos seguir viviendo aquí.

Cada vez faltaba menos para que se cumpliera el plazo de treinta días que los nuevos propietarios les habían dado para vaciar la mansión.

—¿Podemos permitirnos mudarnos a un apartamento? —le preguntó ella.

A Eleanor le gustaba más su trabajo que a Alex el suyo. Estaba encantada con las chicas a las que daba clases y se sentía muy a gusto en la escuela de miss Benson, que tan bien conocía al haber estudiado allí. La directora se había mostrado muy comprensiva con su situación. Su propia familia se había arruinado cuando ella era joven, y sabía lo dolorosos que podían resultar aquellos giros inesperados de la vida. Los sueldos de ambos eran exiguos, pero si querían mantener sus trabajos debían encontrar un lugar en la ciudad donde vivir. Además, Alex no quería seguir representando una carga para el padre de Eleanor.

—No tenemos elección. No podremos permitirnos vivir en Pacific Heights. Tal vez algo en el centro.

Ese fin de semana buscaron anuncios de apartamentos en los periódicos y fueron a visitar algunos. Los edificios donde se encontraban eran horribles, mugrientos e incluso peligrosos. Encontraron uno en la periferia de Chinatown, situado encima de un restaurante. El bloque entero parecía estar lleno de familias que no hablaban inglés, pero el apartamento era barato. Contaba con un salón grande y luminoso, un dormitorio cálido y acogedor, y la cocina y el lavabo se veían limpios, así que decidieron quedárselo. Eleanor le pidió a su madre algunos de los muebles que pensaba enviar a Tahoe, y ella le dijo que se llevara los que quisiera. Escogió algunas piezas de un salón del piso superior que apenas se utilizaba, y también los muebles que decoraban su propia habitación. También eligió dos vajillas de porcelana y una cubertería de plata, todo el menaje de cocina y de ropa del hogar que pensaba que podría necesitar, así como algunos cuadros que aún seguían en la casa. Ninguno de aquellos objetos tenía un gran valor en el mercado actual, pero eran piezas buenas y algunas realmente hermosas.

A la semana siguiente, con la ayuda de dos jóvenes sirvientes que seguían viviendo en la casa pero que ya no trabajaban para ellos, lo trasladaron todo al apartamento. Cuando acabaron de colocar los muebles y demás, Alex miró a su alrededor maravillado.

—¡Estás hecha toda una artista! —exclamó sonriendo a su mujer. El lugar ofrecía un aspecto de lo más elegante. El mobiliario se adaptaba perfectamente al espacio, los cuadros quedaban muy bonitos y todo estaba cubierto con exquisitos damascos y terciopelos—. Parece la casa de tus padres —comentó riendo, encantado con su nuevo hogar.

—Un poco más pequeña —repuso Eleanor sonriendo, también satisfecha con el resultado.

Ella y su madre habían acertado a la hora de escoger el mobiliario y los enseres que llevarse de la enorme mansión; tenían mucho donde elegir de entre todo el contenido del que debían desprenderse a toda prisa. Incluso las alfombras tenían el tamaño apropiado para el apartamento. Eleanor había tomado las medidas minuciosamente y todo encajaba a la perfección. También se había llevado cortinas de la casa familiar, y cuando los sirvientes acabaron de colgarlas nadie habría dicho que se encontraban en un sencillo edificio de Chinatown.

—Eres una mujer asombrosa y te quiero —dijo Alex estrechándola entre sus brazos—. Pero cuando tengamos un hijo, ¿dónde vamos a meterlo? —le preguntó con ternura.

—Cuando tengamos un hijo, tú ya tendrás un trabajo mejor y podremos conseguir un apartamento más grande —respondió ella alegremente.

A Alex le encantaban su optimismo y la fuerza que le transmitía. Eleanor y su madre habían afrontado todos aquellos reveses de la vida con coraje y buen humor. Eso le había ayudado a sobrellevar las humillaciones que sufría a diario por parte de su jefe en el banco, que lo menospreciaba por su pasado de riquezas y privilegios, pese a que ahora lo había perdido todo. Y lo que más molestaba a aquel hombre mezquino era la inquebrantable determinación de Alex a no dejarse hundir y conservar la dignidad, algo que se debía en gran parte al apoyo de su esposa.

Cuando Charles vio lo que Louise había hecho con la casa del servicio y la cabaña del lago Tahoe, se quedó igualmente impresionado. Había convertido ambos espacios en un auténtico hogar, gracias a los preciados objetos y al hermoso mobiliario que habían hecho de su antigua mansión un lugar tan distinguido y acogedor. Había colgado los mejores cuadros en la casa que ellos ocuparían, y había dispuesto otros también muy bonitos en la cabaña de Alex y Eleanor. Y el cobertizo estaba abarrotado con una enorme cantidad de fastuosos muebles y valiosas pertenencias que Louise quería conservar «para tiempos mejores», tal como ella decía. En esos momentos, Charles no alcanzaba a imaginar que pudieran venir tiempos mejores. Sin embargo, si alguna vez llegaban, Louise estaría preparada para amueblar y decorar una gran mansión con todo lo que habían salvado. Charles convino en que habrían tenido que malvenderlo todo y no puso ninguna objeción a conservarlo. Louise había conseguido adecentar una encantadora casa para ellos, y había guardado el resto para el futuro.

Louise había ido vaciando la mansión de Nob Hill durante los treinta días que les habían concedido los nuevos propietarios. Lo había hecho de forma tranquila y constante, sin crear demasiado alboroto, algo que también impresionó a Charles. Ella pensaba que el aire del campo y salir a pescar en primavera le harían mucho bien a su marido. Durante los dos últimos meses había estado nevando, pero había comprado botas de nieve y esquíes de montaña, y una vez que se instalaran allí pensaba sacarlo de la casa para que se moviera y para que le diera el aire. No era bueno para él quedarse encerrado entre cuatro paredes, lamentándose por todo lo que había perdido y rememorando unos tiempos que probablemente ya nunca volverían para ninguno de ellos. Los días de esplendor y grandeza habían acabado. Louise estaba decidida a poner al mal tiempo buena cara, y había instado a Eleanor a que hiciera lo mismo con Alex. No pensaba dejar que Charles se hundiera, aunque tuviera que sacarlo a rastras del pozo de la depresión. Con Alex resultaría más sencillo, ya que solo tenía treinta y tres años. Pero Charles, a sus cincuenta y dos, ya no tenía una carrera profesional que lo mantuviera ocupado, ni tampoco esperanzas de futuro. Louise estaba dispuesta a llevarlo con delicadeza hacia su nuevo presente, y alejarlo de aquel pasado que habían perdido. Era innegable que se había tratado de un cambio absoluto y radical. Durante toda su vida habían sido hombres inmensamente ricos, y de la noche a la mañana, hacía apenas cuatro meses, lo habían perdido prácticamente todo. Había sido un cambio brutal en muy poco tiempo y la adaptación a su nueva realidad iba a resultar muy dura.

En su último viaje antes de trasladarse a Tahoe, Louise sacó algunos de sus muebles y objetos favoritos de la casa principal del lago para llevarlos a su nueva vivienda, y guardó otros en el cobertizo. El resto se vendería junto con la casa, siempre que el comprador la quisiera amueblada. Hasta el momento nadie se había interesado por ella. La finca era inmensa y las tierras demasiado valiosas para malvenderlas. Charles quería sacar un buen precio por la propiedad y no estaba dispuesto a rebajarlo mientras pudiera aguantar. Y gracias al dinero que habían percibido por la mansión de Nob Hill, aún no estaban desesperados por vender.

Eleanor y Alex se mudaron a su nuevo apartamento el fin de semana antes de que los Deveraux se trasladaran al lago Tahoe. Dejar su hogar resultó muy doloroso para todos ellos, y la mansión se quedó muy silenciosa cuando los jóvenes se marcharon. Eleanor miró por última vez a su alrededor, recordando su presentación como debutante en el gran salón de baile hacía solo un año, y su boda en la carpa del jardín. Todos tenían la sensación de estar dejando atrás una época y un estilo de vida que ya nunca volverían.

Ese fin de semana también tuvieron que marcharse los sirvientes y las criadas a los que aún se les permitía alojarse en la mansión. Habían encontrado pequeños empleos como camareras en restaurantes o doncellas en hoteles, o como conductores de camión o conserjes. Recibían unos sueldos míseros y no podían aplicar las destrezas y la experiencia conseguidas después de trabajar tanto tiempo en una buena casa, pero al menos se sentían agradecidos de haber encontrado un medio para subsistir. Con la marcha de la familia Deveraux, todos tuvieron que coger habitaciones en casas de huéspedes. Se sucedieron las despedidas emotivas entre los miembros del servicio, y también dijeron adiós a sus señores, que habían sido muy buenos, respetuosos y justos con ellos.

El día antes de que Charles y Louise se mudaran al lago Tahoe, Wilson partió hacia Nueva York. Había reservado un pasaje de tercera clase en un barco que zarpaba hacia Inglaterra, y en el último momento Houghton decidió unirse a ella. Tenían pensado buscar empleo en alguna casa en Londres, como ama de llaves, mayordomo o chófer. La economía británica también estaba sufriendo las consecuencias de la crisis, pero no de forma tan severa como en Estados Unidos, o al menos no todavía. El lunes por la mañana fueron a despedirse de sus señores mientras estaban tomando el desayuno que Louise había preparado. Pese a no haber cocinado en su vida, estaba aprendiendo muy deprisa y no se le daba nada mal.

—Hemos venido a despedirnos —empezó Wilson, ya abrumada por la emoción. Houghton se veía igual de conmovido. Ambos habían trabajado para ellos durante toda su vida adulta, casi treinta años. Les destrozaba el corazón tener que dejarles, pero no había sitio para ellos en el lago Tahoe, ni dinero para pagarles, y ambos necesitaban trabajar—. Y también tenemos algo que decirles —prosiguió Wilson, tratando de contener las lágrimas—. El viernes pasado nos casamos —dijo, tras lo cual se fundió en un abrazo con Louise mientras Charles estrechaba calurosamente la mano de Houghton.

—¿De verdad? ¿Por qué no nos lo contasteis? Lo habríamos celebrado —se apresuró a decir Charles.

Pero ninguno de ellos había esperado que la familia Deveraux tuviera ganas de celebrar nada, con las graves pérdidas que estaban sufriendo. Los recién casados se habían limitado a salir por la noche para disfrutar de una cena tranquila.

—Pensamos que, si íbamos a buscar trabajo juntos, también podríamos casarnos y formar una pareja como es debido —comentó Wilson sonriendo a través de las lágrimas, mientras Houghton sonreía también.

—Esperamos de corazón que encontréis un buen trabajo en Londres —les deseó Charles.

Había escrito unas magníficas cartas de referencia para ambos y les había dado unos generosos cheques para agradecerles sus años de servicio. En Inglaterra todavía existía el tipo de empleos que buscaban y para los que estaban tan bien preparados.

—Escribidnos, por favor —pidió Louise, volviendo a abrazarlos.

Habían pasado por tantas cosas juntos: su matrimonio con Charles; el nacimiento de sus dos hijos; la pérdida de uno de ellos; más recientemente, el baile de debutante de Eleanor y su posterior matrimonio; y mucho antes de eso, su propia presentación en sociedad en Boston cuando Wilson entró a trabajar para los padres de Louise. Habían compartido toda una vida juntos, y ahora todos tenían que marcharse. Era el final de una época.

Charles y Louise los despidieron agitando la mano desde lo alto de la escalinata de entrada, mientras sus sirvientes partían en un taxi, cargados con las maletas que contenían todas las pertenencias que se llevarían consigo.

Acto seguido, volvieron a entrar para pasar su último día y su última noche en la mansión. El lugar se sentía sombrío y silencioso, salvo por las escasas dependencias que todavía ocupaban. Durmieron en la vieja cama de una de las habitaciones del servicio, que no pensaban llevarse con ellos. Todo lo demás ya había sido trasladado. A la mañana siguiente, Charles metió las últimas maletas en el único coche que les quedaba y se alejaron de Nob Hill. Louise volvió la vista atrás un instante, contemplando la mansión mientras las lágrimas corrían por sus mejillas, y Charles le acarició cariñosamente la cara.

—Estaremos bien —le dijo sin sonar muy convencido, y Louise se enjugó las lágrimas.

—Sí —repuso ella con firmeza, y sonrió a su marido—. Sé que estaremos bien.

Estaba decidida a que fuera así, costara lo que costase. Habían perdido todo lo que conformaba su mundo, pero todavía se tenían el uno al otro y un lugar en el que vivir, que era mucho más de lo que tenía la inmensa mayoría en esos días. Louise había empaquetado sus elegantes vestidos de gala, junto con el vestido de novia de Eleanor y el que lució en su baile de debutante. También estaban en el cobertizo. Toda su vida estaba guardada allí, esperándoles en el lago Tahoe, mientras la mansión Deveraux desaparecía de la vista.

7

En la primavera de 1930, la gran finca de Tahoe —excepto el terreno de ocho hectáreas que Charles conservó y que constituía apenas una pequeña fracción en comparación con el resto— fue vendida en una inesperada transacción que resultó muy provechosa para los Deveraux.

La finca fue adquirida por un lord inglés, un conde que había visitado el lago Tahoe hacía unos años y que se había enamorado del lugar. Por pura casualidad, a través de un amigo, se había enterado de que la extensa propiedad estaba en venta. Siempre había comentado que algún día le gustaría comprar algunas tierras allí para retirarse en su vejez, lo cual, a sus cuarenta y siete años, parecía algo bastante lejano. Poseía otra gran propiedad en Inglaterra, pero quería adquirir la finca de Tahoe para pasar allí sus últimos años. El precio resultaba bastante razonable para la gran cantidad de hectáreas con que contaba el lugar. El conde podía permitírselo, y además sabía que era una oportunidad única que no podía dejar escapar. También era consciente de lo que conllevaba mantener una propiedad tan extensa y, en su ausencia, quería que alguien de confianza se encargara de su gestión. Le ofreció a Charles una considerable asignación anual para supervisar la finca, contratar a jardineros y personal de mantenimiento, y conservar en buen estado la casa principal y las demás edificaciones, sobre todo porque ahora no se utilizaban. Charles consiguió hacer todo aquello del mismo modo que cuando era el dueño del lugar, aunque sin la ayuda del ejército de servicio doméstico con que contaban antes. El lord no necesitaba nada de aquello, ya que por el momento no tenía pensado residir allí ni tampoco ir de visita. Simplemente quería convertirse en propietario de la finca para poder jubilarse allí cuando llegara el momento.

Charles contrató a dos mujeres del pueblo más cercano para que fueran a limpiar la casa principal cada semana, y se encargó personalmente de gestionar el resto de las tareas. El conde le pidió que, si era posible, recuperara dos de las embarcaciones que había vendido. Así lo hizo, y también volvió a contratar a uno de los barqueros para encargarse de su cuidado. Ya no quedaban caballos en la finca, así que compró uno para poder supervisar las partes de la propiedad a las que no podría acceder de otro modo. A Charles seguía encantándole vivir allí y poder disfrutar de las tierras y del lago. Además, recibía un sueldo muy generoso por cuidar de la finca, pagado por un propietario al que no conocía en persona y que no tenía intención de ir por allí en mucho tiempo. Charles le enviaba todos los meses un informe claro y conciso sobre su gestión, y la relación entre ambos era muy agradable. El proceso de compraventa se había llevado a cabo de forma bastante razonable. El conde no había querido forzar la situación para adquirir la finca por un precio ridículamente bajo. Se contentaba con saber que ahora era el propietario de las tierras, de la casa principal y de algunas edificaciones, y que podría retirarse allí en el futuro. Era un hombre un tanto excéntrico, pero el trato al que había llegado con Charles parecía hecho a medida para este, que ahora estaba muy satisfecho viviendo en la casa del servicio, hermosamente decorada por su esposa. El cobertizo estaba repleto de todas las pertenencias que se habían llevado consigo y que ahora no usaban, pero Louise seguía diciendo que guardarían todo aquello para cuando llegaran tiempos mejores.

Gracias a la venta de la mansión de la ciudad y de la propiedad del lago Tahoe, Charles contaba en esos momentos con unos ahorros más que decentes para asegurar el futuro de su familia, adaptado a su nuevo estilo de vida. Además, el salario que le pagaba el nuevo propietario por supervisar la finca les permitía vivir holgadamente. Allí tenían muy pocos gastos y tampoco disponían de servicio, aparte de una chica del pueblo que iba a limpiar. Su vida había entrado en una fase totalmente distinta. A Louise le encantaba la jardinería y animó a Charles a que la ayudara. A él le sorprendió descubrir que disfrutaba mucho haciéndolo. Y no dejaba de asombrarle que, de algún modo, hubieran logrado sobrevivir a todos los reveses que habían destruido su mundo. Y, a medida que fue pasando el tiempo, Charles comenzó a invertir los pequeños ahorros que había guardado y siguió aferrándose a las modestas inversiones que había conservado. No daban mucho dinero, pero eran seguras. La Gran Depresión continuaba sin dar tregua, pero estaba claro que a Charles y a Louise les iba mejor que a la gran mayoría.

A lo largo de la siguiente década, los años transcurrieron sin apenas cambios en la economía. Se trataba de la crisis financiera más duradera que hubiera conocido el mundo y, sin duda, una de las épocas más oscuras para la nación. Gracias a su apacible existencia en el lago Tahoe, Charles y Louise se libraron de los rigores y penalidades que sufrió la gente de las ciudades, obligada a vivir en chabolas y cuchitriles en condiciones de extrema pobreza.

Eleanor y Alex iban de vez en cuando para pasar un fin de semana, y durante las vacaciones de verano se quedaban dos o tres semanas en la cabaña que Louise había acondicionado para ellos. Todavía seguían trabajando en la escuela y en el banco, pero Alex había conseguido ascender hasta un cargo intermedio y el superior que intentaba hacerle la vida imposible ya no estaba. Sin embargo, en 1939, casi diez años después del crac bursátil, era consciente de que a sus cuarenta y tres años era muy improbable que volviera a alcanzar la cima de su profesión. Aun así, estaba muy agradecido por poder contar con aquel trabajo. El desempleo seguía alcanzando niveles altísimos y la economía se encontraba hundida desde hacía una década. A sus veintinueve años, Eleanor continuaba trabajando en la escuela de miss Benson, impartiendo clases de latín, francés y arte. El centro apenas había cambiado desde la época en que ella era alumna y, aunque el concepto de una enseñanza refinada para señoritas resultaba un tanto arcaico en esos momentos, el ambiente era muy agradable y a Eleanor le gustaba su trabajo.

El único gran pesar que ensombrecía su vida conyugal era que aún no habían conseguido tener hijos. Eleanor se había quedado embarazada cinco veces, y en todas ellas había sufrido un aborto espontáneo. En una de esas ocasiones había perdido al bebé cuando estaba de ocho meses, lo cual había supuesto una experiencia muy traumática y una fuente de inconmensurable dolor para ambos. En los dos últimos embarazos, Alex le había asegurado que no le importaba si no podían tener hijos: la amaba profundamente y no quería que volviera a pasar por la misma agonía; resultaba demasiado duro para ella. A esas alturas ya casi se habían resignado a la idea de no tener descendencia, aunque era algo que entristecía a Eleanor más de lo que estaba dispuesta a admitir, y Alex era muy consciente de su frustración. Incluso Louise había intentado convencerla de que renunciara a su empeño de convertirse en madre. Tenía un marido maravilloso y un matrimonio estupendo: a veces bastaba con eso. Para entonces, Louise tenía cincuenta y seis años y Charles, sesenta y dos. El hombre gozaba de buena salud gracias a su vida al aire libre junto al lago, pero una tristeza insondable asolaba su espíritu desde la crisis financiera. Las pérdidas sufridas lo habían desmoralizado por completo, pese a los constantes esfuerzos de Louise por animarlo. Supervisar la propiedad lo mantenía ocupado, pero todos aquellos cambios habían afectado enormemente a su ánimo. A Eleanor la entristecía mucho verlo así, pero no había nada que pudieran hacer. Nunca recuperarían su antiguo estilo de vida. La crisis económica duraba ya diez años, igual que la depresión de Charles. Aun así, las cosas les iban mucho mejor que a la mayoría de sus viejas amistades, que ahora malvivían en condiciones precarias después de haber tenido que abandonar sus lujosas mansiones, o incluso habían fallecido, incapaces de afrontar la nueva realidad de un mundo cambiante.

Alex y Eleanor continuaban viviendo en el mismo apartamento de Chinatown, que resultaba cómodo y luminoso y estaba hermosamente amueblado con sus antiguas pertenencias. Habían llegado a sentirse a gusto en el barrio y el alquiler era muy barato, tanto que, pese a sus modestos salarios, podían pagarlo sin problemas. Y como no habían tenido hijos, tampoco necesitaban más espacio.

Los padres de Eleanor se alegraban mucho cuando la joven pareja iba a visitarlos. A Louise le encantaba poder ver a su hija, y Charles disfrutaba de la compañía masculina de su yerno. Salían juntos a pescar y a navegar por el lago. Eleanor y Alex iban a verlos cada pocos meses. En cambio, Charles y Louise no habían regresado a la ciudad desde que se marcharon hacía diez años. Él decía que no tenía el más mínimo interés, y ella sabía que le resultaría muy doloroso visitar su antiguo mundo sintiéndose como una forastera. No tenía deseos de ver a las pocas amistades que les quedaban, muchas de ellas sumidas en una profunda depresión. Gran parte de la gente de su generación no había logrado sobreponerse, si es que habían conseguido sobrevivir.

Alex tampoco había vuelto a ver a sus hermanos desde

que se marcharon de San Francisco, algo que lamentaba profundamente. Sin embargo, no tenía tiempo ni ganas de viajar al Este, y ellos tampoco tenían intención de regresar al Oeste, ni siquiera para ver a su hermano mayor. Se habían distanciado mucho, aunque permanecían en contacto vía correspondencia. Ambos estaban casados y tenían hijos a los que Alex no conocía. Phillip era el encargado de unas cuadras de caballos de carreras en Kentucky. Harry se había casado con una joven adinerada de Carolina del Norte y ahora llevaba la vida típica de un caballero sureño, con una esposa complaciente dispuesta a consentírselo todo, que había heredado una próspera fábrica textil de su padre.

Phillip y Harry también habían perdido la relación entre ellos y apenas se veían una vez cada varios años. Para ellos, su hermano mayor formaba parte de un pasado perdido. La Gran Depresión no solo había destruido fortunas, sino también familias. Alex no tenía ni idea de cuándo volvería a verlos, si es que llegaban a reencontrarse alguna vez. No había vuelto a viajar a ninguna parte en diez años, desde su luna de miel en Italia. No podía permitírselo. Tenía mucho cuidado con el poco dinero que le había quedado y que había invertido con prudencia, y ahora vivían con los escasos salarios que ganaban y sin hacer ningún derroche. Teniendo en cuenta el privilegiado entorno en el que se habían criado, durante los últimos diez años habían tenido que apretarse mucho el cinturón, pero no se sentían desdichados. Cuando necesitaban cambiar de aires, se escapaban al lago Tahoe para visitar a los padres de Eleanor. Disfrutar del aire libre durante unos días siempre les alegraba el espíritu.

En alguna que otra ocasión, mientras estaban allí, Eleanor había intentado convencer a su madre de que vendiera las pertenencias almacenadas en el cobertizo. Nunca volverían a amueblar una gran mansión con aquellos valiosos objetos, y Alex y ella tampoco los necesitaban. No tenía sentido aferrarse a todos aquellos muebles y cuadros antiguos. Eleanor se preguntaba si ahora, pasados ya diez años, podrían conseguir mejores precios si los subastaban, pero Louise siempre insistía en que quería conservarlos «para tiempos mejores». Eleanor dudaba mucho de que eso ocurriera, y seguramente nunca serían unos tiempos tan esplendorosos como los que habían conocido.

En septiembre, cuando fueron al lago para pasar un fin de semana, Alex y Charles tuvieron mucho de lo que hablar. La guerra acababa de estallar en Europa y, por muy trágicas que fueran las circunstancias, Charles siempre había pensado que la nueva situación haría que las fábricas se reactivaran a fin de producir los suministros necesarios para una contienda de tal magnitud. Eso crearía muchos empleos y ayudaría a mejorar la economía nacional y mundial, lo cual tendría un efecto muy positivo en el mercado bursátil. El aumento de la productividad acabaría estimulando la economía y reduciendo el desempleo.

Hablaron de la posibilidad de que Estados Unidos entrara en la guerra. Charles lo consideraba improbable, pero Alex no estaba tan seguro.

Aparte de la inquietante conversación sobre la contienda en Europa, ese fin de semana disfrutaron de charlas más agradables y de un tiempo magnífico. Alex y Eleanor consiguieron compartir algunos momentos románticos en la cabaña mientras los padres de ella estaban ocupados en sus tareas. Los diez años de matrimonio no habían hecho la menor mella en su amor. Seguían tan apasionadamente enamorados como al principio. Hacía tiempo que habían dejado atrás la fase de la luna de miel, especialmente por todo lo que les había ocurrido en esos años, pero seguían sintiendo un profundo amor mutuo que los colmaba de felicidad. Cuando regresaban a la ciudad siempre estaban de mejor ánimo. De vez en cuando, Eleanor se acordaba de aquellos años en los que la familia contaba con su propio tren privado para llegar hasta la finca del lago. A veces le resultaba extraño pensar en el extraordinario grado de lujo en el que se había criado, para ahora tener que vivir en un pequeño apartamento en Chinatown y depender del poco dinero que ganaban trabajando. Ambos tenían la sensación de que aquellos tiempos de esplendor quedaban muy, muy lejos.

Varias veces a la semana iban a comprar a uno de los mercados chinos del barrio, con sus fuertes olores especiados y los patos colgando boca abajo por encima de sus cabezas. En una de esas ocasiones, Alex se dio cuenta de que, de repente, Eleanor se había puesto muy pálida y parecía a punto de desmayarse.

—¿Te encuentras bien? —le preguntó muy preocupado, pero ella se recuperó enseguida y le aseguró que ya se le había pasado—. ¿Qué te ha ocurrido?

—No lo sé. He mirado hacia arriba y he visto todos esos patos muertos colgando por encima, y de pronto me he mareado un poco.

—Estás embarazada —respondió él en el acto.

—No digas tonterías, no lo estoy.

—Sí lo estás. Fue durante aquel fin de semana en Tahoe —insistió él con expresión pícara, y ella se echó a reír—. No sé por qué, pero tengo la sensación de que estás embarazada.

—¿Por qué?

A veces Alex tenía una misteriosa percepción de las cosas y, aunque pasaba ya de los cuarenta años, seguía conservando cierto aire juvenil que le hacía aún más atractivo.

—Porque había luna llena y porque estoy perdidamente enamorado de ti —respondió él mientras regresaban caminando al apartamento.

Pero unos días más tarde volvió a ocurrirle algo parecido. Cuando Eleanor estaba sirviendo el café de la mañana antes de irse a trabajar, Alex se percató de que el fuerte aroma hacía que se sintiera indispuesta.

—Estás embarazada, lo sé —insistió—. Deberías ir a ver al médico.

—No estoy embarazada —replicó ella.

No quería volver a ilusionarse y que luego acabara en nada. Había renunciado a la idea de ser madre, o al menos era lo que quería creer. Resultaba demasiado doloroso ver cómo sus sueños se frustraban una y otra vez.

—¿Cómo sabes que no lo estás?

—Simplemente lo sé —replicó ella en voz queda, negándose a creer que pudiera estarlo y que sus esperanzas volvieran a estrellarse contra la cruda realidad.

Pero al cabo de unos días, cuando Alex llegó del trabajo, se la encontró durmiendo en la cama, con un montón de exámenes al lado para corregir. Aquello era otra señal. La primera vez que se quedó encinta Eleanor dormía mucho, y después de cinco embarazos Alex conocía bien todos los síntomas. Durante una o dos semanas no quiso presionarla, hasta que una mañana, durante el desayuno, ella se levantó apresuradamente de la mesa para ir a vomitar. Al salir del cuarto de baño, él la estaba esperando en la puerta con expresión seria.

—¿Vas a ir a ver al médico o tengo que llevarte a rastras?

—Déjame que lo piense, ¿vale? —respondió ella con una débil sonrisa.

Sabía que él tenía razón, pero no quería volver a empezar otra vez con aquel doloroso proceso: hacerse ilusiones, soñar con convertirse en madre y quedarse con el corazón destrozado a mitad del embarazo. Prefería fingir que no estaba encinta y que pasara lo que tuviera que pasar.

Alex la besó antes de marcharse al trabajo y se la quedó mirando como siempre hacía cuando estaba embarazada, con una mirada llena de esperanzas tácitas que ninguno de los dos se atrevía a expresar en voz alta. Eleanor no quería volver a defraudarle.

Durante las siguientes semanas él no le dijo nada. Ella parecía encontrarse bien, aunque dormía más de lo habitual. Alex veía que sus pechos estaban más henchidos, y para Acción de Gracias ya podía notar la redondez de su vientre mientras yacía tumbada en la cama. Todavía no había ido a ver al médico, y aunque Eleanor quería obviar la situación, él ya no podía ignorarla por más tiempo.

—¿Vas a seguir fingiendo que no pasa nada? ¿Vas a ir a ver al médico antes de dar a luz, o voy a tener que asistirte yo en el parto mientras sigues asegurando que no estás embarazada?

Eleanor sonrió y soltó un suspiro.

—No quiero que volvamos a albergar esperanzas y que luego todo quede otra vez en nada.

Alex asintió con gesto comprensivo. La última experiencia había resultado desgarradora. Habían estado tan cerca de conseguirlo, habían estado tan seguros de que esa vez todo iría bien... pero el bebé se había estrangulado con el cordón umbilical en el octavo mes de embarazo. Ver a aquella criatura muerta tan hermosa, tan perfectamente formada, fue algo devastador para ambos. El recuerdo seguía demasiado vívido en ella, pese a que ya habían transcurrido casi dos años.

—Parece una locura, dado nuestro historial, pero tengo la extraña sensación de que esta vez todo va a ir bien —dijo Alex con voz serena.

Eleanor permaneció en silencio un buen rato, y al fin asintió.

—No sé por qué, pero yo también tengo esa sensación. —No se había sentido así antes, salvo durante el último embarazo, hasta que notó que el bebé dejaba de moverse en su interior y entonces supo que todo había acabado—. ¿Y si esperamos un poco? De todos modos, el médico no va a poder hacer nada por el momento. Y, además, me encuentro bien.

—A mí también me parece que estás muy bien —convino

él, sosteniendo suavemente sus pechos cada vez más henchidos, y ella se echó a reír—. Pero me sentiría más tranquilo si fueras a ver al médico —añadió, volviendo a ponerse serio—, tan solo para asegurarnos de que es así.

Ella se giró en la cama y se quedó pensativa un rato. Finalmente asintió.

Al cabo de unos días fue a la consulta médica, donde le confirmaron el embarazo. Estaba de dos meses y, si todo iba como debía, el bebé nacería en junio.

—Tenías razón —le dijo a Alex esa noche—. Debió de ocurrir cuando estuvimos en el lago Tahoe. Y por el momento todo está bien —lo tranquilizó.

Se lo contaron a sus padres cuando fueron a visitarlos por Acción de Gracias, y ambos se mostraron entusiasmados pero cautos. Eleanor odiaba que ellos también se hicieran ilusiones, pero resultaba inevitable. Un bebé era un gran motivo de esperanza para todos ellos.

Aparte de la buena noticia, durante ese fin de semana Alex y Charles no pararon de hablar sobre el tema de la guerra. Tal como había augurado Charles, la economía había experimentado un notable repunte. La Gran Depresión estaba llegando a su fin gracias al incremento de la producción de suministros que demandaba la contienda europea.

Para Navidad, Eleanor ya estaba de tres meses y medio, y en enero empezó a notar cómo se movía el bebé. El embarazo transcurría sin problemas, e incluso las fechas parecían ser las idóneas: si la criatura nacía en junio, tendría el verano libre y podría volver al trabajo en la escuela en septiembre.

El latido del bebé se oía claro y fuerte. En marzo, Eleanor estaba ya de seis meses y tenía una barriga perfectamente redondeada.

Para entonces, la guerra se había recrudecido y casi todas las naciones europeas estaban implicadas. Hitler intentaba apoderarse del mundo. A la población estadounidense se le aseguraba que el país no iba a entrar en la guerra, ya que no tenía nada que ver con el conflicto en Europa. Sin embargo, el incremento de la producción estaba ayudando notablemente a su economía.

A medida que el bebé iba creciendo en su seno, a Eleanor le interesaba cada vez menos el tema de la guerra. En abril hicieron su última visita al lago Tahoe. Ya estaba de siete meses y el doctor le recomendó que no viajara después de esa fecha, sobre todo teniendo en cuenta sus antecedentes. Su madre le preguntó si cuando naciera el bebé pensaban mudarse a la cabaña, pero Eleanor consideró que no sería necesario. Su habitación era lo bastante grande para poner una cuna, y no quería hacer cambios drásticos por un bebé que tal vez no saliera adelante. Pero este parecía crecer sano y fuerte. No paraba de dar patadas y era más grande que el anterior. Alex se reía cuando veía cómo se movía su vientre, y por las noches podía notar las pataditas cuando estaba tumbado junto a ella en la cama. Todo aquel movimiento y agitación los tranquilizaba a ambos: el bebé se encontraba en perfecto estado y el embarazo transcurría con total normalidad.

Pero, de pronto, un soleado sábado de mediados de mayo, todo pareció detenerse como en ocasiones anteriores. Cuando Alex llegó a casa después de hacer algunos recados, encontró a Eleanor llorando en la cocina.

—¿Qué pasa? ¿Es que algo va mal?

—No se mueve —sollozó ella tendiendo los brazos hacia él. Alex la abrazó y también lloró.

—Vamos al hospital —dijo con voz calmada—. Llamaré al médico. Recoge tus cosas.

El doctor le prometió que acudiría directamente al hospital infantil. Eleanor tenía mucho miedo de que volviera a ocurrir lo mismo que las otras veces, algo que resultaría desgarrador para ambos. No podía pensar en otra cosa. En el taxi de camino al hospital permaneció muy callada, llorando en silencio. Alex le rodeó los hombros con el brazo y la estrechó contra sí.

—Pase lo que pase, lo superaremos —le aseguró en tono sereno, tratando de transmitirle toda su fuerza para que pudiera soportar una nueva tragedia, si es que al fin llegaba a ocurrir.

Se prepararon para lo peor mientras entraban por la unidad de urgencias y tomaban el ascensor hasta la planta de maternidad, que a esas alturas les resultaba ya demasiado familiar, aunque nunca con un final feliz. El doctor ya estaba allí y, con semblante serio, les hizo pasar a una sala para examinar a Eleanor, que se tumbó en una camilla aferrando la mano de Alex. Los ojos de él brillaban por las lágrimas contenidas, pero no apartó la mirada de su mujer mientras trataba de pensar en positivo sobre el bebé que ambos deseaban con tantas fuerzas.

—¿Cuánto tiempo hace que no sientes nada? —le preguntó el médico, ajustándose el estetoscopio en torno al cuello con la esperanza de escuchar el latido, aunque temiendo que, una vez más, hubiera dejado de oírse.

—No sé... como unas dos horas. Desayuné bastante fuerte, y entonces fue como si todo se hubiera parado dentro de mí. Me di algunos golpecitos en la barriga, pero no ocurrió nada.

El doctor asintió con gesto preocupado, se introdujo las olivas del estetoscopio en los oídos y colocó el extremo redondeado en la zona donde estimaba que podría escucharse el latido, si es que ese pequeño corazón todavía latía. Y mientras presionaba sobre la voluminosa barriga de Eleanor, todos pudieron ver cómo el bebé daba una potente patada que casi arrancó el dispositivo de las manos del médico. El latido sonaba con fuerza y la criatura continuó removiéndose con vehemencia durante un buen rato mientras los tres reían aliviados.

—Bueno, me parece que no hay ninguna duda al respecto —les dijo el doctor sonriendo—. Creo que, después de tomarse un desayuno tan sustancioso, el bebé debió de quedarse dormido. —La criatura seguía moviéndose casi con furia, y varios apéndices protuberantes sobresalían del vientre de Eleanor como si fuera un dibujo animado—. Por lo visto se está quedando sin espacio ahí dentro. Va a ser un bebé grande y hermoso.

Aquello inquietó un poco a Eleanor. Ella ya lo había notado: era mucho más grande que el anterior. Sin embargo, le daba absolutamente igual el sufrimiento por el que tuviera que pasar con tal de que el bebé naciera sano y salvo. Bajó las piernas de la camilla con aire avergonzado, pero el doctor los tranquilizó diciendo que, en vista de lo ocurrido la vez anterior, era muy normal que acudieran al hospital siempre que les preocupara algo. Y añadió que a él no le importaba asistirla siempre que hiciera falta. Además, vivía muy cerca.

—Lo siento —le dijo Eleanor a Alex en el taxi de vuelta a casa—. Me he comportado como una tonta, pero es que el bebé no se movía.

—Pues ahora no para —repuso él sonriendo—. Parece que a la criatura que llevas ahí dentro le va la marcha. Va a ser bastante movidita.

Ambos se echaron a reír, pero a partir de ese día fue como si el bebé le hubiese declarado la guerra a su madre. No paraba de moverse, empujar y dar patadas. Eleanor notaba agitarse en su interior piernas y pies, codos y rodillas, y sentía cómo la cabeza de la criatura presionaba contra su pelvis. Era como si intentara hacerse espacio en un lugar que se le había quedado pequeño, y día a día parecía crecer a ojos vista.

Apenas tuvo fuerzas para acabar el último mes en la escuela, pero aun así cumplió hasta el final del curso. Cuando llegó la fecha prevista para el parto, estaba agotada. Las últimas semanas habían sido un auténtico suplicio. Su vientre era tan voluminoso que parecía que fuera a tener gemelos, pero el doctor le aseguró que no era así: se trataba de un solo bebé, aunque uno extraordinariamente activo. Sus continuos movimientos y patadas provocaron una serie de contracciones que el doctor aseguró que no eran graves, pero que la harían sentirse muy incómoda. Hubo varias ocasiones en que Eleanor pensó que estaba de parto, pero, tal como empezaban los dolores, de pronto cesaban. A comienzos de la segunda quincena de junio ya llevaba dos semanas de retraso y se encontraba fatal. Cuando fue a ver al médico, este le dijo que si no daba a luz a lo largo de la próxima semana, o la siguiente como mucho, tendrían que practicarle una cesárea, una perspectiva que aterraba a Eleanor. Pero no podían esperar más tiempo, ya que el bebé estaba creciendo demasiado. Cuando Alex volvió a casa del trabajo, la encontró totalmente exhausta. Le daba mucha pena verla así. Apenas podía dormir, porque el bebé no paraba de moverse y de dar patadas noche y día. Para más inri, las leves contracciones que sufría no hacían más que empeorar la situación. Resultaban bastante dolorosas, pero todavía no eran de parto.

—¿Qué te ha dicho el doctor?

—Que voy a tener un bebé elefante y que estaré embarazada unos dos años —contestó ella. Alex no pudo evitar echarse a reír.

Ya lo tenían todo listo en el dormitorio: las camisitas, los pijamas, los diminutos jerséis, los gorritos y los pañales. La bolsa del hospital, que llevaba semanas preparada, esperaba junto a la puerta. Lo único que hacía falta era que se pusiera de parto, pero el médico acababa de confirmarle esa tarde que aún no había llegado el momento. Su madre la llamaba constantemente, diciéndole que le gustaría mucho poder estar con ella, pero que no quería dejar solo a Charles. Y Eleanor quería pasar por aquel trance con la única compañía de Alex, por si las cosas volvían a torcerse.

—Me ha dicho que el bebé está creciendo demasiado y que, si la situación se prolonga mucho, tendrán que practicarme una cesárea.

Aquello también inquietó a Alex. El bebé parecía enorme, y le costaba imaginar que una criatura tan grande pudiera salir de un cuerpo tan grácil y esbelto como el de Eleanor. No iba a ser tarea sencilla.

—Tal vez no sea mala idea —dijo él preocupado, y se tumbó en la cama junto a ella. Ambos querían que todo aquello acabara cuanto antes y que el bebé naciera sano y salvo. Eleanor parecía una montaña allí tendida a su lado, y Alex podía ver cómo la criatura se agitaba frenéticamente por debajo del vestido—. Para ya un poquito ahí dentro —dijo, hablándole al vientre de su mujer.

Durante unos instantes el movimiento pareció detenerse, pero enseguida volvió a empezar de nuevo. Eleanor se echó a reír.

—Creo que el bebé te ha oído.

—Sal de ahí pronto —le dijo entonces—, ya estamos cansados de esperarte.

Volvió a pararse y luego prosiguió, y en ese momento Eleanor tuvo una contracción más fuerte que las que había tenido hasta entonces. El doctor le había dicho que el examen ginecológico de esa tarde podría hacer que el proceso se activara, y aquella fue la primera contracción real que había sufrido.

—¿Ya ha empezado? —preguntó Alex, esperanzado. Ella negó con la cabeza.

—No lo creo.

Eleanor fue a darse una ducha. Le dolía la espalda de soportar el peso del bebé. Dejó que el agua cayera con fuerza por todo su cuerpo y poco a poco se sintió mejor. Permaneció tanto tiempo bajo el potente chorro que no se dio cuenta del líquido que se escurría entre sus piernas hasta que salió de la ducha. Eleanor estaba plantada en medio de un charco de agua, con expresión sorprendida, cuando Alex entró en el cuarto de baño para ver cómo estaba.

—¿Va todo bien?

Ella asintió, llena de estupor.

—Creo que acabo de romper aguas. —El charco seguía creciendo a sus pies, y entonces se envolvió en una toalla y volvió a entrar en la ducha hasta que paró. En esos momentos ya tenía algunas contracciones fuertes y notaba cómo el bebé presionaba poderosamente contra su pelvis—. Me parece que esto ya ha empezado —añadió con una gran sonrisa.

El momento había llegado por fin. Después de diez años y medio de matrimonio iban a convertirse en padres. Mientras pensaba en ello, sufrió otra fuerte contracción y tuvo que sentarse, jadeando por el dolor.

—Creo que voy a tumbarme un rato —dijo Eleanor, pero el pánico pareció apoderarse de Alex.

—No, no, aquí no. Nos vamos al hospital. Vas a tener un bebé y yo no pienso hacer de comadrona.

—No seas tonto. El primer bebé siempre tarda mucho en salir.

—Genial. Pero este es el sexto. Y aunque las veces que lo perdiste de forma natural no cuentan, el último sí cuenta. Venga, vístete y nos vamos al hospital.

Entonces Eleanor sufrió otras dos fortísimas contracciones, y Alex fue corriendo a buscar su ropa. A ella le entró la risa.

—Te prometo que no voy a tenerlo aquí.

—No te creo —replicó él, mientras ella trataba de vestirse como podía en medio de los dolores.

Apenas podía bajar las escaleras cuando salieron cargados con la bolsa del bebé. Al llegar abajo, Alex paró un taxi y le dio la dirección del hospital. Habían llamado al médico antes de salir del apartamento, y el hombre les prometió que acudiría de inmediato.

Cuando llegaron al hospital, el parto ya había comenzado en serio. El doctor y una enfermera ayudaron a Eleanor a tumbarse en la camilla y, después de examinarla, anunció que el bebé ya casi estaba allí.

—Parece que tiene prisa por conocerte —le dijo sonriendo a Eleanor, mientras ella gemía por otra fuerte contracción—. ¿Quieres que tu marido se marche ya? —le preguntó.

—¡No! —exclamó ella apretando los dientes—. No... Quiero que se quede.

Era algo muy poco habitual, pero, después de la terrible experiencia sufrida la última vez, el doctor estaba dispuesto a hacer lo que ella quisiera.

—Me quedaré —dijo Alex en voz baja, cogiendo la mano de su mujer—. Ya casi estamos.

Entonces el bebé y la madre naturaleza tomaron el control de la situación. Eleanor empujó con un largo y desgarrador aullido mientras aferraba desesperadamente la mano de Alex, y la criatura se abrió paso para llegar al mundo, llorando con fuerza al salir. Sus padres contemplaron maravillados al bebé que tanto habían deseado. Era una niña y había pesado cuatro kilos y cuatrocientos gramos. Ella sola había hecho casi todo el trabajo, con muy poca ayuda por parte de Eleanor. Hacía apenas diez minutos que habían llegado al hospital.

En cuanto oyó las voces de sus padres, la niña dejó de llorar. Era preciosa y se parecía mucho a Eleanor, pero con el pelito rubio. Sus rasgos eran perfectos y tenía una boquita redonda como un capullo de rosa. Miró a sus padres con interés mientras ellos la contemplaban embobados. El doctor cortó el cordón umbilical, y entonces la niña cerró los ojos y se quedó dormida. Alex besó a su mujer.

—Has estado increíble. Te quiero mucho.

Se le ocurrió pensar que, si no le hubiese insistido en ir al hospital, él mismo habría tenido que ejercer de comadrona.

Había ocurrido todo muy deprisa y, a pesar del considerable tamaño de la niña, el parto se había desarrollado con relativa facilidad.

Una enfermera se llevó a la pequeña para lavarla y envolverla en una mantita. Alex volvió a besar a Eleanor y ella le sonrió, mientras ambos lloraban lágrimas de felicidad. Por fin lo habían conseguido: ya tenían a su niñita.

Poco después llamaron a Charles y Louise, que se mostraron inmensamente aliviados de que todo hubiera ido bien. Eleanor les prometió que llevaría pronto a la niña para que pudieran conocerla. Para entonces, la pequeña ya se estaba alimentando apaciblemente del pecho de su madre.

—¿Cómo vais a llamarla? —preguntó el doctor, después de comprobar de nuevo que Eleanor y la niña se encontraban en perfecto estado.

—Camille —respondió ella con dulzura.

Luego miró a Alex, que asintió. A ambos les gustaba mucho ese nombre.

—Es una niña preciosa —dijo el doctor—. ¡Felicidades!

Se lo habían ganado con creces. Les había costado diez años, pero el sueño que tanto habían ansiado por fin se había hecho realidad. Mientras Eleanor sostenía a la pequeña contra su pecho, Alex volvió a besarla. Era la mujer más feliz del mundo. Él le había dado el mejor regalo que podría desear en la vida. Camille era el milagro que habían anhelado durante mucho tiempo, pero la espera había merecido la pena.

8

Su primer año como padres transcurrió con relativa tranquilidad, y para celebrar el primer cumpleaños de Camille fueron a pasar un fin de semana al lago Tahoe. Los felices abuelos adoraban a la pequeña, que había llevado una alegría inmensa a sus vidas. El ánimo de Charles había mejorado considerablemente y se mostraba mucho más optimista que en años anteriores. Louise había comprado un pastel y le puso dos velas: una para simbolizar su primer añito de vida y otra para que siguiera creciendo sana y feliz, y enseñó a la pequeña a soplarlas.

Camille era una niña tranquila y alegre. De lunes a viernes, Eleanor la dejaba en casa de una mujer que se encargaba de cuidar a niños de madres trabajadoras. Ya tenía a tres pequeños a su cargo, y había sido maestra en la escuela de miss Benson antes de convertirse en madre. Eleanor la llevaba antes de ir a la academia y la recogía al acabar las clases.

Habían logrado crear un entorno familiar de lo más agradable. La pequeña dormía en la cuna instalada en su dormitorio y comían los tres juntos a la mesa. Eleanor había dejado de amamantarla a los seis meses. Cuando no trabajaban, pasaban todo su tiempo con ella. Siempre estaba en brazos de su madre o de su padre. Era la luz de su vida, el centro de su universo, el sueño de su vida hecho por fin realidad.

A la niña le encantaba ir a visitar a sus abuelos y jugar al aire libre con ellos. Charles se lo pasaba muy bien con la pequeña, y disfrutaba lanzándola al aire y volviendo a cogerla en brazos. Camille había aportado un nuevo sentido a sus vidas y había llenado de esperanza a toda la familia. Eleanor y Alex sentían que, si creías firmemente en algo y perseverabas en ello, al final acababa ocurriendo. En otra época de sus vidas, el cuidado de la pequeña habría sido confiado rápidamente a alguna niñera, su cuartito habría estado en una de las plantas superiores de la mansión y solo se la habrían bajado unos pocos minutos al día, ya vestida y arreglada. Pero ahora formaba parte plenamente de la vida de sus padres, y también pasaba mucho tiempo con sus abuelos. Con unos padres entregados que la cuidaban y la querían, se estaba criando de un modo muy distinto a como habían crecido ellos.

Mientras tanto, la guerra continuaba y los Aliados trataban de impedir en vano que Hitler se apoderara de Europa. Los alemanes habían ocupado Francia unos días antes de que Camille naciera, y para su primer cumpleaños, en junio de 1941, la mayor parte del continente ya había caído en poder de Hitler. Ahora estaba intentando conquistar y ocupar Inglaterra, aunque por el momento no lo había logrado. En el verano de 1941, ya se habían perdido incontables vidas en ambos bandos. Estados Unidos continuaba al margen del conflicto, observando con atención el desarrollo de los acontecimientos, pero sin implicarse.

A Eleanor le habría gustado volver a quedarse embarazada, pero no lo habían conseguido. Tenía ya treinta y un años y a veces se preguntaba si Camille sería su única hija. Quería darle más hermanitos, pero la pequeña era tan adorable que Eleanor sabía que, si no lograba volver a concebir, se sentiría totalmente colmada con ella. Camille era una niña perfecta, dulce y encantadora.

El primer fin de semana de diciembre fueron a pasar unos

días con sus padres en el lago Tahoe. El domingo por la mañana, Eleanor estaba charlando con su madre y Charles tenía puesta la radio cuando de pronto emitieron un boletín especial: la base de Pearl Harbor en Hawái había sido atacada y bombardeada por el ejército japonés. Acababa de ocurrir lo que nadie habría deseado nunca. Las noticias eran caóticas y confusas, y Eleanor y sus padres se miraron angustiados mientras Camille parloteaba alegremente. En ese momento Alex llegó de la cabaña y, al ver sus caras, supo que algo muy grave había sucedido. Los demás seguían muy atentos a la radio, y entonces él también lo escuchó. Intercambió una larga mirada con su suegro y luego miró a Eleanor. Había sido un brutal ataque por sorpresa que obligaría a Estados Unidos a unirse a los Aliados para entrar en la guerra. Cuando llegaron los últimos informes, se enteraron de que trescientos cincuenta aviones japoneses habían bombardeado no solo Pearl Harbor, sino también otras cinco bases aéreas estadounidenses. El balance final había sido de dos mil cuatrocientos tres muertos, mil ciento setenta y ocho heridos, tres buques destruidos y otros dieciséis seriamente dañados, y ciento cincuenta y nueve aviones abatidos.

Al día siguiente, el 8 de diciembre, el presidente Franklin Delano Roosevelt solicitó al Congreso que declarara la guerra a Japón. El Congreso así lo hizo, y el presidente firmó la resolución. Estados Unidos acababa de entrar finalmente en la guerra, cuando Europa llevaba ya más de dos años inmersa en el conflicto.

Se marcharon pronto del lago, porque en la mente de todos estaba el temor a que los japoneses pudieran atacar ahora el continente americano, concretamente la Costa Oeste, y Alex quería regresar cuanto antes a la ciudad. Charles les sugirió que se quedaran con ellos, pero Alex y Eleanor tenían que trabajar al día siguiente.

Alex no dijo nada durante todo el trayecto de regreso, y

ya de vuelta en casa apenas abrió la boca. Esperó a que Eleanor acostara a la niña. Cuando ella salió del dormitorio, se encontró a Alex sentado a la mesa de la cocina y, por la expresión de su cara, tuvo un mal presentimiento. No lo había visto tan serio desde que recibieron las noticias del Martes Negro mientras estaban de luna de miel en Italia. Esta vez no parecía presa del pánico, ni siquiera asustado. Pero sabía muy bien lo que quería, y estaba dispuesto a hacer lo que debía.

—Voy a alistarme —anunció en voz baja, con un gesto de firme determinación en su rostro.

—Pero eso es absurdo. Ya tienes cuarenta y cinco años. No tienes por qué hacerlo. Además, ya serviste en una guerra. ¿Por qué tienes que ir a esta también?

Eleanor parecía muy asustada. Alex había esperado esa reacción.

—No me enviarán al frente. Tienes razón, soy demasiado viejo —reconoció con una amarga sonrisa—. Pero soy un oficial y puedo presentarme voluntario. Me asignarán a alguna oficina, para que otros puedan ser destinados al servicio activo. No me sentiría bien quedándome en casa sin hacer nada. —Habló en tono sereno y tranquilo, muy seguro de lo que estaba haciendo.

—¿Y qué hay de nosotras? ¿Qué se supone que tenemos que hacer ahora?

—¿Tú qué quieres hacer? ¿Quieres quedarte con tus padres en Tahoe?

Ella negó con la cabeza.

—No, me sentiría atrapada allí sola con los dos. —Ellos llevaban una existencia muy tranquila en el lago, pero, a pesar de la alegría que Camille había supuesto en su vida, su padre seguía estando muy deprimido. Nunca había vuelto a ser el mismo después de haberlo perdido todo. Su madre hacía cuanto podía para intentar animarlo y distraerlo, pero a veces ni siquiera ella lo conseguía. Seguía teniendo momentos muy sombríos recordando el pasado y las enormes pérdidas que había sufrido. Y el hecho de haber dejado de trabajar a una edad relativamente temprana no había sido bueno para él. Eleanor sabía que necesitaba tener su propia vida lejos de ellos o, de lo contrario, también acabaría deprimida. Aquellos diez años de estrecheces económicas les habían pasado una dura factura a todos—. No quiero dejar mi trabajo, quiero quedarme en la ciudad. Prefiero esperar aquí a que vuelvas. Pero no entiendo por qué sientes esa imperiosa necesidad de alistarte. No creo que acepten a hombres de tu edad.

—Puede ser, pero no estoy tan acabado como crees —dijo ligeramente ofendido, aunque ambos tenían cosas más importantes en las que pensar, como su hija y su futuro, y los peligros que él tendría que afrontar.

—¿Y si te pasa algo? ¿Qué sería de nosotras dos? —le preguntó Eleanor con lágrimas en los ojos.

—No me pasará nada —le aseguró él muy convencido—. La última vez me destinaron a infantería, pero ahora, a mi edad, el destino será diferente. Puedo ser de mucha más utilidad sirviendo al ejército en alguna oficina militar, y ayudando a mi país, en vez de hacer un trabajo insignificante en el banco todos los días. Lo único que hago ahí es dejar que pase el tiempo. Necesito alistarme, Eleanor, es algo que un hombre debe hacer. Estamos en guerra y quiero defender a mi país. De alguna manera os estaré protegiendo a ti y a Camille, y también todos los principios y valores sobre los que se sostiene esta nación.

Sonaba tan seguro al decirlo que, en cierto modo, Eleanor le envidió por su capacidad de actuar guiándose solo por sus convicciones. Pero ella no podía hacerlo: tenía una hija de la que cuidar. No podía marcharse a la guerra y dejarle a él con una niña de dieciocho meses. En cambio, él sí que podía hacerlo y, además, sería considerado un héroe por ello. En muchos sentidos no le parecía justo, aunque tampoco es que ella quisiera alistarse. Pero si fuera él, y con su edad, no se iría a la guerra dejando a una esposa y a una hija en casa solo para poder convertirse en un héroe. Y estaba casi segura de que, si quisiera, podría evitar incorporarse al ejército, solo que no quería hacerlo. Eleanor se daba cuenta de que estaba deseando enrolarse cuanto antes, algo que le parecía un tanto egoísta. Era como si la guerra fuera lo más emocionante que le había pasado en años. Sus ojos habían adquirido un nuevo brillo y apenas podía ocultar su entusiasmo.

—¿Cuándo quieres alistarte? —le preguntó ella con voz apagada.

Trataba de imaginar cómo sería su existencia cuando Alex se marchara. Sería una vida llena de dificultades y soledad, en la que estaría sola con Camille sin nadie que la ayudara, y preocupándose constantemente por él, rezando por que estuviera a salvo y esperando a que regresara. ¿Y si no lo destinaban a una oficina y lo enviaban al frente? Sin duda, se presentaba ante ellos un futuro de lo más sombrío. Alex había tenido todo el día para pensar en ello y Eleanor estaba segura de que ya tenía un plan. Aun así, nunca se habría esperado la respuesta que él le dio.

—Voy a alistarme mañana —respondió Alex con voz tranquila.

Ella se quedó de piedra.

—¿Por qué tan pronto?

Era casi como si hubiera estado esperando aquello, algo que le permitiera escapar de su trabajo monótono y sin futuro, y ahora por fin había llegado su oportunidad.

—No quiero esperar más. El país necesita ahora a sus hombres, y necesita que se alisten cuanto antes. Yo quiero ser uno de ellos y dar ejemplo a los demás.

—¿Aunque sepas que nuestras vidas quedarán arruinadas para siempre si algo malo te ocurre? Camille se merece tener a su padre y crecer junto a él —repuso ella con vehemencia.

Estaba enfadada con su marido, aunque era consciente de que aquella era una batalla que nunca podría ganar. Su hombría y su amor por el país estaban por encima de todo. Alex quería servir a su nación y ayudar a que ganara la guerra contra los japoneses. El presidente había dicho que aquel era un día de infamia para todo el país, y eso era algo que ella no podía negar, pero tampoco quería sacrificar a su marido. Camille y ella lo necesitaban mucho más de lo que lo necesitaba su país.

Esa noche se acostaron y no dijeron nada más. Ninguno de los dos podía dejar de pensar en lo que él se disponía a hacer. Eleanor sabía que no podría disuadirle. Su sentido del deber era demasiado fuerte como para prestar oídos a cualquier cosa que ella pudiera decirle. Alex ya había tomado su decisión.

Después de que él se durmiera, Eleanor lloró en silencio. Y cuando él se despertó por la mañana, ella ya hacía rato que se había levantado. Apenas había podido dormir en toda la noche debido a la preocupación y la angustia. Habían esperado mucho tiempo para tener aquella hija que tanto deseaban, y ahora él iba a arriesgarlo todo para marcharse a servir a su país en la guerra. Eleanor no quería perderle.

Alex le dio un beso antes de irse al banco, con el mismo gesto de determinación que había mostrado la víspera. Cuando volvió a casa por la noche, se sentó a la mesa de la cocina y miró a Eleanor con expresión muy seria.

—Me he alistado como voluntario.

Y aunque ella ya se lo esperaba, sintió como si le hubieran dado un puñetazo en el estómago. Quería sentirse orgullosa de él, pero no podía, solo era capaz de experimentar rabia y enfado por abandonarlas a ella y a su hija.

—Así que lo has hecho. —Trató de no parecer tan conmocionada como se sentía—. ¿Y cuándo te marchas?

—Dentro de tres semanas tengo que presentarme en el campo de entrenamiento de Fort Ord, en Monterrey, donde recibiré adiestramiento militar durante un mes y medio, y luego asistiré a un curso de formación para oficiales.

Al menos le dejarían estar en casa para Navidades.

—¿Y después qué?

—No lo sé todavía. Probablemente me destinarán a Washington o a algún otro lugar tranquilo, para que alguien más capacitado quede liberado de sus funciones y pueda ir a luchar al frente.

—¿Y si te envían a ti al frente?

—No lo harán —respondió muy convencido—. Sería ridículo enviar a alguien de mi edad.

También lo era alistarse, pensó Eleanor, pero no había nadie más allí para que intentara razonar con él, y de todas formas ya era demasiado tarde. Quién sabía cuánto duraría la guerra... Podía prolongarse durante años. Y ella no estaba tan segura de que, como oficial, no lo enviaran a combatir al frente. ¿Qué pasaría si lo hacían? No había manera de saber qué ocurriría entonces.

Las tres semanas que transcurrieron antes de que Alex se marchara a Fort Ord se le antojaron a Eleanor algo surrealistas. Él todavía seguía con su vida cotidiana, pero de algún modo ya no estaba presente. Estaba tan preocupado por todo lo que tendría que hacer que era como si ya no estuviera allí. Hubo noches en que él le hizo el amor con ternura, pero estaban impregnadas del agridulce sabor de la despedida y del terror a lo desconocido, a lo que les depararía el futuro que se abría ante ellos.

Las Navidades también estuvieron teñidas de amargura, con todas las noticias que llegaban de la guerra y sabiendo que Alex se marcharía pronto. Pasaron su último fin de semana juntos en el lago Tahoe, con los padres de Eleanor. Suegro y yerno salieron a dar un largo paseo, durante el cual hablaron en profundidad sobre las inversiones de Alex y sobre lo que deberían hacer con ellas en caso de que a él le ocurriera algo.

En los últimos diez años habían llevado una vida muy frugal y Alex había ahorrado gran parte del dinero que había obtenido de la venta de la mansión de sus padres. Era muchísimo menos de su valor real, pero aun así todavía era bastante. Lo había invertido de forma conservadora, y además tenía un seguro de vida cuyas beneficiarias eran su esposa y su hija. No era una gran cantidad, pero les haría mucha falta si algo le ocurría.

—Nada de esto será necesario —tranquilizó Alex a su suegro—. No me enviarán al frente, pero en tiempos de guerra puede pasar cualquier cosa. Eleanor está enfadada conmigo por haberme alistado.

—Hay cosas que un hombre sencillamente debe hacer —dijo Charles, empatizando con él—. Es algo difícil de entender para una mujer. Yo tenía cuarenta y un años en 1917, cuando entramos en la anterior guerra. Me presenté como voluntario y me asignaron un trabajo administrativo en la base del Presidio, pero en ningún momento me planteé no servir a mi país. Le pediremos a Eleanor que venga aquí todos los fines de semana que quiera. Y siempre puede quedarse a vivir con nosotros, si así lo desea. Nos encantaría tenerlas aquí a las dos.

Charles sonrió a su yerno. Se sentía muy orgulloso de lo que estaba haciendo.

A media tarde del domingo, cuando Charles y Louise se despidieron de Alex, fue un momento de lo más triste y emotivo. Louise le dio un cálido abrazo, le dijo que tuviera mucho cuidado y le prometió que cuidarían de su esposa y de su hija.

—Solo me voy a Monterrey, madre Deveraux —le dijo él sonriendo. Llamaba a Charles por su nombre de pila, pero a ella siempre la había tratado de un modo más formal y respetuoso—. No estaré tan lejos.

Ella le sonrió y volvió a abrazarlo.

Para entonces, Alex ya había dejado su trabajo en el banco. Sus compañeros le habían estrechado la mano y le habían deseado mucha suerte. Algunos de los más jóvenes también se habían alistado, y uno de ellos iría a Fort Ord con él.

En su última noche juntos, Eleanor no pudo dormir. No podía dejar de mirar a su marido, rezando para que no le pasara nada. Iban a ser seis semanas de adiestramiento militar y otras cuatro de formación para oficiales en combate. Después de lo de Pearl Harbor, las doce semanas preceptivas se habían reducido a diez, algo que, según Alex, era un procedimiento rutinario. También le había dicho que sería un adiestramiento para refrescar conocimientos básicos, como disparar un fusil. Habían pasado veintitrés años desde que participó en la Gran Guerra y, en muchos aspectos, reincorporarse al ejército con hombres que tenían la mitad de su edad le hacía sentirse más joven.

A la mañana siguiente, Eleanor fue a despedirlo a la estación de tren. Era el 1 de enero de 1942, un frío día invernal, y tenía a Camille en brazos. Quería estar con Alex hasta el último momento.

—Cuídate mucho —le dijo él antes de besarla.

Camille le palmoteaba la cara y daba gritos de júbilo.

—Papá, papá —decía una y otra vez, mientras Alex y Eleanor se besaban.

—Te llamaré en cuanto pueda —le prometió él, aunque no tenía ni idea de cuándo sería eso.

Lo que sí sabía era que ella podría ir a visitarle al cabo de cuatro semanas, y de nuevo cuando acabara las diez semanas de formación. Eleanor no podía esperar a que llegara el momento de ir a verle, a finales de enero.

El andén estaba abarrotado de multitud de jóvenes y de algunos hombres más maduros como Alex, así como de padres, esposas, novias y niños que habían ido a despedirles. Se besaron una última vez, y Eleanor permaneció allí de pie con

Camille en brazos, agitando la mano hasta que el tren se perdió de vista. Después regresó a su apartamento de Chinatown para empezar su nueva vida sin él. En los doce años que llevaban casados no se habían separado ni un solo día, y Eleanor no podía imaginarse cómo serían las cosas a partir de ahora.

Esa noche, después de acostar a Camille, se sentó en la salita sintiéndose totalmente aturdida, sin poder dejar de pensar en él.

Al cabo de cuatro semanas, Eleanor condujo hasta Monterrey después de haber dejado a Camille con una vecina de confianza. La familia se había mudado al edificio sobre la época en que nació Camille y tenían una hija de la misma edad.

Tardó cuatro horas en llegar a Monterrey desde San Francisco. Dejó el coche en la zona de aparcamiento de Fort Ord y se dirigió al centro de visitas para reunirse con su marido. Al verlo, casi no lo reconoció. Había perdido peso y parecía más esbelto y ancho de espaldas. Tenía la cara más delgada, la cabeza rapada casi al cero, y se le veía más joven, fuerte y en forma. Se alegró mucho al ver a Eleanor, y sus ojos refulgían llenos de vida cuando la abrazó. Le contó que el adiestramiento estaba yendo muy bien, aunque la mayor parte de las cosas que les enseñaban eran bastante superfluas. Sin embargo, físicamente se encontraba mejor de lo que había estado en años.

Se sentaron, tomaron café y hablaron, observando a las otras familias que habían ido a visitar a sus seres queridos, algunas de ellas con niños pequeños. Luego salieron a dar un paseo, notando la brisa marina en la cara y con las gaviotas sobrevolando por encima de sus cabezas. Iban cogidos de la mano como cuando eran novios, pero al cabo de solo dos horas, casi sin darse cuenta, la visita llegó a su fin. Cuando acabara el adiestramiento, un mes y medio más tarde, iría a casa a pasar un fin de semana. Ella apenas le había contado nada, tan solo que le echaba mucho de menos. Su vida había seguido prácticamente la misma rutina de siempre desde que nació Camille. La dejaba con la mujer que la cuidaba, trabajaba todo el día en la escuela, luego iba a recogerla, le daba de comer, la bañaba, la acostaba y pensaba en su marido. Se sentía muy sola sin él, pero no se lo dijo. Trató de parecer contenta y fuerte cuando se despidió de Alex y lo vio regresar junto con los demás reclutas y oficiales de vuelta a sus barracones.

Luego condujo de regreso a San Francisco. Cuando llegó a casa, después de ocho horas en coche para ir y volver de Monterrey, se sentía exhausta. Aun así, se alegraba mucho de haberle visto. Y, además, estaba guapísimo con su uniforme.

Sin embargo, sus vidas habían tomado rumbos muy distintos. Alex iba a embarcarse en una nueva aventura que nadie sabía adónde podría llevarle, mientras que Eleanor tendría que quedarse en casa manteniendo viva la llama del hogar y cuidando de su hija. Ella confiaba en que cuando Alex acabara su formación lo destinaran a San Francisco, y él pensaba que probablemente lo enviarían al Presidio, la base militar de la ciudad. Así, al menos, podría verle más.

Esa noche, cuando se acostó, permaneció despierta durante horas. No podía dejar de pensar en él, y deseaba que los japoneses no hubieran bombardeado Pearl Harbor y que las cosas fueran muy distintas.

En marzo, Alex acabó el curso de formación y recibió un permiso de tres días para ir a San Francisco. Cuando llegó, Eleanor le estaba esperando en el apartamento. Le habían dado la tarde libre en la escuela y había vuelto a dejar a Camille con la vecina.

Nada más entrar por la puerta se metieron en la cama e

hicieron el amor con la pasión acumulada de los dos meses que habían pasado sin estar juntos, ella consumida por una profunda soledad, y él dando rienda suelta a sus deseos reprimidos durante tanto tiempo. Parecía diez años más joven que cuando se marchó.

Cuando se alistó, Alex había escrito a sus hermanos. Harry había sido rechazado en el ejército porque tenía asma y un soplo en el corazón. Phillip había sido reclutado, pero, gracias a los contactos de su esposa, le habían asignado a un trabajo administrativo en Washington. Ambos se habían quedado muy impactados al enterarse de que su hermano mayor se había presentado como voluntario a su edad, pero le admiraban por ello y así se lo hicieron saber.

Esa noche, Alex llevó a cenar a Eleanor a uno de los restaurantes chinos del barrio. Después fueron a casa de la vecina para recoger a Camille, que estaba profundamente dormida. Alex la llevó en brazos y la dejó con delicadeza en su cuna. Luego cerraron la puerta del dormitorio y volvieron a hacer el amor en el sofá de la salita. Nunca se cansaban el uno del otro.

Pasaron el sábado como una familia normal. Llevaron a Camille al parque, Eleanor preparó la cena y Alex bañó a la niña. Luego la acostaron en la cuna y se sentaron en la salita. Él tenía que volver a Fort Ord el domingo por la noche, y ambos se entregaron a los placeres de pasar una velada tranquila en su acogedor apartamento. Mientras hablaban, de pronto Eleanor vio en sus ojos algo que no había percibido antes. No sabía lo que era, pero al momento intuyó que Alex le estaba ocultando algo.

—¿Qué es lo que no me has contado? —le preguntó, mirándolo fijamente a los ojos.

Él apartó la vista y encendió un cigarrillo. Aquello era nuevo: Alex nunca había fumado. Debía de haber empezado a hacerlo para matar el tiempo junto a los otros hombres del curso de formación. No quería mentirle a su esposa, tan solo estaba ganando tiempo. Pero mientras le observaba, Eleanor supo que su intuición era cierta.

—¿Ocurre algo?

De repente temió que pudiera haber otra mujer. No sabía qué era, pero pasaba algo. Y cuando él se giró hacia ella, tuvo la confirmación.

—El martes recibimos las órdenes —empezó Alex en voz queda.

—¿Órdenes de qué? ¿De tu destino? —Él asintió—. ¿Vas a volver a San Francisco?

De pronto la asaltó el temor de que pudieran enviarlo al Este, a Washington, donde no podría verle. Resultaría mucho más complicado y costoso ir a visitarlo allí, ya que ahora solo contaban con el salario de Eleanor y con sus ahorros.

Alex negó con la cabeza a modo de respuesta. No había una manera fácil de decirlo. Los demás oficiales del curso también deberían comunicar la misma noticia a sus familias, pero él no sabía bien cómo hacerlo.

—Me envían fuera —dijo al fin, en una voz tan baja que ella apenas pudo oírle mientras lo miraba intensamente.

—¿Qué quieres decir? —preguntó Eleanor escuchando los latidos de su propio corazón, más fuertes que sus palabras.

—Me envían al extranjero, no sé bien adónde. Al Pacífico. Ahora no es como la última vez, en la guerra anterior. Van a destinar a los oficiales de mi edad a las zonas de combate. No estaremos en el campo de batalla, en el centro de la acción, sino en los puestos de mando y en los barcos. Para eso era el curso de formación.

—¡Me has mentido! —gritó ella llena de rabia, abalanzándose contra él para golpearle. Alex la agarró por las muñecas antes de que lo hiciera—. Dijiste que no te enviarían al frente ni al extranjero. ¿Por qué tuviste que alistarte en esta estúpida guerra? —añadió rompiendo a llorar, mientras él la atraía hacia sí y la abrazaba con fuerza.

—Me habrían reclutado igualmente antes de que acabara la guerra. Necesitan a todos los hombres disponibles. Con toda Europa inmersa en el conflicto, y ahora también el Pacífico, el ejército nos necesita.

Eleanor lloró durante largo rato, hasta que al final alzó la vista y lo miró.

—¿Cuándo te marchas?

—Esta semana. Dentro de unos días. No nos han dicho exactamente cuándo, pero será muy pronto. Este es mi último permiso antes de embarcarnos.

Eleanor nunca había estado tan asustada en toda su vida. ¿Y si no regresaba? ¿Y si no volvía a verle nunca más? La sola idea le resultaba insoportable. Sin siquiera saberlo, había estado pasando sus últimas horas con él antes de marcharse al frente.

—¿Por qué no me lo has contado antes, cuando llegaste?

—No quería estropear los pocos días que tenemos para estar juntos.

Eleanor asintió, pero ahora su visita había adquirido un cariz totalmente distinto, una dimensión trágica e inesperada. Podía sentir cómo pasaban los minutos, como granitos cayendo en un reloj de arena. En menos de veinticuatro horas Alex se marcharía, quizá para siempre.

Hablaron largo y tendido sobre lo que deberían hacer ella y Camille. Alex pensaba que lo mejor sería que se marcharan al lago Tahoe, pero Eleanor seguía sin querer irse a vivir con sus padres. Debía de haber multitud de mujeres como ella, cuyos maridos habían tenido que partir al frente. No quería renunciar a su trabajo, ni tampoco vivir con sus padres como si fuera una niña pequeña. Alex no quiso discutir con ella, pero le preocupaba dejarla sola en San Francisco. Nadie sabía si los japoneses se atreverían a atacar la Costa Oeste y no quería que ella estuviera en la ciudad si eso llegaba a ocurrir. Sin embargo, Eleanor se mostró inflexible. Se acostaron al cabo de varias horas y se abrazaron con fuerza bajo el suave resplandor de la luz de la luna, mientras Camille dormía plácidamente en su cuna.

Hicieron el amor discretamente, procurando no desvelar a la pequeña, y después permanecieron despiertos durante mucho rato, hasta que finalmente se quedaron dormidos cuando ya despuntaba el sol. Eleanor no podía dejar de pensar que aquella podría ser su última noche juntos, o al menos su última noche en mucho tiempo. Alex no tenía ni idea de cuánto podría prolongarse su estancia en el Pacífico.

Eleanor se levantó cuando Camille se despertó, mientras que Alex se quedó en la cama un poco más. Luego desayunaron juntos y pasaron el resto del día saboreando cada momento, besándose, abrazándose y jugando con su hija. A las cuatro de la tarde, Eleanor lo llevó a la estación. Para entonces ya no les quedaban palabras, ya se lo habían dicho todo. Las lágrimas corrían por sus mejillas al despedirse, con la pequeña Camille de pie junto a ellos, agarrada a la falda de su madre.

—Ten mucho cuidado... por favor... —le pidió ella con la voz ahogada por la emoción.

—Te escribiré —respondió él en un susurro.

—Te quiero —dijo Eleanor, mientras él agarraba su petate y subía al tren.

Alex se quedó en la escalerilla mientras el convoy arrancaba.

—¡Yo también te quiero! —gritó.

Ella vio moverse sus labios pero no pudo escucharle, luego articuló en silencio las mismas palabras. Mientras Camille agitaba la mano despidiéndose de su padre, el tren salió de la estación y, tras doblar una curva, desapareció de la vista.

9

Celebraron el segundo cumpleaños de Camille en el lago Tahoe. Hacía ya tres meses que Alex había partido rumbo al Pacífico, aunque Eleanor no sabía exactamente dónde se encontraba. Durante ese tiempo, había estado yendo a visitar a sus padres con regularidad. Ahora acababan de empezar las vacaciones de verano y Eleanor tenía pensado quedarse con ellos hasta septiembre, unos pocos días antes de que empezaran de nuevo las clases en la escuela de miss Benson.

Alex le escribía siempre que le era posible. A veces pasaban semanas sin tener noticias de él, hasta que de pronto llegaba una nueva carta. En ellas no le daba ningún detalle sobre su paradero ni sobre sus actividades, solo le decía que se encontraba bien y que las echaba mucho de menos a ella y a Camille. Cuando se marchó, se llevó consigo un montón de fotografías de las dos, pero Eleanor le enviaba nuevas fotos de Camille cada pocas semanas porque la niña estaba creciendo mucho. Cuando llegó septiembre y Eleanor tuvo que volver a trabajar, ya habían pasado seis meses desde la partida de Alex. Eleanor solo vivía por esas cartas, pero el tiempo que había pasado en el lago le sentó muy bien. Y a sus padres les encantaba tenerlas con ellos.

Su madre se pasaba horas trabajando en el jardín, e incluso había convencido a Charles para que la ayudara de vez en cuando. Aquello parecía dar algo de sentido a sus vidas. Louise tenía un jardinero que se encargaba de las tareas más duras, pero ella disfrutaba mucho diseñando hermosos efectos paisajísticos en torno a su sencilla casa del lago.

Tal como Charles había vaticinado, la guerra había inyectado nueva savia a la maltrecha economía estadounidense. Las fábricas funcionaban a pleno rendimiento, volvía a haber trabajo para todo el mundo y el nivel de desempleo era el más bajo de toda la década anterior. La Gran Depresión, la peor crisis económica que había sufrido el país en su historia, había llegado a su fin.

Eleanor y Camille pasaron Acción de Gracias y Navidad en el lago. Charles había cortado él mismo el abeto, y lo decoraron todos juntos con los adornos que Louise había conservado de la mansión de Nob Hill. Ver aquellos ornamentos después de tantos años les trajo recuerdos de cómo eran las tradiciones familiares antes de que sus vidas cambiaran de forma tan dramática. Charles acababa de cumplir sesenta y cinco años y Louise tenía cincuenta y nueve, pero ambos aparentaban más edad. Él nunca se había recuperado del todo de las enormes pérdidas que habían sufrido, ni de la humillación de haber tenido que cerrar su banco y vender la mansión. Y la finca del lago tampoco era de su propiedad. Él solo era un guarda, un empleado, salvo por la pequeña casa en la que vivían. Sin embargo, la presencia de Eleanor y de su nieta siempre les alegraba el corazón.

Les entristeció mucho verlas marcharse tres días después de Navidad, pero Eleanor quería dedicar algún tiempo a preparar el nuevo trimestre que empezaría en enero. Le encantaba su trabajo y dar clases a aquellas jovencitas que ahora procedían de entornos menos elitistas. La mayor parte de la vieja guardia tradicional estaba siendo reemplazada por las nuevas fortunas, y las familias que ahora enviaban a sus hijas a la escuela no eran tan distinguidas como lo habían sido cuando ella estudiaba allí, pero Eleanor disfrutaba mucho de las clases y de las asignaturas que impartía.

La noche en que regresaron a casa, mientras Eleanor estaba sentada en el escritorio preparando las lecciones de francés y Camille dormía en su cuna, llamaron a la puerta. Era un mensajero de Western Union con un telegrama para ella. Hacía tres semanas que no tenía noticias de Alex, pero era algo que ya había pasado antes y sabía que tarde o temprano volverían a llegar sus cartas. Solo era cuestión de confiar en que, mientras tanto, él se encontrara sano y salvo.

El mensajero le entregó el sobre con diligencia y ella lo abrió enseguida. Era un telegrama del Departamento de Guerra de Estados Unidos. Mientras Eleanor cerraba la puerta, las palabras en mayúscula parecieron saltar de la página y tuvo que leerlas una y otra vez: «Lamentamos informarle de que su marido, el teniente Alexander William Allen, herido el 4 de diciembre de 1942, llegará al puerto de San Francisco aproximadamente el 12 de enero a bordo del buque hospital *Solace*». El telegrama estaba firmado por el general adjunto. Eso era todo. No decía nada sobre la gravedad de sus heridas ni sobre lo que había ocurrido. Después de leerlo, lo único que Eleanor sabía era que Alex había resultado herido, pero que estaba vivo y llegaría a San Francisco dentro de quince días. Así pues, se encontraba lo bastante bien como para poder viajar y, gracias a Dios, no había muerto.

El corazón le latía desbocado mientras se sentaba en el sofá con el telegrama todavía en las manos. Volvió a leerlo una vez más. En él figuraba su número de registro militar, pero no había ningún teléfono al que pudiera llamar, nadie que pudiera proporcionarle más información, salvo el propio Alex dentro de dos semanas. Aun así, daba gracias de que por fin regresara a casa. Había estado nueve meses fuera. Solo esperaba que sus heridas no fueran demasiado graves, aunque sí lo bastante como para impedirle volver de nuevo al frente.

Era lo único en lo que podía confiar ahora. Sabía que habían estado llegando transportes militares y buques hospital con los heridos que habían sido enviados de vuelta para ser atendidos en los hospitales militares de Estados Unidos. Y San Francisco era uno de los puertos que estaban utilizando en la Costa Oeste.

A la mañana siguiente, después de leer una vez más el telegrama, llamó a sus padres para comunicarles lo ocurrido. La buena noticia era que el mensaje no anunciaba algo mucho peor, y que si Alex regresaba en barco todo parecía indicar que se encontraba lo bastante bien para viajar. Charles y Louise se quedaron muy preocupados, pero les animaba saber que al menos estaba vivo y que sus heridas no eran tan graves como para impedirle regresar.

Cuando empezaron las clases, informó a la escuela sobre la situación. Para entonces ya solo faltaban nueve días para descubrir cómo se encontraba realmente su marido. Eleanor no sabía si Alex tendría que presentarse en una base del ejército, si lo enviarían a un hospital militar para recuperarse, o si podría volver al apartamento con ella y con Camille. Los días se le hacían interminables mientras esperaba a que llegara el *Solace*.

El 5 de enero llamó al puerto de San Francisco para preguntar si tenían alguna noticia del buque hospital, y le respondieron que volviera a llamar dentro de dos o tres días, que para entonces esperaban saber algo más. Le dijeron que el *Solace* aún no había llegado a Hawái, así que aún tardaría al menos una semana en arribar a San Francisco, si no más. Le preguntaron si tenía a alguien en el barco y ella contestó que en él venía su marido. Al oír aquello, la voz al otro lado de la línea adoptó un tono más comprensivo.

—La mayoría de los heridos son enviados directamente al hospital Letterman en el Presidio, así que si no consigue verle en el puerto, lo mejor será que intente contactar con la base.

Este tipo de llegadas suelen ser bastante caóticas. Le será más fácil encontrarle en el hospital que en el puerto.

Pero Eleanor no pensaba consentir que Alex llegara herido a San Francisco y no hacer todo lo que estuviera en su mano para ir a recibirle en el puerto y luego acompañarle a donde lo llevaran, si es que se lo permitían.

Llamó todos los días para preguntar. Le dijeron que había habido algunas tormentas en la zona de Hawái, pero finalmente, el 14 de enero, le comunicaron que esperaban la llegada del *Solace* a San Francisco dos días más tarde.

—¿Es un barco muy grande? —preguntó, nerviosa por lo que le habían comentado anteriormente de que tal vez no pudiera encontrar a Alex en el puerto.

—Vienen casi seiscientos heridos a bordo. Es un buque bastante grande, con una capacidad normal para cuatrocientos dieciocho pacientes —respondió el hombre. Le dijo también que la embarcación tendría que esperar varias horas en aguas de la bahía antes de poder entrar en el puerto—. Por lo general, los desembarcamos hacia las siete o las ocho de la mañana. Descargamos a los hombres cuando ya es de día —añadió, haciendo que sonara como si los heridos fueran cargamento.

Los dos últimos días fueron los que más largos se le hicieron desde que, diecisiete días atrás, llegara el telegrama con aquel críptico mensaje que contenía tan poca información. Y en todo ese tiempo, Eleanor no había podido pensar en otra cosa.

La mañana del 16 de enero, Eleanor tomó el primer autobús que se dirigía a la zona del embarcadero donde atracaban los barcos a fin de tener tiempo para localizar el muelle al que llegaría el *Solace*. En el autobús viajaban trabajadores, obreros y estibadores. Ella era la única mujer, pero nadie le preguntó qué estaba haciendo allí. Era una joven atractiva y resultaba evidente que tenía alguna misión que cumplir, o tal vez simplemente iba a trabajar. El autobús hizo una parada a varias manzanas de los muelles. Eleanor bajó y empezó a caminar con paso rápido. Todavía estaba oscuro. La noche anterior había dejado a Camille con la vecina, tras explicarle que su marido volvía a casa del frente. El hermano de la mujer estaba sirviendo como soldado de infantería en Europa, mientras que su marido no había podido alistarse porque tenía una deficiencia cardiaca.

Eleanor llegó a los muelles a las seis de la mañana, y enseguida vio una enorme cruz roja pintada sobre un fondo blanco, que indicaba dónde atracaría el buque hospital. Por la zona había algunos estibadores y también personal militar. Cuando les preguntó, le indicaron adónde tenía que dirigirse. También le informaron de que no sabían a qué hora llegaría el *Solace*, pero que aún tardaría bastante, aunque esperaban que fuera a lo largo de la mañana. La niebla era muy densa y había mucha humedad. Eleanor podía oír las sirenas en la distancia. Se resguardó en un portal cercano y, hacia las ocho, empezó a ver una larga sucesión de ambulancias militares que aparcaban allá donde podían cerca de los muelles. Una hora después reinaba una gran actividad en la zona portuaria. Había furgones con la cruz roja pintada, una hilera de autobuses, más ambulancias y vehículos militares. Y en ese momento, a lo lejos, Eleanor vio el barco acercándose muy despacio por las aguas de la bahía, trayendo a bordo su preciada carga.

El *Solace* entró finalmente en el puerto poco antes de las diez. Para entonces, Eleanor llevaba ya cuatro horas allí. Estaba muerta de frío y tenía la ropa empapada por la humedad y la fina llovizna que había empezado a caer, pero no le importaba. Antes incluso de que el barco atracara, una multitud de doctores, enfermeras, conductores de ambulancia y demás personal militar y sanitario empezó a congregarse en el muelle para recibir a los heridos. Eleanor no sabía cómo podría avanzar entre aquella muchedumbre para intentar encontrar a Alex, pero se abrió paso como pudo para estar lo más cerca posible cuando el barco llegara.

El *Solace* le pareció gigantesco. Eran casi las once cuando el buque con la enorme cruz roja pintada en el costado fue amarrado firmemente al muelle. El personal médico se precipitó hacia la media docena de pasarelas que se habían desplegado, y numerosos sanitarios subieron portando camillas para desembarcar primero a los heridos más graves. Eleanor entendía ahora por qué le habían dicho que le costaría encontrar a Alex en el puerto, pero estaba decidida a hacerlo. Rezó para que su marido no fuera uno de los hombres que sacaban en las camillas. Consiguió colocarse en un sitio donde podía ver pasar a la mayoría de los heridos. Ninguno de ellos parecía ser Alex, aunque algunos estaban tan vendados que resultaba difícil saberlo. Estaban tapados con mantas del ejército, con sus escasas pertenencias colocadas encima de ellos. Había numerosas enfermeras de la Armada y el ejército entre la multitud, así como hombres que guiaban a los camilleros hacia las ambulancias. Al cabo de un buen rato comenzaron a salir los heridos con muletas, en muchos casos necesitados de asistencia, y al verlos pasar por delante de ella Eleanor empezó a llamar esperando que él pudiera oírla entre la multitud.

—¡Alex Allen...! ¡Alex Allen...!

Había tanto ruido a su alrededor que tenía que gritar. También había llevado una fotografía de él para enseñársela a cualquiera que pudiera ayudarla a encontrarlo.

Cientos de hombres con vendas, cabestrillos y bastones bajaban por las seis pasarelas en dirección a los autobuses y vehículos de transporte. Aquellos que se percataban de la presencia de Eleanor agitando la fotografía entre la multitud negaban con la cabeza cuando les preguntaba si conocían a Alex Allen o si lo habían visto en el barco. Algunos de ellos parecían muy aturdidos y no tenían fuerzas ni para hablar, pero otros le dijeron que no lo habían visto, al tiempo que le dirigían miradas llenas de admiración. Era la primera estadounidense civil que veían desde que habían salido del país.

Durante dos horas Eleanor no cejó en su empeño, yendo de un lado para otro entre la muchedumbre, hasta que empezó a preguntarse si debería desistir y dirigirse al hospital del Presidio para intentar encontrarlo allí. La situación en el puerto era caótica y parecía imposible que pudiera dar con Alex en medio de aquel tumulto. Entonces vio una larga hilera de hombres en sillas de ruedas esperando para ser desembarcados. Los soldados iban bajando las sillas cuidadosamente por una de las pasarelas. Eleanor recorrió la cubierta con la mirada hasta que, por fin, divisó a Alex al final de la fila. Intentó llamar su atención agitando los brazos, pero él no la vio, así que se abrió paso hasta el pie de la pasarela y esperó. Ella estaba mirando hacia arriba cuando empezaron a bajarlo. Entonces Alex la vio y rompió a llorar. Ella tampoco pudo contener las lágrimas. En cuanto las ruedas de la silla tocaron el muelle, Eleanor lo abrazó y él sollozó entre sus brazos. El militar seguía empujando la silla para no bloquear el paso de los demás, y cuando Alex se echó un poco hacia atrás ella le miró a la cara. Estaba tremendamente delgado, con los ojos hundidos en las cuencas. Llevaba un brazo vendado pero, por lo demás, no parecía herido, salvo por el hecho de que iba en silla de ruedas. Le habían puesto una manta por encima para mantenerlo abrigado. Estaba temblando, y Eleanor se preguntó si se sentiría demasiado débil para sostenerse en pie. El soldado del cuerpo sanitario lo condujo hacia uno de los autobuses que habían sido acondicionados para transportar a hombres en silla de ruedas.

—¿Adónde le llevan? —se apresuró a preguntar Eleanor antes de que lo subieran al autobús.

—Al hospital Letterman, en el Presidio —respondió el militar—. Podrá ir a verle allí.

Ella asintió y besó a Alex. Él le sonrió como si hubiera pensado que no volvería a verla nunca más y no pudiera dar crédito a tenerla ahora mismo allí delante. A Eleanor también le parecía algo irreal. Apenas podía creer que hubiera sido capaz de encontrarlo. Para entonces llevaba en el puerto ocho horas, pero había merecido la pena. Había estado allí cuando él bajaba del barco.

—Iré ahora mismo a verte al hospital —le dijo ella, volvió a besarlo y le sonrió.

—Gracias por haber venido. No sabía si te habrían informado de cuándo llegaría.

—Recibí un telegrama hace casi tres semanas. Y he estado llamando todos los días. —Él le apretó la mano y sus ojos volvieron a llenarse de lágrimas, pero enseguida trató de recomponerse—. ¿Qué ocurrió? —le preguntó Eleanor.

—Lanzaron una bomba contra nuestro barco cuando nos dirigíamos a un nuevo destino. El impacto fue directo. Perdí a casi todos mis hombres. Solo sobrevivieron tres, aparte de mí.

Se le veía sin apenas fuerzas mientras lo contaba. Entonces, dos hombres cogieron su silla y la subieron al vehículo, y él se despidió desde dentro agitando la mano. Estaba terriblemente delgado, pero al menos parecía haber salido bastante bien parado.

Eleanor caminó rápidamente hasta la parada donde se había bajado hacía ya tantas horas y tomó el autobús que se dirigía al Presidio. Pensó en la suerte que habían tenido de que lo hubieran traído de vuelta a San Francisco, ya que podrían haberlo enviado a cualquier otra parte. Así podría ir a visitarlo todos los días. Tardó una hora en llegar a la base militar, poco después de que lo hubiera hecho el autobús en el que iba Alex. En el hospital reinaba un gran ajetreo y confusión, mientras los médicos hacían el triaje de los heridos y los asignaban a las distintas salas o habitaciones en función de la gravedad de los casos. Al cabo de media hora, indicaron a Eleanor el pabellón al que habían enviado a Alex. Lo divisó a lo lejos en su silla de ruedas, y se encaminó con paso presuroso hacia él mientras un enfermero lo ayudaba a acostarse en la cama. Le retiró la manta que lo cubría y, en ese momento, Eleanor pudo ver cuál era la razón por la que lo habían enviado de vuelta a casa: Alex había perdido las dos piernas. Tenía los muslos fuertemente vendados, pero sus piernas acababan justo por encima de las rodillas. Él pudo ver la cara de Eleanor al descubrir lo que le había pasado, y entonces sus miradas se cruzaron. Aun así, por lo que él acababa de contarle, Alex tenía mucha suerte de estar vivo, y ella se habría sentido agradecida de tenerlo de vuelta aunque hubiera llegado una parte aún más pequeña de él, aunque hubiera perdido los dos brazos y las dos piernas.

—No pasa nada —le aseguró ella con ternura, y le rozó suavemente la cara con los dedos.

Él le cogió la mano y la sostuvo entre las suyas.

—¿De verdad? —dijo, y esas dos simples palabras encerraban un millón de preguntas.

Ella asintió con la cabeza.

—Sí. Saldremos adelante, y tú también te pondrás bien.

Entonces, el enfermero lo cogió en brazos y lo metió en la cama. Alex tenía también algunas heridas internas, pero lo peor de todo eran las piernas.

Eleanor se sentó en una silla junto a él, mientras a su alrededor no paraban de llegar pacientes de diversa gravedad que empezaban a abarrotar el pabellón. Sabía que sus vidas habían vuelto a cambiar drásticamente. Se acordó de cuando estaban de luna de miel y el mundo que habían conocido saltó por los aires en mil pedazos. Y ahora había vuelto a ocurrir. Sin embargo, esta vez era distinto. Se trataba de una terrible desgracia personal que le había sucedido a él... a ellos. Pero, fuera como fuese, iban a afrontarlo juntos. De eso estaba segura. No dejarían que aquello los destruyera. Ella no pensaba consentirlo. Se inclinó sobre él y le besó. Alex permanecía medio incorporado en la cama, observando su reacción.

—Te quiero, Alex —dijo ella con firmeza.

Él la abrazó. Cuando la rodeó con sus brazos, Eleanor pudo notar los huesos de su espalda y de sus hombros.

—Yo también te quiero —respondió él.

En su voz había todo un mundo de arrepentimiento, una silenciosa disculpa por la manera en que había regresado junto a ella. Ahora se sentía un inútil. Eleanor podía verlo en sus ojos, pero ella no creía que fuera así. Lo estrechó entre sus brazos para que toda su fuerza y su fe en él fluyeran hacia su interior como un torrente de amor que nada podría detener.

—Gracias a Dios que estás en casa —murmuró, cerrando los ojos y apoyando la mejilla en la de él.

Esas eran las palabras que Alex necesitaba escuchar. Lo que ella acababa de decirle era cuanto necesitaba saber: que, incluso sin piernas, ella seguía amándole.

10

Alex se adaptó a la rutina del hospital con bastante rapidez. Querían que más adelante empezara a hacer rehabilitación, pero todavía no estaba preparado. Sus heridas internas seguían causándole muchos problemas y tenía el cuerpo lleno de metralla. Le habían extraído toda la que habían podido, pero aún le quedaba bastante dentro como para preocupar a los doctores. Tenía episodios febriles casi todas las noches y algunas de sus heridas se habían infectado. Lo que más temían los médicos era que las heridas se gangrenaran, que era lo que había provocado que tuvieran que amputarle las piernas tras la explosión.

Eleanor iba a verle todos los días después de las clases. Sentada junto a la cama, corregía los trabajos de sus alumnas mientras él dormitaba tranquilamente. Se quedaba en el hospital hasta la hora de cenar, y luego iba a recoger a Camille para llevarla a casa y cuidar de ella.

Los padres de Eleanor se quedaron conmocionados y profundamente apenados al enterarse de lo que le había ocurrido a su yerno. Por primera vez en trece años, Charles quiso volver a la ciudad para ir a verle, pero Alex no podía recibir visitas en el hospital. Todavía se encontraba muy débil, y los doctores continuaban muy preocupados por las constantes infecciones que seguían aquejándole. Eleanor también estaba muy angustiada, ya que Alex todavía no se hallaba fuera de peligro. Si algún fragmento de metralla se movía y afectaba a algún órgano, corría el riesgo de morir.

Los médicos calculaban que tendría que permanecer unos cinco o seis meses en el hospital. Cuando le dieran el alta, Eleanor lo llevaría al lago Tahoe para pasar el verano con Camille. También era consciente de que debía encontrar un nuevo apartamento. Alex no podría subir ni bajar las escaleras con la silla de ruedas. Además, no había ascensor, y se sentiría atrapado sin poder salir. Eleanor pensaba encargarse de ello durante el verano, pero mientras tanto estaba demasiado ocupada yendo a visitarle todos los días, dando clases en la escuela de miss Benson y cuidando de Camille por las noches. La estancia en Tahoe les serviría para descansar y recuperar fuerzas. Alex estaba ansioso por que llegara ese momento, pero lo que más deseaba era salir del hospital para poder ver a su hija. Hacía más de un año que no la veía y dudaba de que la pequeña se acordara de él. Eleanor siempre le decía a la niña que su papá volvería pronto a casa.

Para cuando llegó abril, Alex estaba evolucionando bastante bien. Una mañana, mientras Eleanor estaba preparando a Camille para salir de casa, su madre la llamó a primera hora. Louise no paraba de llorar desconsoladamente por el teléfono y le costó comprender lo que le estaba diciendo: Charles había muerto mientras dormía. El corazón le había fallado. Tenía solo sesenta y cinco años, pero los duros golpes que le había dado la vida le habían hecho envejecer prematuramente. En los últimos años había aparentado mucha más edad de la que tenía, por muy valientemente que hubiera tratado de afrontar los terribles cambios que le había deparado la vida. Jamás hablaba ni se lamentaba del pasado, pero nunca había vuelto a ser el mismo.

—Oh, Dios mío, mamá... Lo siento mucho... —dijo Eleanor también llorando, mientras Camille la miraba con un mohín compungido por ver así a su madre—. Iré hoy mismo, después de decírselo a Alex y comunicarlo a la escuela. Yo me ocuparé de todo.

Louise no podía dejar de llorar, y la mente de Eleanor se puso al momento a trabajar. Tenía mucho que hacer ahora, aunque lo más urgente era acudir cuanto antes junto a su madre. Aquello casi le impedía centrarse en su propio dolor por la muerte de su padre, pero sabía que lo que él habría querido en esos duros momentos era que cuidara de su madre. La desgarradora pérdida que acababa de sufrir podría resultar fatal para la mujer, y Eleanor no quería que eso ocurriera.

Tras dejar a Camille con la cuidadora, fue a la escuela para explicar que necesitaba ausentarse el resto de la semana para encargarse de organizar el funeral de su padre. Catorce años atrás, su muerte la habría convertido en la heredera de una inmensa fortuna, pero ahora aquello apenas tendría repercusión en sus vidas. Por lo que sabía, a su padre solo le quedaban unas pocas inversiones de las que solía hablarles a ella y a su madre de vez en cuando. Sin embargo, Eleanor nunca le había dejado que abordara el tema en profundidad —y él tampoco había insistido—, porque no quería hablar de lo que ocurriría cuando su padre ya no estuviera. Y ahora que había llegado el fatídico momento, Eleanor apenas sabía nada de lo que él había dejado. Lo que sí tenía claro era que, fuera lo que fuese lo que hubiera conseguido ahorrar, sería para ayudar a su madre. Aunque tampoco esperaba que fuera mucho. Pero en estos momentos ese era el menor de sus problemas. Tenía que cuidar de Alex, de Camille y ahora también de su madre. Louise siempre había dependido totalmente de su marido y todo su mundo había girado en torno a él.

Miss Benson se mostró muy comprensiva y le dijo que por supuesto podía tomarse libre el resto de la semana. Tras darle las gracias, Eleanor fue al hospital militar del Presidio para ver a Alex. Él se sorprendió gratamente al verla aparecer tan pronto, pero a medida que se acercaba comprendió que algo iba mal. Eleanor parecía devastada. Alex contuvo el aliento, rezando para que no le hubiera pasado nada a Camille.

—¿Qué ocurre? ¿Por qué vienes tan pronto? —le preguntó, temiendo su respuesta.

—Es mi padre —dijo Eleanor, y rompió a llorar.

Esta vez fue Alex quien la consoló a ella, como ella había hecho tan amorosamente por él. Eleanor había logrado convencerlo de que saldrían adelante sin problemas. Ella continuaría trabajando. Él recibiría una pensión y tal vez podría encontrar un empleo que se ajustara a su nueva situación. Conseguirían ahorrar un poco de dinero de aquí y de allá. No contar con el salario de Alex representaría una pérdida mínima. Eleanor se negaba a darse por vencida y le había transmitido toda la fuerza de su profundo amor por él. Pero la pérdida de su padre había sido un duro mazazo para ella, y lo sería aún más para su madre.

A última hora de la tarde, después de dejar a Camille con la vecina, Eleanor salió para Tahoe en el coche de Alex, que ya tenía bastantes años y que ella apenas utilizaba. Al llegar encontró a su madre despierta. Se la veía desolada, totalmente destrozada.

—No sé cómo voy a poder seguir adelante sin él —le dijo a su hija mientras se sentaban con las manos cogidas en el salón de la casa que ella había convertido en un hogar tan acogedor.

—Tienes que hacerlo, mamá. Te necesitamos. Yo te necesito. Y tienes una nieta que te adora.

Louise parecía una niña perdida en el bosque. Eleanor se daba cuenta ahora de que Charles había sido su razón para vivir. Ella había sido la más fuerte de los dos y la que había conseguido que él saliera adelante después de haberlo perdido todo. Pero eso también le había pasado una terrible factura.

Por la mañana, Eleanor se encargó de hacer todos los arreglos necesarios para organizar un sencillo funeral en la iglesia del pueblo. Su padre se había convertido en un recluso desde que se habían trasladado al lago y no había mantenido el contacto con ninguna de sus viejas amistades. Louise había sido todo su mundo, como él había sido el de ella. Sus vidas estaban tan estrechamente entrelazadas que a Eleanor le preocupaba mucho lo que pasaría con su madre a partir de ahora. Sin embargo, también tenía que pensar en Alex.

Unos días más tarde se celebró el funeral con una ceremonia solemne y conmovedora. Aparte de ellas dos, solo asistieron algunos de los trabajadores de la finca. Eleanor tuvo que ayudar a su madre mientras salían de la iglesia, y luego siguieron el féretro hasta el cementerio.

El domingo después de misa, Eleanor regresó a la ciudad no sin antes prometerle a su madre que pasarían el verano con ella, como siempre habían hecho. Para esas fechas Alex también podría ir con ellas. Entonces Louise cayó en la cuenta de que la cabaña en la que ellos se alojaban tenía dos plantas, y que los dormitorios estaban en la de arriba, por lo que a Alex le resultaría imposible subir con la silla de ruedas. En cambio, su casa tenía solo un nivel, así que le propuso que hicieran un intercambio durante el verano. Era lo más sensato, y además así tendría algo en lo que ocuparse antes de que llegaran. Las clases acabarían dentro de seis semanas, y confiaban en que para entonces a Alex ya le hubieran dado el alta.

Mientras Eleanor conducía de regreso a San Francisco, no podía dejar de pensar en todo lo que tendría que hacer a partir de ahora y en todas las responsabilidades que habían recaído sobre ella: Alex, Camille, su madre... Tenía que encontrar un nuevo apartamento para ellos en la ciudad a fin de poder seguir trabajando. Se le hacía todo un mundo, y solo ahora empezaba a ser consciente del enorme vacío que la muerte de su padre había dejado en su vida. Era un hombre tan bueno e inteligente. Siempre le había dado sabios consejos y había sido un padre maravilloso con ella. Eleanor lloró durante casi todo el trayecto de vuelta pensando en él y en cuánto lo iba a echar de menos. Ahora tenía tantas cosas de las que ocuparse que no sabía cómo iba a poder con todo. En el hospital le estaban enseñando cómo debía cuidar a su marido, y había pensado recurrir a los servicios de algún trabajador de la finca para que la ayudara. Y Alex estaba decidido a manejarse con la mayor independencia posible.

Después de recoger a Camille en el piso de la vecina, la acostó y cayó rendida en la cama. No fue a ver a Alex hasta la tarde del día siguiente. Este se mostró muy compasivo con ella por el fallecimiento de su padre, que también había supuesto una terrible pérdida para él. Alex, además, estaba muy preocupado por todas las responsabilidades que habían recaído ahora sobre los hombros de Eleanor. Estaba deseando poder ayudarla, pero todavía se sentía demasiado débil para recibir el alta.

Las seis semanas siguientes pasaron volando. Ya había acabado el curso escolar cuando, tras haber recuperado las fuerzas después de cinco meses ingresado, Alex salió por fin del hospital. Sus heridas internas, y también las de la amputación, parecían haber sanado bastante. A mediados de junio, Eleanor fue a recogerlo con el coche al hospital y, junto con Camille, fueron directamente al lago Tahoe. Era la primera vez que Alex veía a su hija desde hacía quince meses, y se quedó asombrado por lo mucho que había crecido y por lo lista y parlanchina que era para tener apenas tres años.

Se le veía muy feliz durante el trayecto, y Eleanor empezó a relajarse por tener a su marido de nuevo junto a ella. La vida en pareja era mejor que la soledad, incluso en las condiciones en que se hallaba Alex. Al principio, Camille se mostró un poco cohibida, pero enseguida también se sintió muy a gusto con su padre. Le preguntó que dónde estaban sus pies y le dijo que quería subirse con él en la silla de ruedas.

Cuando llegaron a Tahoe, descubrieron que Louise ya se había instalado en la cabaña. Había preparado para ellos la casa donde vivía normalmente y la había llenado de flores. Aquella vivienda de una sola planta era justo lo que Alex necesitaba. No había escaleras, y uno de los trabajadores de la finca había hecho unos pocos arreglos para acondicionarla: barandillas de sujeción, un asiento especial para la ducha y rampas de madera en las puertas principal y trasera. Alex recorrió con la silla las distintas habitaciones, entusiasmado por estar de nuevo en aquella casa después de un año y medio. Había regresado del infierno, aunque nunca se le había pasado por la mente que pudiera volver con unas lesiones tan graves. Ahora tendría que aprender a manejarse como una persona discapacitada. Louise le dio un cálido abrazo nada más verlo, y él le dijo que lamentaba profundamente la muerte de Charles. Sus palabras volvieron a llenar de lágrimas los ojos de la mujer, pero no pensaba dejarse llevar por la aflicción. Tenía que ser fuerte por Eleanor y por Alex, y por todo lo que tendrían que afrontar juntos.

El tiempo que compartieron ese verano les fue muy bien a todos. Louise y Eleanor se quedaron muy sorprendidas cuando se abrió el testamento de Charles. No era el hombre inmensamente rico que había sido en otra época, pero había invertido con acierto lo que le había quedado, había ahorrado gran parte del dinero obtenido con la venta de la propiedad de Tahoe y apenas había gastado nada de lo que el conde le pagaba anualmente por la supervisión de la finca. Louise no tendría que volver a preocuparse por el dinero durante el resto de su vida. Charles había dejado la otra mitad de sus pertenencias a Eleanor, por lo que ahora podrían contar con un buen colchón económico, aunque no fuera una cantidad exagerada.

El aire de la montaña le sentó muy bien a Alex, que poco a poco fue recuperándose y ganando fuerza en los músculos.

Incluso ideó un sistema para salir a pasear en barca por el lago con Eleanor. Un día le pidió que bajara con él al cobertizo del embarcadero. Alex se subió sin necesidad de ayuda al asiento del piloto de su embarcación favorita, y luego le indicó a Eleanor que se sentara justo delante de él. Rodeándola con los brazos, cogió el timón de la barca y le pidió a ella que se encargara de los pedales, que funcionaban más o menos como los de un coche. De ese modo pudieron pilotar juntos la barca, Alex manejando el timón y Eleanor ocupándose de los pedales del acelerador y el freno. Al principio iban un tanto desacompasados, pero pronto le pillaron el tranquillo y disfrutaron mucho surcando las aguas del lago. Louise se había quedado al cuidado de Camille, encantada de poder pasar tiempo con su nieta, y al cabo de un rato los oyó reír cuando subían hacia la casa desde el embarcadero, mientras Eleanor empujaba la silla de su marido. El sonido de sus risas era como música celestial para sus oídos. Alex estaba empezando a dejar atrás la agonía de la guerra, todos los horrores que había presenciado y el altísimo coste personal que había tenido que pagar. Seguía teniendo pesadillas espantosas por las noches, pero poco a poco también iban desapareciendo.

Había escrito a sus hermanos para informarles de que había perdido las piernas. Los dos se quedaron terriblemente impactados al enterarse. No podían imaginarse lo que debía de ser pasarse el resto de la vida en una silla de ruedas, y encima a su edad. Sin embargo, después de aquellas primeras cartas expresándole su compasión, no volvió a tener noticias de ellos. En el fondo no esperaba nada de Phillip y Harry. Alex era consciente de que ya no formaba parte de sus vidas, de que él solo era una voz distante del pasado. Seguía en contacto con ellos porque eran sus hermanos, aunque fuera solo por el apellido. Pero ahora su vida eran Eleanor y Camille.

Alex y Eleanor volvían a ser una pareja feliz, ya fuera tumbados en una hamaca y riendo en un soleado día estival, o acostados tranquilamente por la noche en su cama. El amor y la fuerza de Eleanor resultaban más curativos que todos los esfuerzos de los médicos.

Un día, mientras Louise estaba ocupada en sus labores de jardinería, Eleanor decidió explorar el cobertizo. Buscaba algo que había pertenecido a su padre y que sabía que su madre había guardado allí, una caja de valiosos libros de los que Alex se había acordado y que quería volver a hojear. Hacía años que no entraba allí para echar un vistazo en serio, y mientras atisbaba bajo las colchas polvorientas, algunas hechas a mano, y apartaba sábanas, cortinas y cubiertas de plástico, de pronto se fue acordando de todo aquel mobiliario en medio del cual había crecido en casa de sus padres, y volvió a constatar lo hermoso que era.

Se quedó asombrada por la gran cantidad de piezas que había conservado su madre. No había sitio donde colocarlas en la pequeña casa ni en la cabaña del lago Tahoe, pero con todo aquel material podrían amueblarse varias residencias. Resultaba muy triste que todos aquellos objetos estuvieran allí abandonados, sabiendo que nunca más volverían a utilizarse. Y dado que la economía estaba ahora más fuerte, aquellas piezas podrían alcanzar un gran valor en el mercado, muchísimo más que cuando Louise las guardó allí. Eleanor se lo comentó a su madre durante la cena.

—Ahora que vas a revisar las cosas de papá, ¿por qué no subastas todos esos muebles y objetos? Podrías desprenderte de ellos, ya llevan muchos años en el cobertizo.

Trece años, para ser exactos. Se trataba de unas piezas muy hermosas, pero ya no tenían ningún interés ni valor sentimental para ella. En su momento, Eleanor no había prestado la menor atención a todo lo que su madre había almacenado allí. Y ahora le parecía que no tenía sentido seguir conservándolo. Creía que lo mejor sería venderlo todo.

Louise se quedó callada un momento.

—Pensé que podríamos volver a utilizar todos esos objetos algún día —reconoció al fin con tristeza—. No habríamos sacado nada por ellos cuando vendimos la casa. Por aquel entonces nadie tenía dinero y había que deshacerse de todo a precio de saldo. Así que decidí quedarme con las mejores piezas. Son recuerdos de un tiempo más feliz —comentó con aire nostálgico.

Tener que vender la mansión y gran parte de lo que había en ella había sido una experiencia muy dura. Louise nunca hablaba de ello, y Charles tampoco. Y Eleanor no quería apenarla más. Al fin y al cabo, tener todo aquello en el cobertizo no le hacía daño a nadie, de modo que decidió abandonar el tema al ver el dolor reflejado en los ojos de su madre. Aún no estaba preparada para renunciar a los últimos vestigios de su pasado.

—Tu vestido de novia también está ahí. Y el que llevaste en tu baile de debutante —añadió Louise.

Las dos sonrieron al pensar en ello.. Ya nadie lucía vestidos como aquellos, ni celebraba bodas como la suya. Todo aquello formaba parte de una época perdida, de un tiempo que ya nunca más volvería. Apenas unas semanas después de contraer matrimonio, el mundo entero se había derrumbado a su alrededor. Su modesto apartamento de Chinatown no tenía nada que ver con el opulento estilo de vida del que habían disfrutado hasta entonces, y que ahora les parecía tan remoto como un sueño.

Después de la muerte de Charles, tenían que decidir también quién se encargaría de supervisar la finca del lago para el conde. Funcionaba por sí sola con el personal que había contratado su padre, pero hacía falta alguien sobre el terreno para controlar que todo fuera bien. Alex le dijo a Eleanor que estaría encantado de encargarse él mismo cuando fueran allí los fines de semana. Y Louise, aparte de ocuparse de las labores de jardinería, sabía perfectamente cómo había que gestionar los asuntos de la propiedad. El conde le había enviado una sentida carta de condolencia, y no la había presionado para encontrar un sustituto para Charles. Ambas mujeres se mostraron muy agradecidas por el ofrecimiento de Alex. No podía caminar, pero sin duda podría hablar con los encargados, los jardineros, los barqueros y el personal de mantenimiento, y además necesitaba hacer algo. No quería estar mano sobre mano y sentirse un inválido durante el resto de su vida. Todo aquello le recordó a Eleanor la suerte que habían tenido sus padres de poder continuar viviendo en la finca, gracias a la ausencia del actual propietario. No parecían echar de menos la gran casa principal que solían ocupar allí, o al menos nunca lo habían mencionado. Pero ahora, tras ver todo lo que su madre había guardado en el cobertizo con la esperanza de volver a utilizarlo algún día, Eleanor se preguntaba qué sentido tenía conservarlo. Aquellas grandes mansiones, y el antiguo estilo de vida que representaban, ya nunca más volverían.

Hacia el final del verano, su apacible estancia en Tahoe dio un giro inesperadamente trágico. En agosto, cuando faltaba un mes para que volvieran a la ciudad y Eleanor ya estaba pensando en regresar un poco antes para encontrar un apartamento apropiado para Alex, Louise sufrió un ataque al corazón. La conmoción por la pérdida de su marido había sido demasiado para ella. Eleanor y Alex hablaron seriamente sobre la nueva situación mientras Louise se encontraba ingresada en el hospital. Eleanor no quería dejarla sola en la casa del lago: ahora estaba demasiado frágil y no tenía a nadie que cuidara de ella. Y la condición física de Alex había mejorado mucho durante ese verano en Tahoe.

—Tal vez debería tomarme un año sabático en la escuela para poder quedarme aquí con ella —sugirió Eleanor.

De todos modos, ahora no tenían un lugar donde vivir en la ciudad. Alex no podía subir las escaleras del apartamento de Chinatown con su silla de ruedas, y ella no había tenido tiempo de encontrar uno nuevo. Pasar un año en el lago Tahoe ayudaría a Alex a ponerse aún más fuerte, y también le permitiría controlar de cerca la gestión de la propiedad. Y, gracias a la herencia de su padre, Eleanor podría renunciar durante un tiempo al sueldo de la escuela. Podía tomarse un año libre si lo consideraba necesario, y creía que la situación así lo requería. No había tocado el dinero que le había dejado su padre, y tampoco tenía intención de hacerlo. Por otra parte, allí en el lago apenas tendrían gastos. Hablaron de ello durante varios días, y cuando Louise salió del hospital ya habían tomado la decisión de quedarse un año en Tahoe. A ambos les pareció que era la solución más sensata y razonable, y que además era lo que debían hacer.

Eleanor no se sentiría tranquila dejando a su madre sola, cuando había pasado tan poco tiempo después de la muerte de su padre y ella se encontraba tan delicada de salud. Y Alex estaba muy ilusionado con la perspectiva de quedarse en el lago, ya que no tenía ni idea de a qué se dedicaría cuando regresara a la ciudad. Siempre podría volver a trabajar en el banco, ya que su discapacidad no afectaba a su competencia laboral, pero todavía no estaba plenamente recuperado. Además, después de haber sobrevivido a los horrores de la guerra, le encantaba poder pasar todo su tiempo junto a su esposa y su hija. El trabajo en el banco resultaba monótono y tedioso, y ya lo odiaba desde mucho antes de dejarlo para alistarse. No le apetecía nada volver, pero el hecho de ir en silla de ruedas limitaba bastante sus opciones. Muchos hombres que regresaban de la guerra en una situación parecida a la suya no encontraban trabajo, y cada vez se veía a más veteranos pidiendo por las calles.

Se lo contaron a Louise en cuanto salió del hospital. Ella insistió en que no quería ser una carga para ellos, pero estaba más que encantada de tenerlos allí. Les dijo que se encontraba muy cómoda en la cabaña y que ellos deberían quedarse en la casa que habían ocupado durante el verano. Así pues, la decisión estaba tomada: se quedaban en el lago Tahoe. Eleanor envió una larga carta a miss Benson en la que, tras disculparse profusamente, le decía que necesitaba tiempo para cuidar de su marido y su madre convalecientes. Su respuesta llegó al cabo de una semana y, en un tono cálido y afectuoso, la directora le concedió permiso para tomarse un año sabático por asuntos personales. Habría sido difícil negarse, después de que Eleanor hubiera demostrado ser una empleada fiel y entregada a la escuela durante casi catorce años.

En septiembre, Eleanor regresó a la ciudad para dejar el apartamento de Chinatown. También fue un momento triste. Habían sido muy felices allí y se llevaban muy bien con sus vecinos, pero tenían que cerrar aquel capítulo de sus vidas. Hizo que enviaran los muebles a Tahoe para que los guardaran en el cobertizo junto con los demás, ya que también se los había pedido prestados a su madre. Y en un cálido día del veranillo de San Martín, Eleanor salió del apartamento de Chinatown por última vez. Caminó hasta donde había aparcado el coche, pasando por los mercadillos y rodeada por las vistas y sonidos del barrio que le resultaban tan familiares. Sentía que otra puerta se cerraba silenciosamente tras ella y que, una vez más, no sabía qué misterios le depararía el futuro.

11

En otoño, después de su ataque al corazón, Louise pareció recobrar un poco las fuerzas y empezó a pasar mucho tiempo en el jardín. Según ella formaba parte de su proceso de recuperación, y decía que le iba muy bien para sosegar la mente y el espíritu. Cuando años atrás se habían visto obligados a mudarse a la casa del lago, también había encontrado refugio y consuelo en sus labores de jardinería.

Eleanor y Alex estaban muy pendientes de ella. Al llegar el invierno, con sus bajas temperaturas y sus fuertes nevadas, Louise apenas salía de su cálida cabaña y pasaba mucho tiempo durmiendo. Ahora que no tenía a Charles para cuidarlo y tratar de animarlo, se la veía muy abatida. Eleanor estaba muy preocupada por su madre, pero se alegraba de haber decidido quedarse en Tahoe para estar cerca de ella.

Por el contrario, Alex se mostraba muy activo y se entregaba plenamente a las tareas de supervisión de la finca. Había recuperado toda su energía. La única diferencia era que ahora no podía caminar. Por lo demás, había muy poco que no pudiera hacer. Su espalda también había quedado algo dañada por la explosión, por lo que no podía utilizar prótesis para sostenerse en pie, pero en cuanto despejaron los caminos de nieve iba a todas partes con su silla de ruedas. Además, se sentía muy feliz de poder estar con su familia. Eleanor sabía que, al quedarse en Tahoe, habían tomado la decisión correcta. Ella y Alex pasaban mucho tiempo juntos, Camille estaba creciendo rodeada por el amor de sus padres, y Eleanor podía estar cerca de su madre. Pero cada vez les costaba más convencerla para que saliera de la cabaña. En enero, después de unas Navidades tranquilas, las primeras tras la muerte de Charles, Louise ni siquiera salía al jardín. Se limitaba a quedarse acostada en la cama leyendo un libro, y pasaba más tiempo dormida que despierta.

Una mañana en que Eleanor fue a la cabaña a ver cómo se encontraba su madre descubrió que había sufrido otro ataque al corazón durante la noche, pero en esta ocasión no lo había superado. Se quedó conmocionada, aunque sabía que era algo que podía ocurrir. Más tarde, los doctores dijeron que su muerte había sido fulminante. A Eleanor la entristeció muchísimo perder a sus padres a una edad tan temprana, pero era consciente de que los traumas que habían sufrido catorce años atrás habían ido erosionando su espíritu y su salud, y que, sin Charles, Louise había perdido las ganas de vivir. Ni siquiera la presencia de su hija y de su nieta había servido para levantarle el ánimo. Se había ido apagando lentamente, porque para ella la vida sin Charles no tenía sentido. Eleanor estaba triste, pero al mismo tiempo experimentaba una sensación de paz. Al menos, los últimos años de sus padres habían transcurrido apaciblemente y en un lugar que amaban, y se habían tenido el uno al otro. Y ahora por fin iban a reencontrarse.

Primavera de 1944. Desde hacía algún tiempo, la guerra en Europa se había recrudecido de forma dramática. Alex seguía con avidez el desarrollo de los acontecimientos por los periódicos y la radio. Los Aliados combatían con todas sus fuerzas para derrotar a Hitler, pero el resultado final seguía siendo incierto. Pese a todo, en junio de 1944 consiguieron liberar la ciudad de Roma y, al mismo tiempo, se inició la invasión aliada de Normandía. Y, tal como había vaticinado Charles durante años, había hecho falta una guerra para que el país saliera de la Gran Depresión. La economía se había reactivado gracias a la producción bélica y se estaban forjando nuevas fortunas. Ya nadie vivía con el lujo y la ostentación de la época en que se habían criado Eleanor y Alex, pero el dinero volvía a fluir y la nación estaba recuperando su fuerza y su poder de antaño.

A principios de primavera, después de la muerte de su madre, Eleanor volvió a centrar su atención en el cobertizo y decidió echar un nuevo vistazo a su contenido con la intención de venderlo. Cuando empezó el buen tiempo, contrató a dos jóvenes del lugar para que sacaran todos los muebles y objetos de su interior, y se quedó maravillada al contemplar lo que había allí, incluyendo su vestido de novia y el de debutante, que su madre había guardado cuidadosamente en unas cajas especiales para protegerlos.

Los muebles eran algunos de los elementos más valiosos que habían decorado la mansión Deveraux. Eran piezas dignas de un museo, tapizadas con unos tejidos exquisitos, y apenas habían sufrido daños en el tiempo en que habían estado almacenadas. Habían sido tapadas con sumo cuidado y seguían presentando un aspecto inmaculado. Louise había conservado también muchas de las cortinas, algunas de las cuales eran auténticas antigüedades que había mandado traer de Francia junto con gran parte del mobiliario.

—¿Qué vamos a hacer con todo esto? —preguntó Alex, paseándose con su silla de ruedas entre todos aquellos objetos.

No podía dejar de admirar su evidente valor y calidad, con el que también había estado familiarizado tiempo atrás en su propia mansión, pero sus antiguas pertenencias habían quedado totalmente desperdigadas. En cambio, Eleanor seguía estando en posesión de innumerables y preciadas antigüedades, aunque no tenía manera de aprovecharlas en su vida actual. Louise también había conservado una gran cantidad de valiosos cuadros de pintores muy conocidos, por los que no habría obtenido apenas nada en 1929 y 1930, cuando vendieron la mansión para ser convertida en una escuela.

—Supongo que tendremos que venderlo —dijo Eleanor.

Recordaba perfectamente el aspecto que tenían todas aquellas piezas en la antigua residencia de Nob Hill. Verlas de nuevo le trajo multitud de recuerdos de épocas felices y lejanas. Se sintió como si estuviera viajando atrás en el tiempo.

Volvieron a guardarlo todo en el cobertizo después de haber hecho inventario del contenido y tomar fotografías para enviarlas a alguna casa de subastas, posiblemente a Parke-Bernet en Nueva York. Por la noche, Eleanor se acostó sin poder dejar de pensar en todos los hermosos objetos que su madre había conservado y que ahora eran suyos. Louise había hecho lo correcto al no venderlos en su momento. Ahora, catorce años más tarde, valdrían de nuevo una auténtica fortuna y habría gente que podría permitirse comprarlos. Esa noche soñó que lo vendía todo. Cuando se despertó por la mañana, encontró a Alex en la cocina, desayunando con Camille.

Después de darles el beso de buenos días, anunció con los ojos brillantes por la emoción:

—Alex, he tenido una idea.

—¿Has pensado que salgamos a dar un paseo en barca después de desayunar? —dijo él alegremente, mirando a su esposa.

—¡No, estoy hablando en serio!

—Yo también —bromeó Alex, y Camille preguntó si ella también podía ir.

Eleanor le dio papel y ceras a la niña para que se entretuviera mientras ella hablaba con Alex. Empezó diciéndole que, gracias a lo que le habían dejado sus padres, ahora no tenían una situación financiera desesperada. Sin embargo, todo lo que había en el cobertizo podría representar una oportunidad para conseguir una gran cantidad de dinero. De hecho, en el actual clima de prosperidad económica que estaba viviendo la nación, el contenido del cobertizo, junto con los terrenos que habían conservado de la finca de Tahoe y que ahora pertenecían a Eleanor, valdrían una pequeña fortuna. No la clase de fortuna con la que ella se había criado, pero sí una cantidad considerable de dinero que les permitiría emprender un nuevo negocio o comprar una casa más grande si quisieran. No tenían mucho dinero en metálico, pero contaban con las inversiones de su padre, y Charles y Louise habían vivido de forma muy austera.

—¿Y si no enviamos a subastar las cosas del cobertizo? ¿Y si las vendemos nosotros mismos?

—¿Cómo? ¿De forma privada o poniendo un anuncio en el periódico: «Fabulosas antigüedades en venta»? Sería como una especie de mercadillo casero, pero a lo grande —comentó él, sonriendo.

—Lo digo en serio —repitió ella con los ojos encendidos por el entusiasmo—. ¿Y si abrimos una tienda de antigüedades exclusiva?

—¿Aquí?

Tahoe era una comunidad muy tranquila. Allí nadie tenía lujosas antigüedades dignas del palacio de Versalles.

—No, en San Francisco. Podríamos alquilar un local en algún barrio bueno. La gente ahora tiene dinero y está deseando gastarlo. Con lo que hay en el cobertizo, tendríamos material para abastecer la tienda durante un par de años.

—¿Y cuando se acaben las cosas de tus padres?

Alex se mostraba bastante escéptico. Todo aquello le parecía una pequeña locura. Resultaría mucho más sencillo subastarlas.

—Entonces iremos a Europa y compraremos más. La guerra ya habrá acabado para entonces. Imagino que habrá muchos europeos que han perdido sus fortunas y querrán vender sus castillos y sus antigüedades. La gente ya no vive como en la época de mis padres. Ahora quieren casas más pequeñas, cosas más sencillas, pero también habrá un mercado de objetos valiosos para la gente más adinerada, aunque no llegará al nivel de ostentación con el que crecimos nosotros. Creo que no éramos conscientes de la magnificencia con la que vivíamos. Para nosotros era lo normal entonces, era la única vida que habíamos conocido. Éramos los hijos de una época dorada. Por eso ahora pienso que podríamos tener mucho éxito abriendo una tienda de antigüedades. —Y era algo en lo que Alex también podría colaborar. Él podría ayudarla a llevar la parte empresarial del negocio, y no era necesario poder andar para ejercer de anticuario—. Bueno, ¿qué opinas?

—¿De verdad quieres convertirte en una comerciante? —le preguntó Alex con gesto sorprendido, y ella se echó a reír.

—No seas tan esnob. Suenas como mi padre, o como mis abuelos. No me da miedo «dedicarme al comercio», como habría dicho mi abuela. Me gustaría intentarlo. Podríamos abrir un negocio de antigüedades en vez de volver a trabajar como maestra.. Y si no funciona, si nadie compra nada, lo subastamos todo. ¿Por qué no probamos, al menos?

Alex se quedó pensativo y empezó a sentirse atraído por la idea. Muchas empresas de éxito habían comenzado de las formas más extrañas y, sin duda, tenían mercancía más que de sobra para emprender el negocio.

—¿Y no te importa tener que volver a la ciudad? Porque a mí me encanta vivir aquí —dijo con aire melancólico.

—Podemos venir los fines de semana y por vacaciones.

Llevaban viviendo nueve meses en el lago Tahoe. Era un lugar muy hermoso, pero demasiado tranquilo. Eleanor tenía treinta y cuatro años y aún no estaba preparada para aposentarse en una vida bucólica. Echaba de menos ver gente, tener un trabajo y mantenerse ocupada. Después de la muerte de su madre, no había mucho que ella pudiera hacer allí. Y, aunque en ese momento Camille tenía solo cuatro años, quería que más adelante su hija estudiara en una buena escuela privada en la ciudad. Alex habría sido muy feliz llevando una vida tranquila en el campo, pero Eleanor aún no estaba preparada para ello.

Nunca había pensado en esa posibilidad, pero de repente se sentía muy ilusionada con la idea de regentar un negocio de anticuario, y además el trabajo le permitiría conocer a gente interesante.

Estuvieron dándole vueltas al asunto varios días, y al final Eleanor convenció a Alex para que la dejara ir en una misión de reconocimiento a la ciudad, a fin de ver los locales disponibles para alquilar. Después de eso podrían tomar una decisión, dependiendo de los precios de las rentas. No quería invertir demasiado y arriesgarse a perderlo todo si la empresa fracasaba, pero contaban con un gran inventario de piezas muy valiosas y solo necesitaban un lugar donde venderlas.

Eleanor fue a la ciudad tres días después. Antes había llamado a un agente inmobiliario especializado en el sector comercial que le mostraría algunos locales para alquilar en San Francisco.

—No te vuelvas demasiado loca —le advirtió Alex antes de marcharse, pero él también estaba emocionado con la idea.

Todo ocurrió muy deprisa. Eleanor diría después que había sido cosa del destino. Esa misma tarde vio cuatro tiendas, y una de ellas, situada en la zona de Jackson Square, le pareció absolutamente ideal. Se trataba de un pequeño edificio de ladrillo visto con dos plantas que podrían utilizar como espacio de exposición, una tercera para almacenaje, y un apartamento de dos dormitorios en el ático. También tenía ascensor. Era justo lo que necesitaban: incluso podrían vivir allí. Y podrían dejar algunas de las piezas más grandes en el cobertizo, donde habían estado a salvo durante tantos años. Al día siguiente llamó a Alex y, en lo que podría considerarse un arrebato de locura, lo convenció para que alquilaran el edificio. Cuando al cabo de dos días volvió al lago Tahoe, ya tenían una tienda en San Francisco y un negocio en ciernes. Eleanor quería llamarlo Deveraux-Allen, un nombre que les sonó muy distinguido a ambos.

El local necesitaba una mano de pintura y añadir algunos puntos de luz para iluminar las mejores piezas. El entusiasmo de Eleanor resultaba tan contagioso que, para mediados de abril, ya habían pintado la tienda, instalado la iluminación, y estaban preparados para trasladarse al apartamento del ático y abrir el negocio.

Contrataron los servicios de dos grandes furgones de transporte para llevar las antigüedades hasta San Francisco. Eleanor fue en su coche para empezar a amueblar el apartamento y para indicar a los empleados de la mudanza dónde debían colocar las piezas en el espacio de exposición. Algunas se veían realmente majestuosas. Sus padres le habían dejado un cobertizo lleno de tesoros, y una vez más se daba cuenta de que su madre había hecho lo correcto al no desprenderse de ellos. Eran un valioso legado para Eleanor y para el futuro de su familia, aunque Louise los había conservado por razones sentimentales.

Abrieron a finales de abril. La tienda tenía un aspecto realmente impresionante. Eleanor había encontrado la lista de invitados de su boda entre los papeles de su madre, y les envió a todos una elegante invitación para que acudieran a ver el local. Sabía que cuando fueran querrían comprar algo, o al menos se lo comentarían a sus amistades. En el escaparate estaba expuesta una de sus más hermosas cómodas Luis XV, una pieza magnífica que había decorado el salón de Nob Hill. Estaba firmada, y era digna de encontrarse en un museo, en un *château* o en el más suntuoso de los salones.

Hicieron su primera venta al cuarto día de abrir la tienda. La compradora era una mujer que acababa de mudarse a San Francisco desde Nueva York, y le pidió a Eleanor si podía ir a su nueva casa para aconsejarle sobre dónde colocar la pieza que había adquirido. El resto de sus muebles acababan de llegar también de Nueva York.

A la tarde siguiente, Eleanor acudió a la dirección que le había dado la mujer. Había comprado una bonita mansión en la zona alta de Broadway, no muy lejos de donde había estado la de Alex, aunque mucho menos fastuosa. El edificio tenía muy buenas proporciones y unas estancias magníficas, pero la mujer no tenía ni idea de cómo decorarlas. Le explicó a Eleanor que quería tener la casa más hermosa y elegante en San Francisco, y que para ello necesitaba su ayuda. Era la viuda de un industrial que le había dejado una inmensa cantidad de dinero, pero no sabía cómo gastarlo.

Eleanor estuvo dos horas con ella dándole consejos y haciéndole sugerencias, y al día siguiente la mujer le compró otras tres piezas. La intención de Eleanor era llenar sus estancias de muebles y objetos bonitos para ayudarla a conseguir la elegante casa que quería. También se mostró encantada de presentarle a otros anticuarios, aunque no conocía a muchos. Sin embargo, nadie en la ciudad, en ninguna otra tienda, tenía unas antigüedades tan maravillosas como las que Louise le había dejado a su hija.

El negocio empezó a funcionar muy bien durante los meses de mayo y junio. Algunos amigos de sus padres visitaron la tienda y fue muy agradable volver a saber de ellos. Habían acudido llevados por la nostalgia, y se apenaron mucho al enterarse de la muerte de Charles y Louise. Muchos de ellos habían sufrido terribles pérdidas económicas de las que nunca se habían recuperado y solo habían ido para curiosear. Otros aún conservaban algo de su fortuna, y compraron uno o dos muebles de los Deveraux que siempre habían admirado. También pasaron por la tienda muchos clientes a los que no conocían y que tenían mucho dinero para gastar. Eleanor estaba feliz de ayudarles a hacerlo. La mayoría confiaban en su buen gusto y se quedaban encantados con lo que ella les aconsejaba que compraran.

En julio ya tenían un próspero negocio entre manos, y la pareja disfrutaba enormemente con su nueva actividad empresarial. Eleanor había tenido una idea brillante y su creativa propuesta había sido todo un éxito. Ambos se mostraban exultantes. Alex decía que aquello era mucho más divertido que trabajar en un banco, y también mucho más lucrativo. Y Eleanor, aunque estaba muy agradecida por haber trabajado en la escuela, se sentía más realizada que dando clases.

Lo mejor de todo, aparte del éxito indiscutible de Deveraux-Allen, era que Alex y Eleanor podían trabajar juntos. Sin lugar a duda, aquel nuevo capítulo de sus vidas había empezado de manera inmejorable.

12

Casi desde el momento de su apertura, Deveraux-Allen se convirtió rápidamente en la tienda de antigüedades más prestigiosa de San Francisco, debido sobre todo a la excelsa calidad de los objetos que tenían a la venta. Eleanor poseía grandes conocimientos sobre los distintos periodos artísticos en que se había elaborado cada pieza, había investigado cuidadosamente la procedencia de cada una, e incluso había encontrado algunos de los registros documentales que conservaba su madre. Y Alex también estaba muy interesado en aprenderlo todo sobre el negocio. Le encantaba conocer la historia de cada uno de aquellos objetos: a quién había pertenecido, para qué miembro de la realeza o la aristocracia europeas había sido fabricado, y en qué época.

Todo ello añadía un componente creativo y estético a su aventura empresarial, basado principalmente en el excelente gusto de Eleanor. El lucrativo negocio le había permitido dejar la enseñanza. Solo habían hecho falta unas cuantas ventas importantes para que la cosa empezara a funcionar, ya que todo lo que ofrecían era del más alto valor y calidad. Y Alex tampoco tendría que volver a trabajar en el banco. Cada vez se sentía más recuperado de sus heridas de guerra, y ser el propietario de la empresa le daba libertad para tener su propio horario y trabajar a su ritmo. Al principio se cansaba bastante, pero poco a poco fue sintiéndose cada vez más fuerte. También continuaba supervisando la finca de Tahoe desde la distancia para su propietario, el lord inglés. Un par de veces al mes Alex iba a la finca y se quedaba allí unos pocos días, lo cual era suficiente para asegurarse de que todo funcionara a la perfección. Además, seguían yendo al lago durante las vacaciones y para pasar largos fines de semana.

Cuando abrieron la tienda Camille tenía ya casi cuatro años, y muy pronto Eleanor pudo contratar a una chica para que la ayudara a cuidarla. También recurrieron a los servicios de un joven, Tim Avery, para las tareas que requerían más fuerza física, como mover los muebles más pesados por el local. Era casi como un hijo para Alex, y trabajaba para ellos con absoluta entrega y dedicación. También había resultado herido en la guerra, y ejercía al mismo tiempo de chófer para Alex, a quien llevaba en coche a todas partes. Y Camille adoraba a su nueva niñera, Annie, una chica encantadora que a Eleanor le recordaba un poco a Wilson. Era también irlandesa, y para calmar a la niña le cantaba preciosas baladas de su tierra. Camille imitaba su linda voz y parecía tener un don natural para la música, un talento que estaba claro que no había heredado de sus padres.

Eleanor había seguido en contacto con Wilson después de que la doncella se marchara de Nob Hill y se convirtiera en la señora Houghton. En cuanto empezaron los bombardeos sobre Londres, dejaron sus empleos y se trasladaron a Irlanda. Se entristecieron mucho al enterarse del fallecimiento de los padres de Eleanor, pero se quedaron muy impresionados ante la noticia del éxito de su tienda de antigüedades, y lamentaron mucho no poder estar allí con ellos. A los Houghton les había ido bastante bien. Para entonces llevaban catorce años casados, habían conseguido ahorrar algo de dinero, y seguían recordando con cariño los años que habían pasado trabajando para los Deveraux.

El primer año de la tienda de antigüedades también fue el último de la guerra en Europa. De vez en cuando llegaban noticias inquietantes, pero los Aliados avanzaban con paso firme hacia la victoria. Y en agosto consiguieron liberar París.

Alex había sacrificado sus piernas sirviendo a su país, pero ahora disfrutaban de una buena vida. Gracias a sus conocimientos financieros, y a la absoluta dedicación de Eleanor a su trabajo, al final habían podido comprar el edificio donde se encontraban la tienda y el apartamento. Llevaban una existencia sencilla, basada en su gran diligencia, en una buena gestión empresarial y en la estabilidad de su matrimonio. Y Camille seguía siendo la gran alegría de sus vidas.

En 1946, cuando Deveraux-Allen llevaba ya dos años abierto, la guerra por fin había acabado. Para entonces ya habían vendido casi todo el legado de sus padres y el cobertizo del lago Tahoe estaba vacío.

—Necesitamos nuevo material —le dijo Eleanor a Alex una tarde, mientras estaban repasando los libros de contabilidad. Todavía le costaba creer lo bien que había funcionado el negocio. Gracias al boca a boca ahora tenían también clientes de otras ciudades, y sus servicios como decoradora eran los más solicitados de todo San Francisco. El país estaba prosperando y ellos se habían subido a la ola del crecimiento económico en el momento oportuno—. En Estados Unidos no hay nada para comprar —prosiguió—. Wilson dice que la mitad de los castillos en Irlanda están a la venta, y que en ellos hay antigüedades realmente valiosas. —Seguía refiriéndose a ella por su apellido; nunca se habría imaginado llamándola por su nombre, Fiona, y tampoco como señora Houghton—. Y muchos franceses también están vendiendo sus pertenencias.

Un año después del final de la guerra, Europa seguía devastada y mucha gente estaba pasando hambre. Sin embargo, en los últimos meses se habían restablecido las comunicaciones y resultaba más fácil viajar al continente. Alex y Eleanor no habían ido a ninguna parte desde sus antiguos días de esplendor, salvo al lago Tahoe. Pero si querían que su negocio siguiera funcionando necesitaban renovar existencias, y las piezas más valiosas que quedaban en San Francisco habían sido vendidas durante la Depresión y enviadas a otros lugares. Ambos se sentían invadidos por la nostalgia cuando pasaban con el coche por delante de sus antiguas mansiones. Alex se negaba a entrar en el hotel en que se había convertido la residencia de su familia. No podría soportarlo. Hacía dieciséis años que no veía a sus hermanos, desde que se habían marchado de San Francisco, aunque seguían manteniendo cierto contacto gracias a algunas cartas esporádicas. Sin embargo, ahora eran unos desconocidos para él, y la vida que una vez compartieron parecía un sueño lejano que no tenía visos de realidad. Nunca había conocido a sus esposas e hijos, y dudaba mucho de que alguna vez llegara a hacerlo.

La Escuela Hamilton seguía ocupando lo que había sido la antigua mansión Deveraux. Eleanor se la señalaba a Camille cada vez que pasaban con el coche y le comentaba que ella había crecido en esa casa, pero la niña no le prestaba mucha atención, sobre todo cuando su madre le decía que nunca podrían volver a vivir allí. Para Camille no era más que una casa grande, un lugar y una época que no tenían nada que ver con sus vidas actuales. Era algo que pertenecía al pasado, tan solo unos preciados recuerdos para Eleanor y Alex. La escuela había vendido los grandes jardines como un terreno independiente, que había sido adquirido por una familia adinerada, nuevos ricos que habían construido una casa moderna poco acorde con el espíritu del entorno. El corazón de Eleanor siempre se desgarraba un poco cuando pasaban con el coche y alzaba la vista hacia su antigua mansión familiar.

Alex volvió a reservar pasajes para ambos en el RMS *Aquitania*, que zarparía de Nueva York en junio de 1946 y que seguía operando bajo «medidas de austeridad»: se habían retirado las valiosas obras de arte que lo decoraban, y su casco todavía estaba pintado de gris, ya que había sido utilizado para el transporte de tropas durante la guerra. Ambos guardaban muy buenos recuerdos de aquel barco en el que habían ido de luna de miel, aunque ahora fuera mucho menos lujoso. Alex insistió en viajar en primera clase, algo que Eleanor consideró un derroche excesivo, pero él alegó que ahora podían permitírselo. Annie aceptó cuidar de Camille durante el tiempo que estuvieran fuera, y Tim Avery se mostró entusiasmado ante la idea de hacerse cargo de la tienda en su ausencia. En caso de necesidad, siempre podría contactar con ellos por telegrama. Había aprendido mucho sobre antigüedades en los dos años que llevaba trabajando para ellos. Era un joven inteligente y concienzudo, y se sentía orgulloso de formar parte de una empresa tan prestigiosa y de trabajar para una gente tan agradable y encantadora.

Sabían que el personal de la tripulación del barco asistiría a Alex en todo lo que necesitara, y Eleanor también podría ayudarle. Se manejaba muy bien por sí mismo, y al llegar a Europa pensaban contratar a alguien para que los acompañara durante el viaje. Su intención era permanecer un mes en el continente europeo. Visitarían Francia, Inglaterra e Irlanda, y ya tenían una larga lista de ciudades y castillos donde estaban convencidos de que podrían adquirir valiosas piezas para su tienda.

Cuando embarcaron en el *Aquitania* en Nueva York, Eleanor se sintió invadida por entrañables recuerdos de los viajes a Europa que había hecho con su madre para comprar su vestido de debutante y el de novia, así como del viaje de su luna de miel que había realizado a bordo de ese mismo barco. Había leído que Jeanne Lanvin no se encontraba muy bien de salud, y que ahora era su hija, Marie-Blanche de Polignac, la que llevaba las riendas de su famoso taller de alta costura. La Casa Worth seguía estando dirigida por Jean-Charles, el bisnieto de su fundador, Charles Frederick Worth. La firma Chanel había cerrado después de que Gabrielle Chanel hubiera huido a Suiza, acusada de colaborar con los alemanes durante la guerra. El anterior viaje a Europa de Alex y Eleanor, así como los que ella hizo con su madre a bordo del SS *Paris*, parecían ahora muy lejanos, como si formaran parte de una vida anterior. Eleanor no lo lamentaba, ni siquiera lo echaba de menos. Tenía la extraña sensación de que todo aquello lo había vivido otra persona, y ahora era muy feliz junto a Alex. Ella tenía treinta y seis años y él acababa de cumplir cincuenta. Alex se sentía muy joven de mente y espíritu, gracias sobre todo a la nueva vida que Eleanor le había insuflado con su próspero negocio, pero también era cierto que sus heridas de guerra le habían pasado una terrible factura y que aparentaba más edad de la que tenía. En más de una ocasión les habían preguntado si Alex era el padre de ella, lo cual había dejado perpleja a Eleanor. Ella nunca pensaba en la diferencia de edad entre ambos; al contrario, estaban más unidos que nunca.

Se alojaron en el Ritz parisino, donde ella ya había estado antes y que había vuelto a recuperar la normalidad después de haber servido como sede de los oficiales del Alto Mando alemán durante la Ocupación. En ese tiempo, Gabrielle Chanel había sido la única residente civil del hotel, algo que demostraba su colaboración con los nazis.

Eleanor no pudo resistir la tentación de hacer algunas compras para estar a la última moda de París, pero se marcharon enseguida de la capital. Lo hicieron en compañía de un joven *chasseur* del hotel, un botones que habían contratado para que ayudara a Alex, y empezaron a recorrer la campiña francesa en busca de tesoros para vender en San Francisco. No tardaron en encontrarlos. Había muchos aristócratas arruinados que estaban deseando vender sus mansiones ancestrales junto con todo lo que contenían. Las zonas rurales todavía mostraban las terribles cicatrices que habían dejado tanto la Ocupación como el avance de las tropas aliadas durante la Liberación. Las trágicas historias que les contaron resultaban desgarradoras: maridos enviados a campos de trabajo de los que nunca habían regresado; hogares ocupados por las fuerzas invasoras; mujeres y muchachas violadas por los soldados alemanes; y la muerte de hijos e hijas luchando en la Resistencia. La gente que conocieron seguía demostrando fuerza y determinación, pero su situación era desesperada y necesitaban dinero para sobrevivir. Algunos trataban de conservar sus mansiones y solo querían desprenderse de sus pertenencias, mientras que otros vendían sus *châteaux* con todo lo que contenían. Alex y Eleanor encontraron una gran cantidad de magníficas antigüedades y las compraron por los bajos precios que sus propietarios pedían por ellas, aunque a veces se sentían mal pagando tan poco dinero por unas reliquias tan valiosas. Casi todos los *châteaux* estaban en venta, y muchos de ellos se encontraban en un estado ruinoso o, cuando menos, necesitados de grandes reparaciones. También fueron a algunas subastas locales y *brocantes*, que eran casi como mercadillos de objetos de segunda mano, donde consiguieron auténticos tesoros.

En Inglaterra se encontraron con un panorama similar, aunque los británicos trataban de aferrarse a su pasado y reconstruir su mundo perdido a pesar de las grandes dificultades que afrontaban. Muchos vivían en condiciones de pobreza y habían vendido sus tierras para poder conservar sus residencias, contando solo con unos pocos sirvientes para encargarse del mantenimiento de sus enormes mansiones y castillos. Vendían sus pertenencias, pero se negaban a renunciar a un estilo de vida que había perdurado durante siglos y que estaba desapareciendo rápidamente en el mundo moderno. En cierto modo, aquello tocaba un poco la fibra sensible de Alex y Eleanor, pues les recordaba las grandes pérdidas que habían sufrido ellos mismos años atrás. Con frecuencia, aquellos nobles y aristócratas que vendían sus posesiones les invitaban a comer o cenar en sus grandes caserones. Francia les había parecido una nación más traumatizada, sobre todo por los estragos de la Ocupación, pero Inglaterra era igual de pobre. Habían conseguido proteger su país de la invasión, pero su antiguo estilo de vida resultaba imposible de mantener. En contraste con aquellas naciones europeas, Estados Unidos no había sido ocupado ni invadido, por lo que ahora parecía un país más seguro y contaba con muchos más recursos. Además, el auge de la industria de posguerra estaba reactivando la economía y volviendo a llenar las arcas estatales, al tiempo que surgía una nueva clase social formada por aquellos que se habían enriquecido a raíz de la guerra.

Encontraron piezas igualmente hermosas en los castillos de Irlanda, donde Eleanor vivió también la emotiva experiencia de reencontrarse con los Houghton en Dublín. Eleanor y Wilson se fundieron en un cálido abrazo como si fueran parientes que no se veían desde hacía mucho tiempo, mientras Houghton las miraba sonriendo con expresión benévola y los ojos humedecidos. Habían envejecido mucho desde que los vio por última vez en 1930, pero a sus setenta años seguían gozando de buena salud. Ambos dijeron que echaban de menos California y su vida en Estados Unidos, pero ahora contaban con un hogar pequeño y acogedor y disfrutaban de una buena vida en Irlanda. Habían logrado subsistir gracias a sus ahorros y no habían intentado buscar trabajo después de la guerra; de todos modos, tampoco había mucho donde elegir. Londres había quedado gravemente devastado por los bombardeos, aunque Alex y Eleanor habían observado que las tareas de reconstrucción ya habían empezado. Gran Bretaña estaba decidida a recuperarse cuanto antes de sus cenizas.

Cuando llegaron a Cherburgo para tomar el barco de regreso, habían llenado tres grandes camiones de valiosas antigüedades para enviar a San Francisco. Al cabo de más o menos un mes, su tienda volvería a estar llena de piezas tan hermosas como las que habían pertenecido a la familia Deveraux y que habían estado vendiendo durante los dos años anteriores. El viaje había sido un gran éxito, aunque también había resultado desgarrador comprobar de primera mano el terrible sufrimiento que Europa había tenido que soportar durante la guerra.

La travesía de vuelta a bordo del *Paris* transcurrió de forma tranquila y apacible. Ambos estaban muy cansados después de no haber parado de viajar de un lado para otro durante un mes, buscando reliquias en los *châteaux* franceses y en los castillos de Inglaterra e Irlanda. Y sabían que de cada una de las piezas que habían comprado recordarían también su historia y la de sus propietarios, quienes les habían conmovido con el relato de su coraje y de sus terribles pérdidas. Ambos eran conscientes de que era un viaje que nunca olvidarían. Y muy pronto Deveraux-Allen volvería a estar llena de valiosas antigüedades para vender.

Cuando Alex y Eleanor llegaron a San Francisco, tuvieron la sensación de que Camille había crecido más de un palmo. En su ausencia había aprendido nuevas canciones que le había enseñado Annie. Su talento para el canto era innegable, y seguía siendo la niña alegre y llena de luz que era desde que nació, hacía ya seis años. Eleanor le había comprado algunos vestiditos preciosos en París, y también una muñeca. A Camille le encantó, pero acto seguido les pidió con el semblante muy serio y solemne que nunca más se fueran de viaje sin ella.

En agosto cerraron la tienda y fueron a pasar un mes de vacaciones al lago Tahoe. Cuando regresaron, el cargamento que habían comprado en Europa les estaba esperando. Con la ayuda de Tim Avery, tardaron dos días en desembalarlo todo y en colocarlo convenientemente en el espacio de exposición. La zona de almacenaje de la tercera planta volvía a estar llena, e incluso tuvieron que enviar algunas de las piezas más grandes al cobertizo de Tahoe, hasta que vendieran parte de la nueva mercancía.

Los clientes habituales quedaron entusiasmados con las preciosas antigüedades que habían traído, y el negocio continuó prosperando.

Pasaron doce años sin que apenas fueran conscientes de que el tiempo volaba. Hicieron varias expediciones más a Europa para adquirir nuevo material para la tienda. La situación económica en el viejo continente había mejorado bastante, aunque a un ritmo más lento que en Estados Unidos. Pero Europa se convirtió, sin duda, en su mejor fuente para conseguir antigüedades, ya que las grandes propiedades iban desapareciendo poco a poco y las familias nobles se desprendían de sus posesiones. Por su parte, los estadounidenses tenían dinero para comprar sus antiguas casas señoriales con todo lo que contenían.

Alex y Eleanor dejaron de viajar en barco y ahora lo hacían en avión, lo que les ahorraba mucho tiempo. Cuando Camille empezó a ser un poco mayor se la llevaron con ellos en dos ocasiones, pero la muchacha se aburría mucho y no paraba de quejarse todo el tiempo. No tenía el menor interés en el negocio de sus padres, y opinaba que era deprimente que vendieran reliquias antiguas y vivieran de los vestigios de épocas de esplendor pasadas. Su carácter agradable y encantador cambió cuando cumplió los quince años. Odiaba las escuelas a las que la apuntaban, ridiculizaba sus tradiciones y se rebelaba a la menor oportunidad. Querían que fuera a la universidad, pero ella se negaba rotundamente y decía que no le interesaba nada de lo que pudieran enseñarle allí. Una de las mayores decepciones que se llevaron sus padres tuvo lugar cuando Eleanor le comentó a Camille que, cuando cumpliera dieciocho años, podría hacer su presentación en sociedad en el Cotillón de Debutantes de San Francisco. En 1958 ya no se estilaban los fastuosos bailes de épocas anteriores, ya que la gente no podía permitírselos o no poseía las grandes mansiones para acoger tales eventos. Sin embargo, se había establecido la tradición de celebrar un baile conjunto, el llamado cotillón, donde unas veinte jovencitas de buenas familias y linaje aristocrático eran invitadas a presentarse en sociedad, como solía hacerse en el pasado. Camille se puso hecha una furia cuando Eleanor se lo mencionó, y cuando llegó la invitación para que fuera una de las debutantes la rompió en mil pedazos.

—¡Esto es lo más repugnante que he visto en mi vida! —le gritó a su madre.

Seguía siendo tan guapa como siempre, alta y rubia, con ojos azules y una espléndida figura. Pero en los últimos tres años se había convertido en una muchacha terca, difícil y, sobre todo, rebelde. Su carácter había cambiado por completo, y Alex y Eleanor no sabían cómo manejarla. En junio se graduaría de la secundaria, y ya iba por su tercer instituto en solo cuatro años. Su adolescencia estaba siendo un auténtico suplicio para Eleanor. Alex tenía más paciencia con ella, aunque no siempre con buenos resultados. Camille estaba determinada a rechazar todo lo que sus padres representaban, pensaba que eran como dinosaurios de un mundo antediluviano que ya no tenía ningún sentido en la actualidad, y estaba decidida a escapar de todo aquello. Se oponía frontalmente a todo lo que apestara a tradición, y hacer su presentación en sociedad estaba en lo más alto de su lista.

—No hay gente de color en ese cotillón, ni italianos, ni judíos, ni nadie que no sea como vosotros. ¿Habéis pensado en eso alguna vez? —preguntó con una expresión asqueada.

Su padre concedió que tenía parte de razón, pero le dijo

que eso cambiaría algún día. Alex era consciente de que, aunque Camille intentara disfrazar la razón de su negativa como algo noble, en realidad lo hacía para oponerse a todo lo que se esperaba de ella, a cualquier cosa que pudiera complacer a sus padres. Su rechazo frontal hacia ellos resultaba muy doloroso. Estaba en plena efervescencia de rebeldía y toda la dulzura de su infancia había desaparecido. Ambos habían esperado que su adolescencia fuera difícil, pero no hasta esos extremos.

Eleanor le enseñó con gesto amoroso su vestido de debutante, cuidadosamente embalado y guardado desde hacía ya treinta años, y Camille lo ridiculizó sin compasión.

—Me vería como un bicho raro si me pusiera algo así. Seguramente era lo que tú parecías —dijo, despreciando el precioso vestido de la Casa Worth que ella había lucido tan emocionada—. Todo lo que hacéis papá y tú es tan chapado a la antigua, tan anticuado... Seguís viviendo en el pasado —añadió cruelmente. Sin embargo, eso no era cierto. Ambos respetaban las tradiciones del mundo en que se habían criado, pero habían tenido que luchar muy duro para salir adelante y superar todos los golpes que les había dado la vida, algo de lo que su hija no parecía ser consciente, o a lo que no concedía ninguna importancia. Solo pensaba que eran unos carcamales y que no entendían nada del mundo moderno—. El cotillón es como un mercado de ganado, mamá, y yo no quiero ser una de las reses. Lo único que quieren todas esas chicas es encontrar marido, que es para lo que también van a la universidad. Y en cuanto se comprometen, dejan los estudios. O se quedan embarazadas, y entonces se ven «obligadas» a contraer matrimonio. Yo no quiero casarme, y tampoco pienso dejar que me exhibáis en ese cotillón para que intentéis emparejarme con algún esnob.

—¿Y qué es lo que quieres hacer? —le preguntó su padre un día, poco antes de cumplir los dieciocho años.

Camille se había negado a presentar solicitudes para ninguna universidad, sus notas habían sido pésimas y apenas estudiaba. Además, había rechazado tajantemente la oportunidad de ser una debutante en la próxima temporada social de invierno, ni siquiera para complacer a sus padres. Camille solo hacía lo que se le antojaba. Sus amigas eran todas unas chicas descaradas e insolentes que tampoco pensaban ir a la universidad, y se sentía atraída por todos los guapos rebeldes de la ciudad. Su héroe había sido James Dean, el símbolo original de aquella juventud airada, y cuando murió tres años atrás lloró su pérdida durante meses. Aquel momento representó una especie de punto de inflexión hacia su zona más oscura.

Desde entonces, sus padres habían estado muy preocupados por ella. Su comportamiento sacaba de quicio a Eleanor, mientras que Alex siempre intentaba llegar a un compromiso y trataba de razonar con ella, lo cual rara vez funcionaba. Ambos tenían miedo de que se juntara con malas compañías y acabara yendo por el mal camino. No sería la primera. Y estaba claro que no tenía la menor intención de seguir los pasos de sus padres. Siempre decía que estaba amaneciendo una nueva era y que las viejas tradiciones no significaban nada para ella.

Camille se quedó muy sorprendida cuando su padre le preguntó qué era lo que quería hacer. Ella insistía en que nunca le pedían su opinión a ella, que lo único que querían era imponerle su voluntad y sus deseos. De modo que Alex había decidido probar una nueva táctica. La muchacha había amenazado varias veces con escaparse de casa, aunque nunca lo había hecho. Pero su padre temía que, si se mostraban demasiado estrictos con ella, al final acabara haciéndolo, y era algo que quería evitar a toda costa. Camille odiaba vivir en el apartamento de la tienda de antigüedades, por muy elegante, lucrativa o prestigiosa que fuera esta. Pensaba que todos los objetos que vendían allí eran como los huesos de un viejo cementerio. Eleanor tenía que recurrir a toda su capacidad de autocontrol para no caer en sus provocaciones y enzarzarse en discusiones inútiles, aunque no siempre lo conseguía. Alex tenía más aguante. Era su única hija y no quería perderla. Eleanor tampoco, pero ella y Camille chocaban frontalmente y siempre acababan discutiendo.

—Quiero cantar —se limitó a responder Camille. Era su gran pasión desde niña. Tenía una voz muy bonita, aunque nunca la había educado. Y además, era una joven preciosa que aparentaba más edad de la que tenía—. Quiero cantar en un grupo y grabar discos. —Ese había sido su sueño desde que era adolescente.

Varios grupos muy conocidos habían salido últimamente de San Francisco, y Alex sabía que había algunos productores musicales en la ciudad, pero no tenía ni idea de quiénes eran.

—¿Y cómo piensas hacerlo? —le preguntó él con cierta curiosidad.

Eleanor no pudo evitar un estremecimiento de desagrado. La gente que había conocido de la industria del espectáculo le había causado bastante mala impresión y aquello solo podría empeorar las cosas. En cambio, Alex intentaba negociar una tregua con su hija.

—Conozco a un par de chicos que tocan en grupos. Uno de ellos dice que podría ir con ellos a Las Vegas y hacer alguna audición.

Las Vegas se estaba convirtiendo en una meca para músicos, coristas y aspirantes a estrellas, pero en la mente de Eleanor y Alex era también una especie de Sodoma y Gomorra. Muchos grandes astros de Hollywood iban también a la capital de Nevada, como Frank Sinatra y su camarilla, y Eleanor no quería que Camille cayera en sus manos. La prostitución campaba a sus anchas y suponía un claro peligro para las chicas jóvenes. A Alex todo aquello le hacía tan poca gracia como a su esposa, pero creía que si dejaban que Camille probara un poco de los sinsabores de la industria discográfica, se cansaría rápidamente y volvería a casa para sentar la cabeza. Tal vez no para convertirse en una debutante, eso ya lo daban por perdido; pero sí para retomar sus estudios y encontrar un trabajo respetable. Ambos pensaban que su hija debería trabajar, como ellos hacían, y querían que llevara una vida plena y estable, algo que para Camille parecía ser un anatema.

—No creo que ir a Las Vegas sea una buena idea —dijo Alex en tono mesurado—, pero quizá podrías cantar en algún grupo local y ver cómo va la cosa.

Camille tenía una voz bonita, pero su padre no creía que tuviera madera de gran estrella. Seguramente acabaría tirando la toalla enseguida, lo cual era su mayor esperanza.

—Gracias, papá —respondió ella.

Camille lanzó una mirada torva a su madre. En su opinión, ella no entendía nada de la vida. Poco después, salió de la casa para ir a ver a sus amigos. La gente con la que se juntaba tampoco estaba interesada en los estudios ni en la universidad, y tenían la cabeza llena de fantasías y grandes sueños que sus padres, como Alex y Eleanor, no creían que los llevaran a ninguna parte. Lo que Camille debería hacer era dejar de soñar con una carrera en el mundo del espectáculo. Tenía que crecer y madurar, pero de momento no parecía que eso fuera a pasar.

—Creo que estás cometiendo un gran error animándola —se quejó Eleanor con aire desdichado, aunque entendía por qué lo estaba haciendo.

—¿Y qué otra cosa podemos hacer? Piensa en lo que podría pasar si se escapa de casa. Es una chica muy terca.

Eleanor no sabía qué más decir. Habían llegado a un callejón sin salida. La disciplina no funcionaba con ella; tampoco servía de nada engatusarla, tratar de llegar a compromisos, hacer tratos, ni siquiera amenazarla. Estaba decidida a hacer lo que se le antojara y le traían sin cuidado los deseos o preocupaciones de sus padres. Para Camille, ellos eran el enemigo.

Unas semanas más tarde consiguió graduarse en el instituto, aunque fuera solo por los pelos, y nada más acabar la ceremonia tiró su diploma a la basura y se fue a cantar con una banda que había conocido hacía poco en un sórdido bar del centro. Un amigo del solista fue a verlos y la escuchó. Le dijo que necesitaba una chica para el coro de su grupo y que dentro de una semana se marcharían a Las Vegas para hacer de teloneros de una banda importante. Era la oportunidad que Camille había estado buscando, y lo que más habían temido sus padres. Se lo contó al día siguiente. A ellos les pareció una idea espantosa, pero ella no les estaba pidiendo permiso: solo les estaba comunicando lo que iba a hacer. El cantante que la había contratado le había dicho que iban a grabar un álbum y que estaban negociando hacer una gira. Si ella encajaba en la banda y salían de gira, estaría viajando por el país durante tres meses.

Eleanor se puso enferma solo de pensar en ello, pero acabó aceptando a regañadientes la decisión que había tomado su hija. Le dijeron que querían tener noticias de ella regularmente, y le recordaron que no le estaban dando permiso para salir de gira, solo para hacer algunos bolos en Las Vegas. Camille se rio en su cara. Por lo que a ella respectaba, pensaba hacer lo que quisiera. El grupo iba a grabar un álbum mientras estaba allí y ella esperaba formar parte del proyecto. Era lo que llevaba soñando durante años.

Dos días más tarde se marchó con el grupo a Las Vegas. Alex y Eleanor la vieron partir con un nudo de angustia en el estómago. El cantante fue a recogerla a casa. Era un tipo guapo, descarado y arrogante, vestido con tejanos, una camiseta y un chaleco de cuero negro. Llevó la bolsa de Camille al coche y no se dirigió a ellos en ningún momento, como si no existieran. Camille abrazó con cierta desgana a sus padres antes de montarse en el vehículo y le dio las gracias a Alex por dejarla ir. El cantante, llamado Flash Storm, se echó a reír al oírlo.

—¿Qué eres, una cría? ¿Que tus padres te «dejan» ir? Ya tienes dieciocho años, ¿no? —Ella asintió, y a Eleanor y Alex volvió a parecerles otra vez una niña; se la veía en cierto modo atemorizada por el líder de la banda, un tipo desagradable, con el pelo engominado y un cigarrillo detrás de la oreja—. Yo contrato a mujeres, no a crías. Que no se te olvide —añadió, y se montó en el coche.

Ella se subió a su lado, arrancaron y se alejaron. En cuanto los perdieron de vista, Eleanor rompió a llorar.

—Va a arruinarle la vida —dijo entre lágrimas. Alex la atrajo para sentarla en su regazo y poder abrazarla.

—Solo podemos confiar en que se canse pronto de ese mundo —respondió él, rezando y esperando no haberse equivocado.

13

Apenas tuvieron noticias de Camille después de que se marchara a Las Vegas. Ella les había llamado para darles el número de teléfono de la casa en la que se alojaba con el grupo, pero cuando llamaban nunca respondía nadie. Al final consiguieron hablar con algunos miembros de la banda que vivían también en la casa, y les prometieron que le darían el mensaje a Camille. Aun así, pasaron varias semanas antes de saber nada de su hija, pese a que ella había prometido llamarles con frecuencia. Cuando por fin lo hizo, les explicó que les habían ampliado el contrato en el club nocturno donde tocaban, y que ahora estaban trabajando en el álbum. Les dijo que se encontraba bien, pero no mencionó nada de la gira. Ellos se sintieron aliviados. Lo único que podían hacer era confiar y esperar noticias.

Camille volvió a San Francisco en septiembre. Apareció una noche sin avisar. Iba vestida muy ceñida, con unos tejanos y un top de satén blanco de escote bajo, y tenía un aspecto muy sexi y descocado, como si hubiera crecido varios años en apenas unos meses. Eleanor se percató de que parecía arrastrar las palabras y se preguntó si estaría borracha. Camille se quedó a pasar la noche y durmió en su habitación.

Les explicó que los habían contratado como teloneros de

la banda con la que solían trabajar, y que la gira empezaría dentro de una semana. De repente parecía más mujer, ya no tenía nada de jovencita. Había desaparecido todo rastro de inocencia en ella. Y, por la manera en que hablaba de Flash, era evidente que estaban saliendo juntos. A sus padres se les revolvió el estómago, y Eleanor le preguntó sin rodeos si estaba tomando drogas. Camille se echó a reír, pero no respondió. Eleanor estaba segura de que así era.

Durmió toda la noche y por la mañana se levantó eufórica y bastante agitada. No paraba de hablar de Flash. Decía que iba a convertirse en una gran estrella y que ella estaría a su lado cuando lo consiguiera. Mencionó a varios cantantes famosos del momento y dijo que Flash iba a ser más grande que ellos, que era aún más sexi y talentoso que Elvis Presley. Tenía multitud de sueños y ambiciones y estaba lanzado al estrellato. Le había prometido que grabarían una canción a dúo y que eso la convertiría a ella también en una estrella.

Cuando hablaban con su hija, Alex y Eleanor sentían que la estaban perdiendo como arena escurriéndose entre los dedos. Y no podían hacer nada para evitarlo. Flash le estaba pagando, por lo que ahora disfrutaba de cierta independencia, y ambos sabían que si intentaban retenerla de algún modo se marcharía para siempre. Cuando se despidió, ellos la vieron partir con lágrimas en los ojos.

—Ten mucho cuidado —le suplicó Eleanor encarecidamente, pero Camille se rio de ella.

—Os llamaré cuando estemos en la carretera —repuso vagamente antes de subirse al taxi.

Iba a reunirse con Flash en el aeropuerto, donde tomarían un avión a Los Ángeles para iniciar la gira. Desde allí se dirigirían al Este, luego hacia el Sur y el Medio Oeste, y acabarían en Nueva York a finales de año. Sonaba agotador, pero eso era lo que ella había deseado con todas sus fuerzas. Flash se había convertido en su nuevo héroe. Gracias a él se estaban cumpliendo todos sus sueños, o al menos eso era lo que le había prometido.

Durante varios meses tuvieron noticias de ella muy de vez en cuando, y a veces se pasaba semanas sin llamar. Tocaban casi todas las noches, y viajaban de una ciudad a otra en un autobús junto a la otra banda para la que hacían de teloneros. La gira finalizaría en diciembre, en un local de Coney Island en Nueva York, y Camille les prometió que después del último bolo iría a casa por Navidad. Pero cuando llegaron las fiestas no supieron nada de ella, y no se presentó hasta el día de Año Nuevo. Entró en la casa sin llamar y se quedó allí plantada, mirándolos mientras cenaban en la cocina. Iba vestida con ropa muy escueta e informal, se la veía cansada y tenía un aspecto lamentable. Su rostro estaba marcado por unas profundas ojeras, y esta vez no tuvieron ninguna duda: estaba tomando drogas. No había ni rastro de Flash. Ella les dijo que estaba visitando a su madre en New Jersey.

—Hemos firmado un contrato para otra gira —anunció—, esta vez como teloneros de una banda más importante. Volveremos a la carretera dentro de dos semanas.

Se había lanzado de cabeza a una vida durísima, y ambos estaban muy asustados viendo el camino de destrucción por el que Flash parecía estar llevándola. Pero Camille se había subido a un tren que iba a mil por hora, y ellos no podían hacer nada para detenerlo. Mientras estaba allí trataron de convencerla para que recapacitara, pero ella hacía oídos sordos a cualquier cosa que pudieran decirle. Al cabo de unos días se marchó de nuevo, y no volvieron a saber nada de ella en dos meses. Aquello se convirtió en un auténtico suplicio para sus padres. No tenían ni idea de dónde se encontraba ni de lo que estaría haciendo. Lo único que sabían era que estaba en algún lugar en la carretera, con ese tal Flash, y drogándose. Ya no quedaba nada de aquella dulce niña a la que tanto habían amado.

En junio, poco después de cumplir diecinueve años, Camille volvió a presentarse en casa. No la habían visto en los últimos cinco meses. Parecía algo más sobria que la última vez, aunque no del todo, y en cuanto la vio aparecer Eleanor supo que estaba embarazada. Se quedó conmocionada, aunque ya no le sorprendía nada de lo que pudiera hacer su hija. Hacía un año que había tomado el camino a la perdición, y ahora allí estaba: embarazada, enganchada a las drogas y convertida en la esclava sexual de un tipo duro, todo por seguir el sueño de su carrera musical. Eleanor tuvo que recurrir a toda su capacidad de contención para no echarse a llorar mientras hablaba con ella.

—¿Qué piensas hacer con el bebé? —le preguntó en voz muy baja, teñida de desesperación.

Alex todavía no la había visto y sabía que aquello le destrozaría. La vida de su hija había quedado arruinada por un tipo que respondía al nombre de Flash. Y, además, ¿qué clase de vida le esperaría a aquella pobre criatura?

—Voy a tenerlo. ¿Por qué? —Camille pareció sorprendida.

—¿Vas a casarte con Flash? —preguntó Eleanor con cautela, temiendo que pudiera enfadarse.

Camille se encogió de hombros, como si aquello no tuviera ninguna importancia.

—No lo sé. Tal vez más adelante —respondió sin dar signos de estar avergonzada, tan solo confusa.

—¿Y dónde piensas tenerlo?

Eleanor quería que ahora volviera a casa, por el bien de Camille y del bebé.

—No puedo dejar la gira. Lo tendré donde estemos cuando llegue el momento. No es para tanto, mamá. Las mujeres tienen bebés todos los días, paren allá donde pueden y siguen adelante con sus vidas.

—¿Es eso lo que te ha dicho Flash?

Eleanor tenía ganas de matarlo por lo que le había hecho a

su hija. Le había lavado el cerebro, y estaba segura de que era él quien le suministraba las drogas. Ese era el estilo de vida que llevaba el tal Flash, y de ese modo le resultaba más fácil controlarla.

—Pues sí. Una de las chicas tuvo un crío el año pasado. Lo tuvo en el hotel, y a la noche siguiente ya estaba en el escenario —repuso Camille en tono despreocupado.

—Camille, tienes que volver a casa para que podamos cuidar de ti y del bebé —dijo Eleanor con la mayor delicadeza posible, pero la joven se puso hecha una furia.

—Flash y yo podemos cuidar del bebé. No te necesitamos para eso.

—Estás tomando drogas. —Eleanor decidió hablarle con toda franqueza—. Eso perjudicará al bebé, y te está perjudicando a ti. Vuelve a casa, al menos hasta que nazca el niño.

—¡Joder, no! —exclamó Camille con vehemencia—. No pienso dejar a Flash. Estás celosa porque tengo una buena vida con él y porque soy feliz.

—Yo no lo llamaría una buena vida. Estás en una ciudad distinta cada noche. Y solo Dios sabe lo que Flash te está dando para que te metas. Podrías perder al bebé, o incluso morir. Tienes que volver a casa.

—No malgastes saliva —espetó Camille furiosa.

En ese momento entró Alex en su silla de ruedas y vio el vientre abultado de su hija. Sus ojos se clavaron en el rostro de Camille con expresión angustiada.

—¿Qué es eso?

—Es tu nieto, papi —repuso ella con una gran sonrisa.

Nunca lo había llamado así. Él quería echarse a llorar, pero se contuvo.

—¿Te has casado?

Ella negó con la cabeza con gesto decepcionado.

—Hablas igual que mamá. No tengo que estar casada para tener un hijo.

—Sería preferible que lo estuvieras —dijo él con crudeza. También podía ver que seguía drogándose—. Ahora tienes que volver a casa y cuidarte mucho.

Tenía que abandonar ese descenso a los infiernos que la estaba llevando a la destrucción.

—Flash ya cuida de mí. Él va a encargarse del parto. Ya lo hizo una vez —añadió con total despreocupación.

—Necesitas que te atienda un médico, ir a un hospital cuando llegue el momento, y también que te cuidemos. Nosotros te queremos —insistió él en tono suplicante.

Pero ella le dio la espalda. Estaba metiéndose en su vida, y no pensaba dejar que nada ni nadie se interpusiera entre ella y Flash, y mucho menos sus padres. Él ya le había advertido de que intentarían hacerlo y le había dicho que resistiera. Como siempre, Flash tenía razón y ella había seguido su consejo.

Camille se quedó en casa dos días y durante todo ese tiempo no pararon de discutir. Al tercer día, cuando se levantaron, ella ya se había marchado de vuelta con Flash. No sabían de cuántos meses estaba, ni siquiera ella lo sabía. Eleanor creía que debía de estar de tres o cuatro, aunque tampoco estaba segura. La situación era desgarradora y no había nada que pudieran hacer.

En los meses siguientes apenas supieron nada de Camille, y vivían en una constante angustia pensando en ella y en el bebé. Aquello destrozó especialmente a Alex. Su única hija había caído en las garras de un tipo despreciable. Eleanor estaba igual de devastada, pero también muy preocupada por su marido, lo cual le daba otra cosa en la que pensar. Alex tenía ya sesenta y tres años, y sus viejas heridas de guerra y el sufrimiento que le causaba Camille le habían hecho envejecer muchísimo de la noche a la mañana. Eleanor tenía cuarenta y nueve años y estaba mucho más fuerte que él. Era más joven y todavía gozaba de buena salud. Pero todo aquello también le estaba pasando factura. La preocupación por su hija acechaba siempre en el fondo de sus mentes, en todo lo que hacían. Y hablaban de ella constantemente, preguntándose dónde se encontraría y qué estaría haciendo.

El 1 de diciembre recibieron una llamada a cobro revertido desde New Jersey. La aceptaron inmediatamente. Era Camille, y su voz sonaba tan débil que apenas se la oía. Estaba en un hospital de Newark.

—Anoche tuve el bebé. Es una niña. Creo que ha sido prematura, es muy pequeñita. Ha pesado un kilo ochocientos gramos. Empecé a ponerme de parto después de actuar. No sabía qué me estaba pasando, así que volvimos al hotel y tomé un poco de... —Se hizo un silencio al otro lado de la línea: ellos sabían que había estado tomando drogas, y que tal vez por eso ni se había enterado de las contracciones, o no les había dado importancia—. Flash se encargó del parto. No fue tan malo como dicen, pero sangré un montón. Dijeron que algo iba mal con la placenta. Alguien llamó a una ambulancia y me hicieron una transfusión. Ahora estoy bien, solo que muy cansada. Podré marcharme dentro de unos días, pero ella tendrá que quedarse en el hospital hasta que crezca un poco y pueda respirar mejor. —Camille sonaba como drogada. Tal vez le habían dado algo en el hospital, o quizá estaba todavía colocada por todo lo que se había metido la noche anterior. Ambas cosas eran posibles, pero lo único que ellos veían en su mente era una criatura que había nacido con serios problemas, que podría no sobrevivir y que, si lo hacía, podría padecer secuelas mentales o físicas por culpa de la drogadicción de su madre—. Es muy guapa. Se parece a ti, mamá —añadió Camille con voz muy débil—, solo que tiene el pelo rojo.

Ahora sus padres no podían parar de llorar pensando en la situación en que se encontraban su hija y su nieta.

—Cuando la niña pueda salir del hospital la dejaré con la

madre de Flash. Tenemos que acabar la gira y no puedo llevármela conmigo. Es demasiado pequeña.

—Iremos a buscarla y se vendrá con nosotros —dijo Eleanor en tono desesperado.

—No, no pasa nada. La madre de Flash dice que se puede quedar con ella hasta que volvamos a buscarla dentro de unos meses.

—¡Quiero ir para hacerme cargo de tu hija! —soltó de pronto Alex con voz atronadora.

Ya habían sufrido bastante, y también estaba sufriendo aquella pobre criatura con apenas unas horas de vida. Eleanor y él no podían olvidar el milagro que había sido el nacimiento de su hija hacía ya diecinueve años y medio. Ahora estaban viviendo una pesadilla, y ya que no habían podido salvar a su hija, al menos podrían salvar a su nieta.

—No quiero que vengas, papá —insistió Camille con un hilo de voz—. A Flash no le gustaría. Ella también es su hija y quiere que se quede con su madre. Vosotros no nos la devolveríais y la obligaríais a hacer todas esas cosas que intentasteis que hiciera yo, como ir al baile de debutantes o apuntarme a alguna universidad pija.

Pero aquello no iba de bailes ni de universidades. La vida de la niña corría serio peligro. Sus padres eran unos drogadictos irresponsables, y tampoco sabían si la madre de Flash sería mucho mejor que ellos.

—Queremos ir a verte —dijo Alex con la voz ahogada por las lágrimas—, y también a la niña. ¿Dónde estás?

Ella les dio el nombre del hospital de Newark, y luego su voz empezó a desvanecerse. Se sentía demasiado débil para seguir hablando.

—¿Cómo se llama la niña? —le preguntó Eleanor antes de que colgara.

—Ruby Moon —respondió Camille con un suspiro—. Anoche, mientras la estaba teniendo, había una luna preciosa. En el cielo se veían los colores del arcoíris, y la luna era de un rojo brillante... Ruby Moon Allen.

Sus palabras dejaron muy claro que estaba drogada cuando la tuvo. Y después colgó.

Esa misma noche Alex y Eleanor tomaron un vuelo a Newark, y cuando llegaron a primera hora de la mañana fueron directamente al hospital. Encontraron enseguida la habitación de Camille en el pabellón de maternidad. Estaba pálida como la cera y su rostro estaba marcado por unas profundas ojeras. Cuando llegaron le estaban haciendo otra transfusión. Camille tenía los ojos cerrados, pero al oírlos entrar los abrió y al momento rompió a llorar.

—No me llevéis a casa —les suplicó—. Quiero estar con Flash y con mi hija.

Se alteró mucho al verlos y Eleanor trató de tranquilizarla. Alex se giró en la silla de ruedas para que Camille no viera sus lágrimas. No podían llevársela, ni a ella ni al bebé. Legalmente, ya era una persona adulta.

—Nos gustaría que vinieras a casa con nosotros, pero no podemos obligarte a hacerlo —dijo Alex en voz baja, girándose de nuevo hacia ella.

Camille volvió a cerrar los ojos, aliviada. Flash le había dicho que sus padres intentarían llevárselas por la fuerza, a ella y a su hija. Su novio la había convencido de que ahora sus padres eran el enemigo y así era como ella los veía. Siempre que hablaban con ella a Alex no se le escapaba que ese tipo la estaba manipulando.

Camille se dirigió entonces a su madre.

—Me dolió mucho, más de lo que pensé que dolería, y eso que es muy pequeñita... Y había sangre por todas partes.

Eleanor podía imaginárselo, y daba gracias de que no hubiera muerto en el parto, aunque se la veía terriblemente demacrada. Al cabo de unos minutos fueron a conocer a su nieta. Era la cosita más pequeña que habían visto en su vida. Estaba metida en la incubadora y de vez en cuando le administraban oxígeno. Todo en ella era diminuto. Los miró a través del cristal con unos enormes ojos y soltó un vigoroso grito cuando una enfermera le cambió el pañal. Le estaban dando el biberón porque su madre se encontraba muy débil y enferma para amamantarla.

Después volvieron a la habitación, pero Camille estaba dormida. Se marcharon y cogieron una habitación en un hotel, y durante los dos días siguientes fueron a visitar a su hija al hospital. Flash nunca iba a verla. Según ella, estaba muy ocupado en el estudio de grabación, preparando el sencillo que le había prometido que cantarían juntos. Trataron de convencerla para que volviera a casa con ellos, pero no hubo manera. Y cuando se presentaron el tercer día en el hospital, Camille ya se había marchado, llevándose a la niña con ella. Hablaron con los doctores de la unidad de neonatos y estos les dijeron que sacar a una criatura de la incubadora con tan poco peso no pondría en peligro su vida, pero sí la haría vulnerable a posibles complicaciones que podrían resultar fatales. Alex y Eleanor no tenían ni idea de dónde encontrar a Camille. No sabían si se habría marchado con Flash y se habrían llevado a la niña con ellos, o si la habrían dejado con la madre de él como habían dicho. Ni siquiera sabían el nombre real de Flash Storm, ni el de su madre, ni cómo localizar a la banda. No tenían ningún nombre ni número de teléfono. Se devanaron los sesos tratando de contactar con Camille por todos los medios posibles, pero fue en vano, y al cabo de una semana regresaron a San Francisco sin su hija y sin su nieta. Ambos estaban profundamente deprimidos y angustiados por la niña y por Camille. Y no les quedó más remedio que aceptar que no había nada que pudieran hacer. Una semana más tarde, Camille les envió un telegrama desde una oficina de Western Union en Nueva York: «Ruby y yo estamos bien. Yo estoy con Flash y Ruby está con su madre. No os preocupéis. Os quiero». Era un pequeño consuelo, pero a Eleanor le costaba concentrarse y comportarse con normalidad cuando finalmente tuvo que volver a la tienda y poner buena cara ante sus clientes. Nadie podía imaginar que ella y su marido tenían el corazón destrozado. Pero al menos sabían que ambas estaban vivas cuando Camille les envió el telegrama. Solo confiaban en que la cosa siguiera así.

Iban a ser unas Navidades de lo más tristes, teñidas por la constante preocupación por su hija y su nieta. No podían alejar de su mente la visión de aquella pequeña criatura dentro de la incubadora. Cerraron la tienda hasta después de Año Nuevo y habían pensado ir a pasar unos días al lago Tahoe. La mañana de Navidad, cuando acababan de desayunar, sonó el teléfono. Eleanor estaba retirando los platos de la mesa y Alex contestó. Al ver la cara de su marido, ella tuvo el súbito presentimiento de que había ocurrido algo malo. Él escuchó y anotó algo en un papel con gesto grave. Luego colgó, agachó la cabeza y se armó de valor antes de girarse hacia su mujer. Trataba de contener las lágrimas, pero no lo consiguió.

—¿Qué pasa? —Pero ella ya sabía la respuesta antes de preguntar, e inspiró profundamente—. ¿Es Camille?

Él asintió.

—Era la policía de Boston. Por lo visto anoche tocaron en un bar y, después, ella y Flash fueron a un hotel. Han muerto por una sobredosis. El batería del grupo los ha encontrado esta mañana en la habitación. Llevaban muertos varias horas. Nos han localizado por el carnet de identidad que Camille llevaba en la cartera —dijo Alex sollozando mientras Eleanor lo abrazaba.

Su pequeña niña había muerto. Flash la había matado. Sus peores temores se habían hecho realidad un año y medio después de que se hubiera marchado de casa con él. De pronto, Eleanor se acordó de su pequeña nieta.

—¿Dónde está Ruby?

—No me han dicho nada de la niña. En el telegrama ponía que estaba con la madre de Flash.

Pero no tenían ni idea de dónde buscarla, ni siquiera sabían su nombre.

Alex telefoneó a la policía de Boston unos minutos después. El sargento que les había llamado antes les dijo que el batería había identificado los cadáveres, por lo que el forense daría su consentimiento para que el cuerpo de Camille fuera enviado pronto a casa. Alex le preguntó por el bebé y por el paradero de la madre de Flash.

—¿Flash? ¿Se refiere a Herbert Goobleman? —dijo el sargento en tono exasperado. Odiaba aquel tipo de historias. La chica no era más que una cría, mientras que Goobleman tenía treinta y seis años y un montón de marcas de pinchazos en brazos y piernas. Llevaba muchos años metiéndose drogas duras y tenía antecedentes por tráfico y posesión—. Ese es el verdadero nombre de Flash Storm. En su carnet de conducir aparece como contacto familiar más cercano una tal Florence Goobleman. Acabamos de llamarla, pero no hemos podido hablar con ella. Su novio nos ha dicho que está en la cárcel. En nuestros archivos consta que está detenida por endosar cheques sin fondos, posesión de arma de fuego y de pequeñas cantidades de drogas... Tiene un historial larguísimo, incluyendo antiguos cargos de prostitución —concluyó el sargento en tono reprobador.

—Creemos que esa mujer estaba a cargo del bebé de nuestra hija —dijo Alex con un deje de pánico en su voz—. Solo tiene tres semanas.

—Voy a comprobarlo enseguida —respondió el sargento.

Mientras esperaban la llamada, Alex le explicó a su mujer

lo que el agente le había dicho. El teléfono volvió a sonar al cabo de media hora.

—La niña está con los Servicios de Protección al Menor, en una casa de acogida en Newark, New Jersey. Se la llevaron hace una semana, cuando arrestaron a la señora Goobleman. La mujer no tiene ningún acuerdo de custodia formal. Trataron de averiguar el paradero de los padres, pero Goobleman no les proporcionó ninguna información; probablemente no sabía dónde estaban.

—Iremos allí lo antes posible —dijo Alex, nervioso y angustiado.

Camille estaba muerta. Su bebé estaba en una casa de acogida en algún lugar en New Jersey. Lo peor había pasado y todo su mundo parecía desmoronarse. Después de explicarle rápidamente la situación a Eleanor, se apresuraron a preparar el equipaje.

Esa noche volvieron a tomar un vuelo a Newark, y cuando aterrizaron a primera hora del día siguiente fueron directamente a las dependencias de los Servicios de Protección al Menor. El trabajador social que les atendió fue de gran ayuda, y esa misma mañana comparecieron ante un juez del tribunal familiar. Las circunstancias del caso estaban claras, así como el derecho de los abuelos a la custodia de su nieta. La madre de acogida asignada temporalmente, una mujer amable y compasiva, llevó a la niña al juzgado. Les explicó que cuando se la entregaron la pequeña estaba muy desnutrida, pero que ahora ya estaba comiendo bien a pesar de que aún estaba por debajo del peso recomendado. Les entregó a la niña, y Alex y Eleanor firmaron todos los documentos pertinentes. El juez les expresó sus condolencias por la muerte de su hija, cuyo cuerpo sería enviado ese mismo día a San Francisco para poder ser enterrado, y les deseó también todo lo mejor con la pequeña. Un médico del Servicio de Protección al Menor firmó el permiso necesario para que la niña pudiera volar con ellos a California. Les entregaron algo de ropita, leche de fórmula y pañales para un par de días, a fin de que pudieran llevársela a casa.

Esa misma noche, con la pequeña Ruby en brazos de Eleanor, tomaban un avión de regreso a San Francisco. La niña dormía apaciblemente mientras ellos lloraban en silencio la pérdida de su hija y contemplaban maravillados el bendito regalo que les había dejado. Rezaron para saber hacerlo mejor con ella de lo que lo habían hecho con Camille. Ahora Ruby Moon era su niña y la amarían con toda su alma. Era lo único que podían hacer ya por su hija fallecida. Y, mientras tanto, en un solitario vuelo desde Boston, Camille regresaba a casa dentro de un ataúd.

14

La presencia de Ruby en la vida de sus abuelos pareció rejuvenecerles en muchos sentidos, pero también les dejaba agotados. Cuidarla les hizo retroceder a la época en que Camille era pequeña. La querían como si fuera su propia hija y la cuidaron como tal. Cuando creció, la acompañaban cada día a la escuela y seguían pasando las fiestas y las vacaciones en el lago Tahoe. Asistían a las funciones escolares, a las actividades deportivas y a las clases de ballet. Durante los primeros años, Eleanor contrató a una joven para que la ayudara con Ruby, pero siempre que se lo permitía su exitoso negocio se encargaban de cuidarla ellos mismos. ¡Les encantaba pasar todo el tiempo con su nieta!

Nunca pretendieron simular que fueran algo más que sus abuelos, y a medida que la niña iba creciendo le fueron mostrando fotografías de su madre y compartieron sus recuerdos de ella, los felices y también algunos tristes. Cuando tuvo edad suficiente, le explicaron las circunstancias de la muerte de su madre, sin ocultarle nada. De forma casi milagrosa, las drogas consumidas por Camille durante su embarazo no habían dejado ninguna secuela en Ruby. Y, aunque la criaron y educaron del mismo modo que habían hecho con su hija, todas las cosas que esta había rechazado y le habían molestado, a su nieta le parecían bien y las aceptaba de buen grado. Nunca se mostró rebelde, ni siquiera en su adolescencia. Tenía un talante conservador, estaba fascinada por la historia de su familia y disfrutaba mucho de sus tradiciones. Era clavadita a Camille, aunque también guardaba un gran parecido con Eleanor, ya que, a pesar de que esta era morena y Camille rubia, madre e hija habían sido muy parecidas. Ruby había heredado sus facciones y su figura, y también sus ojos azules, pero tenía el cabello pelirrojo. Había sido una niña muy linda y se había convertido en una joven preciosa.

A diferencia de su madre, Ruby era una estudiante excelente. La aceptaron en Stanford y su pasión era la informática. Se pasaba horas explicándole a su abuelo cosas sobre ordenadores, y Eleanor siempre se reía y decía que no entendía una sola palabra de lo que hablaban y que no le atraía nada ese mundo. A Ruby le interesaban más los estudios que la vida social. Se mostraba bastante tímida a la hora de hacer amigos, y a menudo prefería pasar el tiempo con sus abuelos antes que con la gente de su edad. También le encantaba trabajar en la tienda de antigüedades durante los veranos. Cuando, poco después de graduarse en el instituto, Ruby recibió una invitación para ser una de las debutantes en el cotillón que se celebraría a finales de año, Eleanor estaba segura de que su nieta se negaría, alegando que se trataba de algo frívolo y anticuado. Muchas jóvenes habían boicoteado el evento social durante la década de los sesenta y en los días del *flower power*, no mucho tiempo después de que Camille se hubiera opuesto con tanta vehemencia. Pero en 1977, cuando Ruby recibió la invitación para el cotillón, se abalanzó sobre la carta y la agitó entusiasmada ante Eleanor.

—¿Puedo ir, abuela? ¿Puedo ir?

En septiembre empezaría la universidad en Stanford, pero le encantaba la idea de participar en el baile de debutantes en diciembre, justo antes de Navidad, tal como lo había hecho su abuela casi cincuenta años atrás. Ruby le dijo que siempre había pensado en ello como en ser Cenicienta o una princesa de cuento por una noche, y Eleanor sonrió complacida al oírlo. La vida siempre encontraba una manera de cerrar el círculo.

—Pues claro que puedes ir. Temía que pensaras que era una tontería.

—Creo que es muy emocionante. Tú hiciste tu presentación en sociedad, y yo también quiero hacer la mía.

Eleanor no podía dejar de sonreír, recordando aquella feliz ocasión y encantada por la reacción de Ruby, tan diferente a la feroz negativa de Camille hacía ya casi veinte años.

—Cuando yo hice mi debut todo era muy distinto —dijo Eleanor con un suspiro nostálgico—. Cada familia celebraba sus propios bailes, no se presentaban todas las jóvenes juntas en un único evento. Conocí a tu abuelo la noche de mi debut. Y fue como encontrar a mi príncipe azul.

Y para acompañar su historia, le enseñó el vestido de la Casa Worth que había lucido en su baile de debutante, todavía conservado cuidadosamente, y le contó que había viajado expresamente a París para que se lo diseñaran y confeccionaran. Ahora la prenda se veía bastante anticuada, un vestigio del glamuroso estilo de finales de los años veinte. Así pues, ambas fueron a Saks y escogieron un precioso vestido de organza blanca que flotaba vaporosamente a su alrededor al tiempo que realzaba su figura y su estrecha cintura. La muchacha invitó como acompañante a uno de sus compañeros del instituto. Solo eran amigos, y estaba tan loco por los ordenadores como ella. Ruby todavía no había tenido ningún romance serio, y tampoco parecía importarle. En cambio, estaba deseando que llegara el gran baile en diciembre.

Alex y Eleanor contemplaron cómo Ruby bajaba la escalinata del hotel Sheraton-Palace del brazo de su acompañante, con su hermoso vestido blanco y la ondulante melena pelirroja cayendo por su espalda, y se miraron sonriendo. Eso era lo que habían querido para Camille, por lo que habían batallado tanto con ella. Y ahora, diecinueve años más tarde, su hija Ruby estaba allí, radiante y emocionada. La joven había disfrutado mucho mirando las fotografías de Eleanor como debutante, y también las de su abuelo de la misma época, y examinó entusiasmada las fotografías de su enlace nupcial al año siguiente. Ruby se fijó sobre todo en el vestido de novia. Al contrario que el de su debut, no se veía pasado de moda, y dijo que era el vestido más bonito que había visto en su vida.

Ruby disfrutó enormemente de su presentación en sociedad. Su acompañante había sido la elección perfecta para el cotillón, aunque no era más que un amigo. El chico iba a ir a Harvard, y se pasaron toda la noche hablando de ordenadores. También fue muy divertido volver a ver a algunas de sus amistades, ya que varias de las debutantes habían sido sus compañeras en el instituto.

Para Ruby y sus abuelos, la velada fue todo un éxito. No tenía la fabulosa opulencia que el baile de debutante de Eleanor había tenido cuarenta y nueve años atrás, pero resultaba muy apropiado para la época actual: una fiesta preciosa y encantadora, llena de gente joven, a la que asistieron también padres y abuelos, todos vestidos con sus mejores galas. Aquello era todo lo que Camille había odiado, y lo que su hija Ruby, en cambio, adoraba.

Tenía más en común con sus abuelos de lo que habría tenido nunca con su madre, que había sido una joven difícil e indomable. Ruby nunca había sido rebelde, a ninguna edad. Si acaso estudiaba demasiado, y a veces tenían que recordarle que también debía descansar y divertirse. Pero, para ella, estudiar era divertido.

En su segundo año en Stanford, Ruby estaba un fin de semana en la biblioteca de la universidad cuando un estudiante de un curso superior se sentó enfrente de ella. El joven pareció totalmente fascinado y se quedó contemplando embobado su melena pelirroja. Salieron de la biblioteca al mismo tiempo, y entonces él le contó que estaba metido de lleno en su proyecto de fin de carrera. El verano anterior había trabajado como becario en el Centro de Investigación de Xerox, en Palo Alto, donde se interesó especialmente por las GUI. Le explicó que se trataba de las siglas en ingles de «interfaz gráfica de usuario», y que permitían a una persona interactuar con el ordenador por medio de gráficos. El joven se llamaba Zack Katz, y su proyecto de fin de carrera consistía en diseñar aplicaciones de GUI para facilitar el uso de los ordenadores a nivel doméstico. Ruby comprendió enseguida de lo que estaba hablando y le dijo que le parecía una idea brillante. Zack sonrió ampliamente al oírlo, y a partir de ese momento se hicieron amigos. Él le contaba cómo iba avanzando su proyecto y solían estudiar juntos para los exámenes. Zack se había criado en Palo Alto con su padre, que trabajaba para Hewlett-Packard. Le explicó que sus padres se habían divorciado cuando él tenía once años y que se odiaban. Ahora apenas los veía, y nunca había disfrutado de una vida familiar propiamente dicha. Se habían casado porque ella se quedó embarazada, y Zack era hijo único, como Ruby. Su madre se había vuelto a casar y ahora vivía en Texas. Su padrastro no le caía nada bien, por lo que ya no iba a visitarlos nunca. Su padre no había vuelto a contraer matrimonio, pero cambiaba constantemente de novias, a cuál más jovencita. Zack lo resumía diciendo: «Mi familia podría definirse como disfuncional». Todo aquello le parecía muy triste a Ruby. Le contó que sus padres murieron de sobredosis cuando ella tenía solo tres semanas y que la habían criado sus abuelos, que eran unas personas maravillosas a las que adoraba. Su vida era la de una joven muy normal, feliz y equilibrada. Ambos se cayeron bien inmediatamente, y se convirtieron en buenos amigos y compañeros inseparables.

Zack era lo que los demás estudiantes llamaban un *geek*, el típico empollón cerebrito de toda la vida. Durante las vacaciones y los fines de semana en que Ruby volvía a casa, él iba a visitarla a la tienda de antigüedades. Mantenía largas conversaciones con Alex, y pensaba que tanto él como Eleanor eran muy «enrollados». Le gustaba mucho estar con ellos, mucho más que con su familia, y se quedaba por allí todo el tiempo que le dejaban.

—Es tan inteligente, ¿verdad, abuelo? —decía Ruby en tono de admiración.

—Sin duda lo es —reconocía Alex riendo—. La mayor parte del tiempo no tengo ni idea de lo que está hablando.

Sin embargo, le caía muy bien. Era un chico muy agradable y un buen amigo para Ruby. Y también le daba pena que hubiera crecido en un entorno familiar tan desestructurado.

—¿En serio? —dijo Ruby, sorprendida por el comentario de su abuelo de que no entendía las teorías de Zack—. Pero si hace que todo resulte muy sencillo y comprensible.

Alex negó con la cabeza, sonriendo a su nieta.

—Para ti, quizá. Para nosotros, los simples mortales, es como si hablara en chino.

Zack invitó a Ruby a su graduación en Stanford. Para entonces, ella ya había conocido a su padre. Su madre no acudió a la ceremonia, pero él se presentó acompañado por una novia bastante hortera, con un vestido muy ceñido y de escote bajo, y que era incluso más joven que Zack. Pero lo peor fue que el padre se pasó todo el rato flirteando con Ruby. Zack no podía sentirse más avergonzado. Más tarde, el hombre la invitó a unirse a ellos para celebrarlo en un restaurante en Palo Alto. A ella le pareció una situación tremendamente incómoda, aunque al final acabó aceptando.

Dos semanas más tarde, las aplicaciones de interfaz que

Zack había diseñado como proyecto de fin de carrera, así como el software que había ideado, fueron vendidos a una empresa tecnológica por doscientos millones de dólares. Había deslumbrado a la compañía con su ingenio, e incluso fue entrevistado por la revista *Time*. Pero Zack apenas le dio importancia a aquello, y enseguida se puso a trabajar en un proyecto aún más innovador: crear una red que sirviera para conectar a los investigadores de todo el mundo. Quedó con Ruby para cenar y hablarle de sus nuevas ideas.

—Espera un momento... ¿Me estás diciendo que has vendido tu proyecto de fin de carrera por doscientos millones de dólares? Pero eso es alucinante, Zack, un acuerdo fabuloso.

Ruby trató de que la conversación girara sobre ese tema, pero él pareció algo avergonzado. Había ido a recogerla para cenar vestido con unos tejanos cortados, una camiseta desteñida y unas viejas Converse de caña alta agujereadas, mientras que ella llevaba unos shorts, unas chanclas y una camiseta de Stanford. Formaban una pareja muy bien conjuntada.

—Mi siguiente proyecto será aún mejor. Ese solo era un modelo rudimentario. Ni siquiera sé por qué lo han comprado —reconoció un tanto perplejo.

—Por Dios... Estás loco. Ahora eres rico. Y estás teniendo un éxito impresionante. Vas a hacerte famoso en los círculos informáticos.

Ya lo era, pero él apenas prestaba atención a esas cosas. En los últimos dos días la noticia había salido en todos los periódicos. Zack había hecho historia.

—Mi padre va a invertir el dinero por mí. —No le gustaba mucho su padre, pero se le daban muy bien los negocios. Zack tenía solo veintidós años, parecía un niño grande y se comportaba como tal. Cenaron hamburguesas en el Jack in the Box y luego caminaron de vuelta al edificio donde Ruby seguía viviendo con sus abuelos cuando no estaba en la universidad, en el apartamento situado encima de la tienda de antigüedades. A Zack no se le había ocurrido llevarla a un restaurante mejor para celebrar su gran triunfo. Ninguno de los dos consideraba aquello una cita: solo eran amigos—. Este verano voy a ir de viaje de graduación a Europa con mi padre. Va a llevar también a una de sus novias —añadió poniendo los ojos en blanco—. ¿Tú qué vas a hacer?

—Pues ir al lago Tahoe, como siempre. Aquello es muy bonito. Deberías venir cuando vuelvas de tu viaje.

Él aceptó encantado, y cuando llegaron a la puerta del edificio se despidió de ella con un abrazo. Al entrar en casa, Ruby se encontró con sus abuelos.

—Menudo negocio ha hecho tu amigo Zack —comentó Alex, y ella asintió.

Alex lo había leído en los periódicos. Había salido en toda la prensa.

—Ya está trabajando en otras ideas y proyectos —les contó Ruby.

Cada vez estaba más claro que Zack era una especie de genio de la informática. El dinero no significaba nada para él. Lo único que le importaba y le divertía era el desafío intelectual, y eso era lo que a Ruby le gustaba más de él. Ella odiaba a los engreídos, y Zack era justo todo lo contrario. No solo era un friki de manual, sino también su mejor amigo.

Cuando regresó de Europa, Zack fue a pasar un fin de semana al lago Tahoe en su maltrecho Toyota. Y durante ese invierno fue a visitar a Ruby en más de una ocasión, siempre que tenía tiempo. Seguía viviendo en un piso de estudiante situado a las afueras del campus de Stanford, y no le importaba lo más mínimo que estuviera algo destartalado. El proyecto en que estaba trabajando era tan complejo y apasionante que le tenía absorbido por completo. A Zack le encantaba hablar con Ruby y explicarle con detalle todo lo que estaba haciendo. Ella también estudiaba informática y, aunque no estaba ni remotamente a su nivel, conseguía entender bastante bien la teoría. Se sentía como si estuviera pegada a la tierra mientras que él se movía por algún lugar de la estratosfera. Todavía le quedaba un año para licenciarse en Stanford. Después, solo aspiraba a encontrar un buen trabajo relacionado con la tecnología informática, y él le prometió que la ayudaría a conseguirlo. No había nada romántico en su relación. Él salía de vez en cuando con algunas chicas, pero por lo general ellas se iban corriendo después de la primera cita. Se mostraba terriblemente torpe e inseguro con las jóvenes, o les daba plantón cuando estaba absorto en el trabajo y se le olvidaba que había quedado con ellas. Ruby le aconsejó medio en broma que se pusiera una alarma.

Las aptitudes de Zack para relacionarse con las chicas eran prácticamente nulas, pero a él no parecía importarle. Había otras cosas que le interesaban mucho más, como su trabajo. La mayoría de las chicas con las que salía le aburrían mortalmente, y él mismo se lo soltaba a la cara en medio de la cita, desoyendo los consejos de Ruby. Ella solía decirle que, en el mundo de las relaciones afectivas, era como un neandertal de la era espacial.

Ruby también había salido con algunos chicos, pero, cuando acabó la carrera, aún no se había enamorado. Había disfrutado enormemente de los años pasados en Stanford y se había graduado con honores, pero los cerebritos con los que había estado eran demasiado aburridos y, en palabras de su abuela, parecían a medio hacer. Los estudiantes inteligentes que tenían más mundo y parecían lanzados al éxito estaban muy pagados de sí mismos y eran demasiado superficiales como para despertar el interés de Ruby, y los más guapos eran demasiado narcisistas. Ella quería enamorarse de una persona real y auténtica, como su abuelo.

Admiraba la relación que tenían sus abuelos después de cincuenta y dos años juntos. Ella había cumplido ya setenta y un años y él ochenta y cinco, aunque se conservaba bastante bien. Habían superado con éxito la prueba del paso del tiempo y de todos los reveses que les había dado la vida. Ruby quería algo como lo que tenían ellos, pero aún no había conocido a nadie que fuera así. La mayoría de los padres de sus amistades se habían divorciado, y su propia madre había sido un desastre. Sin embargo, ella no estaba preocupada por encontrar a alguien. Después de acabar la carrera, lo único que quería era conseguir un buen trabajo en el que pudiera aplicar todo lo que había aprendido en la universidad y desarrollar su talento innato para la informática.

Un mes después de graduarse, Ruby estaba ocupada enviando solicitudes de trabajo cuando Zack la llamó para contarle que acababa de cerrar otro trato para vender su proyecto de un nuevo sistema operativo. Se trataba de un acuerdo mucho más grande y complejo que el anterior, y sonaba un poco abrumado. Le habló de que había incorporado a su sistema operativo una serie de componentes totalmente innovadores, como una barra de menú, controles para ventanas, y herramientas para filmar películas de animación por ordenador.

—¡Fantástico! —le felicitó ella—. ¿Y cuánto te han dado esta vez? —le preguntó ella como si tal cosa—. ¿Nos vemos esta noche en el Jack in the Box para celebrarlo?

—Claro —respondió él también en tono desenfadado. Pero luego añadió en voz más baja—: Mil millones.

—Mil millones... ¿qué?

—He vendido el proyecto por mil millones de dólares —dijo Zack—. Resulta algo embarazoso. Es demasiado dinero. Creo que me están pagando de más.

—¡Santo Dios...! ¿Estás de broma? —replicó Ruby casi gritando—. ¿Mil millones de dólares? ¿Y qué piensas hacer con tanto dinero?

—No lo sé. Necesito unas Converse nuevas. ¿Quieres que vayamos mañana a comprarlas?

—Zack, espera un momento... Este es un logro enorme. ¿Por qué no lo disfrutas un poco? Puedes hacer lo que se te antoje. Te has convertido en uno de los personajes más importantes del momento y además eres inmensamente rico.

Pero Zack no conseguía hacerse aún a la idea y trataba de no pensar en ello.

—Sí... tal vez... No lo sé... Nunca lo he pensado.

Esa noche cenaron en el Jack in the Box, y al día siguiente fueron a comprar las Converse. Ella le convenció para que se comprara dos pares: unas negras de caña baja para las ocasiones más formales, y otras blancas de caña alta. Zack no parecía darle mucha importancia a las cosas materiales. Lo que realmente le apasionaba era idear nuevas tecnologías relacionadas con el mundo informático. El dinero no tenía ningún interés para él. Con solo veinticuatro años ya era multimillonario, pero era algo que aún no alcanzaba a asimilar. Ruby sabía que ahora habría mucha gente que intentaría aprovecharse de él. Ya había ocurrido después de que cerrara su primer gran contrato, y Zack también era consciente de ello. En ocasiones, Ruby sentía lástima por él, ya que ahora le costaba saber quiénes eran sus verdaderos amigos. Sin embargo, Zack nunca tenía la menor duda sobre ella. Ruby era una constante en su vida. Seguían siendo los mejores amigos y siempre lo serían. Zack sabía que siempre podría contar con ella.

—Y no te olvides de que necesito que me ayudes a encontrar un trabajo —le recordó Ruby—. Quizá tu padre podría conseguir que me hicieran una entrevista en Hewlett-Packard.

El hombre ocupaba un cargo bastante importante en la compañía, pero Zack no hablaba muy a menudo con él, y era más feliz cuando no lo hacía.

—Se lo preguntaré, aunque no creo que necesites su ayuda con eso. Eres la chica más inteligente que conozco —le dijo él sonriendo.

Podía hablar con ella de cualquier cosa: de sus invenciones tecnológicas, por supuesto, pero también de otros temas como deportes, libros, personajes, películas o conceptos más abstractos y elevados.

Esa noche, Zack pensó en todo ello cuando llegó a su piso. En su contestador tenía varios mensajes de diversos medios que querían entrevistarle —*The New York Times*, *The Wall Street Journal* y algunos periódicos extranjeros, así como la revista *Time*—, pero los borró todos. No tenía nada que contarle a la prensa. No tenía el menor interés en hablar con ellos. Y sabía que Ruby estaría de acuerdo. Ella ya le había advertido de que intentarían aprovecharse de él.

Zack estuvo pensando en cómo ayudar a Ruby a conseguir el trabajo que quería, y entonces cayó en la cuenta de que tenía el empleo ideal para ella. La llamó a primera hora de la mañana y la despertó.

—¿Por qué estás durmiendo todavía? —le preguntó irritado.

—Porque son las siete de la mañana de un sábado y anoche me acosté tarde viendo una película en la tele —replicó ella, refunfuñando—. Se supone que los días entre semana no debes llamar a la gente antes de las nueve, y los fines de semana nunca antes de las diez. Eso es lo que dice siempre mi abuela.

—Eso es para la gente normal, y tú no lo eres. Creo que tengo el trabajo perfecto para ti —anunció.

—¿Has hablado con tu padre? —preguntó ella, esperanzada, incorporándose en la cama.

Hacía un brumoso día de verano en San Francisco, y Ruby les había prometido a sus abuelos que les ayudaría en la tienda. Era algo que solía hacer a menudo desde que había acabado la universidad unas semanas atrás.

—No, ha sido idea mía —repuso Zack—. Luego iré a verte y te lo explico en persona.

—Hoy trabajo en la tienda.

—Primero tengo que ir a buscar algo y luego me paso por allí.

—No pienso moverme de aquí —le aseguró ella antes de colgar.

Ruby se levantó un poco más tarde, ya que la tienda no abría hasta las once. Ese día estaría con Tim Avery y con una joven que también trabajaba para ellos ahora, ayudando a su abuela en el negocio de decoración. Sus abuelos se habían tomado el día libre para ir a una exposición que Eleanor quería ver.

Ruby estaba atendiendo a una clienta interesada en un escritorio doble inglés cuando, poco antes de la hora del almuerzo, Zack entró en la tienda. Se arrellanó en una silla y le sonrió mientras ella seguía dándole explicaciones a la clienta y le entregaba una fotografía del escritorio para que se la enseñara a su marido. Cuando la mujer se marchó, Ruby fue a hablar con Zack. Este llevaba unos pantalones cortos viejos y sus nuevas Converse blancas de caña alta. Parecía exultante, y ella le sonrió.

—Bueno, ¿cuál es ese trabajo que tienes para mí?

—Muy sencillo. Debería haberlo pensado antes, pero tenías que graduarte primero.

—¿Una gran compañía o una *startup*? —preguntó ella, intrigada.

—Más bien lo último. Eres perfecta para el puesto, una mujer brillante, Ruby Moon. Puedes hacer cualquier cosa, y entiendes siempre las cosas de las que te hablo. —No paraba de sonreír, y mientras hablaba hincó una rodilla en el suelo, con sus pantalones cortos y sus Converse nuevas que le hacían parecer lo que era, poco más que un chaval. Tenía veinticuatro años, pero parecía que tuviera quince—. ¿Quieres casarte conmigo, Ruby? —le preguntó con una expresión esperanzada, y ella se lo quedó mirando con gesto de incredulidad.

—¿Quieres dejar de tomarme el pelo? —respondió Ruby, irritada—. Creía que tenías un trabajo de verdad para mí. Esto no tiene ninguna gracia. Necesito un empleo. No puedo depender de mis abuelos toda la vida.

—Estoy hablando en serio —repuso él, todavía con la rodilla clavada en el suelo delante de ella.

Tim y su ayudante los observaban con interés, preguntándose qué estaría haciendo el joven. Tim había leído algo acerca de su nuevo gran éxito tecnológico. El mundo entero estaba al corriente de ello. Mientras hablaba, Zack rebuscaba algo en el bolsillo de sus holgados pantalones, que se veían limpios pero también desvaídos y algo rotos después de tantos lavados. Al final sacó una pequeña cajita de cuero gris con un lazo blanco alrededor, y se la tendió a Ruby.

—¿Qué es esto? —preguntó ella, muy confusa, mientras cogía la caja.

—Es para ti. Ábrela.

Ella quitó el lazo cuidadosamente y, al abrir el estuchito cuadrado, un enorme objeto redondeado resplandeció con tal intensidad que casi la cegó.

—¡Madre mía, Zack! ¿Esto qué es?

Él se levantó, le cogió la cajita de la mano y le puso el anillo en el dedo.

—Es un anillo de compromiso, tontita. ¿Es que nunca habías visto uno antes?

—No como este.

Entonces Ruby le miró a la cara y, al comprender que aquello iba muy en serio, abrió unos ojos como platos.

—Anoche me di cuenta de que te amo. Eres la mujer más fantástica que he conocido en mi vida y quiero casarme contigo. Ese es el trabajo al que me refería. Quiero que seas mi esposa. Y es un trabajo a tiempo completo —dijo Zack Sonriendo. Ella se echó a reír—. Por cierto, el diamante es de treinta quilates. Era el más grande que tenían en la joyería. Pensé que uno más grande resultaría demasiado ostentoso, pero si quieres puedo pedir que lo traigan.

Hablaba de la joya como si fuera un monopatín o un televisor que acabara de comprarle, pero pareció muy contento al ver cómo quedaba en su dedo. Ruby no podía dejar de mirar el diamante. Era tan grande y deslumbrante como el faro de un coche. Ella llevaba un sencillo jersey y una falda tejana, y él tenía pinta de ir a sacar a pasear al perro. Los dos parecían apenas unos críos. Ruby contemplaba maravillada el increíble diamante que refulgía en su mano.

—¿No somos demasiado jóvenes para casarnos? Solo tengo veintidós años y tú veinticuatro.

—Te quiero, Ruby —respondió él simplemente, y luego la besó por primera vez, bajo la mirada complacida de Tim y su ayudante.

Cuando él apartó sus labios, ella sonrió.

—Yo también te quiero. Siempre te he querido, Zack, aunque creía que solo éramos amigos.

—Eso es lo mejor, que somos amigos. Y ahora los dos vamos a casarnos con nuestro mejor amigo. Además, estaría muy bien tener hijos algún día. ¿Tú quieres tener hijos?

Ella asintió. Todo estaba ocurriendo tan deprisa... como el enorme éxito de Zack. Su carrera avanzaba de forma meteórica y no era alguien a quien le gustara perder el tiempo. Pero ella le amaba y se sentía muy emocionada ante la idea de casarse con él. Nunca había tenido un novio formal. Tal vez había estado enamorada de él desde el principio. No estaba segura, pero ahora sí lo sabía. Volvió a contemplar el anillo y luego lo miró a él.

—No tenías que haberme regalado un anillo tan grande —dijo con ternura—. Me habría casado contigo aunque no me hubieras comprado nada.

—Y por eso te quiero —repuso él, y volvió a besarla.

Alex y Eleanor se pasaron por la tienda para comprobar

cómo iba todo, aunque sabían que cuando Ruby estaba allí no tenían de qué preocuparse. Sonrieron al ver al joven.

—¿Ahora te dedicas a comprar antigüedades, Zack? —bromeó Alex, entrando con su silla de ruedas.

Eleanor iba detrás de él y, de repente, se quedó parada al fijarse en la mano izquierda de su nieta.

—Por todos los santos, ¿qué es eso?

—Un diamante —contestó Zack con total naturalidad—. Acabo de pedirle a Ruby que se case conmigo —añadió sonriendo.

De pronto, la joven pareció invadida por la timidez.

—Le has pedido matrimonio... —dijo Alex—. Y ella ¿qué ha respondido?

Zack frunció el ceño, confuso, y se giró hacia Ruby con expresión insegura.

—¿Qué has respondido?

Ella sonrió y se inclinó para besarle en la mejilla.

—He dicho que sí... o al menos iba a hacerlo...

Zack esbozó una sonrisa radiante y luego se volvió hacia Alex.

—Ha dicho que sí.

Alex también sonrió y Eleanor se echó a reír sacudiendo la cabeza.

—¡Felicidades! —exclamó Alex, y estrechó la mano de su futuro nieto político mientras Eleanor abrazaba muy emocionada a su nieta.

—Y ahora tenemos una boda que organizar —dijo llena de júbilo.

Los dos eran muy jóvenes y Zack era un poco especial, pero tanto a Eleanor como a Alex les parecía un chico estupendo. Ruby y él harían, sin duda, una buena pareja.

15

En cuanto se acostumbró a la idea, a Ruby le encantó estar comprometida con Zack. No creía que pudiera haber nada mejor que casarse con su mejor amigo. Podía hablar con él de cualquier cosa y lo conocía mejor que nadie. Se entendían a la perfección y, después de haberse prometido, Zack pareció abrirse por completo y lo único que quería era mimarla y hacerla feliz. El anillo de compromiso que parecía un faro de coche había sido solo el principio. Le hacía regalos constantemente, y no paraba de hablarle de los viajes a los que la llevaría, de las casas que comprarían y de las cosas que harían juntos. Su enorme talento le había hecho ganar una inmensa fortuna cuya magnitud ni siquiera alcanzaba a imaginar, y lo único que quería era derrocharla con ella. El hecho de que Ruby no esperara ni quisiera nada de él hacía que todo fuera aún más divertido. Era una joven sencilla y sin pretensiones, y por eso la amaba tanto y quería mimarla aún más.

Zack supuso que ella se iría a vivir con él a su horrible piso de estudiante, pero Eleanor comentó amablemente que quizá fuera demasiado pequeño para los dos, y él se dio cuenta de que tenía razón. Además, había comprado todos sus muebles en tiendas de segunda mano y le avergonzaba que Ruby tuviera que vivir en ese entorno. Comprendieron que necesitaban una casa o un apartamento, pero no acababan de decidir dónde comprarlo. Zack no tenía claro si quería residir en Palo Alto, de donde era él, o en San Francisco, donde ella se había criado. Ruby sugirió que, mientras lo decidían, podrían vivir durante un tiempo con sus abuelos, en la habitación de ella. A Zack le encantó la idea, porque ambos le caían estupendamente y eran muy agradables con él. Así pues, sin las prisas por encontrar un lugar donde vivir, pudieron centrarse en el tema de la boda, que a Zack le parecía más apremiante.

Por el lado de su familia, el enlace iba a resultar bastante incómodo y violento. Sus padres no se hablaban e incluso se negaban a estar en la misma habitación. Zack suponía que su madre no asistiría a la ceremonia, ya que nunca acudía a los acontecimientos importantes. Después del divorcio él se había criado con su padre, y este no tenía una casa apropiada donde pudieran celebrar la boda. Preguntaron a los abuelos de Ruby, que conocían las mejores mansiones de la ciudad y habían ayudado a decorar muchas de ellas. Estos pensaban que un hotel resultaría un tanto impersonal. Y la antigua residencia familiar de Alex tampoco era una opción. Después de ser reconvertido en establecimiento hotelero, había cambiado de manos varias veces y, por lo visto, se había ido deteriorando hasta convertirse en un lugar decadente y sórdido. Los muebles habían sido vendidos muchos años atrás, y los actuales propietarios estaban pensando en desmantelar el hotel. Alex no había vuelto a entrar en su antigua mansión desde que se vio obligado a desprenderse de ella, y tampoco quería hacerlo ahora. Decía que le entristecería mucho recordar lo que había sido aquel fastuoso lugar en el pasado.

En cambio, Eleanor planteó con cierta cautela la posibilidad de celebrar la boda en la Escuela Hamilton, la que había sido la mansión Deveraux en Nob Hill. Ella tampoco había vuelto a su antigua residencia, pero algunas de sus clientas le habían contado que la escuela alquilaba sus instalaciones para ceremonias nupciales, y comentó que con unos arreglos florales apropiados y una buena decoración el lugar podría quedar muy bonito. A Eleanor también le daba cierto reparo volver a su antiguo hogar, pero la mansión tenía un significado especial para ellos, pues era donde ella y Alex se habían casado. A Ruby le encantó la idea y a Zack le pareció bien si eso era lo que ellos querían. Ni él ni Ruby tenían una gran cantidad de amigos, y pensaban que tal vez asistirían unos ciento cincuenta invitados, como mucho doscientos. A ambos les atraía mucho la idea de celebrar la boda en la escuela, especialmente por su vinculación histórica y afectiva con la familia de Ruby.

—¿Queréis que pida una cita para ir a verla? —les preguntó Eleanor una noche mientras estaban cenando los cuatro.

Ruby respondió que le encantaría. Querían celebrar el enlace en otoño y estaban pensando en el mes de octubre, ya que era también cuando se habían casado sus abuelos. De repente, los planes de boda habían reemplazado a su búsqueda de trabajo. Ruby había decidido esperar al año siguiente, después de la luna de miel y las fiestas navideñas, para ponerse de nuevo a buscar empleo en serio. Ahora lo primero era encontrar un lugar para celebrar la boda que les gustara a ambos.

Cuando llamó a la escuela, Eleanor se quedó sorprendida por lo sencillo que resultó todo. Pensó que tendría que explicar quién era y lo que tenían en mente, pero no fue necesario. El centro escolar contaba con una coordinadora de eventos, quien le dijo que la escuela se había convertido en un lugar muy popular para celebrar bodas. Tenían incluso un folleto en el que se enumeraban los precios, los paquetes de servicios, los espacios disponibles y las normas. Cuando se lo enviaron por correo, Eleanor lo examinó atentamente y vio que el gran salón de baile apenas había cambiado. El folleto explicaba que ahora se utilizaba para acoger las asambleas escolares, mientras que las bodas se celebraban en las zonas de recepción comunes. Los dormitorios de las plantas superiores se habían convertido en aulas y no se usaban para las celebraciones, pero, si así lo deseaban, la novia podía hacer su gran entrada bajando por la majestuosa escalinata de la mansión. Eleanor experimentó una agridulce sensación al hojear el folleto y ver que, en una de sus páginas, aparecían las fotografías de una de aquellas fabulosas fiestas del pasado. La reconoció al instante: era su baile de presentación en sociedad, con todos los criados al pie de la escalera sosteniendo bandejas con copas de champán mientras llegaban los invitados. Eleanor sintió una punzada de nostalgia al verlo.

—¿No será muy duro para ti celebrar la boda ahí? —le preguntó más tarde Alex con una tierna expresión.

—No lo creo. Tal vez me invada una sensación agridulce y, sin duda, me pondré muy nostálgica. Pero creo que eso significaría mucho para Ruby. Está fascinada por nuestro pasado —dijo ella con una sonrisa—. Me gusta la idea de que se casen en el mismo lugar en que lo hicimos nosotros, aunque ahora todo haya cambiado y ya no nos pertenezca. —Sin embargo, muchas cosas seguían igual—. Estaría muy bien, ¿no crees? Camille no tenía ningún interés en nada de eso, pero Ruby se siente muy vinculada a la historia de nuestra familia. Tal vez esos sentimientos se salten una generación —reflexionó Eleanor.

—Ambas son muy diferentes —reflexionó Alex con voz pausada—. Ruby es más parecida a ti. Camille quería labrarse su propio camino, y eso la llevó a la destrucción.

—Creo que Ruby siempre ha tenido miedo de ser como su madre. Incluso me lo comentó una vez. Pero ella no se parece en nada a Camille. Ruby tiene una mentalidad conservadora, como nosotros, y le encantan nuestras antiguas tradiciones.

A pesar de que su hija llevaba muerta veintidós años, su pérdida seguía entristeciéndoles profundamente. La presencia de Ruby había sido un gran consuelo para ellos. Había sido una niña dulce y encantadora. Jamás les había dado el menor problema, nunca se había rebelado contra ellos y se sentía muy unida a sus abuelos.

El día en que Eleanor y Ruby fueron a visitar la escuela, Zack decidió acompañarlas. En cuanto entraron en la mansión, tanto él como Ruby se quedaron sobrecogidos ante la belleza del lugar. Se cogieron de las manos y contemplaron extasiados los altísimos techos, las hermosas molduras, los revestimientos de madera, las lámparas de araña y la majestuosa escalinata. Por un momento, Eleanor también se quedó sin aliento. Para ella era como un viaje atrás en el tiempo. No había estado allí en cincuenta y un años, desde que sus padres se marcharon en 1930 al lago Tahoe y Alex y ella se mudaron al pequeño apartamento de Chinatown. Habían pasado tantas cosas desde entonces...

La coordinadora de eventos les hizo un recorrido por la mansión explicando las características y usos de las distintas estancias. Mientras la mujer hablaba, Eleanor sonreía y en un determinado momento explicó:

—Los invitados al banquete estaban aquí sentados —dijo en tono melancólico—, y también bajo una enorme carpa exterior con la que cubrimos todo el jardín.

—¿Ya había alquilado antes la escuela? —preguntó sonriendo la coordinadora—. Solo llevo trabajando cuatro años aquí.

—Yo vivía aquí —respondió Eleanor con voz serena—. Me crie en esta casa. Era la residencia de mi familia. Mi marido y yo nos casamos aquí.

La coordinadora de eventos se quedó francamente impresionada.

—Entonces debe de saber mucho más de este lugar que yo. También podemos utilizar el gran salón de baile para acoger a los invitados. Aunque, como ya sabrá, es imposible acceder a los jardines originales. Se vendieron hace muchos años y ahora están ocupados por una residencia de nueva construcción. Pero en el recinto hay algunos senderos preciosos por los que los invitados pueden pasear si hace una noche agradable.

Recorrieron las salas abiertas al público y, al pasar por cada estancia, Eleanor no pudo evitar sentirse invadida por los recuerdos: sus padres, Alex, las celebraciones navideñas, las fiestas, su baile de debutante, su boda... En cada una de las habitaciones flotaban los fantasmas del pasado, pero todos ellos eran recuerdos felices. Ruby y Zack también estaban muy emocionados cuando abandonaron el edificio.

—Oh, abuela, la casa me ha fascinado. ¿Te importaría si finalmente decidimos alquilarla para celebrar aquí la boda? —preguntó algo preocupada, mientras Zack seguía maravillado por la belleza de la antigua mansión Deveraux.

—No, al contrario; me encantaría que os casarais donde lo hicimos nosotros —contestó Eleanor generosamente—. Nada nos haría más ilusión a tu abuelo y a mí. Me gustaría que la casa perteneciera todavía a la familia para poder celebrarlo como lo hacíamos entonces. Según las normas de la escuela, la fiesta tiene que acabar a medianoche. Nuestra boda, y también mi baile de debutante, se prolongaron hasta el desayuno de la mañana siguiente.

—¡Qué divertido! —exclamó Zack con una expresión radiante—. ¡McMuffins de huevo para todos!

—Más bien blinis y caviar —repuso Eleanor con una sonrisa.

—¡Guauuu!

—¿Os gustaría celebrar vuestra boda aquí? Creo que podría ser fabulosa —reconoció Eleanor, igual de emocionada que ellos. En cierto modo, era como volver a casa.

Los dos jóvenes asintieron, y esa noche Eleanor se lo contó todo a Alex. Le explicó lo que había cambiado en la mansión y lo que seguía igual que antes. Le habría gustado subir a las plantas superiores para echar un vistazo, pero no estaba permitido. Habían hecho algunas modificaciones para institucionalizar un poco el centro escolar, aunque los cambios no eran demasiado extremos. Le contó a su marido que no se había sentido mal, tan solo conmovida por el torrente de recuerdos que la habían inundado; la mayoría de ellos recuerdos felices de los buenos tiempos, no de los momentos finales.

A la mañana siguiente, Eleanor llamó a la coordinadora para confirmar la reserva y Alex extendió un cheque para pagar el depósito, que Tim entregó en la Escuela Hamilton al volver a su casa después del trabajo. Como fecha del enlace, Zack y Ruby escogieron el sábado 3 de octubre, dos días antes del aniversario de sus abuelos. Tenían cuatro meses para planificar la boda, y Eleanor se dedicó a ello en cuerpo y alma. Tenía que encontrar un florista, un restaurador, un grupo adecuado a los gustos musicales de los jóvenes y un pastelero especializado en tartas nupciales. Había infinidad de detalles de los que ocuparse, pero ella se sentía muy feliz haciéndolo. A finales de julio, cuando se fueron a pasar las vacaciones al lago Tahoe, Eleanor ya lo había organizado todo.

Antes de marcharse, Ruby llegó a casa una tarde y su abuela le pidió que entraran en su habitación. Una enorme caja esperaba sobre la cama. El exquisito vestido de novia diseñado por Jeanne Lanvin seguía todavía en su embalaje original, junto con todos los accesorios que lo acompañaban. Eleanor le había prometido enseñárselo a Ruby para que pudiera decidir si quería lucirlo o buscarse otro modelo para la ocasión. La joven aún no tenía muy claro si quería llevar un diseño nuevo o antiguo. Tampoco estaba segura de si el traje nupcial de su abuela le quedaría bien, o si visto de cerca parecería demasiado anticuado. El vestido tenía ya cincuenta y dos años, pero el diseño escogido por Eleanor y su madre era atemporal. La anciana retiró los montones de papel de seda que lo envolvían, extrajo el vestido con sumo cuidado de la caja y lo sostuvo en alto ante su nieta. Ruby se quedó extasiada. Nunca había visto nada tan hermoso en toda su vida. Eleanor sacó luego el velo, que se veía tan precioso y delicado como cuando Wilson había vuelto a guardarlo en la caja el día en que se fueron de luna de miel. Se alegraba enormemente de que su madre no lo hubiera vendido en 1929, cuando tuvo que desprenderse por un precio miserable de tantas de sus pertenencias, incluyendo varios abrigos de pieles y trajes de noche.

Desabrochó con mucho cuidado los botones y Ruby se quitó la falda y el top que llevaba puestos. Eleanor deslizó el vestido sin apenas esfuerzo sobre el cuerpo de su nieta. Era una prenda pesada, con todos aquellos bordados y perlas, pero el diseño estaba perfectamente equilibrado para que quien lo luciera no notara el peso. Eleanor abrochó los diminutos botones, y luego Ruby se giró para verse en el espejo. Una vez más, volvió a quedarse extasiada: la novia más hermosa que había visto en su vida la estaba mirando desde el espejo. Incluso el largo del vestido era perfecto; las mangas, la estrecha cintura... todo. Eleanor le colocó delicadamente el velo sobre la cabeza y se lo ajustó, y le contó que también guardaba la tiara que había lucido con él. Era una de las pocas piezas de joyería que había conservado, ya que había sido incapaz de desprenderse de ella.

—Oh, abuela, ¿puedo casarme con este vestido? —preguntó Ruby casi sin aliento.

Eleanor casi podía imaginarse a madame Lanvin y a su madre sonriendo y, discretamente en un segundo plano, también a Wilson. Sabía que la antigua sirvienta seguía viviendo en Irlanda a sus noventa y ocho años, mientras que Houghton había fallecido hacía ya un tiempo.

—Por supuesto que puedes llevarlo, querida. Nada me haría más feliz que verte casándote con ese vestido.

Abrazó a su nieta, deseando que las cosas hubieran sido distintas, que Camille siguiera viva y que también hubiera podido lucir aquel vestido, y que su vida no hubiera acabado de la manera tan trágica en que lo hizo. Pero todo ocurría por alguna razón, y Ruby había sido el mayor regalo que podía haberles dejado. Y ahora ella iba a empezar su nueva vida junto a Zack, y lo haría llevando el maravilloso vestido de novia de Eleanor.

Ayudó a Ruby a quitarse el velo y el vestido, y tras doblarlo con cuidado lo metió de nuevo en la caja. Cuando regresaran del lago Tahoe pensaba colgarlo para que se aireara, pero mientras tanto volvería a guardarlo a la espera del Gran Día.

Cuando salieron del dormitorio, ambas sentían que compartían un secreto especial. Eleanor estaba deseando ver a su nieta luciendo aquel vestido el día de su boda, y también las caras que pondrían Zack y Alex al verla.

Cuando Ruby se encontró con Zack una hora más tarde, tuvo que contenerse para no hablarle del vestido. Quería mantenerlo en secreto hasta el día de la boda. Él ni siquiera sabía de su existencia. Ella no le había contado nada porque no sabía cómo iría la cosa cuando lo viera o si querría ponérselo.

Aunque ya llevaban comprometidos un mes, no fue hasta después de probarse el vestido cuando Ruby empezó a sentirse realmente como una novia. Los preparativos de la boda iban sobre ruedas. Y todo había sucedido tan deprisa que la joven todavía no había tenido tiempo de asimilar su nueva realidad: hasta entonces solo habían sido amigos, pero, dentro de apenas tres meses se convertirían en marido y mujer. Ni siquiera se habían acostado aún, ya que resultaba difícil encontrar la ocasión. Ella vivía con sus abuelos y él en un sórdido apartamento en Palo Alto, a una hora de distancia. Zack no quería que la primera vez que hicieran el amor fuera en un entorno lleno de los remanentes de segunda mano de su vida universitaria. Y tampoco habían buscado aún un lugar donde vivir, ya que pensaban quedarse durante un tiempo en casa de Alex y Eleanor.

Zack y Ruby habían hablado de hacer una escapada romántica de fin de semana, pero tampoco habían encontrado el momento. Eleanor les dijo que podían quedarse en la cabaña del lago Tahoe. Tanto ella como Alex eran sorprendentemente modernos para ese tipo de cosas. Después de todo, los jóvenes estaban comprometidos. Hasta ese momento no había surgido el tema, ya que Ruby nunca había llevado un novio a casa. No se había enamorado y solo había mantenido relaciones sexuales dos veces, con un chico por el que no sentía nada y después de haber bebido demasiado en una fiesta universitaria. Sin embargo, Zack y ella estaban muy emocionados ante su primera vez juntos, aunque también un poco cohibidos.

Ruby le había prometido ayudarle a hacer una limpieza general de su apartamento. Zack le había comentado que quería tirar la mayoría de sus cosas y Ruby le había dicho que contara con ella. Él dijo que pondría la pizza y las bolsas de basura. En su opinión, lo único que merecía la pena conservar era su ordenador.

Después de probarse el vestido de novia, Ruby condujo hasta Palo Alto sintiéndose todavía como si flotara en una nube. Al llegar besó a Zack con dulzura y una sonrisa misteriosa, sin poder dejar de pensar en el vestido.

—Eso ha estado muy bien —dijo él sonriendo, y le devolvió el beso.

Desde que se habían comprometido habían pasado tan poco tiempo a solas que resultaba muy agradable poder disfrutar de unos momentos íntimos, aunque fuera en aquel piso tan cutre. Resultaba apropiado para un estudiante, pero ya no lo era para alguien que ahora tenía tanto éxito y dinero. Sin embargo, a Zack no parecía importarle. Ni siquiera se había mudado después de licenciarse.

Ruby miró a su alrededor y experimentó cierto repelús. Había estado allí antes, cuando ambos iban a la universidad, pero la cosa había empeorado bastante desde entonces.

—¿Cuándo limpiaste este lugar por última vez? —le preguntó, tratando de despejar un poco de espacio para sentarse entre los montones de libros y periódicos que ocupaban el maltrecho sofá.

—No lo sé... ¿En Navidad? ¿El verano pasado? ¿Por qué?

—Creo que, en vez de meter todo esto en bolsas de basura, debería ir directamente al vertedero —respondió ella con franqueza.

—¿Tan mal está?

Ruby asintió.

—¿Por qué no te quedas solo con los libros y nos deshacemos de todo lo demás? —propuso.

—Me parece muy bien.

Zack había conseguido algunas cajas y, mientras Ruby las iba llenando, él se dedicó a cortar la pizza y a servir un poco de vino en las dos únicas copas que tenía. Luego se la quedó mirando mientras ella se inclinaba para meter los libros en las cajas. En ese momento, Ruby giró la cabeza hacia él para ver lo que estaba haciendo. Zack la estaba contemplando embelesado, como si la estuviera viendo por primera vez.

—¿Qué pasa? ¿Tengo algo raro o qué?

—No, Ruby. Es que eres tan hermosa que no puedo apartar los ojos de ti.

Ella se ruborizó al oírlo. Zack se acercó, la besó y deslizó las manos bajo su camiseta. Se la quitó con delicadeza y la arrojó a su espalda. Sentía que le faltaba el aliento mientras le quitaba el sujetador y se inclinaba para besarle los pechos.

—Pensaba que íbamos a empaquetar tus cosas —dijo ella con voz ronca al tiempo que le desabrochaba los pantalones cortos, que cayeron al suelo.

Allí estaban los dos, él en calzoncillos y ella sin sujetador, y todo lo demás ocurrió con naturalidad. Zack la llevó hasta la cama, la despojó del resto de la ropa y luego se quitó la suya. Yacieron desnudos, explorando sus cuerpos por primera vez y descubriendo la mutua pasión que habían sentido por el otro sin saberlo. Él era un amante vigoroso y tierno al mismo tiempo. Ella se abrió ante el contacto de su piel y de pronto ya no se sintió como una muchacha, sino como una mujer.

Después, permanecieron jadeantes y sin aliento. Él sonreía, y ella no pudo evitar echarse a reír. Se sentía tan feliz, le quería tanto...

—Debería haberte pedido antes que me ayudaras a limpiar el piso —dijo él sin parar de sonreír, admirando ese cuerpo desnudo femenino junto al suyo.

—Lo que deberías haber hecho es prender fuego a este lugar —replicó ella, también sonriendo.

—Creo que acabamos de hacerlo —repuso él y volvió a besarla. Luego se levantó para ir a buscar el vino y le tendió una copa—. Te quiero, Ruby Moon.

—Yo también te quiero, Zack.

—Va a ser maravilloso estar casado contigo —dijo él, henchido de felicidad.

Tomaron un sorbo de vino, dejaron las copas a un lado y volvieron a hacer el amor.

Ese verano en el lago Tahoe, Eleanor se dedicó básicamente a descansar antes de regresar a la ciudad para empezar a organizar en serio los preparativos del enlace y ultimar todos los detalles. Se pasaba horas en el jardín, y Alex también la ayudaba un poco. Estar allí siempre resultaba de lo más apacible y relajante. Salieron a navegar en la barca y Alex también fue a pescar. Zack y Ruby subieron a pasar un fin de semana con ellos. Se quedaron en la cabaña y disfrutaron mucho haciendo el amor y despertándose juntos. Ambos estaban muy emocionados por su compromiso y también estaban haciendo algunos planes por su cuenta. Para su luna de miel, Zack había alquilado un yate en el Caribe, algo que a Ruby le parecía increíblemente lujoso.

La única desavenencia que tuvieron fue acerca de lo que pondrían en la invitación sobre el atuendo requerido para el enlace. Zack quería que pusiera «informal», pero Ruby se opuso.

—Si ponemos eso, todos tus amigos informáticos se presentarán con pantalones cortos y Converse —se quejó.

Alex y Eleanor intercambiaron una mirada divertida. Sabían que su nieta tenía razón. Zack siempre tenía pinta de ir vestido con ropa que había dejado tirada por el suelo.

—Quiero que todo el mundo vaya arreglado en la boda —insistió Ruby. Si ella iba a lucir el exquisito vestido de su abuela, quería que Zack llevara un traje como era debido—. No les hará ningún daño parecer adultos por una vez en su vida.

Zack refunfuñó un poco, pero al final acabó cediendo. Más tarde, Ruby le comentó a su abuela que no quería lucir su maravilloso vestido rodeada por un montón de chicos que parecía que fueran a la playa o a jugar al baloncesto. Y Eleanor no podía estar más de acuerdo. Así que al final decidieron poner en la invitación «americana y corbata y vestido de cóctel», para que al menos todos fueran un poco decentes.

Ruby llevó a Zack a San Francisco para que se comprara un traje apropiado, ya que no tenía ninguno. Era uno de los hombres más ricos del país, pero no tenía ropa adecuada a su estatus.

Cuando regresaron del lago Tahoe a finales de agosto, Eleanor se dedicó a ultimar todos los preparativos de la boda: las flores, la comida, la tarta... Fue a la Escuela Hamilton para comprobar el estado de los manteles y pidió que encargaran unos nuevos. Se reunió también allí varias veces con el florista, ya que quería recrear en lo posible la atmósfera que la mansión había tenido durante su boda, aunque sin llegar a los extremos de lujo y ostentación de los que sus padres habían hecho gala cincuenta y dos años atrás. En aquel entonces, unas guirnaldas de lirios adornaron los dinteles de todas las puertas, pero Eleanor pensó que en esta ocasión habría suficiente con solo dos. Las mesas del banquete se colocarían en el gran salón y aún quedaría espacio suficiente para el grupo de música y para que los invitados pudieran bailar.

Eleanor encontró tiempo para comprar el modelo que luciría en la boda, un precioso vestido de encaje azul marino con una chaquetilla a juego. El traje de novia también estaba preparado, colgado en el cuarto de invitados junto con los demás accesorios y los zapatos que Ruby había elegido para la ocasión. Ella y su abuela eran de la misma estatura, pero los zapatos que Eleanor había llevado el día de su boda eran diminutos. Seguía teniendo unos pies muy pequeños, finos y elegantes. Los de las mujeres actuales solían ser más grandes.

Como los padres de Zack continuaban sin hablarse después del divorcio, decidieron no hacer la cena de ensayo. Ruby le quitó importancia, pero Zack se disgustó mucho al ver que sus padres no eran capaces de hacer el esfuerzo de mostrarse civilizados aunque solo fuera por una noche. Zack, sin poder ocultar su irritación, explicó que su madre vendría acompañada de su insoportable marido, y que su padre traería a su nueva novia, que era solo un año mayor que Ruby, a la que había conocido a través de un servicio de citas. Así pues, decidieron que la noche de antes de la boda irían a cenar los cuatro solos, Zack, Ruby y sus abuelos.

Zack ya estaba trabajando en nuevas ideas para una red de conexión informática que era incluso más intrincada y compleja que el proyecto que había vendido por mil millones de dólares. No había hecho más que empezar su meteórico ascenso en el mundo de las nuevas tecnologías, un trabajo que le apasionaba. Pero también contaba las escasas horas que faltaban para que Ruby se convirtiera en su esposa. Cuando la víspera de la boda la acompañó a su casa, la besó y se quedaron unos minutos en la puerta.

—No puedo esperar a que llegue mañana —le susurró él.

—Yo tampoco —respondió ella sonriendo, sintiendo que estaban hechos el uno para el otro.

Esa noche permaneció horas despierta en la cama, pensando en él y en el vestido que iba a lucir al día siguiente. Estaba deseando que Zack lo viera.

16

Ruby se despertó el día de su boda en una radiante y solea-
da mañana de octubre. Su abuela entró en la habitación
para darle un cariñoso abrazo y luego se pasó el resto de la
mañana muy ocupada ultimando todos los detalles del enlace.

La ceremonia se oficiaría a las seis de la tarde en la catedral
Grace, emplazada en lo alto de Nob Hill, que después de que
Eleanor y Alex se casaran hacía más de medio siglo había sido
remodelada con unas espectaculares puertas de bronce. Luego los invitados saldrían de la catedral para dirigirse a pie a la
Escuela Hamilton, la antigua mansión Deveraux, donde se
celebraría el banquete.

A lo largo del día, Alex prefirió mantenerse al margen de
la frenética actividad de las dos mujeres. La peluquera llegó
a las dos de la tarde para peinar a Ruby con un elegante moño
similar al que había llevado Eleanor, pero sin las ondas que le
enmarcaban el rostro. Ajustó la tiara sobre la cabeza de la novia y, hacia las cinco, Eleanor ayudó a Ruby a enfundarse el
vestido con el que había estado soñando desde que lo vio
en julio. Luego colocó el velo por encima de la tiara. Era la
más fina capa de tul blanco, apenas una ilusión, y en cuanto el
velo cayó vaporosamente sobre el vestido Eleanor dio un
paso atrás y contempló con lágrimas en los ojos la maravillo-

sa visión de su nieta reflejada en el espejo. La joven ofrecía una imagen majestuosa, inocente y espectacular con aquel vestido que había sobrevivido más de medio siglo desde que su abuela lo luciera el día de su boda.

—Cariño, estás maravillosa —susurró Eleanor.

Ruby se giró hacia ella frente al espejo y, por primera vez en mucho tiempo, pensó en su madre.

—Dejó pasar el tren de la vida, ¿verdad, abuela?

Eleanor sabía muy bien de quién estaba hablando y asintió con un suspiro. Camille había dejado huérfana a Ruby con apenas tres semanas de vida y había destrozado el corazón de sus padres. Hacía ya mucho tiempo de aquello, pero siempre que pensaban en su hija, Alex y Eleanor seguían sintiendo un dolor sordo en lo más profundo de su ser.

—Estoy segura de que le habría encantado estar aquí —dijo con tristeza. No solía hablar a menudo de Camille. Seguía resultando muy doloroso, veintidós años después de su muerte—. Tomó el rumbo equivocado y acabó perdiéndose por el camino.

Pero Eleanor y Alex siempre habían estado allí para su nieta, y a ella nunca le había faltado amor, atención y cariño y por eso les estaba tan agradecida. Ahora, ella y Zack iban a formar su propia familia, pero Ruby desearía a veces haber conocido a su madre, y eso le hacía querer convertirse algún día en la mejor madre del mundo para sus hijos. Tal como lo había sido su abuela para ella.

Camille había tenido una vena salvaje de la que Ruby carecía por completo. Ni en sus mejores sueños Eleanor podría haberse imaginado a su hija luciendo el vestido que ahora llevaba su nieta. Había hecho todo lo posible por rechazar los valores de sus padres, por rebelarse contra la tradición, mientras que Ruby los había abrazado plenamente. Ruby había querido que su boda fuera lo más parecida posible a la de su abuela, y había estudiado cuidadosamente los álbumes de fotografías de aquel día. Incluso iba a llevar un ramo idéntico, confeccionado con orquídeas mariposa y lirios del valle.

Eleanor sostuvo la cola del vestido mientras Ruby descendía la gran escalinata, al igual que Wilson había hecho con ella. Al ver a su nieta, Alex se sintió como si hubiera retrocedido cincuenta y dos años en el tiempo. Salvo por el pelo rojo, Ruby era igual a su abuela. Y ahora que volvía a verlo, recordó el vestido con todo detalle. Le sentaba tan fabulosamente bien a Ruby como le había quedado a Eleanor.

Los tres fueron juntos hasta la catedral en el Rolls-Royce de época que habían alquilado para la ocasión. Cuando llegaron al templo, Alex esperó a que el chófer desplegara la silla de ruedas para él y se deslizó en el asiento con suavidad. Luego Eleanor ayudó a Ruby a bajar del coche. Entraron en la catedral por la rectoría y esperaron a que sonara la música. Entonces, acompañada por su abuelo, Ruby avanzó lentamente por el pasillo sin dejar de mirar a Zack, que la esperaba al pie del altar, mientras todos los asistentes la contemplaban maravillados luciendo aquel exquisito vestido nupcial que había pertenecido a su abuela. Parecía una visión salida directamente del pasado, pero al mismo tiempo había algo intemporal en ella. Zack seguía totalmente anonadado cuando Ruby llegó a su lado. Alex se dirigió en su silla de ruedas hasta el banco de la primera fila para ocupar su sitio junto a Eleanor.

—Tengo la sensación de estar viéndote en nuestra boda —le susurró mientras le cogía la mano.

Solo que en aquel entonces la ceremonia se celebró en un templo provisional y todos los jardines habían sido cubiertos con carpas.

Ruby y Zack pronunciaron sus votos matrimoniales y luego intercambiaron unas sencillas alianzas de oro, mientras Alex y Eleanor lloraban sin poder controlar la emoción. Cuando el ministro los declaró marido y mujer, Zack besó a Ruby con tanta pasión que la dejó sin aliento, y todos los presentes rieron y aplaudieron. Luego volvieron a recorrer el pasillo hacia la salida del templo, sonriendo llenos de felicidad a sus amigos.

Cuando los invitados llegaron a la mansión, Alex los miró con expresión divertida. Algunos de los hombres más ricos del país estaban reunidos allí, pero, en vez de poderosos magnates empresariales, parecían unos chavales en un campamento de verano. La mitad de ellos llevaban unos trajes recién comprados con los que se les veía de lo más incómodos, y estaba claro que nunca en su vida se habían anudado una corbata. La otra mitad se habían limitado a ponerse una americana por encima de los tejanos, y algunos incluso llevaban pantalones cortos a pesar de lo que indicaba la invitación. Muchos se habían puesto camisetas debajo de los trajes y la mayoría calzaban deportivas de caña alta. Había más de estas últimas que zapatos formales. Y todos los asistentes eran bastante menores de treinta años. A Alex le parecían poco más que unos críos, aunque muchos de ellos ya habían ganado fortunas increíbles en el sector de las nuevas tecnologías. Nadie lo habría adivinado ni por su edad ni por sus pintas. Pero estaba amaneciendo una nueva era tecnológica y el país estaba prosperando como nunca antes gracias al desarrollo de los avances informáticos. El crac bursátil de 1929 ya solo era historia antigua. Los jóvenes de la generación de Zack y Ruby no tenían ni idea de cómo fue aquello ni de las vidas que había destruido. Ya nadie se acordaba, salvo los que lo habían sufrido en sus propias carnes, como Alex.

—Tantos genios informáticos y ninguno de ellos sabe anudarse una corbata —le comentó sonriendo a su esposa. Luego añadió con admiración—: Estás realmente preciosa.

Sentía como si esa noche hubiera dos Eleanor en la sala:

la mujer con la que llevaba tantos años casado, y la visión de ella de joven con su vestido de novia. Aquella había sido la noche más feliz de su vida y recordaba cada momento con gran nitidez. Zack parecía igual de feliz ahora, y cuando los recién casados salieron a la pista para abrir el baile, Alex y Eleanor sintieron como si estuvieran viviendo una experiencia extracorporal viéndose a sí mismos de jóvenes. La mansión ofrecía un aspecto maravilloso, con todos los detalles que Eleanor había recordado añadir para recrear su propia boda, tal como Ruby quería. Los centros florales de las mesas eran los mismos, copiados de viejas fotografías.

Poco después de que los invitados ocuparan sus asientos en el gran salón, muchos de ellos salieron a bailar. Alex miró a su mujer con aire nostálgico, deseando poder volver a bailar con ella. Eleanor adivinó lo que estaba pensando, le besó y le susurró al oído:

—Bailaste tanto conmigo aquella noche que ya he tenido para toda una vida.

Él la besó, y luego Eleanor fue a dar una vuelta para ver cómo estaban los invitados. Habían sentado a los padres de Zack en extremos opuestos de la sala. Él estaba contento de que ambos hubieran ido. Era la primera vez desde que se divorciaron que coincidían en algún sitio. Ninguno de los dos había querido perderse la boda de su hijo, y Eleanor se alegró mucho por el chico. Por lo que contaba, nunca había tenido demasiado apoyo de su familia y siempre se había visto envuelto en medio de la guerra de sus padres.

La tarta nupcial fue una réplica exacta de la que habían degustado en su boda hacía cincuenta y dos años. Eleanor se fijó en que las invitadas iban mucho más arregladas que los hombres, y la mayoría lucían unos elegantes vestidos de cóctel, pero ninguna de ellas podía competir en belleza con Ruby. Zack no pudo dejar de mirarla en toda la noche, y bailó con ella una y otra vez. También sacó educadamente a bailar a Eleanor, e incluso bailó una pieza con su madre. Desde que Zack había firmado aquellos acuerdos multimillonarios, la mujer se mostraba muchísimo más agradable con su hijo, e incluso los invitó a él y a Ruby a ir a visitarlos a Texas. Como era de esperar, la novia de su padre mostró un comportamiento de lo más inapropiado, aunque a nadie pareció importarle, ni siquiera a Zack.

Habían pagado una tarifa adicional a la escuela para que les permitieran prolongar el baile hasta la una de la madrugada. Nada que ver con la boda de sus abuelos, cuya celebración duró toda la noche, pero ya nadie daba fiestas así.

Hacia el final de la noche Ruby lanzó el ramo de novia, que atrapó al vuelo una de sus amigas de Stanford. Fue un lanzamiento de ramo especial: se trataba de una réplica, ya que la novia quería conservar el original. Luego se marcharon para pasar la noche de bodas en el hotel Fairmont, situado muy cerca de la escuela, y a la mañana siguiente partirían rumbo al Caribe en un jet privado. Zack se estaba acostumbrando muy deprisa a las ventajas que ofrecía su nuevo estatus y las compartía alegremente con su flamante mujer.

Tras dar las gracias a sus abuelos por una celebración tan maravillosa, se disponían ya a abandonar la mansión cuando Zack se giró hacia Ruby.

—Eres la novia más hermosa que he visto en mi vida y ha sido una boda fantástica. Tendremos que dar otra gran fiesta para la inauguración de la casa.

—¿Qué casa? —preguntó ella con expresión perpleja.

—Sé lo mucho que esta casa significa para ti y para tu abuela —respondió él en voz baja para que nadie pudiera oírlo—. La escuela está interesada en unas instalaciones más grandes. Dicen que la mansión se les ha quedado pequeña y llevan un tiempo buscando otro lugar para trasladarse. Así que te la he comprado.

—¡¿Que has hecho qué?!

—Le he comprado la mansión a la escuela. Es mi regalo de

bodas para ti. Es tuya, Ruby, la he puesto a tu nombre. Ahora, tu abuela y tú podréis disfrutar restaurándola para que vuelva a ser como antes.

Dijo todo aquello con un aire ingenuo e inocente, como si fuera lo más normal del mundo, porque para él lo era. Y, además, pensaba que le había costado muy poco dinero.

—Oh, Dios mío, Zack, estás loco, pero lo que has hecho es algo maravilloso. Tengo que ir a contárselo a mi abuela.

La encontró en el gran salón de baile, sentada tranquilamente junto a Alex, degustando una última copa de champán. Tomó asiento a su lado y se lo contó todo.

—¿Que Zack ha comprado la casa? —preguntó Eleanor, mirándola estupefacta—. ¿Que ahora es tuya? —Al principio Eleanor pensó que se trataba de una broma, pero luego ella y Alex se dieron cuenta de que su nieta hablaba en serio.

Tuvieron que desprenderse de la mansión hacía cincuenta y un años, y ahora por fin volvía a pertenecer a la familia. Alex se quedó totalmente anonadado, y Eleanor fue corriendo a buscar a Zack para darle las gracias. No había palabras para expresar lo que aquella casa significaba para ella, pero él podía verlo en sus ojos, y también en los de su mujer, y se alegraba mucho de haber podido hacer eso por ellas. Para él no había supuesto gran cosa, pero sabía lo importante que era para Ruby y su abuela.

Los recién casados se marcharon poco después, y Eleanor regresó junto a Alex, que estaba hablando con uno de los amigos de Zack. Cuando el joven los dejó a solas, Alex miró a su esposa con expresión beatífica.

—Nunca pensé que esta casa volvería a ser de nuestra familia —reconoció Eleanor.

Todavía estaba conmocionada por la noticia. Apenas podía dar crédito. El hogar de su infancia había sido devuelto por fin a sus legítimos propietarios.

A Alex no le interesaba recuperar su residencia familiar

—sentía que era una historia ya pasada y remota—, pero sí le hacía gracia la idea de que su nieta pudiera vivir en la mansión Deveraux. De algún modo, parecía de justicia que volviera a manos de la familia, y todo gracias a Zack. Y el proyecto de hacer que la casa recuperara su antiguo esplendor mantendría muy ocupadas a Ruby y su abuela durante mucho tiempo. Alex se giró hacia su esposa mientras ella se sentaba junto a él.

—Una boda espectacular —comentó con una gran sonrisa.

—¿La suya o la nuestra? —bromeó Eleanor—. Porque no recuerdo que en la nuestra hubiera invitados con pantalones cortos.

Ambos se echaron a reír y, mientras miraban a su alrededor en el gran salón, Alex recordó con nitidez la exquisita y emocionante sensación de poder bailar con ella. La besó, y todos los recuerdos de su noche de bodas regresaron tan claros y vívidos como entonces.

La luna de miel en el yate que alquilaron fue todo lo romántica que Zack había esperado que fuera. Los recién casados pasaron horas tumbados al sol en la cubierta, atendidos en todo momento por los veinte miembros de la tripulación. Atracaban en los puertos, bajaban a hacer compras o a cenar en algún restaurante junto a la orilla, o a veces echaban el ancla en una bahía, nadaban bajo la luz de la luna y hacían el amor toda la noche.

Ruby se sentía como si flotara constantemente en una nube de felicidad. Cuando regresaron a San Francisco, ella y su abuela recorrieron la mansión haciendo listas de todo lo que habría que restaurar. Los propietarios de la escuela les habían prometido que dejarían el edificio en febrero, pues ya habían encontrado una ubicación provisional para los próximos años. Y Zack había contratado a un arquitecto para que ayudara a Ruby y Eleanor con las tareas de rehabilitación.

Cuatro semanas después de la boda, Ruby descubrió que estaba embarazada. Zack no cabía en sí de gozo. El bebé nacería en julio, y para entonces esperaban estar viviendo ya en la casa. Aquello hizo que Ruby se replanteara la idea de buscar trabajo. No tenía demasiado sentido hacerlo ahora, con la mansión en obras y el bebé en camino, y Zack no era partidario de que trabajara. Pensaba que no tenía necesidad de hacerlo.

A Ruby le costó un poco acostumbrarse a las continuas muestras de generosidad que Zack le prodigaba, pero aún más asimilar que ahora él podía permitirse todo aquello que quisiera. De vez en cuando seguían yendo a cenar al Jack in the Box, pero ahora la realidad era que su mejor amigo durante la mayor parte de sus años universitarios, con quien había compartido pizza y vino barato, podía comprarse todo lo que se le antojara.

Era tal la fortuna de la que disponía que en febrero adquirió un avión privado y, como habían disfrutado tanto durante su luna de miel, también compró un yate, al que bautizó como *Ruby Moon*.

—¿No deberíamos estar ahorrando parte de ese dinero? —le preguntaba Ruby a veces, un tanto preocupada por tanto lujo a su alrededor.

La historia de cómo su familia lo había perdido todo durante el crac de 1929 siempre la había marcado, y no quería que a ellos les pasara lo mismo si las cosas se torcían.

—Si lo pierdo, siempre puedo volver a ganar más.

Zack tenía una confianza absoluta en su capacidad para generar dinero de forma ilimitada. Cuando cumplió veinticinco años, seis meses después de la boda, su red informática estaba valorada en unos cuatro mil millones de dólares. Cuando cerró su primer trato importante recurrió a su padre para que le aconsejara sobre cómo invertir el dinero, pero con el segundo acuerdo ganó una fortuna tan inmensa que tuvo que contratar a expertos financieros de alto nivel para que le asesoraran. Y, mientras tanto, parecía que no había nada que no pudiera comprar. Era como un niño en una tienda de golosinas, solo que multiplicado por cuatro mil millones. Ruby ni siquiera alcanzaba a concebir esa cantidad. Pero, a pesar de su increíble fortuna, Zack seguía disfrutando de los placeres sencillos de la vida: pasar los fines de semana en la cabaña del lago Tahoe, salir a pescar con Alex, ir a la playa, dar largas caminatas por las montañas... Y, al mismo tiempo, todo le parecía poco para Ruby. No le negaba nada y todo lo que deseara para su nueva casa le parecía bien. Ni siquiera esperaba que ella le pidiera permiso, tenía carta blanca para hacer lo que quisiera. Zack estaba ansioso por poder pasar tiempo con ella en el nuevo yate después de que el bebé naciera. Ahora la embarcación se encontraba anclada en aguas del Mediterráneo, y tenía pensado dejarla allí durante todo el verano.

Ambos se habían dado cuenta de que, después de hacerse inmensamente rico de la noche a la mañana, Zack siempre tenía que estar quitándose de encima tanto a hombres como a mujeres. Ellas intentaban seducirle descaradamente sin importarles que estuviera casado, y ellos buscaban hacer negocios con él. Incluso su madre y su padrastro, quienes durante catorce años no le habían prestado la menor atención, ahora lo llamaban y le invitaban a que fuera a visitarles a Texas para pasar más tiempo con él. Pero Zack no era ningún ingenuo y no se fiaba de toda esa gente, ni siquiera de su propia madre. La única persona en la que confiaba ciegamente era Ruby. Ella siempre había sido una fiel amiga y le había querido de forma desinteresada. Ahora le mostraba la misma devoción y entrega que le había mostrado antes de hacerse rico, y Zack sabía que le habría amado igualmente aunque no tuviera nada. Por encima de todo, Ruby era una mujer real y auténtica, y siempre lo había sido. Y le estaba profundamente agradecida por haber recuperado para ella la antigua residencia familiar y por haber hecho tan felices también a sus abuelos.

En cierto modo, a Zack le resultaba halagador que todas aquellas mujeres trataran de seducirle, pero le parecían patéticas y desesperadas, y las ignoraba por completo. Además, ninguna de ellas era ni por asomo tan brillante ni excitante como Ruby. Ella era la mujer de su vida y no veía la hora de que naciera el hijo que esperaban. En menos de un año no solo se había hecho adulto, sino que también se había convertido en un hombre importante. Estaba decidido a que el éxito no se le subiera a la cabeza, y hasta el momento lo había conseguido. Y Ruby confiaba en que siguiera siendo así. Adoraba su honestidad y aquella inocencia suya casi infantil, en claro contraste con su prodigioso talento para la informática.

Ruby y su abuela dedicaban mucho tiempo a hojear catálogos de subastas, buscando muebles que se parecieran lo máximo posible a los que habían decorado la mansión en el pasado. Como habían vendido la mayoría de las piezas en su propia tienda de antigüedades, tenían fotografías de todas ellas, así que les resultaba más fácil encontrar otras idénticas o muy parecidas en cuanto salían a subasta.

En mayo, Ruby y Zack hicieron su última escapada de fin de semana al lago Tahoe, y en junio se trasladaron por fin a la mansión Deveraux, un mes antes de la fecha prevista para el nacimiento del bebé. Muchas habitaciones se hallaban aún en proceso de remodelación, pero la mayoría de las estancias principales estaban prácticamente acabadas, sobre todo el gran dormitorio con sus dos vestidores, así como el cuarto del bebé, idéntico a como había sido cuando Eleanor era pequeña. La anciana todavía podía recordarlo a la perfección.

Zack ya había comprado un Bugatti en miniatura, con motor incluido, para el niño, ya que estaba convencido de que sería un varón. Pero también decía que en realidad no le importaba el sexo, siempre y cuando la criatura naciera sana, porque, de todos modos, quería tener por lo menos una docena de hijos. Hasta entonces habían llevado una vida muy intensa y ajetreada, pero cuando por fin se instalaron en la mansión Ruby pudo bajar un poco el ritmo. Zack seguía trabajando en sus proyectos de investigación. Su sueño era crear una red que pudiera conectar los ordenadores de todo el mundo, y estaba decidido a encontrar la manera de conseguirlo. Había hecho que instalaran en la casa un laboratorio informático y también un despacho.

Por su parte, Eleanor seguía en su búsqueda incesante de piezas y objetos para la mansión. De vez en cuando pasaban algunos días en el lago Tahoe para escapar de la ciudad, donde ella podía relajarse un poco dedicándose a sus labores de jardinería. Alex tenía la sensación de que no habían parado desde que empezaron a organizar la boda y se le veía un tanto cansado. Acababa de cumplir ochenta y seis años y había dado un pequeño bajón. Ruby era consciente de ello, y Eleanor también. Desde que los jóvenes se casaron habían llevado un ritmo de vida frenético, y había gente incluso que se acercaba a ellos para que le presentaran a su nieto político.

Eleanor también estaba preocupada por su nieta. Todavía recordaba la traumática experiencia por la que había pasado Camille cuando dio a luz a Ruby, aunque su estilo de vida había sido muy distinto. Eleanor quería que todo fuera bien en el parto de su nieta, y Alex la tranquilizaba diciéndole que así sería. Ruby era la viva imagen de la salud y la felicidad. Cada vez que la veían estaba más guapa y radiante. La joven se pasaba frecuentemente por la tienda y hablaba por teléfono con su abuela varias veces al día para contarle todos sus proyectos relacionados con la mansión, el cuarto del bebé y el inminente nacimiento de su hijo.

Zack quería estar presente en el parto y, de forma anónima, asistieron juntos a clases del método Lamaze para gestionar el dolor. Cuando salió de cuentas en julio, Ruby se encontraba en casa, doblando camisetitas y dando los ultimísimos toques al cuarto del bebé. Recuperando uno de sus antiguos talentos, la propia Eleanor había pintado un simpático mural en la habitación. Representaba un circo con sus payasos, sus animales, y una bailarina caminando sobre la cuerda floja con un tutú lleno de lentejuelas. Incluso había reproducido el tren circense a lo largo de una de las paredes. A Zack y Ruby les encantaba.

Habían contratado a una cuidadora para que les ayudara durante los primeros meses, pero después Ruby deseaba encargarse ella misma del bebé. Quería convertirse en la clase de madre totalmente opuesta a la que había sido Camille, y Eleanor no tenía la menor duda de que lo sería. Alex se sentía un poco decepcionado porque no hubiera utilizado su excelente formación universitaria para buscarse un empleo bien remunerado, pero con la increíble fortuna que Zack había ganado en tan poco tiempo no tenía demasiado sentido que Ruby trabajara. Era preferible que se quedara en casa cuidando de los niños, que al fin y al cabo era lo que Zack quería.

Él tenía sus oficinas en Palo Alto y la llamaba varias veces al día para asegurarse de que todo iba bien. Cuando por fin llegó el momento, Ruby se encontraba con su abuela escogiendo telas para las cortinas del gran salón de baile. Eleanor llamó a Zack, que regresó inmediatamente a la mansión, y en cuanto él llegó ella se fue para contarle a Alex que el bebé ya estaba en camino. Ruby le prometió que les avisarían en cuanto tuvieran que marcharse al hospital. Pasaron el resto del día en la casa, controlando el tiempo entre contracciones y viendo películas en la televisión. El parto tendría lugar en el nuevo centro de maternidad, y cuando a las seis de la tarde salieron por fin para el hospital, Ruby todavía sonreía. Después de llegar pareció que el proceso iba a prolongarse eternamente, pero las enfermeras les dijeron que los partos de madres primerizas siempre eran más largos.

Cuando las contracciones empezaron en serio, Zack puso en práctica todo lo que había aprendido para ayudarla. Se les veía tan jóvenes y concentrados, y tan enamorados, que las enfermeras que entraban en la habitación se sentían conmovidas. Ruby quería un parto natural, y cuando por fin comenzó a empujar a medianoche, el bebé llegó de forma sencilla y rápida. Todo fue como la seda. Solo hicieron falta tres poderosos empujones para que Zack y Ruby vieran por fin nacer a su hija. El doctor cortó el cordón umbilical y dejó con delicadeza a la criatura sobre el vientre de la madre. Los dos jóvenes no paraban de reír y de llorar mientras la contemplaban. Una de las enfermeras les comentó que, gracias a su actitud y buena disposición, todo había resultado más fácil. A las doce y media llamaron a sus abuelos para contarles que Kendall Eleanor Katz había llegado por fin al mundo y que todo había ido muy bien.

—¡Gracias a Dios! —exclamó Eleanor, asintiendo y levantando los pulgares en dirección a Alex.

Ambos habían permanecido despiertos mientras esperaban angustiados la noticia del nacimiento de su bisnieta.

—Es una niña preciosa, abuela —dijo Ruby sin poder contener su alegría.

Zack se puso también al teléfono y les explicó que el parto había sido como un milagro y que se sentía muy emocionado por ser padre. Eleanor y Alex prometieron ir por la mañana para conocer a la pequeña.

Después, Zack llamó a sus padres. En el teléfono de su madre saltó el contestador y le dejó un mensaje. Su padre sí respondió y felicitó a la pareja. La llamada fue breve y concisa, a diferencia de la conversación con los abuelos de Ruby, que se interesaron por todos los detalles y no pararon de preguntar cómo era la recién nacida. Eran, sin duda, unas personas mucho más cálidas y afectuosas.

Todo había ido estupendamente bien, nada que ver con el nacimiento de Ruby veintitrés años atrás. Zack y Ruby eran la prueba viviente de que los sueños se hacían realidad y de que el amor siempre acababa triunfando. Y ninguno de ellos tenía la menor duda de que Kendall Eleanor Katz sería una niña maravillosa y llena de luz.

17

Ruby se sentía completamente feliz cuidando de su hija. Y la niña era tan buena y tranquila que prescindieron de los servicios de la cuidadora al cabo de solo un mes. Ruby era una auténtica madraza. Estaba siempre pendiente de Kendall, amamantándola, cambiándole el pañal y poniéndole ropita. La llevaba casi todos los días a la tienda de antigüedades para que estuviera un rato con sus bisabuelos, que la adoraban. Y Zack también estaba como loco con la pequeña.

—Seguro que es la niña más querida del mundo —le comentaba Eleanor a Alex, visiblemente encantada.

Para Ruby, su marido y su hija lo eran todo. Y solo dos meses más tarde, creyendo equivocadamente que no podría ocurrir mientras estaba dando el pecho, volvió a quedarse embarazada. Zack se sorprendió mucho al enterarse de la noticia, pero en cuanto la asimiló se mostró entusiasmado. El nuevo bebé nacería en junio, y para entonces Kendall tendría once meses. Serían lo que se conoce popularmente como «gemelos irlandeses», ya que no se llevarían ni un año de diferencia.

Ruby y Eleanor ya casi habían acabado de restaurar la mansión. Su aspecto se asemejaba cada vez más al que había tenido en el pasado, aunque por supuesto faltaban algunos elementos importantes, como los extensos terrenos ajardinados que habían sido vendidos por la escuela. Ahora solo contaban con un pequeño jardín en el que podían comer en los días soleados. Se habían trasladado a vivir en la casa antes de que naciera Kendall, mientras los trabajos de restauración todavía estaban en marcha. Habría resultado demasiado complicado llevar a la recién nacida al apartamento de sus abuelos, así que habían preferido mudarse antes a la mansión de Nob Hill. A Ruby le gustaba mucho vivir allí, y a Eleanor le encantaba ir a visitarla y ayudarla a acondicionar su hogar. Para ella, el lugar estaba lleno de preciados recuerdos. Era el mejor regalo que Zack podría haberles hecho.

En Navidad, apenas unos meses después de que naciera su primera hija, a Ruby empezó a notársele el embarazo. Le encantaba estar encinta y cuidar de Kendall. Nunca habría imaginado que disfrutaría tanto de los placeres de la maternidad, pero como no trabajaba podía entregarse a ello en cuerpo y alma. Y Zack estaba más ocupado que nunca mientras su imperio informático seguía creciendo. Casi de la noche a la mañana se había convertido en adulto, marido, padre y magnate empresarial, uno de los miembros más destacados de la nueva hornada de multimillonarios increíblemente jóvenes surgidos a raíz de la imparable expansión de las nuevas tecnologías.

Pasaron las fiestas navideñas con Alex y Eleanor, y para Año Nuevo, Zack hizo que llevaran su nuevo yate a las aguas del Caribe. Ruby todavía no lo había visto, ya que había estado demasiado ocupada con el bebé. A primeros de año dejaron a Kendall con una niñera de confianza, embarcaron en la isla de San Martín y pusieron rumbo a San Bartolomé en el increíblemente lujoso yate de casi noventa metros de eslora que Zack había bautizado como *Ruby Moon*. Habían planeado hacer un crucero de dos semanas, pero Ruby se sentía tan mal sin Kendall que lo único que quería era volver a casa. No fue un viaje tan romántico como el que habían disfrutado durante su luna de miel hacía ya quince meses. Echaba tanto de menos a la pequeña que cada pocas horas llamaba vía satélite a la niñera, y Zack se daba cuenta de que su mente y su corazón estaban en casa con Kendall. Para él fue un duro golpe descubrir que ya no era el único amor en la vida de su mujer. La niña era tan importante para ella como él, puede que incluso más, algo que le costaba asimilar. Al final volvieron a casa cuatro días antes de lo previsto. El yate era fabuloso, pero Ruby no se sentía preparada para estar tanto tiempo separada de Kendall, y tampoco quería llevar a la niña con ellos.

Zack sabía que Ruby no podría volver a viajar a partir de finales de marzo, ya que esperaba al nuevo bebé para junio. Así que, después de desembarcar, decidió que enviaran el yate de vuelta a Europa. Tenía planes de utilizarlo el próximo verano para navegar con algunos amigos por el Mediterráneo, y sospechaba que Ruby no le acompañaría, ya que no querría separarse del nuevo bebé por lo menos hasta el otoño.

La relación entre ellos cambió sutilmente después del crucero. Para Zack supuso una gran conmoción descubrir que Ruby prefería estar con la niña antes que con él. Se mostró muy frío durante varias semanas, pero ella no pareció darse cuenta. Se sentía demasiado feliz con el simple hecho de estar en casa con su hija.

En abril, Ruby le comentó a su abuela que Zack se quedaba trabajando hasta muy tarde en la oficina y que a veces no llegaba hasta después de medianoche. No parecía especialmente preocupada, ya que Zack trabajaba de forma incansable cuando tenía en mente una nueva idea. No cabía la menor duda de que era un genio en su campo, pero Eleanor no recordaba que antes hubiera hecho algo así. Esa noche, durante la cena, se lo mencionó a Alex, y este se quedó mirando a su mujer con semblante serio.

—Ruby debería tener mucho cuidado. Su marido es muy

joven, poco más que un crío. Pero también es un hombre muy, muy rico, que podría ser presa fácil para algunas mujeres codiciosas. Ruby está dedicada en cuerpo y alma a la niña, y además ha estado embarazada prácticamente desde que se casaron. Debería prestar más atención a Zack. No es una buena señal que un hombre se quede trabajando hasta tarde y llegue a casa después de medianoche. Más vale que se ande con cuidado.

Eleanor se preguntó si su opinión sería la de un hombre chapado a la antigua, o si tal vez tenía algo de razón. La situación de ellos dos había sido muy distinta. Durante diez años habían estado intentando desesperadamente tener un hijo. Y luego él se había marchado a la guerra y había regresado malherido, y ella se había pasado mucho tiempo cuidándolo y preocupándose por su salud. Habían sido inseparables. Y más tarde habían emprendido un negocio y habían trabajado juntos. Todas esas cosas habían acabado uniéndolos aún más. Y cuando se casaron, Alex ya era un hombre mayor y mucho más maduro. En muchos aspectos, Zack seguía siendo un niño. Aun así, Eleanor pensaba que era demasiado pronto para preocuparse. Cuando naciera el bebé, Ruby podría dedicarle más tiempo y atención a su marido. Alex tenía razón: su nieta había estado embarazada prácticamente durante todo el matrimonio.

Unas semanas más tarde, Ruby volvió a mencionarle el tema a su abuela. Le dijo que Zack estaba trabajando tan intensamente que a veces se quedaba a pasar la noche en la oficina. Esta vez saltaron todas las alarmas en el cerebro de Eleanor. No sabía si debía comentarle algo a su nieta, que para entonces ya estaba de ocho meses, se sentía terriblemente incómoda y estaba muy centrada en su inminente parto. No le parecía buena idea preocuparla cuando faltaban tan pocas semanas para dar a luz.

La siguiente vez que la vio, Ruby conducía un Rolls descapotable. Eleanor pensó que era demasiado ostentoso, pero Alex se quedó francamente impresionado.

—¡Menudo cochazo! —exclamó, y Ruby se echó a reír.

Era de un color rojo intenso y llevaba la sillita de Kendall en el asiento de atrás.

—Me siento casi como una narcotraficante —admitió Ruby—. Zack me lo regaló la semana pasada.

—¿Por alguna ocasión especial? —preguntó Eleanor como quien no quiere la cosa—. ¿Un regalo por el nacimiento del bebé?

—No, porque le apetecía.

Después de que Kendall naciera, Zack la había obsequiado con una fabulosa pulsera de diamantes y rubíes, pero ahora no parecía haber ningún motivo para comprarle aquel lujoso coche. Cuando Ruby se marchó, Eleanor miró a Alex y expresó abiertamente su inquietud:

—¿Crees que Zack está teniendo una aventura?

—No. ¿Por qué? —preguntó sorprendido.

Había olvidado su conversación anterior acerca de que Zack estaba llegando tarde de trabajar.

—Ruby dice que a veces no va a casa por las noches y que se queda a dormir en la oficina. Y ahora, ese coche tan caro que le ha regalado sin motivo alguno.

Alex frunció el ceño.

—Espero que no sea eso —dijo muy serio—. A Zack le encanta hacer regalos y gastarse cantidades obscenas en ellos. Es inmensamente rico y puede permitírselo. Las casas, el avión, el yate, ese nuevo Rolls... para él son como juguetes. Pero si está teniendo una aventura y ella lo descubre, eso destruirá su relación. Son demasiado jóvenes como para que él ya ande tonteando por ahí. Deberían estar más enamorados que nunca y tenerse una fidelidad absoluta. En estos momentos están sentando las bases de su matrimonio. Ella debería buscarse una niñera y dejar a la pequeña con ella, salir de vez en cuando con su marido y pasarlo bien juntos. Pero ahora está a punto de dar a luz otra vez y puede que él se haya cansado de que ya no le preste atención.

Alex creía firmemente en la fidelidad, pero ambos sabían que a veces las parejas se aburrían y buscaban alguna distracción fuera de casa, sobre todo después de muchos años de matrimonio. Una aventura después de solo veinte meses de casados resultaría algo desastroso, pero es que Ruby había estado embarazada dieciocho de esos veinte meses, y Zack era un joven de veintiséis años inmensamente rico y con montones de mujeres que iban tras él sin ningún recato.

—Espero de todo corazón que no sea nada —dijo Eleanor.

Alex asintió. Si resultaba que estaban equivocados, no quería entrometerse en la relación de la pareja hablando con Zack cuando no había motivo para ello. Y Ruby tampoco se había mostrado preocupada en absoluto, tan solo había hecho algunos comentarios inocentes sobre que su marido estaba trabajando hasta muy tarde y se quedaba a dormir algunas noches en la oficina. Si sus temores eran infundados, ninguno de los dos quería asustarla o meterle ideas raras en la cabeza. No les parecía bien preocuparla sin motivo cuando le quedaba tan poco para dar a luz. Ahora Ruby solo podía pensar en el hijo que esperaba y en Kendall. Y, a medida que iba bajando el ritmo, cada vez pasaba menos tiempo con Zack. Él tenía la sensación de que lo único que hacía ella era doblar ropita en el cuarto del bebé o estar tumbada en la cama descansando. Y lo último que le apetecía a Ruby era salir por ahí. Se sentía como una ballena varada.

Eleanor los invitó a su casa a cenar, y ambos parecían estar bien. Zack se mostraba muy atento con su mujer, y Alex y Eleanor decidieron que sus miedos no eran más que producto de su imaginación. Al fin y al cabo era un genio de la informática, así que seguramente era cierto que se quedaba trabajando hasta tarde.

En esta ocasión, la llegada del bebé se retrasó. Hacía ya dos semanas que Ruby había salido de cuentas. Como ya habían contratado los servicios de la cuidadora, esta se ocupaba de Kendall, lo cual dejó más libertad a Ruby mientras esperaba que llegara el momento de dar a luz. Se sentía inquieta, nerviosa y aburrida, con demasiado tiempo libre en sus manos.

Así pues, decidió darle una sorpresa a Zack y presentarse en la oficina para salir a comer juntos. Se subió al Rolls rojo, bajó la capota y condujo hasta Palo Alto. Llevaba un vestido blanco muy holgado y unas sandalias. Se veía enorme, muy embarazada pero también muy guapa, cuando entró en el complejo de oficinas y avanzó con paso decidido por el pasillo sin pedir a la recepcionista que la anunciara. No llamó a la puerta de su despacho, que estaba cerrada. La abrió y entró, con su pinta de nube de azúcar gigante o de *cupcake* blanco inmenso, y vio a una joven rubia con una falda estrecha sentada en una esquina del escritorio de Zack. Ambos estaban riendo, y Ruby vio que él tenía la mano en el muslo de la joven cuando esta se giró ligeramente hacia ella. Era una chica muy guapa, y ambos se quedaron de piedra cuando la vieron allí plantada en medio del despacho. La joven no se movió y Zack se levantó de golpe, mientras Ruby los miraba totalmente paralizada. Quería pedir una explicación, pero las palabras no salían de su boca. Era algo tan impropio de él... Zack nunca había sido un mujeriego.

—Lo siento... Pensé que... podríamos salir a comer juntos.

Ruby, con los ojos llenos de lágrimas, empezó a retroceder. La joven se levantó de la esquina del escritorio, aunque se tomó su tiempo para hacerlo, como dando a entender que Ruby era la intrusa y la culpable de presentarse sin avisar. No mostraba la menor señal de arrepentimiento porque Zack tuviera la mano sobre su muslo; al contrario, parecía más bien irritada por la presencia de Ruby.

—Bethany... Esta es mi mujer, Ruby —dijo Zack con torpeza. La chica la saludó con la cabeza y salió del despacho con aire descarado.

Ruby salió tras ella inmediatamente y Zack se apresuró a detenerla.

—Ruby, no es lo que parece... Solo es una becaria... No ha pasado nada. Salgamos a comer.

Ella no respondió mientras él trataba de retenerla. Entonces Ruby se giró hacia Zack con una expresión totalmente devastada.

—Eres un cabrón. Yo confiaba en ti. Estoy a punto de tener a tu hijo mientras tú te estás tirando a becarias.

—No, no es verdad. No sé por qué lo he hecho... Tenía la mano en su pierna, eso es todo... Ella se subió a mi mesa antes de que pudiera hacer nada.

—No te creo. Has estado llegando tarde a casa todas las noches. ¿Es así como va a ser estar casada contigo?

Ruby salió hecha una furia y Zack la siguió hasta el aparcamiento. En esos momentos odiaba a su marido con todas sus fuerzas. Odiaba el hecho de haberle amado y de haber dejado que pudiera hacerle tanto daño. Sabía que nunca más podría volver a confiar en él.

—Ruby, te juro que no ha pasado nada. Solo estábamos hablando. Vamos, Ruby... Has estado embarazada desde el día en que nos casamos. ¿Es que ni siquiera puedo hablar con una mujer? —preguntó desesperado, viendo el odio y el dolor desgarrador en los ojos de su esposa.

—Puedes hacer lo que te dé la gana —le espetó ella llena de rabia, fulminándolo con la mirada—. ¿Dónde estabas cuando no venías a casa por las noches? ¿Con ella? Me has sido infiel, Zack. No seas también un mentiroso.

Se subió al coche y cerró de un portazo, mientras él se quedaba allí plantado como un pasmarote, sintiéndose como el canalla despreciable que era. Acto seguido, Ruby metió la marcha y arrancó. Condujo a toda velocidad de vuelta a la ciudad, y cuando llegó a la tienda de antigüedades seguía muy alterada. Su abuelo había salido, pero Eleanor estaba en su despacho, revisando el papeleo sobre algunas piezas que acababan de vender. Cuando alzó la mirada, vio a Ruby con el rostro surcado de lágrimas.

—¿Qué ha pasado? —le preguntó, levantándose inmediatamente y apresurándose a abrazarla.

—Creo que Zack me está engañando. Acabo de ir a su oficina para darle una sorpresa, y había una rubia guapísima sentada encima de su mesa y él tenía la mano sobre su muslo.

Eleanor torció el gesto. Era lo que se había estado temiendo. Pero una cosa era hacer especulaciones o tener sospechas, y otra muy distinta era verlo con tus propios ojos. Comprendía muy bien que su nieta estuviera tan afectada. La pobre estaba temblando.

—¿Y él qué te ha dicho? —le preguntó, ofreciéndole un vaso de agua de una jarra que tenía sobre el escritorio.

—Que no era lo que parecía. Todas esas chorradas que suelen decirse. Pero yo sé lo que he visto. Y la chica ni siquiera se bajó de la mesa cuando entré. Actuó como si aquel fuera su territorio y no el mío.

—Tal vez solo estuviera haciendo el tonto y coqueteando con ella. No los has pillado en la cama —dijo Eleanor en tono sensato, deseando que fuera verdad.

A veces los hombres se comportaban de la forma más estúpida, sobre todo cuando se cansaban de que su mujer estuviera siempre embarazada. Y él era joven y multimillonario, y tenía oportunidades a mansalva.

—Últimamente ha estado durmiendo fuera un par de veces a la semana. Creo que está teniendo una aventura. Y ella es una mujer guapísima.

—Tú también lo eres —le recordó su abuela, y Ruby rompió a sollozar.

—Parezco una elefanta.

Eleanor sonrió.

—No, no es verdad. Pareces una mujer que está a punto de dar a luz en cualquier momento.

—¿Cómo voy a confiar en él después de esto?

—Probablemente te costará hacerlo durante un tiempo. Y esperemos que él se comporte como es debido.

Eleanor le propuso salir a almorzar juntas, pero Ruby le dijo que estaba demasiado enfadada para comer nada y que solo quería volver a casa y tumbarse. El corazón seguía latiéndole desbocado desde que entró en la oficina de Zack. Se marchó de la tienda poco después. Cuando llegó a casa el teléfono estaba sonando. La cuidadora le dijo que Zack ya había llamado tres veces.

—¿Te encuentras bien? —le preguntó la mujer a Ruby—. Estás muy pálida.

—Estoy bien —dijo ella, y descolgó el teléfono—. ¿Qué quieres, Zack?

—Ruby, lo siento mucho. No era lo que parecía. Sé muy bien que podía dar una impresión equivocada. Pero es que es una chica muy descarada que flirtea con todo el mundo.

—Ese es su problema. Pero tú tenías la mano sobre su pierna. Si hubiese llegado cinco minutos más tarde, quién sabe si no habrías metido ya otra cosa por debajo de su falda —espetó ella furiosa, aterrada y muy dolida.

—Te juro que no he hecho nada con ella.

—Tu mano sobre su muslo ya es suficiente. Parecía que estabas a punto de meterte en la cama con ella. Y ya no me creo ni una sola de tus palabras.

—Esto no es bueno ni para ti ni para el bebé. Por favor, cálmate. Esta noche volveré a casa temprano. Iría ahora mismo, pero tengo una reunión muy importante a la una y media. Te quiero mucho, Ruby. Y esa chica no significa nada para mí.

—¿Te has acostado con ella?

—Por supuesto que no —replicó él, indignado.

—Entonces ¿dónde has estado durmiendo cuando no venías a casa?

—En la oficina. Tenemos un cuarto en la parte de atrás para que los friquis como yo se queden a dormir cuando están demasiado cansados para volver a casa. Y muchos de los técnicos informáticos se quedan cuando trabajan hasta muy tarde.

—¿Y ella también?

—Ella es una becaria, no una técnica informática.

—Y tú eres un capullo —replicó Ruby y colgó.

Luego fue a tumbarse en la cama, con el corazón todavía latiéndole a mil por hora. Notaba cómo el bebé no paraba de moverse en su interior, probablemente por el subidón de adrenalina. Permaneció allí tendida mirando al techo, sintiendo un profundo odio hacia su marido por lo que había visto. La imagen no paraba de dar vueltas en su mente, hasta que al final se quedó dormida. Zack no volvió a llamarla. Seguramente pensaba que estaba demasiado alterada para intentar razonar con ella. Y cuando Ruby se despertó al cabo de un par de horas, sintiéndose exhausta y dolorida, notó que la cama estaba empapada a su alrededor: había roto aguas, y comprendió que lo que la había despertado era una contracción. Estaba de parto, y no quería estarlo. No quería ver a Zack, ni tampoco tener al bebé en ese momento. Se sentía demasiado furiosa.

Se levantó, fue al cuarto de baño y se quitó el vestido. Se envolvió en unas toallas y volvió a tumbarse en el lado de la cama que estaba seco. Sabía que debería llamar al médico, pero tampoco se sentía con ganas de hacerlo. No quería tener el bebé ahora. Solo quería que pararan las contracciones.

Se fueron haciendo más intensas mientras estaba allí tumbada, y también más frecuentes. Cuando al final fueron demasiado fuertes como para ignorarlas, fue a buscar a la cuidadora. Pero la mujer no estaba. Debía de haber salido para llevar a Kendall al parque. Además, contaban con muy poco personal de servicio en la mansión. Una de las doncellas tenía el día libre y la otra estaba de vacaciones. Ruby estaba sola en casa. Controló el tiempo entre las contracciones: ahora eran cada dos minutos. Debía ir cuanto antes al hospital y tendría que conducir ella misma. No quería preocupar a su abuela y la oficina de Zack estaba demasiado lejos. Tardaría cuarenta y cinco minutos o una hora en llegar a la casa, y de todos modos no tenía ganas de verle. Se preguntó si estaría con la rubita.

Se levantó para arreglarse, pero tenía que detenerse cada vez que sufría una contracción. Eran demasiado seguidas como para poder vestirse, salir de la casa y conducir hasta el hospital. Y, de repente, se sintió muy asustada. Se planteó llamar a Zack, pero lo único en lo que podía pensar era en la rubia sentada sobre su mesa.

Levantó el auricular para telefonear al hospital. De pronto oyó que alguien subía corriendo por las escaleras y segundos después, entraba en el dormitorio: era Zack. Ambos se quedaron mirando igual de sorprendidos.

—¿Qué estás haciendo aquí? —le preguntó ella entre terribles dolores.

—Vivo aquí. He venido para hablar contigo.

—Estoy de parto —respondió ella con una mueca de sufrimiento.

Para entonces el dolor resultaba insoportable, mucho peor de lo que recordaba. ¿Cómo podía haber olvidado algo así?

—¿Por qué no me has llamado? ¿Y por qué no estás en el hospital? —preguntó él presa del pánico.

—Porque eres un mierda y te odio —replicó ella, pero no pudo seguir hablando.

Zack agarró el teléfono y empezó a marcar el 911.

—¿Qué estás haciendo? —dijo Ruby con expresión aterrada.

—Creo que vas a tener el bebé ya. Has esperado demasiado.

Ella también lo creía. Pero esta vez todo estaba yendo mal. Escuchó cómo Zack le decía a la operadora que su esposa se había puesto de parto y le dio la dirección. Luego fue corriendo al cuarto de baño y regresó con un montón de toallas. Entonces la miró fijamente a los ojos.

—No importa lo que haya pasado. No importa lo que hayas visto hoy o lo que puedas estar pensando. Este es nuestro hijo y te quiero. ¿Podemos olvidarnos de todo este maldito asunto hasta después de haber tenido el bebé? Te amo, Ruby. Y no volveré a comportarme como un idiota nunca más.

Ella no respondió. El dolor era demasiado fuerte, y sentía que el bebé intentaba abrirse paso para salir y ella no podía hacer nada por detenerlo. La vez anterior todo había ido como la seda, pero en esta ocasión todo estaba yendo tan mal como su matrimonio, y todo resultaba tan doloroso como lo que había presenciado esa mañana. Y la situación empeoraba rápidamente.

—¡Creo que el bebé ya está aquí! —gritó entre sollozos.

En ese momento sonó el timbre y Zack salió corriendo para abrir, dejándola allí tumbada y gritando entre agónicos dolores. Poco después entraron en la habitación varios bomberos, un policía y un paramédico. Este último se inclinó sobre ella y le habló para tranquilizarla mientras le iba retirando las toallas que la envolvían. Tenía la cara de Zack muy cerca de la suya, y Ruby ya no sabía si le odiaba o le amaba. La habitación empezó a girar a su alrededor y sintió como si estuviera ahogándose bajo el agua. Escuchó gritar a alguien, y luego, desde la profunda oscuridad en que la había sumido el dolor, oyó el llanto de un bebé. Abrió los ojos y vio al paramédico sosteniendo a la criatura. Le dijo que era un niño, y vio a Zack llorando y diciéndole que la amaba, y por un instante ella le creyó, pero en ese momento lo recordó todo y también se echó a llorar.

—Tenemos un niño —no paraba de decirle Zack, y entonces alguien le puso una mascarilla de oxígeno.

Habían decidido no saber el sexo del bebé para que fuera una sorpresa, pero la verdadera sorpresa había sido la rubia en el despacho de Zack. Cortaron el cordón umbilical y la subieron a una camilla, mientras el policía sostenía al recién nacido envuelto en una mantita.

—Vamos a llevarla al hospital —le dijo uno de los bomberos, y ella asintió.

El dolor había cesado, pero Ruby no podía parar de llorar. Depositaron cuidadosamente al bebé a su lado en la camilla y los cubrieron a ambos con una manta.

—Es un niño precioso —le decía Zack mientras la bajaban por las escaleras—. Y te quiero. Todo va a salir bien.

Ella asintió, aunque no le creía. Vio a la cuidadora y a Kendall cuando la sacaban de la casa. Oyó cómo Zack le contaba a la mujer lo que había pasado, pero no le explicó por qué las cosas habían ocurrido de ese modo, y también le odió por eso. Lo había arruinado todo por culpa de aquella rubia sentada sobre su mesa y por culpa de todas aquellas noches que no había ido a dormir a casa. Había sido una tonta por creerle. No tenía ninguna prueba de que se acostaran juntos, pero en lo más profundo de su ser sabía que así era.

Cuando ya estaban en la ambulancia, Ruby bajó la vista hacia el bebé acunado en sus brazos. Era una criatura tan dulce e inocente... Entonces volvió a sufrir unos dolores terribles. Zack cogió al niño y el paramédico procedió a extraerle a Ruby la placenta, mientras la ambulancia se dirigía a toda velocidad hacia el hospital con la sirena aullando. Cuando llegaron al cabo de diez minutos entraron por la puerta de urgencias, seguidos por Zack con el bebé en brazos. Los enfermeros se hicieron cargo de la paciente, y un médico acudió para examinarla. Aunque estaba temblando y sin apenas fuerzas, Ruby consiguió dar las gracias a los paramédicos cuando estos se marcharon. La asearon y comprobaron el estado del recién nacido. El doctor fue poco después para decirle que todo estaba bien. Pero nada estaba bien. Ruby era consciente de ello cada vez que miraba a Zack. Nada volvería a estar bien nunca más. Se preguntó desde cuándo la había estado engañando. ¿Desde el principio de su matrimonio o solo recientemente? ¿Durante todo el segundo embarazo, o también durante el primero?

—Por lo visto, esta vez el bebé tenía prisa y no ha querido esperar —le dijo el doctor bromeando un poco—. La próxima vez tendrá que venir al hospital a la primera señal. Los partos serán cada vez más rápidos. Tengo una paciente que tiene ya tres niños a la que tampoco le ha dado tiempo de llegar al hospital. Pero en este caso todo ha ido muy bien. Por cierto, el bebé ha pesado tres kilos con setecientos gramos y está en perfecto estado de salud. Su marido está con él en la sala de neonatos. Se lo traerán dentro de unos minutos. Podrán volver a casa mañana mismo o quedarse unos días más. Depende de usted.

Ruby asentía mientras lo escuchaba. Pero todo había ido tan deprisa que todavía se encontraba en estado de shock. La situación se había precipitado por culpa de los acontecimientos de la mañana, y luego con la apresurada llegada del bebé, que había sido tan rápida y dolorosa. Y Ruby sabía que su matrimonio y sus sentimientos por Zack nunca volverían a ser los mismos.

Poco después, Zack entró en la habitación empujando un pequeño moisés con el bebé dentro. A Ruby le habían administrado medicación para aliviar los dolorosos calambres provocados por la contracción del útero tras el parto. Estaba medio adormilada, y cuando abrió los ojos vio que Zack ya tenía al bebé en sus brazos. Habían decidido que, si era un niño, se llamaría Nicholas.

—¿Quiere cogerlo? —le preguntó una enfermera.

Pero Ruby se encontraba tan aturdida que se limitó a negar con la cabeza. Lo único que quería era que la dejaran sola.

—Estos partos de emergencia en casa suelen ser muy traumáticos —le dijo la enfermera a Zack, y este asintió.

Ruby cerró los ojos y volvió a quedarse dormida. Solo quería que ese día acabara ya. Y dejar de amar a Zack lo antes posible.

18

Esta vez todo fue diferente, ya desde el primer día y durante todo el proceso de recuperación. Ruby sufrió unos terribles calambres y tuvieron que darle medicación para mitigar el dolor. Zack volvió por la mañana. No había pasado la noche con ella en el hospital, como sí había hecho cuando nació Kendall, y Ruby se preguntó dónde habría estado. Tal vez había regresado a Palo Alto para estar con la rubia. Ni siquiera sabía qué decirle. Y cada vez que miraba a su hijo se ponía aún más triste: qué día tan horrible para nacer... Pasara lo que pasase, sabía que nunca más volvería a confiar en Zack. Sus sentimientos no habían cambiado desde el día anterior, y no creía que fueran a cambiar alguna vez. ¿Qué iba a hacer ahora? Tenía dos hijos con un hombre que estaba segura de que le había sido infiel y tal vez aún lo fuera, que quizá incluso lo había sido desde el principio. Zack estaba actuando igual que su propio padre, que había engañado a su esposa durante todo su matrimonio, y Zack lo había odiado por ello y le había perdido el respeto cuando se enteró. Y ahora Ruby se preguntaba si él estaría haciendo lo mismo.

Mientras pensaba en todo ello, Zack le entregó una cajita de cuero gris, una imagen que ya le resultaba familiar. Pero Ruby no quería nada de lo que pudiera haber dentro. No quería ningún regalo suyo. Cuando abrió la caja, descubrió en su interior la mayor joya que había visto en su vida: un enorme rubí de cincuenta quilates de color rojo sangre, el mejor de su categoría. Zack estaba intentando comprarla. La magnitud de su culpa se correspondía con el tamaño de sus regalos. Ruby lo comprendía ahora. Quiso devolvérselo, pero no lo hizo.

Cuando llegaron Alex y Eleanor, ni siquiera pudo fingir estar alegre. Solo podía llorar y abrazarse a su abuela desesperadamente. Eleanor podía ver en sus ojos que seguía destrozada por lo sucedido. Sabía por qué se había precipitado el parto y por qué no había llamado a nadie, y Zack también lo sabía. Eleanor lo miró, y él supo que Ruby se lo había contado todo. Alex también se mostró muy callado. Contemplaron embelesados al niño, hablaron un rato con su nieta y luego se marcharon. Ruby y Zack se quedaron solos.

—No puedes dejar que la situación siga así entre nosotros, Ruby. No puedes hacerlo.

—Por eso me regalaste el Rolls, ¿verdad? —dijo ella con aire desdichado.

Sabía que nunca más volvería a tocar aquel coche. Para ella estaba manchado de vergüenza, como lo estaba él.

—Eso es ridículo. Lo hice porque me apetecía —respondió.

Pero ambos sabían que no era verdad. Ella lo podía ver en su interior. Volvió a preguntarse una vez más cuánto tiempo había estado engañándola. Tal vez desde el principio. Pero ahora tenían dos hijos, y los niños necesitaban a sus dos progenitores. No iba a hacer lo que hizo su madre y abandonarlos, ni tampoco iba a despojarlos de su padre. Tenía que permanecer junto a él, por el bien de los pequeños. Kendall y Nick necesitaban a su padre, pero él la había herido tan profundamente que dudaba mucho de que pudiera perdonarle alguna vez. Su matrimonio entero se le antojaba ahora una gran farsa. No sabía cuánto tiempo llevaba engañándola, pero sí sospechaba que la rubia de su oficina no era la primera, y puede que ni siquiera la única.

Ruby salió del hospital dos días después de dar a luz. Al llegar a casa, el ambiente era de lo más triste y sombrío, nada que ver con la alegría que había acompañado al nacimiento de Kendall. El bebé gozaba de buena salud, pero su matrimonio no.

Zack se propuso demostrarle que se equivocaba con él. Era amable y atento con ella, como si implorara su perdón, y también se comportaba de forma entusiasta y cariñosa con el niño. Se mostraba paciente con Ruby y estaba pendiente de ella en todo momento. Y volvía a casa todas las noches. Eleanor podía ver que él estaba haciendo un gran esfuerzo por recuperar su confianza, pero que Ruby no hacía ninguno. Estaba completamente cerrada a cualquier posibilidad de reconciliación.

En agosto subieron al lago Tahoe y, por fin, ella comenzó a ablandarse un poco y a mostrarse algo más receptiva. Salían a dar largos paseos y ella apenas abría la boca, pero Zack podía ver que estaba empezando a perdonarle. Fuera lo que fuese lo que él hubiera hecho, Eleanor se daba cuenta de que su nieta se lo estaba haciendo pagar con creces, y sentía mucha lástima por los dos.

Para cuando regresaron a la ciudad a finales de agosto, la situación entre ellos había vuelto prácticamente a la normalidad. Ruby se mostraba más reservada que antes, y también mucho más cauta, pero poco a poco iba acercándose a Zack, y él se aferraba a ella como un náufrago a su tabla de salvación. No quería perderla por nada del mundo y estaba dispuesto a hacer lo que fuera para que su matrimonio volviera a ser como antes, si es que eso era posible. Finalmente, en septiembre volvieron a acostarse juntos. Habían pasado tres meses del nacimiento de Nicholas.

Pasaron Acción de Gracias con Alex y Eleanor, ya que

hacía años que los padres de Zack no celebraban las festividades con su hijo. Antes de casarse con Ruby, Zack solía pasar las fiestas con sus amigos. Su madre se juntaba con la familia de su marido, y su padre se iba de viaje con la novia que tuviera en ese momento. Así que ahora celebraban todas las fechas señaladas con la familia de Ruby. Habían dejado a los dos pequeños en casa con la cuidadora.

Alex fue a la cocina para trinchar el pavo. Tardaba mucho en volver, así que Eleanor fue a ver si necesitaba ayuda. Cuando regresó al cabo de un momento, estaba pálida como la cera. Zack salió corriendo hacia la cocina, seguido muy de cerca por Ruby. Alex yacía inerte, medio desplomado sobre su silla de ruedas. Debía de haber muerto en el acto. Zack se acercó para asegurarse: ya no tenía pulso. Daba la impresión de que acabara de quedarse dormido, pero su corazón había dejado de latir. Tenía ochenta y siete años, y Eleanor setenta y tres. Se habían amado profundamente durante cincuenta y cinco años. Los tres se quedaron allí mirándolo sin poder dejar de llorar. Luego llamaron al 911, pero cuando llegaron los paramédicos ya no pudieron hacer nada. Todo había acabado. Aun así, a pesar de los reveses de la fortuna y las heridas de la guerra, Alex había disfrutado de una buena vida.

El funeral se ofició el lunes después de Acción de Gracias. La iglesia estaba llena. Asistieron amigos de su juventud, compañeros de trabajo, clientes de la tienda de antigüedades e incluso un hombre que había servido con él en el ejército y a quien Eleanor ni siquiera conocía. La anciana seguía en un estado de absoluta conmoción. Ruby no se apartó de su abuela en ningún momento y le sugirió que se quedara con ellos en la mansión, pero Eleanor dijo que quería estar en su casa. Cerró la tienda durante una semana y, cuando volvió a abrir, empezó a sentir que ya no tenía ningún sentido estar allí sin Alex.

En primavera tomó la decisión de cerrar la tienda definitivamente. Había perdido todo su significado para ella. Ya no necesitaba el dinero, y se sentía muy satisfecha con todo lo que habían conseguido. Habían trabajado y disfrutado de aquel negocio durante cuarenta años. Parecía tiempo más que suficiente. Así pues, en verano decidió alquilar el edificio y mudarse al lago Tahoe. Quería vivir en la cabaña y dedicarse a cuidar del jardín. Poco después de que Alex muriera, el propietario había contratado a un nuevo capataz para supervisar la finca. El conde también había fallecido el año anterior y su hijo había heredado la propiedad. Todavía no tenía muy claro qué haría con ella, pero cuando fue a visitar el lugar en persona aseguró que por el momento no tenía planes de trasladarse a vivir allí. Además, tampoco se encontraba muy bien de salud.

A Ruby le preocupaba que su abuela viviera sola en el lago Tahoe, pero Eleanor parecía estar muy tranquila allí. Se pasaba la mayor parte del tiempo al aire libre, dedicada a sus labores de jardinería. También había hecho construir un pequeño invernadero en el que cultivaba orquídeas, algo que le iba como anillo al dedo. Ya no le interesaba la vida en la ciudad. Había conservado algunas clientas de su empresa de decoración, pero al final también acabó dejándolas. Ese capítulo de su vida estaba cerrado.

Ruby iba a visitarla siempre que podía y llevaba a los niños con ella. Las cosas con Zack también parecían haber vuelto a la normalidad. Había tenido que pasar un año después de que descubriera a aquella rubia sentada sobre su mesa, pero finalmente le había perdonado y la relación entre ellos volvía a ser como antes.

Un año después de que Eleanor se hubiera mudado a Tahoe, Zack le propuso a Ruby que en junio podían invitarla a un crucero con ellos en el yate. Era una embarcación magnífica y no la utilizaban tanto como deberían. Nunca llevaban a los críos con ellos, ya que podría resultar peligroso que corretearan solos por la cubierta. Ruby siempre odiaba tener que separarse de ellos, pero se mostró de acuerdo con Zack en que aquel viaje le sentaría muy bien a su abuela.

Ruby la convenció para que los acompañara. Para entonces ya hacía un año y medio de la muerte de Alex, y ambos se alegraron mucho cuando Eleanor aceptó la invitación. El yate les esperaría en Mónaco y, a lo largo de dos semanas, navegarían por las costas italianas y bajarían posiblemente hasta Cerdeña. Después Eleanor planeaba hacer un pequeño viaje por su cuenta, mientras que Zack y Ruby subirían hasta Saint Tropez para pasar unos días con unos amigos. En total estarían fuera unas tres semanas, y dejarían a Kendall y Nick en casa. Eran demasiado pequeños —solo tenían tres y dos años— y todavía resultaba muy peligroso para ellos viajar en el yate, ya que podrían hacerse daño o incluso caer por la borda. Pero esas tres semanas serían el periodo de tiempo más largo que Ruby iba a estar separada de ellos.

Ella y su abuela volarían desde San Francisco, mientras que Zack llegaría un día más tarde a Mónaco porque debía asistir a una reunión en Londres. Eso permitiría a Ruby y Eleanor realizar algunas compras en el principado monegasco y relajarse en el yate mientras esperaban a que él llegara. A Eleanor le apetecía muchísimo hacer aquel viaje, y a Ruby le alegraba mucho poder pasar tanto tiempo con ella, así que ambas estaban muy contentas y animadas cuando tomaron el avión. Llegaron a Mónaco a última hora de la tarde. La tripulación del yate las estaba esperando con todo listo y los camarotes preparados. Cenaron en cubierta, ya que hacía una cálida noche estival, y se acostaron pronto para descansar después de un vuelo tan largo. Al día siguiente salieron de compras por las lujosas tiendas del principado. Zack llegaría a las cinco de la tarde en un vuelo comercial y un miembro de la tripulación iría a recogerlo al aeropuerto.

Las dos mujeres acababan de embarcar en el yate después

de su agradable jornada de compras cuando el capitán fue a ver a Ruby a su camarote para comunicarle que el señor Katz había llamado mientras estaba fuera. Le había informado de que había perdido su vuelo y de que llegaría al día siguiente a la hora de comer. Mientras tanto, se alojaría en el Claridge's. Ruby llamó al hotel para hablar con él y preguntarle si todo iba bien, pero no estaba en su habitación. Cuando volvió a llamar por la noche aún no había regresado, pero ella no sospechó nada raro. En los últimos dos años no le había dado ningún motivo para desconfiar de él. Sus días de comportamiento disoluto parecían haber acabado y Ruby había dejado de preocuparse por esas cosas. Tan solo habían pasado una mala racha en su matrimonio, debido a que ella había estado embarazada prácticamente dos años seguidos. Se habían distanciado durante un tiempo, pero ahora las aguas habían vuelto a su cauce. Sin embargo, todo aquello le había hecho descartar la idea de tener un tercer hijo. No quería que otro embarazo pudiera interferir en su matrimonio, ya que Zack precisaba de toda su atención. Ahora comprendía que había crecido tan falto de afecto y cariño que una parte de él necesitaba a Ruby casi como a una madre, y eso hacía que a veces sintiera que tenía que competir con sus propios hijos por el amor de su mujer.

Eleanor y Ruby pasaron una mañana bastante tranquila y dieron un largo paseo por el puerto. Volvieron para la hora del almuerzo, cuando estaba prevista la llegada de Zack. Pero cuando subieron al yate, el capitán les comunicó que había recibido una nueva llamada del señor Katz informando de que tenía que asistir a una reunión de urgencia y se retrasaría un día más. Ruby le llamó pero no lo encontró en el hotel, así que le dejó otro mensaje. Para pasar el tiempo, Ruby pidió al capitán que esa tarde las llevara en el yate hasta Cap d'Antibes. Desembarcaron en el Hotel du Cap, dieron una vuelta por el lugar, y cuando regresaron a Mónaco descubrieron que la reunión de urgencia se había prolongado y que Zack no llegaría hasta al cabo de dos días. Él mismo la llamó esa noche antes de cenar para disculparse profusamente, y le sugirió que ella y Eleanor pasaran un día en el encantador pueblecito pesquero de Portofino. Tras volver a disculparse una vez más, le dijo que la echaba mucho de menos y que lamentaba enormemente el retraso.

Al final, Zack se presentó cinco días más tarde. Durante todo ese tiempo Ruby y su abuela habían estado haciendo excursiones en el yate y habían disfrutado mucho juntas, pero resultaba frustrante descubrir cada día que la llegada de Zack se retrasaba. Cuando por fin llegó, volvió a deshacerse en disculpas, besó a Ruby apasionadamente y pareció alegrarse sinceramente de verlas a ella y a su abuela.

A modo de compensación, le regaló a Eleanor un precioso pañuelo Hermès y a Ruby un bolso de piel de cocodrilo de la misma marca, que ella sabía que costaba una pequeña fortuna. En cuanto lo vio, se le heló la sangre en las venas: en ese momento supo qué era lo que había ocurrido y por qué se había retrasado tanto. La conmoción se reflejó en su rostro, algo que Eleanor también percibió, aunque no hizo ningún comentario. No quería empeorar la situación expresando sus propias sospechas, así que se limitó a dar las gracias efusivamente a Zack por el pañuelo.

Esa misma noche partieron hacia la isla de Cerdeña, y durante la siguiente semana disfrutaron aparentemente del resto del viaje. Zack se mostraba muy atento y cariñoso con Ruby, pero al mismo tiempo parecía un tanto distraído. Luego Eleanor se marchó por su cuenta al lago Como, un lugar que había querido visitar muchos años atrás en su luna de miel, antes de que las circunstancias los obligaran a interrumpir el viaje. Después tenía previsto ir a Madrid para visitar a algunos de sus mejores clientes de la tienda de antigüedades. Para Eleanor era una gran aventura y estaba muy emocionada. En cuanto desembarcó, el yate zarpó rumbo a Saint Tropez y Ruby bajó a su camarote. No salió de allí hasta la hora de comer, y cuando subió a cubierta mostró una actitud gélida con Zack. Llevaba consigo el bolso de piel de cocodrilo metido dentro de su caja. Aquella había sido la prueba incriminatoria de lo que había estado haciendo en Londres y de por qué se había retrasado cinco días.

—¿Qué es esto? —preguntó él sorprendido cuando le entregó la caja naranja por encima de la mesa.

—No intentes comprarme, Zack. Es indigno de ti. Y te delata siempre que lo haces.

Aquellas palabras le traían unos recuerdos muy amargos que había intentado olvidar.

—¿Qué quieres decir? —preguntó él con aire inocente y dolido, aunque a ella no la engañaba.

—Sabes muy bien a lo que me refiero. ¿Qué estuviste haciendo durante cinco días en Londres mientras nos dejabas a mi abuela y a mí aquí plantadas esperándote como tontas?

—Ya te lo dije. Tuve reuniones toda la semana. Si hubiera podido librarme habría venido antes. Siento que no te haya gustado el bolso.

—Me encanta el bolso, pero sé muy bien lo que significa que me hagas regalos así.

Zack captó el mensaje. Ya en su momento había acabado vendiendo el Rolls después de que Ruby se negara a seguir conduciéndolo. Durante el resto de la comida, mientras los miembros de la tripulación les iban sirviendo los platos, ella no volvió a dirigirle la palabra. A última hora de la tarde llegaron a Saint Tropez. El yate era tan grande que no había sitio para amarrar, así que echaron anclas en las aguas de la bahía. Ruby se acercó hasta el puerto en la lancha auxiliar y dio un paseo por la ciudad, preguntándose si había reaccionado exageradamente y había sido injusta con él. Pero ya no se creía sus excusas de por qué se había demorado cinco días en

Londres. Fuera lo que fuese lo que había estado haciendo, había actuado de una forma imperdonable por tenerlas esperando a ella y a su abuela en el yate. Zack tenía un don para ser pillado en sus infidelidades, como si no pudiera evitarlo, como si hubiera algo compulsivo en su comportamiento, aunque eso significara acabar siendo descubierto. Sentía una insaciable necesidad de afecto, un vacío que nunca podría llenar y que tenía su origen en el hecho de que su madre lo abandonara cuando era pequeño. Por mucho que Ruby lo amara, siempre necesitaba más. Y, dada su privilegiada posición, le resultaba fácil encontrarlo.

Cuando regresó al yate, ya era hora de arreglarse para salir a cenar. Ella trató de actuar con naturalidad, fingiendo que no sospechaba de él. Iban a reunirse con un grupo de amigos de Zack a los que ella no conocía. Había sonado divertido cuando él le propuso organizar el encuentro, pero esa noche no le apetecía en absoluto. Habían quedado en un famoso restaurante, y lo único que sabía Ruby era que serían unos ocho o diez amigos que planeaban pasar unos días juntos en Saint Tropez. Todos se conocían entre ellos y Zack insistió en que le caerían muy bien.

Subieron en la lancha para ir al puerto y fueron los últimos en llegar al restaurante. Ruby se dio cuenta al momento de que eran un grupo muy sofisticado. Todos iban muy elegantes y las mujeres lucían joyas carísimas. Ella llevaba un vestido sencillo y enseguida se encontró fuera de lugar. Zack no la había avisado de que iban a reunirse con gente de la jet set. Cuando la presentó, descubrió que todos eran británicos y franceses, y que la mayoría tenían casas en la zona. El ambiente en torno a la mesa era muy animado y distendido, y Ruby se fue relajando conforme avanzaba la velada. Estaba sentada entre dos ingleses con los que mantuvo una conversación muy interesante y amena. La mayoría eran parejas, salvo dos de los comensales que se alojaban como invitados en casas de amigos. Uno de ellos era un hombre homosexual, y la otra era una soltera inglesa muy atractiva llamada Marlene. De algún modo había acabado sentada al lado de Zack, y en un momento de la cena oyó cómo ella le decía: «Lo pasamos muy bien en Londres, ¿verdad, querido?». Él asintió sonriendo y se inclinó para decirle algo sin percatarse de que Ruby los estaba observando. La mujer sí se dio cuenta, y se giró rápidamente para hablar con el hombre que tenía al otro lado. Pero, a lo largo de la velada, Ruby vio cómo Zack y Marlene intercambiaban algunas miradas. Su radar se había activado y todos sus instintos estaban en alerta, y supo al instante que sus sospechas habían sido ciertas. Era evidente que Zack había orquestado aquel encuentro para volver a ver a Marlene, que acababa de llegar de Londres. Ruby era mucho más inteligente de lo que su marido suponía, lo cual explicaba que creyera que podía embaucarla con un bolso de Hermès.

Ruby permaneció muy callada durante el resto de la velada, y cuando Zack los invitó a todos a navegar en el yate al día siguiente, ella no hizo el menor comentario. Pero en cuanto llegaron al *Ruby Moon*, se giró hacia él con una expresión gélida.

—Bueno, cuéntame cómo funciona la cosa para que mañana sepa a qué atenerme. ¿Te escabullirás con Marlene mientras yo entretengo a tus invitados? ¿O tengo que hacer la vista gorda y fingir que no sé lo que está pasando mientras ella coquetea contigo a la vista de todos?

Durante toda la noche los había visto sentados muy juntitos, inclinándose el uno hacia el otro y tocándose en el brazo varias veces.

—¿De qué estás hablando?

Zack había bebido demasiado durante la cena y respondió de una forma más brusca de la que había pretendido.

—Sabes muy bien de lo que hablo. «Lo pasamos muy bien en Londres, ¿verdad, querido?» —dijo, imitando a la perfección la voz de Marlene—. ¿En serio crees que voy a quedarme aquí sentada como una idiota mientras vosotros montáis mañana vuestro numerito? Pensé que la cena en Saint Tropez sería algo divertido, pero resulta que todo estaba cuidadosamente planificado y que yo era la única tonta allí. No eres nada sutil, Zack. Y tampoco muy inteligente.

—¡Estupendo! —replicó él muy enfadado—. ¿Quieres que los llame a todos para cancelar lo de mañana? Porque si eso es lo que quieres, los llamo ahora mismo.

Sin embargo, Ruby sospechaba que él no se iba a privar de la posibilidad de volver a ver a Marlene. Seguía siendo aquel niño en la tienda de golosinas que lo quería todo y que podía permitírselo todo, y que pensaba que siempre se saldría con la suya. Y todavía era muy joven. Demasiado joven para tener una mujer y dos niños, y una fortuna colosal. Ruby se daba cuenta ahora de que había sido una necia al pensar que todo aquel dinero nunca iba a cambiarle. Porque sí lo había hecho.

—Haz lo que quieras —le dijo Ruby y luego bajó a su camarote.

Pero al final, Zack no llamó para cancelar el encuentro, y hacia el mediodía empezaron a llegar todos los invitados, entusiasmados ante la idea de pasar un día navegando en aquel fabuloso yate. Uno de los marineros de cubierta metió claramente la pata cuando, al ayudar a subir a Marlene al barco, le dijo: «Encantado de volver a verla, señorita». Ruby no dijo nada y dejó que toda la farsa siguiera su curso. Antes de comer se bañaron todos, ellas en topless, y luego disfrutaron de un distendido y animado almuerzo. Una vez más, Marlene acabó sentada al lado de Zack, con Ruby en la otra punta de la mesa. En un momento dado él le ofreció enseñarle el yate, algo que no hizo con los demás. Desaparecieron durante una media hora, y cuando regresaron venían muy acalorados y con la ropa y el pelo algo revueltos. Ruby se habría echado a reír si él hubiera vuelto con los pantalones cortos del revés, pero no hizo falta. Era evidente lo que habían estado haciendo. Zack llevaba incluso una pequeña mancha de pintalabios en el cuello. Ruby la detectó al momento, pero fingió no darse cuenta.

Pasó el resto del día como pudo, notando el corazón destrozado. Marlene había estado nadando en topless toda la tarde, y Zack apenas había podido contenerse. Hacia las seis regresaron a las aguas del puerto y todos los invitados se subieron a la lancha. Los dos anfitriones los despidieron desde la cubierta del yate, él agitando la mano con entusiasmo y ella con expresión triste y derrotada. Zack había ganado la batalla ese día, pero había perdido mucho más en el proceso.

En cuanto se marcharon, Ruby bajó a su camarote sin decir palabra y empezó a preparar el equipaje. Zack la siguió poco después, intuyendo que se avecinaba un enfrentamiento.

—¿Qué estás haciendo?

—El equipaje —se limitó a decir ella mientras llenaba su maleta, arrojando en su interior apresuradamente los zapatos y los diversos vestidos de verano que había llevado.

—¿Y eso por qué? —preguntó él, tratando de aparentar una inocencia nada convincente.

—Debes de estar de broma, ¿no? Aparte de que el marinero Billy le ha dicho a Marlene que se alegraba de verla de nuevo, he tenido que soportar tener sus tetas delante de mi cara todo el día, y luego que la llevaras a dar una vuelta por el yate de la que habéis vuelto al cabo de media hora muy acalorados y sudorosos, y con su pintalabios en tu cuello. —Ruby señaló la marca, que seguía muy visible cuando él se miró al espejo. Se giró hacia ella avergonzado—. Así que no sé por qué estoy haciendo las maletas, aunque quizá tú sí lo sepas. ¿O es que de verdad te crees que soy tan tonta?

—Eres la mujer más inteligente que conozco —dijo él con

la expresión de un niño mortificado—. Y ella es muy efusiva y se siente muy sola. Es viuda, pero totalmente inofensiva.

—Lamento mucho oír que es viuda. Pero dime una cosa: ¿para esto es para lo que quieres el yate? ¿Es aquí a donde te traes a tus queridas cuando me mientes diciendo que estás de viaje de negocios? Porque debe de ser un hobby muy caro, tenerlo solo para esto. —Costaba un dineral mantener aquel barco, pero a él le encantaba, mucho más que a ella—. Si es así, no pienso volver a poner los pies en este yate nunca más. No voy a consentir que toda la tripulación se ría a mis espaldas mientras tú te traes aquí a tus amiguitas y luego vuelves a invitarlas estando yo delante. Esto ya es demasiado, ¿no te parece? ¿O es que has perdido todo el sentido de la decencia? ¿Te crees que eres tan rico y tan importante que puedes comprar cualquier cosa y tener cuanto se te antoje? ¿O es así como eres realmente? No te importa si tienes una mujer y unos hijos esperándote en casa, lo único que quieres es poseerlo todo, el eterno niño en su tienda de golosinas. El problema es que tienes veintiocho años, estás en la cima de tu carrera y puedes tener a todas las mujeres que quieras. Antes no te importaban esas cosas, pero ahora sí. No deberías sentirte atrapado en este matrimonio, Zack. Ese es nuestro gran error. Antes eras mi mejor amigo, pero supongo que ya no te resulto tan interesante comparada con todas esas mujeres que has conocido últimamente. Todas ellas quieren estar contigo. Y tú nos necesitas a todas, no solo a mí. Te estás convirtiendo en tu padre, o acabarás haciéndolo si no te andas con cuidado. Él necesita a un montón de jovencitas para alimentar su ego. Y tú las quieres para llenar un vacío que nunca podrás llenar.

»No quiero formar parte de un equipo, Zack. No quiero compartirte con otras, no quiero ser la que se queda en casa mientras tú andas por ahí liándote con la Marlene de turno. Si eso es lo que quieres, no deberías estar casado. Al menos, no conmigo.

Y lo peor de todo era que ella solo tenía veintiséis años, y que si se quedaba junto a Zack él le rompería el corazón una y otra vez. Ahora lo sabía, no podía engañarse pensando que eso iba a cambiar. Nunca cambiaría y ambos eran conscientes de ello. Se habían casado siendo unos críos. Y al crecer, Zack Katz había acabado convirtiéndose en lo que era ahora: un niñato malcriado y multimillonario que quería tenerlo todo y a quien no le importaba engañar a su esposa. Necesitaba a todas aquellas mujeres, y a todas las que vinieran después, y estaba convencido de que siempre saldría airoso de sus infidelidades y de que, además, se lo merecía. Ruby se daba cuenta ahora de que siempre habría otra nueva Marlene. Zack no podía evitarlo, y tampoco quería hacerlo.

—¿Me estás dejando? —preguntó él con voz asustada.

—¿Acaso te importa? —respondió Ruby con dureza.

—Por supuesto que me importa, porque te amo —dijo Zack con lágrimas en los ojos.

Ella sabía que probablemente era verdad. Su madre lo había abandonado cuando tenía once años y no podía soportar la idea de perder también a Ruby. Pero él necesitaba a todas aquellas mujeres para intentar llenar su vacío.

—Puede que sea verdad que me amas, pero también necesitas a todas las demás. Y eso no es lo que yo quiero. El problema es que tenemos dos niños muy pequeños, una de tres años y otro de dos, y yo sigo teniendo esa patética y anticuada creencia de que los hijos necesitan a un padre, un padre de verdad. Y si te dejo ahora, ellos sufrirán las consecuencias. Pero si me quedo, seré yo quien las sufra. Así que aún no he decidido qué es lo que voy a hacer.

—¿Por qué no te quedas y tratamos de arreglar las cosas? Todavía nos queda una semana por delante para poder estar juntos.

Su tono era suplicante. No era un mal hombre, pero no podía serle fiel y nunca lo sería. Ella lo sabía ahora.

—¿Y luego qué? Volverás a Londres para otra semana de «reuniones de urgencia» y poder estar con Marlene, hasta que aparezca la siguiente mujer a cuyos encantos no te puedas resistir. Pensaba que ya habías terminado con eso, pero está claro que no es así, y ahora sé que nunca lo será. Siempre vas a necesitar a alguien más para tratar de colmar ese vacío afectivo que nunca podrás llenar. Quieres tenerme a mí y a todas las demás. Y ellas siempre estarán ansiosas y desesperadas por tenerte, por ser quien eres y por todo lo que posees. Yo te quiero de verdad tal como eres, o mejor dicho, como solías ser. Y no estoy dispuesta a ser plato de segunda mesa, o de décima mesa, o de la mesa que me corresponda en tu frenética y ajetreada vida. Así que no, no voy a quedarme. Necesito tiempo para pensar en lo que voy a hacer con mi vida. Puedes regalarle el bolso de Hermès a Marlene. Seguro que se volverá loca. Porque estoy segura de que, en cuanto me vaya, volverás a invitarla al yate.

Acabó de preparar el equipaje y fue a ver al capitán. Le dijo que necesitaba un coche con chófer y un billete de avión de Niza a París, o a cualquier ciudad desde donde pudiera volar a San Francisco.

—¿Nos deja, señora?

—Tengo que volver con mis hijos —respondió ella con voz queda.

El capitán le dijo que se pondría a ello inmediatamente. Ella se quedó esperando en cubierta y el hombre volvió al cabo de diez minutos.

—Me temo que el plan no es muy bueno —dijo en tono de disculpa—. A las once de la noche hay un vuelo de Niza a París, que llegará allí en una hora. Y luego hay un vuelo de París a San Francisco que sale a las ocho de la mañana. Eso significa que tendrá que esperar unas ocho horas en el aeropuerto. Y si quiere tomar el avión desde Niza, tendría que salir ahora mismo.

—No hay problema. Tengo el equipaje listo.

—Habrá un chófer esperándola en el muelle dentro de cinco minutos —le aseguró el capitán—. Y pediré a mis hombres que preparen la lancha.

A Ruby le resultaba embarazoso hablar con él, sabiendo que Zack había llevado a todas aquellas mujeres al yate.

Luego bajó para despedirse de Zack. Se fijó en que ya se había quitado el pintalabios del cuello.

—Me marcho —anunció con una frialdad que trataba de enmascarar el desgarrador dolor que sentía, y su enorme decepción.

—¿No vas a quedarte? —le preguntó él con aire desdichado. Ella negó con la cabeza—. No me dejes, Ruby. Te juro que nunca más me comportaré como un idiota. Es solo que a veces me dejo arrastrar. Y tienes razón: todas esas mujeres se me echan encima.

—Y tú no te apartas —repuso ella con una sonrisa triste.

Entonces agarró su bolso y salió del camarote. Ya habían recogido su maleta. Bajó la escalerilla hasta donde esperaba la lancha, se subió y, cuando empezaban a alejarse, alzó la vista. Zack estaba apoyado en la barandilla, contemplando cómo se marchaba. No podía estar segura a la luz del crepúsculo, pero le pareció que estaba llorando.

Apartó la vista y, mientras la lancha surcaba las aguas a toda velocidad en dirección al puerto, estaba convencida de que Marlene estaría de vuelta en el yate para consolarle antes de que ella llegara a Niza. Ruby no sabía si iba a dejarle o no, o si se divorciaría de él, pero, hiciera lo que hiciese, sabía que su matrimonio había acabado. Si se quedaba, seguiría casada con él solo sobre el papel. A sus veintiséis años, era mucho a lo que tenía que renunciar.

19

Cuando Zack regresó a San Francisco una semana más tarde, lo primero que hizo al llegar a casa fue subir al dormitorio. Ruby no estaba. La habitación presentaba el aspecto pulcro y ordenado que ofrecía siempre que ella se iba unos días fuera. Echó un vistazo a los armarios y comprobó que su ropa seguía allí. Los niños tampoco estaban en sus cuartos. Se sintió un poco tonto al preguntar a la doncella si sabía dónde se encontraba la señora Katz. Ruby no le había telefoneado ni dejado ningún mensaje desde que abandonó el yate, y él tampoco había tenido el valor de llamarla.

—Creo que están en el lago Tahoe, señor —respondió la doncella.

Zack tampoco la llamó allí. Ruby no se había equivocado: la misma noche en que ella se marchó, su marido le pidió a Marlene que volviera al barco. No podía resistirse a la tentación. Además, pensaba que siempre podría salir airoso de sus aventuras, y la mayoría de las veces lo conseguía. Odiaba estar solo. Para él era una agonía insoportable. Necesitaba tener siempre a su lado a una mujer que le amara. Ahora sabía que había sido un error casarse con Ruby, o con cualquier otra. Quería a su esposa, pero también necesitaba divertirse y eso significaba tener a muchas mujeres, no solo a una. Y a medida que se iba haciendo mayor, cada vez disfrutaba más de todas aquellas mujeres que revoloteaban a su alrededor y le profesaban adoración. Ruby se equivocaba: ellas sí llenaban su vacío, aunque fuera por un corto espacio de tiempo. Pero Zack quería a sus hijos... y Ruby también.

En cuanto llegó a casa, Ruby se marchó al lago Tahoe con los niños. Estaba allí cuando su abuela regresó de Europa, y le explicó lo que había ocurrido en Saint Tropez.

—¿Qué piensas hacer al respecto? —le preguntó Eleanor.

—No lo sé —respondió ella con franqueza—. Los niños son demasiado pequeños. No puedo privarlos de su padre.

—¿Y qué hay de ti? No puedes permanecer atrapada en un matrimonio sin amor con un hombre que te engaña. Te mereces algo mejor que eso.

—Tal vez dentro de unos años... —dijo ella, pensativa.

Pasó el resto del verano en el lago, como de costumbre. Zack no se presentó ni tampoco llamó. Tenía miedo de hacer o decir algo que pudiera llevarla al límite, y no quería perderla. Quería seguir casado con ella. No quería perder a sus hijos. Y Ruby tampoco quería separarlos de él. Si se divorciaba de Zack, se llevaría a los niños con ella o él tendría que abandonar la casa.

Durante todo el mes de agosto, Ruby se dedicó a jugar con los niños y a cuidar del jardín con Eleanor. Las labores de jardinería que hacían juntas la ayudaban a serenar el ánimo. Su abuela le mostraba cómo realizar las diversas tareas y le explicaba que un jardín era un organismo vivo con alma propia, que te enseñaba a ser paciente y te daba fuerza.

—Mi madre me enseñó todo sobre la jardinería. Ella aprendió a cuidar del jardín después de perder toda su fortuna. A mí me ayudó mucho cuando tu abuelo estaba en la guerra, y a ti te ayudará a meditar mientras tomas una decisión.

Ruby descubrió que tenía razón. Y cuando regresó a la

ciudad a finales de agosto, se sentía preparada para afrontar el futuro. Había decidido que esperaría unos años antes de dejar a Zack. Era un buen padre. Pero, para ella, su matrimonio había llegado a su final en Saint Tropez. Iba a quedarse con él por los niños; no por ella, y mucho menos por él.

Cuando Ruby regresó a casa, Zack no le preguntó qué pensaba hacer, y ella tampoco le comentó nada. Continuaron viviendo bajo el mismo techo mientras sus vidas se iban distanciando cada vez más. Los niños eran lo único que les mantenía unidos. Apenas se dirigían la palabra y se convirtieron en extraños el uno para el otro. Ruby estaba segura de que él tenía otras mujeres, pero no le interesaba saber nada del asunto. Él ya no significaba nada para ella.

Un día, cuando ya tenía siete años, Kendall descubrió a su madre llorando. Ruby había cumplido los treinta y empezaba a preguntarse por qué seguía aún con Zack. Era consciente de que no tenía ningún futuro, salvo una vida de soledad junto a un hombre que ya no la amaba y al que ella no amaba desde hacía cuatro años. Su matrimonio estaba muerto.

Iba a ver a su abuela siempre que podía. Ambas se entregaban juntas a sus labores de jardinería, y a Ruby se le daba muy bien el cuidado de las orquídeas. Le parecían unas flores preciosas y le encantaban sobre todo las especies más exóticas. Fue al regresar de una de esas visitas al lago Tahoe y enfrentarse de nuevo a su vida estéril y vacía, cuando su hija la encontró llorando.

—¿Por qué estás triste, mamá? —le preguntó Kendall.

Ella no supo cómo responderle. La niña era demasiado pequeña para entender algo tan grande. Ruby se sentía muy sola. Ella y Zack ya ni siquiera eran amigos. Aun así, a medida que los niños iban creciendo, Ruby tenía la sensación de que había hecho lo correcto al no separarse de él. Kendall adoraba a su padre. Le apasionaban los ordenadores y decía que quería ser como él algún día. Y Nick también deseaba seguir sus pasos. Lo que ellos veían era que su padre era un gran triunfador, una leyenda de fama mundial en la industria de las nuevas tecnologías y un hombre al que todos admiraban. No cabía la menor duda de que era un genio en su campo. Pero le había destrozado el corazón de forma irreparable, y al quedarse junto a él también estaba consumiendo su espíritu. Una parte de Ruby estaba muerta por dentro y ella lo sabía, aunque trataba de fingir que no le afectaba.

Eleanor también era consciente de la situación y odiaba ver así a su nieta. Pero la decisión de dejar a su marido tenía que tomarla ella.

Cuando Kendall cumplió catorce años, empezó a rebelarse contra su madre y a criticarla por todo. Su padre era su héroe y cada vez se parecía más a él en muchos aspectos: era inflexible, exigente y brillante. En cierto sentido, se mostraba más dura con Ruby que el propio Zack. Había en ella una frialdad que preocupaba mucho a su madre.

En cambio, Nick era más sensible, cariñoso y amable, más parecido a Ruby. A sus trece años, siempre decía que algún día trabajaría para su padre y que le gustaría dedicarse al mundo de las finanzas o a la informática.

Cuatro años más tarde, Kendall ingresó en la Universidad de California en Los Ángeles, donde se aplicó con entusiasmo a sus estudios de informática. Al año siguiente, Nick se matriculó en la London School of Economics. Aseguraba que se sentía muy feliz allí, aunque su madre no le creía. Hasta que en el segundo año de carrera conoció a Sophie Taylor, una joven escultora, y su vida dio un giro radical. El padre de Sophie era ebanista, y ella le enseñó a elaborar hermosas piezas de mobiliario. Nick dejó la facultad y se mudó con Sophie a la región de los Cotswolds, donde abrieron un negocio artesanal dedicado a la fabricación y venta de muebles. A Ruby le encantaba ir a visitarlos siempre que podía y se sentía muy orgullosa de lo que estaba haciendo su hijo. Zack no paraba de criticarle por la decisión que había tomado, y Nick dejó de hablarse con él. Decía que era una persona tóxica. Ruby no lo expresaba abiertamente, pero también pensaba lo mismo. Más que nada, Zack era egoísta. Todo en la vida debía girar en torno a él y siempre trataba de imponer su voluntad a los demás. Kendall también era así. Se ponía del lado de Zack en lo referente a Nick, y le decía que era un perdedor por dedicarse a fabricar muebles en vez de licenciarse en la universidad y trabajar para su padre.

El mayor mazazo para todos, especialmente para Ruby, ocurrió el verano anterior a que Nick se marchara a estudiar a Londres. Eleanor, que hasta entonces había gozado de una salud excelente, murió apaciblemente mientras dormía a los noventa y un años. Fue una desgarradora pérdida para todo ellos, aunque les quedaba el consuelo de que Eleanor había sido una mujer feliz con una vida muy plena. Había echado mucho de menos a Alex después de su fallecimiento, pero ambos habían compartido una existencia larga y llena de momentos maravillosos. La enterraron en Tahoe, al lado de su esposo. Ruby no podía creer que sus abuelos ya no estuvieran con ella. No solo habían sido unas personas fundamentales en su vida, sino que literalmente se la habían salvado.

Eleanor estaba en paz consigo misma cuando falleció. Pero, antes de morir, le había dicho a Ruby en varias ocasiones que Kendall le recordaba a su madre, Camille. Había en su interior un fuego y una rabia que nada podía mitigar. Estaba tomando un rumbo equivocado, sin importarle quemarlo todo a su paso. Quería ser como su padre y lo seguía ciegamente, del mismo modo que Camille había seguido a Flash en su camino hacia la destrucción.

Cuando los chicos se fueron a la universidad, Ruby continuó casada con Zack, aunque apenas se veían ni se hablaban. Él seguía teniendo sus aventuras, de forma cada vez menos discreta. Y Kendall culpaba a Ruby por lo solo que se sentía su padre, lo cual le obligaba a arrojarse a los brazos de otras mujeres. Era incapaz de entender el dolor y la humillación que le había causado con sus constantes infidelidades. En varias ocasiones, Nick lo había visto de forma casual con otras mujeres, y le odiaba por ello. Era exactamente lo mismo que había sentido Zack hacia su propio padre. Kendall estaba dispuesta a hacer todo lo que fuera por obtener su aprobación, incluyendo culpar a su madre por el fracaso de su matrimonio. Ya no se acordaba de todas las veces que la había visto llorando cuando era una niña.

Nick no podía soportar que su madre siguiera aguantando aquella farsa y no tuviera el valor para dejar a su padre. Después de que él y Kendall se hubieran marchado a la universidad, ya no tenía la excusa de que lo estaba haciendo por sus hijos. Cuando Nick se fue a Londres Ruby tenía cuarenta y un años, y durante los últimos dieciséis había estado llevando una vida desdichada junto a Zack. Al final, ni siquiera era consciente de ser una mujer desgraciada. Estaba simplemente paralizada. Eleanor había sido testigo de la infelicidad de su nieta durante todos esos años, y siempre le recordaba que lo que necesitaba era tener una vida propia, no solo un padre para sus hijos. En cuanto ellos abandonaran el nido, ¿qué excusa pondría para seguir atrapada en un matrimonio sin amor? Sin embargo, Eleanor no vivió lo suficiente para ver cómo se liberaba de Zack.

Ruby pasaba cada vez más tiempo en el lago Tahoe, cuidando el jardín de su abuela no solo para honrar su recuerdo, sino también para encontrar cierta paz interior. No tenía ninguna razón para volver a la ciudad, a la mansión en la que habían crecido su abuela y sus propios hijos. Sentía que aquel era un lugar vacío, sin amor. Tenía más sensación de hogar en la sencilla cabaña del lago. Ahora nadie vivía en la casa grande de sus abuelos.

Zack viajaba constantemente. Tenía apartamentos en Nueva York y Londres, y aún conservaba el yate. Al final habían llegado a una especie de acuerdo tácito: en cuanto él volvía a San Francisco, Ruby se marchaba a Tahoe para no tener que estar juntos en la mansión; y cuando él se iba otra vez de viaje, ella regresaba a la ciudad.

Ambos asistieron a la graduación de Kendall en la UCLA, y nada más acabar la ceremonia se marcharon por separado. Zack había volado desde Londres, y durante los últimos seis meses Ruby había conseguido evitar verlo, aunque oficialmente seguían viviendo en la misma dirección. Y en las rarísimas ocasiones en que coincidían, la mansión era tan grande que ni siquiera tenían que cruzarse. Llevaban años durmiendo en habitaciones separadas.

En cuanto se licenció, Kendall empezó a trabajar para su padre, y al regresar de Los Ángeles conoció a un joven arquitecto llamado Ross McLaughlin. Era alto, moreno y apuesto, y recordaba sorprendentemente a su bisabuelo Alex, aunque Kendall ni siquiera reparó en el parecido. En cambio, ella era rubia y tenía los ojos azules como su abuela Camille.

Ross se dedicaba a construir hermosas viviendas unifamiliares en San Francisco. Le encantaban los procedimientos artesanales y los espacios pequeños y elegantes, a fin de poder crear una atmósfera agradable y acogedora en toda la casa. Cuando Kendall le enseñó la mansión en la que se había criado, el joven se quedó sobrecogido ante la majestuosa belleza del edificio. Le contó que su sueño era comprar casas antiguas para remodelarlas y luego venderlas. Todavía no contaba con el dinero para hacerlo, aunque esperaba conseguirlo algún día. Kendall pensaba que sus aspiraciones eran insignificantes, teniendo en cuenta su gran potencial y talento, pero Ross no tenía grandes ambiciones financieras; en el fondo, era un artista.

—Me recuerdas a mi hermano cuando hablas de procedimientos artesanales —dijo ella en un tono ligeramente condescendiente.

Era una chica dura con una lengua afilada, pero a Ross le atraía lo inteligente y ambiciosa que era.

—¿Y a qué se dedica tu hermano?

Sentía curiosidad y quería saber más sobre ella. Casi siempre estaba muy ocupada trabajando para su padre y seguía viviendo en la residencia familiar, aunque sus padres apenas estaban en casa y por lo general tenía la enorme mansión para ella sola.

—Fabrica muebles en Inglaterra con su novia. Dejó la carrera en la London School of Economics para dedicarse a eso —respondió en un tono que evidenciaba que desaprobaba la decisión de su hermano.

Su padre era una leyenda del sector tecnológico, y Ross entendía que ella sintiera veneración por él y por todo lo que representaba. Sin embargo, Zack Katz tenía fama de ser egocéntrico, implacable y narcisista, cualidades que Ross no consideraba propias de un buen hombre.

—Tu hermano parece un tipo interesante —dijo él amablemente.

—Es un perdedor que está desperdiciando su talento. Podría hacer cosas más importantes. Y no se lleva bien con mi padre.

Por lo que Ross tenía entendido, muy poca gente se llevaba bien con su padre, pero no se lo dijo a Kendall. En ella había un caparazón duro y frío que le hacía querer traspasarlo y llegar al fondo de su persona.

—¿Y a qué se dedica tu madre? —preguntó sin poder reprimir su curiosidad.

—A cuidar de sus jardines y a cultivar orquídeas.

—Así que tu familia está formada por dos perdedores y dos estrellas. Y si lo he entendido bien, tú eres una de las estrellas —bromeó él, y ella se echó a reír.

Le gustaba mucho Ross, pero no era el perfil de hombre con el que quería compartir su vida. En el futuro quería encontrar a alguien como su padre. Ross era totalmente opuesto a él, y también muy diferente a los demás hombres que había conocido. Era un arquitecto brillante y una persona juiciosa, afable e inteligente. Tenía confianza en sí mismo y unos firmes valores. No le gustaba alardear y no quería poner el mundo patas arriba. Quería una vida normal, no convertirse en una leyenda. Era hijo único, había crecido en un ambiente familiar lleno de amor y comprensión, y seguía muy unido a sus padres. Después de estudiar en Yale había regresado a San Francisco, su ciudad natal, para diseñar y construir las casas de sus sueños.

—Supongo que es más o menos así —reconoció ella, despreciando a su madre y su hermano por ser unos perdedores. No sentía respeto por ninguno de ellos, solo por su padre y por todo lo que había conseguido, y por esa razón quería llegar a ser como él—. Y mis bisabuelos eran propietarios de una lujosa tienda de antigüedades, que abrieron después de que la familia perdiera toda su fortuna tras el crac del 29.

—Pero conservaron la mansión familiar —observó él.

Trataba de encontrar pistas de quién era Kendall realmente, de dónde procedía y qué cosas eran importantes para ella. Era fácil suponer que había sido una niña muy consentida, teniendo en cuenta quién era su padre. Y luego estaba el misterio de ese caparazón de dureza que la envolvía. Quería saber qué se ocultaba en su interior: hielo o fuego. Esperaba que fuera lo último.

—No, la vendieron, y también las demás propiedades —le explicó—. Abrieron la tienda de antigüedades con los muebles y objetos que habían conservado de la mansión. Mi bisabuela se convirtió también en decoradora después de la guerra, de la cual mi bisabuelo regresó malherido tras perder las dos piernas. Antes de eso, ella había trabajado como profesora y él como un simple oficinista después de haber perdido el banco de su familia a consecuencia de la crisis del 29.

—Resulta impresionante. ¡Unas personas muy valientes! —exclamó lleno de admiración.

—Supongo... —dijo ella con aire pensativo—. Cuando mis padres se casaron, él compró la mansión familiar y se la entregó a mi madre como regalo de bodas.

—¡Vaya! ¡Qué hombre tan generoso!

Estaba francamente interesado en la historia de su familia. Y sabía muy bien que el padre de Kendall podía comprar todas las mansiones, yates y aviones que se le antojaran.

—¡Muy generoso! —confirmó ella, llena de orgullo.

—¿Y cómo encajas tú en todo esto? —preguntó él.

Buscaba en sus ojos alguna pista que le revelara cómo era ella realmente. Estaba claro que mostraba una capa exterior de frialdad, pero intuía que había cierta calidez en su interior o, por lo menos, esperaba que la hubiera. No estaba del todo seguro.

—Quiero ser como mi padre, convertirme en un genio como él y dejar al mundo anonadado con mi talento —repuso Kendall, y Ross sonrió ante su franqueza.

—¿Y qué me dices de vivir feliz para siempre en una cabaña con el hombre al que amas y con dos hijos adorables, o tal vez tres o cuatro?

Eso era lo que él quería conseguir algún día. Pero Kendall puso una mueca rara al oírlo.

—Para nada —negó ella riendo—. Nada de hijos, y tampoco creo mucho en eso de «vivir feliz para siempre».

—¿Ah, no? ¿Y eso por qué? —preguntó él, cada vez más intrigado por la personalidad de la joven.

—Mis padres no se llevan bien, nunca han tenido una buena relación. Creo que permanecieron juntos por nosotros, o por lo que fuera. Seguramente a mi madre le guste estar casada con una leyenda como mi padre, aunque nunca lo admitirá. Y tampoco tengo claro que las familias tradicionales sean algo tan importante. Mi abuela murió poco después de dar a luz a mi madre. Era la oveja negra de la familia, o la manzana podrida, o como quieras llamarlo. Así que a mi madre la criaron sus abuelos, y fueron muy buenos con ella.

—¿Los que tenían la tienda de antigüedades?

—Exacto. —Resultaba muy agradable hablar con él. Ross era un joven inteligente e interesante, además de muy guapo. Kendall no podía entender que tuviera unas ambiciones tan pobres—. ¿Y qué me dices de ti?

—Bueno, soy hijo de artista y de contratista. Lo mezclas todo bien y te sale un arquitecto —añadió, y ambos se echaron a reír.

—¿Tu padre es el contratista y tu madre la artista?

—Pues no, y por eso precisamente no creo en los roles tradicionales. Mi madre es la contratista de obras. Heredó el negocio de su padre y ahora lo dirige con mano firme. A veces utilizo los servicios de su empresa para los proyectos de mis clientes. —Sonrió a Kendall—. Y mi padre es el artista: Stuart McLaughlin. —Aquello la dejó muy impresionada, ya que era un artista contemporáneo muy conocido—. Sus familias se enfadaron mucho cuando se casaron. La de mi madre pensaba que mi padre nunca llegaría a nada en la vida. Y la refinada familia paterna de la Costa Este pensaba que los otros no eran más que una panda de obreros paletos. Pero ellos se casaron y vivieron felices para siempre, y me tuvieron a mí. Lo hicieron muy bien a la primera, así que soy hijo único. Ahora tengo veintisiete años y estoy buscando a la mujer de mis sueños. Es una lástima que tu madre no esté soltera. Parece ser mi tipo de mujer ideal, con su amor por la jardinería y las orquídeas —añadió riendo.

Y estaba claro que Kendall no lo era en absoluto, con su desmedida ambición y su firme determinación de superar a su padre. Él había visto todo eso desde el principio. Kendall actuaba como un tiburón, y Ross se preguntaba si debajo de su fría armadura habría un fondo más dulce y tierno. De lo contrario, no le interesaba una persona así.

Salieron durante seis meses y lo pasaban muy bien juntos, mientras ambos trataban de descubrir cómo era realmente el otro. Pero entonces apareció el príncipe azul de Kendall. Cullen Roberts trabajaba para su padre y era exactamente el tipo de hombre con el que siempre había soñado. Finalmente Ross había reconocido ante Kendall que estaba enamorado de ella, y solo un mes más tarde ella le abandonó por mister Ambicioso. Cullen había estudiado en Princeton y en la Harvard Business School. Había impresionado mucho al padre de Kendall, quien lo había contratado en Nueva York y luego lo había reclutado para sus oficinas en San Francisco. Era un tipo implacable y un genio informático como Zack, y Kendall se enamoró perdidamente de él. Ninguno de los dos tenía el menor interés en el matrimonio ni tampoco querían tener hijos. Estaban hechos el uno para el otro: ambos priorizaban sus carreras por encima de todo. Vivieron juntos durante tres años, hasta que Kendall descubrió que, para él, tener una relación con la hija del jefe formaba parte de su plan para trepar en la empresa. Cullen se había jactado ante algunos colegas de que eso le permitiría asegurarse el futuro y que ella significaba muy poco para él, pero era un pequeño sacrificio que tenía que hacer para quedar bien ante su padre. Kendall se enteró cuando alguien le hizo llegar una serie de mensajes que él había estado enviando. Tenía casi veintiséis años y aquel fue su primer desengaño emocional serio. Seis meses después de poner fin a su relación con Cullen, cuando aún estaba lamiéndose las heridas y pasándolo bastante mal, volvió a encontrarse con Ross en una fiesta en el condado de Marin.

—¿Cómo está tu hombre perfecto?

Cuando rompió con Ross, Kendall fue muy sincera y descarnada con él: le dijo que lo abandonaba porque había conocido al hombre de sus sueños. Ross se deprimió y le costó un tiempo superarlo. Desde entonces había salido con algunas chicas, pero ninguna que le importara especialmente. Echó un vistazo alrededor para ver si Cullen había ido con ella, pero no lo vio por ninguna parte. Hacía casi cuatro años que no sabía nada de Kendall. La encontró muy guapa, pero se había mostrado tan dura y despiadada con él que seguía recelando de ella. No sentía la menor inclinación por las mujeres frías y mezquinas, y era lo último que quería en su vida.

—Al final resultó no ser tan perfecto —respondió Kendall con franqueza.

—Ah. ¿Y cuándo lo descubriste?

—Hará unos seis meses.

—¿Y por qué no me has llamado? —replicó él. Parecía alegrarse de lo ocurrido—. Por cierto, ¿cómo le va a ese hermano tuyo tan interesante que se dedica a fabricar muebles en Inglaterra? Me gustaría conocerlo.

—Aún sigue allí, y ganando dinero a manos llenas —respondió ella algo avergonzada—. Por lo visto, hay un mercado muy próspero para lo que él hace: fabricación artesana tradicional. Y dice que nunca volverá a vivir en San Francisco. Piensa que aquí todo el mundo se mueve solo por el dinero y que la gente ha vendido su alma.

—Palabras muy duras, pero posiblemente ciertas —repuso él con aire pensativo—. Creo que por eso rompimos nosotros. Tú pensabas que mi sueño de construir casas sencillas y elegantes mediante procedimientos tradicionales era algo patético y poco ambicioso.

Kendall torció el gesto al oírlo. Recordaba vagamente haberle dicho algo así, pero por aquel entonces era mucho más joven e insensible.

—¿Sigues trabajando para tu padre y luchando para ser como él?

—Sí —se limitó a responder ella.

Pero durante todo ese tiempo Kendall había visto cómo

su padre humillaba y utilizaba a la gente y lo cruel que podía llegar a ser, aunque eso no se lo dijo a Ross. Con los años se había ido volviendo más frío y despiadado y había perdido aquella inocencia de la que, hacía ya mucho tiempo, se había enamorado Ruby. Zack Katz se había acostumbrado a que todo se hiciera según su voluntad y sin que nadie le llevara la contraria.

—¿Eres feliz trabajando para él?

—A veces. —Luego añadió—: La verdad es que no. Cuando tienes un éxito como el suyo, es difícil ser bueno con los demás.

Era la manera más suave que tenía de decirlo. Ross asintió, consciente de que aquello era muy cierto. Ese tipo de gente le asustaba. Había tenido clientes como su padre y odiaba hacer negocios con ellos. Siempre te dejaban con un regusto amargo en la boca.

—Dentro de poco voy a empezar con mi proyecto de comprar y remodelar algunas casas. Cuando salíamos juntos no podía permitírmelo, pero ahora sí. Algunos sueños cuestan más tiempo de conseguir que otros —le contó con una sonrisa.

Ross tenía una forma de ser natural, sencilla y cálida que resultaba irresistible para muchas mujeres, incluida Kendall. Era totalmente opuesto a Cullen Roberts, y también a su padre.

Kendall introdujo el tema con cierta cautela:

—Tal vez podría interesarme participar en alguno de esos proyectos de remodelar casas, como inversión.

Ross asintió, aunque no quiso aprovecharse de la oportunidad que parecía ofrecerle. Kendall se había portado muy mal con él en el pasado, pero seguía siendo una mujer muy hermosa que despertaba su fascinación y curiosidad, y se preguntó si su relación con mister Perfecto le habría bajado un poco los humos. Al final se despidió de ella diciéndole que se había alegrado mucho de verla. Sin embargo, no le pidió su número de teléfono. No sabía si lo habría cambiado desde entonces.

Después de su encuentro fortuito, Ross estuvo unos días sin poder apartarla de su mente. Kendall le gustaba mucho, pero no quería que volviera a destrozarle el corazón si aparecía otro mister Perfecto del mundo empresarial. La última vez le había decepcionado y le había hecho mucho daño. Pero al final se dijo que no tenía nada que perder, salvo la cordura y la estabilidad emocional. Así que la llamó. La voz del contestador era la suya, lo cual significaba que no había cambiado de número. Le dejó un breve mensaje y luego se olvidó. Tenía por delante unas semanas muy ajetreadas, acabando varios proyectos para algunos clientes.

Más o menos por esa época, Zack se había marchado a pasar unos días en el yate, después de decirle a su hija que se sentía muy solo y cansado. Desde que Eleanor había muerto hacía ya siete años, Ruby pasaba la mayor parte del tiempo en el lago. A Kendall le dio mucha pena su padre. Le había parecido muy triste cuando se marchó, de modo que decidió darle una sorpresa e ir a visitarle durante un fin de semana. Sería un largo viaje para tan poco tiempo, pero no tenía nada mejor que hacer. Tomó un vuelo hasta Niza y desde allí fue en un coche con chófer hasta Antibes, donde su padre le había dicho que estaría. Al menos, se dijo Kendall, podrían pasar unos días juntos y hacerse mutua compañía. Sabía que su madre no había puesto un pie en el yate desde hacía muchos años, y su hermano Nick tampoco. Ella era la única de la familia que de vez en cuando navegaba con su padre, siempre que este la invitaba, lo cual no era muy a menudo. Pero a Kendall le encantaba aquel magnífico yate de casi noventa metros de eslora.

Lo vio inmediatamente cuando llegó a los muelles de la

Vieille Ville, el casco antiguo de Antibes: era la embarcación más grande amarrada en el puerto. Tras pagar al chófer que había contratado en el aeropuerto, se encaminó con su pequeña bolsa de viaje hacia el yate. No se veía a nadie en la cubierta, y solo había un marinero en el muelle para impedir el paso a desconocidos. Saludó educadamente a Kendall, a la que conocía de haber estado con su padre en el barco. Subió por la pasarela y, una vez a bordo, bajó por las escaleras hasta el camarote principal. No se cruzó con ningún miembro de la tripulación, y se preguntó si estarían cenando en la cocina. Se dirigió hacia la suite de su padre para darle una sorpresa. Abrió la puerta, asomó la cabeza y se encontró a escasos centímetros de una chica desnuda. Su padre la tenía contra la pared y estaban practicando sexo. Él contempló horrorizado el rostro de su hija mientras la joven gemía con los ojos cerrados y tenía un orgasmo. Kendall cerró la puerta y salió corriendo hacia su camarote. Cuando su padre llamó a la puerta poco después, ella abrió con expresión avergonzada.

—Lo siento, papá... No tenía ni idea de que...

Zack pensaba que no había nadie en el yate que pudiera interrumpirles, así que no se había molestado en cerrar la puerta del camarote. Los miembros de la tripulación sabían que estaba con una mujer. Estaban acostumbrados, era algo bastante frecuente. Aquel era el lugar ideal para llevar a sus conquistas: el yate siempre las impresionaba.

—¡¿Qué diablos estás haciendo aquí?! —le gritó a su hija.

—Parecías tan solo y triste cuando te marchaste, y siempre te estás quejando de que mamá ya no viene nunca al yate. Me he gastado un dineral para pasar el fin de semana contigo e intentar animarte. ¿Cómo iba a saber que estabas con una mujer?

Kendall estaba muy enfadada y dolida, confusa y avergonzada. Había malinterpretado completamente la situación y se sentía engañada por su padre. Y no era la primera vez.

—¿Es que tengo que consultar mi lista de invitados contigo?

Zack seguía gritando y ella apenas podía contener las lágrimas. Aquella mujer no tenía pinta de «invitada»; más bien de prostituta o algo por el estilo.

—¿Va a quedarse en el yate? —le preguntó con voz temblorosa.

—Pues claro. Ha venido desde París para pasar el fin de semana. Es una vieja amiga —añadió con voz seria y grave, lo cual hizo que sonara aún más ridículo.

—¿Vais a salir del puerto esta noche? —quiso saber Kendall, todavía horrorizada por haber pillado a su padre en plena faena con una mujer en su camarote.

—No.

—Entonces volveré a San Francisco por la mañana.

—Siento que hayas hecho el viaje para nada —dijo él, que tampoco quería que estuviera allí. Le arruinaría el fin de semana.

—Siento haberte interrumpido —se disculpó ella en tono cohibido.

—Quiero que sepas que no suelo hacer esto —repuso él con torpeza.

Pero Kendall tenía muy claro que aquella no era la primera vez, y tampoco quería saber nada más. Mientras su padre se alejaba por el pasillo con su albornoz, de repente, por primera vez en su vida, sintió una profunda lástima por su madre. Se preguntó si ella sabría que le era infiel. De ser así, eso explicaría muchas cosas acerca de su matrimonio y de todos aquellos años en los que ella se había retirado del mundo para evitar a su marido. Kendall sí que había sabido, o más bien supuesto, que él debía de tener sus aventuras, aunque siempre había culpado de ello a su madre. Pero verle con aquella joven que parecía casi una prostituta arrojaba una luz completamente diferente a todo el asunto. De pronto se preguntó si lo que acababa de ver sería la causa, y no la consecuencia, del matrimonio infeliz de sus padres.

Al cabo de un rato, Kendall sintió un poco de hambre y fue a la cocina a prepararse algo de cenar. La tripulación debía de haber salido o se habría retirado ya a sus camarotes. Se hizo un sándwich y subió a cubierta para comérselo. Poco después de sentarse a la mesa, la chica que acababa de tener el orgasmo con su padre subió alegremente las escaleras. Tendría unos veinte años y era mucho más joven que Kendall. Llevaba puesto uno de los albornoces de Zack, y pareció alegrarse al verla allí. Kendall se quedó mirando a su padre, que venía detrás de la chica. Decididamente, no era su noche. No paraba de encontrárselos, y eso que el yate era enorme. Su padre puso los ojos en blanco y se sentó a la mesa, mientras la joven se deslizaba en el banco al lado de Kendall.

—Hola, soy Brigitte. Eso tiene muy buena pinta. Estoy hambrienta, ¿puedo coger un poco? El sexo siempre me da hambre —dijo sonriendo, con un acento británico de clase baja. Sin mediar palabra, Kendall le ofreció la mitad de su sándwich—. La última vez que estuve aquí nos prepararon tortillas y caviar a medianoche. ¿Es que no hay nadie en la cocina? —Kendall intercambió una mirada con su padre. No se le había escapado el detalle: la chica ya había estado antes en el yate—. Esta es la tercera vez que vengo —prosiguió Brigitte—. La última estuvimos en Portofino. —Zack la miró como si quisiera estrangularla. Kendall no sabía si echarse a reír o llorar. Portofino era también uno de sus puertos favoritos. Mientras tanto, la chica ya había devorado la mitad del sándwich—. Siempre que vengo aquí lo pasamos estupendamente. ¿Y tú desde dónde has venido?

—De California —respondió escuetamente, tratando de reducir la conversación al mínimo para que a su padre no le diera una embolia.

—Zack me ha dicho que me llevará alguna vez a California. Seguramente a Los Ángeles. Me gustaría mucho ir a Disneylandia.

—Oh, te encantará —respondió Kendall.

Su padre decidió poner fin a aquello. Brigitte ya había hecho suficiente daño por una noche. A Kendall le llamó la atención el hecho de que él hubiera prometido llevarla a Los Ángeles, y no a San Francisco.

—Deberíamos acostarnos ya —ordenó Zack muy serio.

Brigitte soltó una risita, como si se tratara de una invitación sexual, y probablemente también lo fuera. Se levantó y se despidió agitando la mano mientras se dirigía hacia las escaleras. Zack la siguió sin mirar a su hija ni desearle buenas noches.

—¡Encantada de conocerte! —gritó Brigitte por encima del hombro.

Kendall agitó también la mano, y luego se quedó un rato sentada en la mesa, pensando en todo lo sucedido.

Poco después, su padre volvió a asomarse desde las escaleras. Se le veía muy incómodo por la situación.

—Puedes quedarte si quieres —le dijo con cierta rigidez.

Kendall negó con la cabeza. Habría sido muy violento y doloroso quedarse con ellos en el yate, con todos aquellos jueguecitos e insinuaciones sexuales de por medio. Ya había tenido bastante con lo de esa noche. Y tampoco quería que su madre se enterara más adelante y pensara que estaba compinchada con su padre y sus fulanas.

—Prefiero marcharme, pero gracias de todos modos.

Él volvió a desaparecer escaleras abajo, y luego ella le dejó una nota al capitán para que le pidiera un taxi para las seis de la mañana. Después puso la alarma a las cinco. Lo único que quería era marcharse cuanto antes a Niza y tomar un vuelo a París o Nueva York para poder regresar desde allí a San Francisco. Había sido un viaje completamente inútil, aunque también había servido para darle una nueva perspectiva de cómo era en realidad su padre. Se preguntó cuánto tiempo hacía que las cosas estaban así, y si él habría sido responsable total o parcialmente del fracaso de su matrimonio.

El taxi se presentó a la hora acordada por la mañana y el capitán la acompañó para despedirla. Parecía sorprendido de verla allí, aunque no tanto de su precipitada marcha, dadas las circunstancias.

Kendall llegó al aeropuerto de Niza a las siete, y tomó un vuelo hasta el Charles de Gaulle, que tenía conexión con San Francisco. Con el cambio horario llegaría allí a la una y media del mediodía, que para ella serían como las diez y media de la noche. La escapada le había salido carísima, y todo para nada. Después de facturar, se le ocurrió llamar a su hermano en los Cotswolds. Llevaban meses sin hablarse, y Kendall se preguntó si Nick respondería cuando viera de quién era la llamada. Sus conversaciones nunca eran agradables, y casi siempre giraban en torno a sus padres. Cuando Nick por fin contestó, lo hizo en tono receloso. El teléfono había sonado un buen rato, como si hubiera estado dudando si cogerlo o no.

—Hola. Estoy en Antibes y he pensado en llamarte.

—¿Estás en el yate? —le preguntó él.

—He estado, pero ha sido un visto y no visto. Creo que te debo una disculpa —dijo Kendall—, sobre nuestra madre.

—¿Qué ha pasado?

—Decidí venir a hacerle una visita sorpresa a papá. Cuando se marchó para pasar un largo fin de semana, no hacía más que lamentarse de lo solo que iba a estar, así que pensé en sorprenderle y hacerle un poco de compañía.

Nick se echó a reír, adivinando cómo iba a acabar la historia.

—Y supongo que te lo encontraste en el yate con una de sus amantes.

—¿Cómo lo sabes?

—Porque esa situación también la viví yo. La primera vez fue cuando tenía dieciséis años. Y luego me lo encontré varias veces más en distintos sitios, casi siempre con chicas que estaban más cerca de mi edad que de la suya. Creo que lleva haciéndolo desde hace mucho tiempo.

—¿Y qué piensas que fue primero, la gallina o el huevo? ¿Crees que él se tira a todas esas jovencitas porque mamá lo echó de su cama? ¿O que mamá lo echó de su cama porque él la engañaba?

—Estoy muy seguro de que él lleva engañándola mucho tiempo. Hace unos años me encontré en Londres con una mujer que, con ojos llorosos, me contó que había tenido una aventura con nuestro padre. Y cuando deduje más o menos cuándo había sido, tuvo que ser cuando yo tenía unos tres años. Supongo que mamá simplemente se hartó de él. ¿Quién no lo haría?

—¿Y por qué crees que sigue con él? ¿Por dinero? —preguntó Kendall, siempre más pragmática e intransigente que su hermano.

—¿Por qué tienes que pensar siempre lo peor de ella? Creo que al principio se quedó por nosotros, y que luego se vio atrapada sin saber hacia dónde tirar. Y ahora está demasiado deprimida como para dejarle.

—Bueno, ahora ya no puede utilizarnos a nosotros como excusa —replicó ella fríamente.

—Tal vez después de un tiempo simplemente deja de importarte. Pero, la verdad, no entiendo por qué se empeñan en seguir casados. Apenas se ven y ni siquiera se hablan. Ojalá ella le dejara —añadió con tristeza—. Mamá se merece una vida mejor. El dinero no le importa nada.

—Puede que fuera más feliz si le dejara —concedió Kendall—. Por cierto, ¿cómo estás tú?

—Estoy bien.

Se esperaba la habitual diatriba sobre que estaba malgastando el tiempo fabricando muebles, pero a él le encantaba lo que hacía y era un auténtico artista en lo suyo. Un miembro de la realeza británica acababa de encargarle una pieza, pero no se molestó en contárselo a su hermana. Ella no le entendía. Era como su padre. A los dos les traía sin cuidado si él era feliz con lo que hacía. Lo único que importaba era ganar miles de millones de dólares y convertirse en una leyenda.

—¿Y cómo está Sophie?

—También muy bien.

En ese momento sonó por los altavoces la llamada de su vuelo, y Kendall tuvo que despedirse.

—Llámame de vez en cuando —le pidió, en un tono más afable del que había empleado con su hermano en muchos años.

—Sí, claro —repuso Nick, como si antes de hacer algo así primero tuviera que congelarse el infierno: se había mostrado muy desagradable con él en muchas ocasiones.

Kendall pensó en su conversación durante el trayecto de regreso a California, y también en su madre. Sabía que había sido muy dura e inflexible con los dos, y que siempre había defendido a su padre.

Durante el vuelo durmió un poco, almorzó algo y vio una película. Aterrizaron a la hora prevista, y cuando llegó a su apartamento para cambiarse decidió no ir a la oficina. Era viernes. Tenía el coche aparcado fuera, así que pensó en subir al lago Tahoe. Cuando llegó a las ocho ya estaba oscuro, pero entonces vio a su madre, que volvía de trabajar en el jardín. Tenía las manos manchadas de tierra y presentaba un aspecto muy relajado. Ruby se sobresaltó al ver a su hija. Kendall no sabía bien por dónde empezar, de modo que fue directa al grano.

—Acabo de estar con papá en el yate y he pensado en venir a verte.

—¿Por qué? —le preguntó recelosa, poniéndose en guardia al instante: su hija nunca había sido agradable con ella y solía mostrarse siempre muy dura.

Kendall respiró hondo y decidió ser honesta con su madre. Estaban de pie delante de la casa y hacía mucho frío.

—Papá estaba con una mujer, y eso me ha hecho darme cuenta de que he sido muy injusta contigo. He hablado con Nick y me ha dicho que lleva haciéndolo mucho tiempo, quizá desde el principio.

Ruby no hizo el menor comentario al respecto. Nunca se había quejado ante sus hijos del comportamiento de su padre.

—¿Quieres que entremos y cenemos algo? —le ofreció.

—Tomaré una taza de té. En fin, que he comprendido que estaba equivocada al culparte de cómo estaban las cosas entre vosotros. Supongo que él también ha tenido su parte de culpa en esto.

Después de todo, aún seguían casados, pero Kendall nunca había visto a su madre con otro hombre y estaba segura de que nunca había estado con nadie que no fuera su padre. Su madre era una mujer honrada y con principios.

—Tu padre y yo no nos llevamos bien desde hace mucho tiempo. Y ha habido muchas razones para ello. Pero ahora eso ya no importa. Él tiene su vida y yo la mía.

Entraron en la casa y Kendall se sentó en la cocina mientras su madre preparaba el té.

—¿Continuasteis juntos por nosotros? —quiso saber ahora, deseando entenderla mejor.

—Al principio pensaba que era así, pero ahora ya no estoy tan segura. Al final quizá fue solo por pereza y cobardía. No quería divorciarme. Quería ser como tus bisabuelos y que siguiéramos casados para siempre. Pero para eso tienes que elegir a la persona adecuada. Y tu padre no lo es, no para mí. Él es un genio, y no puedes esperar que alguien como él se comporte como la gente normal o que quiera las mismas cosas. —Ruby sonrió, dejó la taza de té delante de su hija y se sentó frente a ella—. No tienes que darme explicaciones ni disculparte, ni tampoco contarme nada de las otras mujeres. Ya lo sé todo de ellas, o al menos de casi todas. ¿Con quién estaba esta vez? ¿Con esa jovencita inglesa de París? —Kendall asintió. Ruby siempre se había enterado de sus aventuras por otra gente, aunque hacía años que ya no le interesaba y había perdido la cuenta—. Ya lleva un tiempo rondando.

—Lo siento mucho, mamá. Me he estado portando muy mal contigo durante todo este tiempo.

—Supongo que eso es lo que hacen las hijas: culpar a sus madres. —Nick se había mostrado mucho más empático y siempre había intentado protegerla. Eso hacía que Kendall se sintiera aún peor por cómo la había tratado, echándole la culpa de todo—. ¿Quieres quedarte a pasar la noche?

Kendall asintió. Quería dar un nuevo rumbo a la relación que mantenía con su madre, pero no sabía muy bien por dónde empezar.

Ruby le preparó una tortilla para cenar y luego se acostaron. Por la mañana, Kendall volvió a encontrarla en el jardín. Se acordó de su bisabuela. Su madre estaba podando unos arbustos, y se la veía muy serena y relajada mientras lo hacía.

—Te gusta mucho estar aquí, ¿verdad, mamá?

Ruby sonrió.

—Puede que acabe mudándome a esta cabaña algún día.

—¿Y no echarás de menos la mansión de la ciudad?

—Tal vez. Pero no necesito nada de aquello. Significaba más para mi abuela que para mí. Ella creció allí, yo no. Yo me crie en el apartamento de la tienda de antigüedades, y aquí arriba, en la cabaña del lago. Fue un gesto muy bonito por parte de tu padre comprar la mansión para devolvérsela a nuestra familia. Aquello significó muchísimo para mi abuela. Habían pasado por mucho a lo largo de su vida, debieron de ser unos tiempos terribles. Pero cuando yo nací, lo peor ya había pasado. —De joven, Ruby había llevado una existencia muy normal. Solo había conocido la riqueza después de casarse con Zack, aunque sin llegar al nivel del lujoso y opulento estilo de vida del que había disfrutado su familia antes de 1929. Costaba mucho concebir riquezas de tal magnitud. Pero a Ruby no le interesaba demasiado el dinero. Representaba mucho más para Kendall, que siempre había querido competir con su padre—. A veces, las mejores soluciones son las más simples. Tal vez, cuando sea mayor, me gustaría ser jardinera —añadió sonriéndole a su hija.

—Creo que ya lo eres, mamá.

Ruby le dio un cariñoso abrazo.

—Ven a visitarme siempre que quieras.

Kendall asintió, y cuando más tarde se montó en el coche y se despidió de su madre agitando la mano tuvo la sensación de que aquella había sido la visita más agradable que le había hecho en muchos años. Volvió a darse cuenta de lo injusta que había sido con ella, y sintió una punzada de dolor al comprender que, muy probablemente, había estado equivocada todo ese tiempo.

Cuando llegó a su apartamento, Kendall encontró en su contestador el mensaje de Ross. Mientras lo escuchaba, se dio cuenta de que también se había portado muy mal con él. Lo había dejado plantado sin contemplaciones por un hombre que en su momento consideró un mejor partido, pero que resultó ser un tipo despreciable que solo la había estado utilizando. Tenía muchas cosas que arreglar en su vida. Así que, después de escuchar las palabras que le había dejado en el contestador, llamó a Ross.

—Hola, gracias por tu mensaje.

—Puede que esto sea una locura, pero ¿te gustaría que saliéramos a cenar alguna vez? Sin compromisos, sin hacerse ilusiones tontas. Quizá podríamos hablar sobre el proyecto de remodelar casas.

Ni siquiera estaba seguro de querer asociarse con ella en

eso. Pero había algo en Kendall que siempre le había atraído. En el pasado había llegado a creer que podría ser la mujer de su vida. Ahora solo pensaba en ella como una joven muy atractiva, aunque dudaba que pudiera ser su mujer ideal. Ya se lo había demostrado una vez.

—Claro, me encantaría —respondió Kendall alegremente, y Ross sonrió al oírlo.

—Estupendo. ¿El jueves? —propuso, y luego quedaron en un restaurante al que solían ir antes.

Cuando colgó, Kendall se sentía muy emocionada. Había olvidado cuánto le gustaba Ross y volver a verlo le había traído muchos recuerdos. Y, quién sabe, cosas más raras habían pasado. Tal vez podrían trabajar juntos. De pronto, le gustó la idea. No tenía nada que perder.

20

Cuando Zack volvió a las oficinas, la situación resultó muy violenta para ambos. Kendall confiaba en que su padre no mencionara nada sobre su desastrosa visita, pero él encontró un momento para entrar en su despacho y cerrar la puerta.

—Siento mucho lo que ocurrió en el yate. Todo se me juntó y la situación se descontroló en el último momento. Pensaba que iba a estar solo, pero Brigitte se presentó en Antibes como caída de la nada, sin avisar.

Kendall sabía que estaba mintiendo una vez más. Y aunque Brigitte se hubiera presentado como «caída de la nada», tal como había dicho, él era un hombre casado y no tendría por qué haberse acostado con ella. Pero ni siquiera se le ocurrió pensar en eso, lo cual invalidaba toda su versión de la historia. Kendall entendía ahora por qué su hermano le odiaba tanto, porque era un gran embustero y no paraba de mentir.

—No tienes que darme ninguna explicación, papá. Lo que hagas con tu vida es asunto tuyo. Ya somos adultos. A la única persona que le debes una explicación es a mamá, ya que sigues casado con ella. Debe de ser muy duro para ella subirse a ese yate sabiendo que puede haber alguien más a bordo. Supongo que por eso hace tantos años que no ha vuelto por allí.

—¿Por qué? ¿Te ha dicho algo? —preguntó asustado—.

Tu madre tiene un montón de ideas equivocadas acerca de mí. Y si no me hubiera apartado de su lado como lo hizo, nada de esto habría pasado.

Kendall entendía ahora lo fácil que resultaba culpar de todo a su madre: ella misma lo había hecho durante años, por lealtad a su padre.

—Puede que no, pero estoy convencida de que hay mucho más en toda esta historia. Eso es algo que queda entre vosotros dos.

—Lo que no quiero que pienses es que esto había ocurrido antes.

—¿El qué? ¿Llevar a una chica al yate para acostarte con ella? Ya soy mayorcita, papá. Y tengo claro que ya había pasado antes. No creo que fuera la primera vez.

Kendall le miró a la cara con expresión asqueada y vio desesperación en sus ojos.

—Te juro que así fue. —No hacía más que hundirse en su propia mentira. Kendall no quería seguir escuchándolo—. Siento que hicieras un viaje tan largo para nada.

—Sí, yo también. Dijiste que ibas a estar solo en el yate y yo te creí. La próxima vez tendré que asegurarme antes —añadió con frialdad.

De repente, le molestaba seguir hablando con él y solo deseaba que se marchara. Se preguntó desde cuándo le había estado mintiendo. Se sentía como si hubiera vendido su alma al diablo y ahora quería recuperarla. Su padre era un mentiroso y un marido infiel. Su modelo en la vida resultaba haber sido un mal hombre. Era exasperante descubrir algo así a los veintiséis años, o a cualquier edad. Zack Katz era un genio creativo y brillante, pero también un hombre inmoral y deshonesto. Ahora comprendía por qué Nick no había querido formar parte de su vida y se había distanciado de él hacía tanto tiempo. Había encontrado su propio camino y lo seguía con paso firme.

—Bueno, solo quería que supieras que fue la primera vez y que no volverá a ocurrir.

—Eso díselo a mamá —repuso Kendall, aunque estaba segura de que había ocurrido miles de veces.

Tal vez por eso los ojos de su madre se apagaban cada vez que alguien mencionaba su nombre. Él le había consumido el alma. Kendall se preguntó si ella también le habría pillado con alguna de aquellas mujeres.

El jueves por la noche fue a cenar con Ross. Habían quedado en un viejo restaurante italiano de North Beach, nada moderno ni sofisticado, tan solo comida buena y contundente. Ross había escogido un reservado tranquilo al fondo del local, y cuando Kendall se sentó frente a él ambos sintieron una especie de *déjà-vu*.

—Bueno, pues aquí estamos otra vez después de tres años y medio. Es una sensación algo extraña, ¿no crees? Tú conociste al hombre perfecto y te libraste de él. Y ahora has vuelto para comer espaguetis con el hombre equivocado, por los viejos tiempos —comentó riendo en tono irónico.

—Yo nunca dije que fueras el hombre equivocado —repuso ella en voz queda—. Pensaba que eras el hombre equivocado... para mí. Por aquel entonces buscaba cosas muy distintas.

—Lo sé. Querías trabajar para tu padre y aspirabas a ser como él. Y no te culpo por ello. ¿Quién no querría disfrutar de un éxito tan grande como el suyo?

—Hay gente que no quiere eso. Mi hermano, por ejemplo, y tú. Y también mi madre. Posee la mayor mansión de la ciudad, pero prefiere vivir en una cabaña que es apenas más grande que este reservado. Ella me lo dijo el otro día: «A veces, las mejores soluciones son las más simples». Y me ha costado mucho tiempo descubrirlo por mí misma. Como tres años y medio, y después de llevarme un buen desengaño con mister Perfecto. Resulta que solo me veía como un peldaño más en su carrera, no como una persona.

—Lo siento, Kendall. Tuvo que ser muy desagradable, y debió de dolerte mucho.

—Pues sí, y no me di cuenta hasta que llevábamos ya tres años. Pero mejor eso que más tarde, o después de casados —añadió pensando en sus padres—. Una vida como la de mi padre atrae a mucha gente deslumbrada por el éxito. Y no todos son buenas personas. Supongo que es cuestión de suerte.

—Tú eres una mujer inteligente. Y sabes distinguir a los buenos de los malos.

—No siempre —respondió, pensando en cómo la había engañado su padre y en cómo había hecho aquel largo viaje hasta Francia para consolarle cuando en realidad se estaba tirando a una jovencita.

—Bueno, ¿vamos a reformar alguna casa juntos? —le preguntó Ross, cambiando a un tema menos personal: no quería volver a profundizar demasiado en su afán de conocerla mejor.

—Suena interesante. Cuéntame en qué habías pensado.

—En este momento tengo dos casas en mente. Las dos están muy bien ubicadas, pero bastante descuidadas. Una es algo más grande que la otra, y ambas tienen un buen armazón. Una necesitaría un poco más de trabajo arquitectónico, con lo cual podría disfrutar mucho más. Había pensado reformar solo una de ellas, pero estaría muy bien contar con una socia. Si quieres, podemos ir a echarles un vistazo.

—Me gustaría mucho. —No sabía por qué, pero la perspectiva le parecía muy estimulante y la idea de trabajar con Ross le atraía enormemente. Era un hombre de fiar, sensato y responsable, además de un arquitecto magnífico—. ¿Cuánto tiempo crees que llevaría sacar adelante el proyecto?

—Probablemente un año, quizá menos. Depende de lo

rápido que podamos conseguir los permisos. ¿Quieres que vayamos a verlas el sábado? Tenemos que movernos deprisa si queremos comprar alguna. Son casas para reformar a muy buen precio, y en cuanto alguien vea sus enormes posibilidades hará una oferta por ellas. Me gustaría anticiparme, a fin de poder obtener unos márgenes de beneficio que resulten atractivos para ambos.

Habló en un tono de lo más profesional y eficiente. Sabía que tenía un gran talento y muy buen gusto. Si Kendall quería aprender el negocio de reformar viviendas, no podría tener un socio mejor. Al final de la cena, quedaron en encontrarse el sábado en la dirección de una de las casas. Ross dijo que concertaría una cita con los agentes inmobiliarios de ambos edificios para poder visitarlos a partir del mediodía.

Al día siguiente, Kendall estuvo trabajando en las oficinas de su padre. Y el sábado volvió a quedar con Ross. Le gustaron mucho las dos casas, y estaba entusiasmada con el proyecto y con la idea de trabajar con él.

—¿Tienes alguna preferencia? —le preguntó Ross. A Kendall le costaba mucho decidirse por una de las dos, y a él también. Después de visitar las casas fueron a tomar una copa de vino y estuvieron comentando el asunto—. He hecho algunos esbozos sobre lo que podría hacerse con ambos edificios sin gastar una fortuna. Si quieres puedo enseñártelos. Ya no vivo donde antes. Me mudé a una casa que queda aquí al lado.

Ella se quedó un poco sorprendida por la invitación, aunque no había nada de raro en que quisiera mostrarle los planos. Caminaron una manzana y media y llegaron ante una magnífica casa de elegante diseño, mucho más bonita que la anterior. Sin duda, Ross había prosperado en los últimos tres años.

Subieron las escaleras de entrada, él desactivó la alarma y la hizo pasar. Luego la condujo hasta un espacioso estudio situado en la primera planta, con una gran mesa de dibujo sobre la que desplegó los planos de ambas casas. Después de examinarlos, Kendall mostró una marcada preferencia por la primera de las viviendas.

—Creo que con este diseño la casa mejoraría mucho —dijo sonriendo. Trataba de concentrarse en los planos, pero Ross estaba condenadamente guapo y la copa de vino se le había subido un poco a la cabeza. Le costaba focalizar su atención en los proyectos que le estaba enseñando, y entonces se dio cuenta de que él la miraba fijamente—. Lo siento, creo que estoy un poco achispada —dijo un tanto avergonzada.

—De hecho, creo que yo también.

Entonces la rodeó con un brazo y la besó. Kendall se olvidó de todo lo demás, de las casas y de los planos. Lo único que le importaba en ese momento era Ross. Y él, pese a todos sus recelos, sintió que se había vuelto a enamorar de ella. Poco después, sin saber bien cómo, acabaron juntos en la cama y, achispados o no, tuvieron el mejor sexo que Kendall recordaba haber tenido nunca. Y para complicar aún más las cosas, también recordó lo mucho que él le gustaba. Ross acababa de volver a entrar en su vida y Kendall sentía que se estaba enamorando.

Después de hacer el amor, permaneció tumbada en la cama un buen rato, intentando recuperar el aliento. Cuando se giró hacia él, vio que la estaba mirando con gesto compungido.

—Esto es horrible —dijo en tono quejumbroso—. Estamos tratando de hablar de negocios y yo no puedo quitarte las manos de encima. Tienes algo que me vuelve completamente loco.

Mientras hablaba, volvió a hundir la cara en su cuello, le acarició un pecho con la mano, la besó y, antes de que se dieran cuenta, estaban haciendo de nuevo el amor.

Después, mientras jadeaban para recuperar el resuello, Ross se quedó mirando al techo con una sonrisa en la cara.

—¿Cómo vamos a manejar todo esto, Kendall?

—No tengo ni la menor idea —respondió ella alegremente.

—Tal vez haya que poner en las cláusulas de nuestro acuerdo que tenemos que hacer el amor dos o tres veces al día —dijo él.

—Que sean cuatro. Si no, no hay trato.

—Muy bien, si insistes... ¿Y luego qué? ¿Habrá que incluir algún tipo de incremento si hacemos un segundo proyecto juntos? Tal vez deberíamos incluir una nueva cláusula, ya sabes, como un aumento de la cuota de alquiler, pero de sexo.

—Me parece una gran idea. Te lo juro, Ross —dijo ella girándose en la cama hacia él—, cuando acepté quedar contigo hoy solo tenía en mente hablar de negocios.

—Yo también —le aseguró él—. Y mira la que hemos liado.

Kendall no podía dejar de pensar en lo mucho que le gustaba y en lo bueno que era en la cama. Y en cómo había caído rendida a los pies de aquel imbécil de labia fácil que trabajaba para su padre, que era un mentiroso y que la había utilizado, y por el cual había abandonado a Ross.

—Lo único que me preocupa —prosiguió él— es volver a quedarme colgado de ti, y que si me rompes otra vez el corazón todo el negocio se vaya al garete.

Lo dijo muy en serio: lo había pasado muy mal durante varios meses cuando ella le dejó.

Kendall lo miró solemnemente.

—Te prometo que no volveré a romperte el corazón. ¿Me darás otra oportunidad?

—Mmm... puede ser —repuso él con gesto pensativo—. Tal vez deberíamos hacer una nueva comprobación para asegurarnos.

Y volvieron a hacer el amor, olvidándose por completo de proyectos y planos. Kendall se quedó a pasar la noche con él.

Cenaron desnudos en la cocina y se metieron de nuevo en la cama. Por la mañana decidieron comprar la primera casa y disfrutaron de una nueva ronda de amor apasionado. Más tarde llamaron al agente inmobiliario para decirle que ese mismo día presentarían una oferta por escrito.

—¿Crees que conseguiremos salir de la cama el tiempo suficiente para rellenar los papeles? —le susurró ella cuando Ross colgó.

Se apresuraron a cumplimentar los formularios necesarios y luego volvieron a acostarse. Al cabo de un buen rato, se ducharon y vistieron, fueron a entregar la oferta y almorzaron en el Zuni Café de Market Street para celebrarlo. Tomaron ostras, pasta y ensalada, y luego fueron a dar un largo paseo. Ross no quería asustarla repitiéndole una vez más que estaba loco por ella, pero lo cierto era que lo estaba, y Kendall sentía lo mismo por él. Era como si antes no hubiera estado preparada, pero ahora todo era completamente diferente. No recordaba por qué había pensado alguna vez que estar con él sería una mala idea; la única razón que se le ocurría era que Ross no aspiraba a ser como su padre, y Cullen Roberts sí.

Al día siguiente recibieron la confirmación de que su oferta había sido aceptada y se pusieron a trabajar de inmediato en el proyecto. Ross se encargaría de solicitar los permisos y Kendall hizo la transferencia correspondiente a su parte del contrato. Todo iba sobre ruedas y disfrutaban mucho trabajando juntos. Como contratista para el proyecto, Ross recurrió a los servicios de la empresa de su madre. A Kendall le cayó muy bien cuando la conoció. Era una mujer brillante y eficiente con mucha experiencia en su campo, y les hizo algunas buenas sugerencias que ellos no dudaron en seguir. Hasta el momento Kendall y Ross se habían mostrado de acuerdo en todo, y al final siempre acababan en la cama.

—Estoy preocupado —admitió él una noche.

—¿Por qué?

—Porque no estamos cumpliendo nuestro acuerdo. Hoy solo lo hemos hecho dos veces. Solo llevamos trabajando juntos tres días y ya está afectando a nuestra vida sexual. Tendrás que quedarte a pasar la noche.

Kendall se quedó y, para compensar, hicieron el amor más de una vez. Su relación avanzaba a toda velocidad, tanto a nivel profesional como personal, y ambos estaban muy emocionados. De vez en cuando, Kendall experimentaba una punzada de pánico por lo rápido que estaba ocurriendo todo, pero al momento decidía que lo mejor era dejarse llevar. Todo resultaba muy fácil junto a Ross y se sentía muy segura con él.

Tres meses después de iniciado el proyecto, apenas se habían separado un solo momento y las obras de remodelación marchaban a buen ritmo. Ya se veían notables mejoras en la casa y Ross sabía ajustarse rigurosamente al presupuesto. Era muy bueno en su trabajo.

Kendall no le había hablado a nadie de Ross, pero al cabo de cuatro meses de haber retomado la relación no tenía la menor duda de que le amaba. Cuando llevaban juntos medio año y el proyecto de reforma iba más o menos por la mitad, ella se fue a vivir con él.

—Creo ya va siendo hora de que conozcas a mi madre —le dijo Kendall un día mientras desayunaban.

Después de la escena en el yate, no tenía demasiadas ganas de presentarle a su padre.

Así pues, ese fin de semana subieron al lago Tahoe. Ruby quedó encantadísima con Ross. El joven le recordaba mucho a Alex, su abuelo. Y mientras estaban allí, Kendall le preguntó a su madre si le interesaría diseñar el jardín de la casa que estaban reformando. A Ruby le entusiasmó la idea. A la semana siguiente bajó a la ciudad e hizo algunas propuestas magníficas. Presentó un presupuesto aproximado y ellos lo aprobaron. Anteriormente ya había realizado un proyecto de jardinería para una familia que había conocido en el lago Tahoe y, tras el nuevo encargo, una idea tomó forma en su mente: montar una empresa de paisajismo y diseño de jardines. Cuando se lo explicó a su hija, Kendall se sintió muy orgullosa de ella. Nunca antes había visto a su madre tan animada. Ruby también había tomado otra decisión, aunque aún no se lo había contado a nadie.

Acabaron la reforma en la fecha prevista y pusieron la casa a la venta. Antes de venderla ya le habían echado el ojo a otra vivienda, un proyecto algo más complejo que el anterior pero igual de estimulante.

—¿Estás dispuesta a embarcarte de nuevo? —le preguntó Ross.

—Por supuesto —respondió ella.

Al cabo de tres días de haberla puesto en el mercado, recibieron una propuesta de compra por la primera casa. La aceptaron y presentaron una oferta por la nueva. El negocio empezaba a rodar y su relación era cada vez más fuerte. Kendall y Ross hablaron seriamente al respecto. Todo era muy distinto esta vez. No solo habían pasado cuatro años y medio desde que se conocieron, sino que ahora ella era más madura y sus objetivos en la vida habían cambiado.

Kendall también había tomado una decisión con respecto a su padre, una decisión fundamental para ella. No quería continuar con él ni seguir viviendo a su sombra. Quería dejar el trabajo en la empresa y dedicarse a reformar casas con Ross. Estaba demostrando ser un negocio muy lucrativo y había aprendido mucho con el primer proyecto. Kendall había cambiado. Ahora era una persona más dulce y encantadora, y había perdido aquella rigidez y frialdad de antes. Se sentía más feliz de lo que había sido en toda su vida.

Un día, en la oficina, le dijo a su padre que dejaba la empresa, y, como era de esperar, él se puso hecho una furia. Pensaba que trabajar rehabilitando casas era algo insignificante y daba por sentado que Ross era un incompetente que se estaba aprovechando de ella.

—Ya hemos hecho un proyecto juntos —dijo ella con voz calmada.

—¿Y tú qué sabes de reformar casas? ¡Pero si ni siquiera es una profesión, por todos los santos! Con toda la formación que tienes, ¿y ahora te vas a ganar la vida escogiendo grifos y componentes de fontanería?

—Soy muy feliz haciéndolo, papá. Con la primera casa obtuvimos unos buenos beneficios, y con la siguiente nos irá aún mejor.

—Estás malgastando tu tiempo y tu talento —escupió él con desprecio.

Se sintió decepcionada por su reacción, aunque no sorprendida. No se ofreció a presentarle a Ross: no quería exponerlo al amargo resentimiento de su padre. Zack tenía cientos de mujeres, pero ninguna a la que amara y ninguna que le amara a él. Había dejado escapar a la única buena mujer que había conocido en su vida y, en algún lugar muy recóndito de su corazón, lo sabía.

Kendall se lo notificó con dos semanas de antelación, que era cuanto necesitaba para encontrar a alguien que la sustituyera. Y ese mismo día, cuando Zack llegó a la mansión, se encontró con Ruby en el pasillo de la planta de arriba. No había esperado verla allí. Había ido a la ciudad para arreglar ciertos asuntos y parecía de muy buen humor. Sonrió al ver a su marido, lo cual era bastante inusual.

—Me alegro de verte, Zack. Pensaba llamarte.

—¿Para qué? —preguntó él, poniéndose inmediatamente a la defensiva: temía que su hija le hubiera explicado algo sobre su visita a Antibes.

—Voy a fundar una empresa de paisajismo. De hecho, acabo de hacerlo. Hoy me he reunido con el abogado.

—¿Y dónde trabajarás, en Tahoe?

—Allí donde me encarguen un buen proyecto, en Tahoe, en San Francisco o en Marin —respondió muy feliz—. Y también he presentado los papeles del divorcio —añadió.

—¿Es que no piensas hablarlo conmigo antes?

—Ya lo estoy haciendo. Acabo de decírtelo.

—Esta casa es tuya, yo te la regalé. El yate y el avión son míos, y pediré a mis abogados que te ofrezcan un buen acuerdo de divorcio. Pero ¿es realmente lo que quieres, Ruby? Parece que las cosas funcionan bien tal como están.

Así había sido durante mucho tiempo. Llevaban veintiocho casados, pero hacía veintiséis que su matrimonio estaba muerto.

—¿Para quién? —le preguntó ella con semblante escéptico—. No sé tú, pero yo llevo sintiéndome como una muerta en vida desde hace más de veinte años. Has estado engañándome desde el mismo día en que nació Nick, quizá desde antes. Dos años más tarde volviste a engañarme con aquella mujer inglesa en Saint Tropez. Y desde entonces has estado con montones de chicas, tal vez cientos, por lo que yo sé. ¿Es esa la vida que quieres? ¿Un montón de vulgares jovencitas dispuestas a acostarse contigo a cambio de lo que tú les ofrezcas? Te mereces una buena mujer, Zack, alguien que se preocupe por ti.

Zack parecía triste. Sabía que ella tenía razón.

—Tú te preocupabas por mí.

—Tienes razón: me preocupaba. Yo te quería de veras, pero me echaste de tu lado con tus mentiras y tus engaños. Y me sentí como una mierda durante muchos años.

—¿Y qué ha cambiado?

—No lo sé. Mis jardines, mis proyectos paisajísticos, mi nueva empresa, que la gente confíe en mí... Ya no me siento como un plato de segunda, tercera o décima mesa, la esposa que despreciaste por todas esas mujerzuelas con buen trasero. Todo eso acaba pasando factura. Y al final he comprendido que tenía que hacer algo con mi vida. Así que he decidido divorciarme. Y ahora me siento mucho mejor.

—¿Crees que existe alguna posibilidad de salvar nuestro matrimonio? Yo también te amaba. Tal vez podamos encontrar la manera de recuperar lo que sentíamos —dijo él. Por un momento, su rostro reflejó cierta esperanza.

—No lo creo. Lleva muerto demasiado tiempo. Y nuestros hijos hace mucho que abandonaron el nido. No hay ningún motivo para seguir manteniendo esta farsa. Tú necesitas tu libertad, y yo también.

—Entonces ¿me estás despidiendo? —le preguntó con expresión sombría.

—No, me estoy despidiendo yo de ser tu esposa. Estoy haciendo el trabajo sucio por ti.

—Sabes que no te voy a dejar en la estacada...

—No necesito mucho. Solo lo suficiente para poder vivir si algún día tengo que dejar la jardinería. De momento me va bastante bien.

Todo había acabado. Por fin. Para los dos. Ruby se sentía una persona totalmente nueva.

Zack se quedó pensativo un momento y luego preguntó:

—¿Hay otro?

Parecía como si estuviera dispuesto a luchar por ella, pero ambos sabían que no lo haría. No tenía sentido seguir luchando por un matrimonio que llevaba muerto tanto tiempo.

—No, no lo hay —se limitó a responder Ruby—. Tienes que llevarte tus cosas de la casa. Yo volveré a Tahoe esta noche, así que puedes hacerlo mientras esté fuera. No creo que debamos seguir viviendo bajo el mismo techo. —Eso era algo que también la había ido consumiendo, sentirse rechazada, ignorada, engañada y humillada. Sentir que no la amaba y que a veces incluso la odiaba. Habían sido unos años terribles, pero ahora todo había acabado—. Y creo que los chicos se sentirán aliviados de que pongamos punto final a esta situación.

Zack parecía devastado. Primero Kendall dejaba la empresa y ahora Ruby le pedía el divorcio. Toda su vida había cambiado en un instante. Y las otras mujeres de las que se había rodeado carecían ahora de cualquier valor. Habían estado bien mientras Ruby había sido su esposa. Ella había sido «la Esposa», como una especie de objeto colocado sobre la repisa de la chimenea, pero ya no estaba dispuesta a seguir siéndolo. Desde que descubrió por primera vez que le había sido infiel, le había llevado veintiséis años liberarse de él. Era mucho tiempo, pero nunca era demasiado tarde. Estaba a punto de cumplir los cincuenta y aún le quedaban muchos años buenos por delante, sobre todo después de que se formalizara el divorcio. Ahora que había empezado el proceso, estaba deseando que acabara cuanto antes.

Zack seguía plantado de pie en el pasillo, con semblante triste y conmocionado, cuando Ruby bajó la escalinata con paso alegre y ligero.

Lo único que echaba en falta era que su abuela hubiera estado viva para poder ver cómo se liberaba. Sabía que se habría sentido muy orgullosa de ella. Sus abuelos la habían salvado cuando era una niña, y ahora ella se había salvado de adulta. Le habría gustado estar casada como ellos durante cincuenta y cinco años, y creía que podría haberlo conseguido con la persona adecuada, pero había escogido al hombre equivocado. Ahora, por fin, era libre.

Tal como Ruby sabía que ocurriría, Zack se recuperó rápidamente. En cuanto ella le dijo que quería el divorcio, se compró un lujosísimo ático en el rascacielos más alto de todo San Francisco.

El día después de regresar de la ciudad tras haberse reunido con su abogado para crear la empresa y rellenar los papeles del divorcio, Ruby se fijó en que había una actividad inusual en la casa principal de la finca de Tahoe, que había estado deshabitada durante ochenta años. El conde que la compró en aquella época había estado solo tres veces en la propiedad, y su hijo, ninguna. Este último había fallecido por las mismas fechas que Alex, y Ruby sabía que el nieto del primer conde había heredado la finca, aunque tampoco había ido nunca a visitarla. Se preguntó si habrían vuelto a venderla, ya que estaban metiendo baúles y cajas en la casa. Fue a preguntarle al capataz, y este le dijo que el nuevo conde había decidido instalarse unos meses en la propiedad para ver si le gustaba el lugar.

—Qué bien... —dijo Ruby, confiando en que se tratara de gente agradable—. ¿Tiene familia? ¿Niños?

Si era así, esperaba que no le pisotearan las flores y se planteó la posibilidad de colocar algunos carteles. El capataz le respondió que el hombre había ido solo.

Por la tarde, Ruby estaba trabajando en los parterres, podando algunos rosales, cuando oyó una voz a su espalda. Al girarse, vio a un enorme golden retriever agitando la cola ante ella, a un corpulento bulldog inglés sentado junto a él, y al dueño de los perros sonriendo.

—Sus jardines están realmente preciosos. No he podido dejar de admirarlos mientras paseaba esta mañana por la finca. Y me he asomado al invernadero y he visto que también cultiva orquídeas. —Era un hombre de rostro amistoso y agradable, con el cabello gris, los ojos azules y una barba recortada con esmero. Tenía un aspecto muy distinguido e inequívocamente británico—. Perdone mi descortesía. Soy James Beaulieu. —Ruby sabía que se trataba del conde de Chumley, pero no conocía su nombre. Entonces se giró hacia sus compañeros y también los presentó—. Y estos son Rupert —el bulldog— y Fred —el golden retriever—. Si le prometo no revelar sus trucos y secretos, ¿me ayudará con mi jardín? Me encantaría que tuviera un aspecto parecido a los suyos. Y lamento mucho la intrusión. La finca ha pertenecido a mi familia desde hace ochenta años y hasta ahora nadie se había molestado en venir a echarle un buen vistazo. Pensé que ya era hora de que alguien lo hiciera. ¿Lleva mucho tiempo viviendo aquí?

—Mi tatarabuelo compró estas tierras cuando nadie quería vivir en esta zona, y mi bisabuelo construyó las casas. Mis bisabuelos y mis abuelos vinieron a vivir al lago cuando perdieron su mansión en la ciudad durante la crisis financiera del 29, y al año siguiente le vendieron la mayor parte de la propiedad a su familia —explicó Ruby—. Solo se quedaron con una pequeñísima porción de la finca, que incluía la cabaña y la antigua casa del servicio, donde yo vivo ahora.

—De hecho, fue mi abuelo quien compró la finca. —El conde la contempló sonriendo con admiración. Estaba fascinado por su melena pelirroja. Había perdido algo de brillo, pero seguía conservando su intenso fulgor—. Resulta curioso que siga viviendo aquí después de tanto tiempo.

—Y que usted siga conservando la propiedad —respondió ella sonriendo a su vez—. Mi familia sí que ha vivido aquí durante estos últimos ochenta años, pero yo solo vengo a pasar algunas temporadas. Ahora acabo de fundar una empresa de paisajismo. Me he enamorado del arte de la jardinería, que era la gran pasión de mi abuela y de mi madre.

—Eso me viene que ni pintado. Necesitaré toda la ayuda que pueda si voy a instalarme aquí. —El conde tendió una mano para estrechar la suya—. Es un placer conocerla. Pero aún no me ha dicho su nombre.

—Ay, perdone, Ruby Allen. El nombre original de mi familia es Deveraux. Mi abuela era una Deveraux.

Ruby acababa de recuperar su apellido de soltera, lo cual resultaba muy liberador.

—Pues me alegro mucho de conocer a mi nueva vecina.

—Si necesita cualquier cosa, o si puedo ayudarle en algo, hágamelo saber. Y también puede usar las embarcaciones que hay en el cobertizo del lago. La mayoría son de su propiedad, pero dos de ellas pertenecen a mi familia. Son modelos clásicos, pero siguen en muy buen estado.

—Si le prometo que pilotaré con juicio, ¿le gustaría acompañarme alguna vez a hacer un recorrido por el lago? —le preguntó él, y ella sonrió.

—Me encantaría.

Y, tras despedirse, James y sus dos perros volvieron a la casa principal. Debía de ser más o menos de su edad y era un hombre muy atractivo. Ruby sintió como si la vida le estuviera dando una segunda oportunidad.

Ross y Kendall no tardaron tanto tiempo en terminar la reforma de la segunda casa. Habían hecho falta menos permisos y en solo nueve meses habían acabado el trabajo. Ni siquiera hubo necesidad de ponerla en el mercado. La vendieron antes de que el tasador inmobiliario pudiera hacer una estimación. Unos vecinos del barrio habían estado siguiendo las obras de remodelación y les encantaba la casa. Un día se pasaron, Ross se la enseñó y les hicieron una oferta imposible de rechazar.

—¡Buen trabajo! —se felicitaron ambos mutuamente, ya que además habían obtenido unos márgenes de beneficio aún mayores que la primera vez.

Todavía no habían encontrado una tercera casa para comprar, y tenían pensado empezar a buscar al cabo de una o dos semanas.

—¿Y qué vamos a hacer mientras tanto? —le preguntó Kendall mientras yacían tumbados en la cama.

—Tal vez deberíamos irnos de vacaciones con el dinero

que estamos ganando. ¿Qué te parece Europa? ¿París? ¿Japón? ¿China?

—Todo eso suena muy exótico, la verdad es que me apetece mucho. ¿Qué tal Venecia? Me encanta Venecia.

—Tengo otra idea mejor. —Ross la tomó de la mano, se deslizó para bajar de la cama e hincó una rodilla en el suelo—. De hecho, creo que Venecia es más bien un destino para una luna de miel, ¿no te parece? Ya llevamos dos años dedicándonos a reformar casas y creo que formamos un gran equipo. Kendall Katz, ¿quieres casarte conmigo? —preguntó en tono solemne.

Ella se lo quedó mirando, sin saber si estaba bromeando o no.

—¿Lo dices en serio?

—Muy en serio. Deberíamos casarnos antes de empezar a reformar otra casa. Con en este último proyecto nos ha ido muy bien. Podríamos disfrutar de una larga y fantástica luna de miel por toda Europa: París, Roma, Venecia... Así que ¿qué me contesta, señorita Katz?

Se inclinó sobre Kendall y la besó. Cuando se apartó, ella le sonrió. Lo amaba más de lo que pensaba que fuera posible, y sus sentimientos por él no hacían más que crecer.

—Le contesto que sí, señor McLaughlin. Definitivamente sí.

Y esta vez fue ella quien le besó.

21

La mansión estaba llena de flores. Tenía prácticamente el mismo aspecto que lucía cuando se casaron Alex y Eleanor. No había tantos criados como entonces, aunque había casi el mismo número de empleados de catering sirviendo copas de champán en bandejas de plata. Y los asistentes masculinos vestían esmoquin en vez de frac. En total eran unos doscientos invitados, en vez de los ochocientos que habían asistido al enlace en aquella ocasión.

Mientras Zack esperaba nervioso en su antiguo estudio, Ruby ayudaba a su hija a enfundarse aquel maravilloso vestido de novia que tenía ya ochenta y dos años. Solo había necesitado un ligero trabajo de restauración, para volver a coser algunas de las perlas que se habían soltado. Kendall era la tercera novia que lo lucía. Era un poco más alta que su madre, y llevaba también el velo y la tiara que habían pertenecido a su tatarabuela. Ruby le entregó el ramo, que, al igual que el que llevaron ella y Eleanor, estaba confeccionado con lirios del valle y orquídeas procedentes de su invernadero del lago Tahoe. Ella lucía un sencillo vestido de un color morado intenso, a juego con su melena pelirroja, y su piel estaba suavemente bronceada como consecuencia de trabajar al aire libre. Retrocedió unos pasos para contemplar el resultado final, y luego Kendall salió del dormitorio para ir a reunirse con su padre.

Las manos de Zack temblaron ligeramente al verla. De no ser por el cabello rubio, habría dicho que estaba viendo a la misma mujer con la que se casó.

Cuando bajaban juntos la majestuosa escalinata, Kendall le sonrió. Zack era consciente de que aún no le había perdonado por sus pecados, pero lo había aceptado tal como era y, además, seguía siendo su padre. Era lo máximo a lo que podía aspirar, y también se sentía orgulloso de haber hecho posible que Ruby recuperara la residencia familiar. Ella se quedaba allí cuando iba a la ciudad, y había hecho mejoras considerables en los magníficos jardines de la mansión, aportando su inconfundible toque personal. Era el lugar ideal para celebrar la boda de su hija, y tal vez, algún día, la de sus nietas. El maravilloso vestido que lucía Kendall parecía haber sido confeccionado expresamente para ella. Y cuando Ross la vio avanzar hacia el altar del brazo de su padre, se quedó sin aliento.

—Santo Dios, estás preciosa... —le susurró cuando llegó junto a él—. Eres la novia más hermosa que he visto en mi vida.

—Es por el vestido —le respondió Kendall susurrando a su vez, orgullosa de llevar aquella joya que habían lucido también su madre y su bisabuela.

—No, es por la mujer que lo lleva —dijo Ross con ternura.

Ella acababa de cumplir veintinueve años y él treinta y cinco. Parecía la edad ideal para casarse en esos tiempos modernos. Ambos se sentían preparados para dar el paso. Kendall se había encontrado a sí misma y por fin sabía quién era y con quién quería envejecer.

Luego ambos se giraron hacia el sacerdote para que diera comienzo la ceremonia, mientras Zack se sentaba junto a Ruby. Ella le dio unas palmaditas en la mano y él le sonrió. Se alegraba de no haber traído a la joven con la que estaba viviendo. Su lugar estaba aquí junto a Ruby. Y Nick estaba sentado al otro lado de su madre, acompañado por Sophie.

Una vez finalizada la ceremonia, todos brindaron con champán y la orquesta empezó a tocar. Después de que Ross y Kendall abrieran el baile, Zack sacó a bailar a Ruby. La sentía tan familiar y grácil entre sus brazos que le entraron ganas de llorar, pensando en lo necio que había sido por dejarla escapar.

—Supongo que no podemos volver a intentarlo de nuevo... —le preguntó en voz baja.

El divorcio se había formalizado hacía ya seis meses. Ruby se había mostrado absurdamente razonable y no había aceptado el enorme acuerdo económico que él le había ofrecido, tan solo lo suficiente para vivir con comodidad el resto de sus días una vez que dejara la jardinería, y para poder mantener la mansión Deveraux, que algún día pertenecería a Kendall y Nicholas. Y Ruby pensaba seguir en activo mucho tiempo. Tenía solo cincuenta y dos años y, gracias a su recuperada libertad y a su nuevo trabajo, volvía a sentirse viva e ilusionada ante el futuro.

—No, no quiero volver a intentarlo —respondió—, pero siempre seré tu amiga, Zack. Así es como empezamos y así es como quiero que sea. Tenemos unos hijos maravillosos y debemos seguir siendo amigos por ellos —añadió, aunque hacía años que su amistad, como el resto de su relación, se había roto. Al escuchar su respuesta, Zack asintió con un nudo en la garganta, consciente de que nunca encontraría a otra mujer como ella. Desde el mismo principio de su matrimonio había dejado escapar la posibilidad de ser feliz—. Además, no puedes casarte con tu jardinera, no sería digno de ti. Necesitas a una mujer mucho más llamativa y glamurosa.

Él no pudo evitar echarse a reír y, cuando acabó el baile, fue a hablar con su hijo Nick y con Sophie.

Ruby sonrió al pensar en el extraño giro que habían dado sus vidas: un ebanista, una jardinera y una reformadora de casas. Ciertamente no eran aspiraciones muy elevadas, pero todos ellos habían encontrado el camino que querían seguir en la vida. Y, tal como le había dicho a Kendall, a veces las mejores soluciones eran las más simples. Ahora los tres eran felices. Zack era un genio de la informática, una auténtica leyenda en su campo, pero Ruby había descubierto que era mucho más difícil amar a una leyenda que a una persona normal y corriente.

Observó cómo su hija bailaba con su flamante marido. Kendall se había quitado el velo y la tiara, y el exquisito vestido le sentaba de maravilla. Ruby deseó que Alex y Eleanor, los abuelos que le habían salvado la vida, pudieran haberla visto. Pero estaba convencida de que, allá donde se encontraran, la estaban contemplando llenos de orgullo. Ellos se habían casado hacía ya ochenta y dos años, pero el vestido de novia que Kendall llevaba ahora se veía tan hermoso como cuando Eleanor lo había lucido el día de su boda. Todos ellos habían compartido una historia extraordinaria y preciosa, como la mansión que Zack había recuperado para la familia. Era, sin duda, el regalo más maravilloso que podría haberle hecho.

Mientras Ruby sonreía pensando en todas esas cosas, vio cómo se acercaba a ella James Beaulieu, muy elegante con su traje azul marino de corte impecable. Tenía un aspecto magnífico, con su cabello plateado y su barba perfectamente recortada. Ruby le había pedido que fuera su acompañante, y se había convertido en el misterioso invitado al que nadie esperaba, tal vez, ni siquiera, ella misma. Había llegado a su vida en el momento justo. Ambos eran divorciados, buscaban nuevas aventuras y emociones, y vivían en la propiedad que sus familias habían poseído durante casi un siglo, los Deveraux incluso más tiempo.

Mientras James la conducía hacia la pista de baile, Ruby le susurró algo al oído y él se echó a reír. Y cuando los dos empezaron a dar vueltas por la pista, se movieron con tal gracia y elegancia que la gente no podía dejar de mirarlos. Formaban una pareja perfecta y se les veía muy a gusto juntos.

La fastuosa mansión Deveraux y el exquisito vestido de novia diseñado por Jeanne Lanvin habían vuelto a la vida, haciendo que la historia perdurara por siempre y no cayera nunca en el olvido.